UN
SYM
PATH

Peter Weidner hat einen Job im Musikbusiness, ein hohes Einkommen, einen Jaguar, viel Freizeit und eine massive Persönlichkeitsstörung. Seine aktuelle Lieblingsbeschäftigung sind Frauen, die per Kontaktanzeige die große Liebe suchen. Ein perfekt oberflächliches Leben. Wären da nicht seine unüberwindbare Abneigung gegenüber seinen Mitmenschen, sein neurotischer Perfektionismus und sein massiver Selbstekel. Während er sich nach außen hin freundlich und zurückhaltend gibt, werden in seinem Inneren Widerwillen und Hassgefühle immer stärker. In seinem Romandebüt gelingt es Robin Felder, die Leere seiner Hauptfigur mit einer Fülle von Beobachtungen zur Musikbranche, zum Alltags- und zum Liebesleben zu verbinden, die in ihrer schmerzhaften Genauigkeit ebenso verstörend wie amüsant sind.

»Die Sprache Felders fesselt. Gekonnt wie nur wenige kann er mit Sprache spielen und den Leser in seinen Bann ziehen. Es macht Spass, ihm in die Abgründe seines Antihelden zu folgen und sich mitreißen zu lassen.« *Roter Dorn*

»Ein Buch, das niemals zum Ende kommen darf. Wenn der Deckel sich nach der letzten Seite schließt, denkt man: Wow! 350 Seiten und man mag gar nicht aufhören zu lesen.« *Gothic Paradise*

»Im Fall von Robin Felder hoffen wir, dass auf seinen Debütroman noch viele weitere folgen, die diesem großartigen Buch in nichts nachstehen.« *Streetrunway*

Robin Felder lebt und arbeitet in München. Bislang sind von ihm erschienen: *Unsympath (2010, edel), Paranoia (2012, atb), The Godjob (2014, T&H)* und *Verzerrte Gesichter (2020, T&H).*

Als Taschenbuch bei **Trubel & Heller** erhältlich:

Unsympath
Der Held des Tages Conrad Peng
The Godjob
Verzerrte Gesichter

UN SYM PATH

Robin Felder

ROMAN

TRUBEL & HELLER

Sämtliche handelnden Personen und Begebenheiten sind frei erfunden. Ähnlichkeiten mit lebenden oder toten Personen, existierenden Unternehmen sowie Ereignissen oder Schauplätzen wären rein zufällig und nicht beabsichtigt.

Erhältlich als Taschenbuch, E-Book und Hörbuch.
www.trubelheller.de

Lektorat: Judith Schneiberg
Umschlagkonzept: Robin Felder
Umschlaggestaltung: Michael Dorschner | kimi kido
Satz: Timo Leibig

ISBN 978-3-989-95903-3

In dieser Welt gibt es nur zwei Tragödien.
Die eine ist, nicht zu bekommen, was man möchte,
und die andere ist, es zu bekommen.
Oscar Wilde

Fuck today, it's tomorrow.
Freddie Mercury

1 Schaulustiger

Wenn ich noch langsamer gehe, könnte es sein, dass mich ein Passant anspricht und fragt, ob er mir helfen kann. Oder ob er einen Notarzt verständigen soll. Hoffentlich passiert das nicht. Ich muss sonst höflich ›Nein danke‹ sagen und unnötig Energie verschwenden, wo ich ihm doch viel lieber ein freundliches ›Verpiss dich!‹ entgegnen möchte. Ich schlendere in Richtung Stadtmitte, beide Hände tief in meinen vorderen Hosentaschen versenkt. Es ist ein heißer Juliabend, kurz vor sechs. Ein leichter Schweißfilm liegt auf meiner Haut. Eilig hab ich's nicht. Trotzdem fühle ich mich seltsam gehetzt. Taschencheck. Geldbeutel – kurzer Griff an rechte Gesäßtasche. Schlüssel – Griff an rechte vordere Hosentasche. Handy – spür ich so, linke vordere Hosentasche. Alles da.

Ich gehe an einem Starbucks-Coffeeshop vorbei. Ein Gebäude weiter dröhnt Rihannas »Umbrella« basslastig aus dem Palmers-Dessousladen. Die beiden alten Weiber, die mir vor dem Juwelier daneben im typischen Pinguingang entgegenkommen, tragen die für Rentnerinnen ab 70 gesetzlich vorgeschriebene Einheitsdauerwelle. Einmal in kastanien-rostrot und einmal in fleckig-grau natur. Stämmige Statur, gedrungen, klein, angestrengter Blick. Atmen durch geöffneten Mund. Dabei die Backen aufblähen. Ich schnappe einen Gesprächsfetzen auf: »Aber verrate das noch niemandem. Das ist *topsecret*!« Gesprochen: Dopp siekräht. Höchste Geheimhaltungsstufe. Wird bestimmt mörderwichtig sein. Vielleicht geht's um Plastikhüftgelenke. Sind ja derzeit ziemlich gefragt. Noch nie waren mehr Krücken unterwegs. Oder es handelt sich um Zahnersatz. Oder einen Schlaganfall im Bekanntenkreis. Aber sonst?

Wie ein Zelt hängt das dunkelblaue Paillettenoberteil der einen über den beiden riesigen Ausbeulungen darunter und betont die Angelegenheit nur umso mehr. Die Dinger müssen im Laufe der Jahre wachsen, denke ich mir. Es lässt sich tatsächlich nicht leugnen, die Anzahl Dinosaurier-busiger Seniorinnen steht in keinerlei Verhältnis zur Anzahl vergleichbar proportionierter junger Frauen. Suspekt. Ich sehe wieder weg. Höre sie noch was mit »Reha« und »sechs Wochen« sagen.

Volltreffer.

Dumpfer weiblicher Intimgeruch, vermischt mit Old Spice aus der Literflasche des kürzlich verstorbenen Gatten liegt in der Luft. Instinktiv atme ich flach, bis der Geruch, und damit ihre Existenz, verpufft sind.

Ich gehe weiter die Straße entlang, laufe vorbei an einem San-Francisco-Coffeeshop. Gesteckt voll. Daneben eine kleine Boutique. Niemand drin. Die Art von Miniladen, dessen wirtschaftliche Existenz sich nur mit Abschreibung, Geldwäsche oder Gönnerschaft erklären lässt. Nicht mit Rentabilität. Auf halber Strecke, zwischen einem Puma-Store und einer Segafredo-Coffee-Filiale kommt mir ein Pärchen entgegen. Beide Brillenträger. Ist der eine Brillenträger, trägt der Partner zu 80 Prozent auch eine Brille. Weiter. Ich bahne mir einen Weg durch die Wogen. Wogen aus Menschen. Eine etwa 25-Jährige, enges T-Shirt, stramm, sieht mich nett an. Wenn mich nicht alles täuscht. Und ist schon wieder weg. Sofort sehe ich rechts in das erste verfügbare Schaufenster und nutze die Spiegelung, um zu prüfen, ob alles okay an mir ist. Geht so.

Ich kratze mich am Oberarm, obwohl es keinen Grund dazu gibt. Weiter. More & More. Danach ein Schuhladen. Die Sonne teilt die Straße mittig. Ich gehe auf der schattigen Seite. Vorbei an einer Selbstbedienungsbäckerei mit »Coffee To Go«-Schild in der Auslage. »Coffee To Go« muss ich mir notieren. Möglicher Songtitel. Dann eine Douglas-Parfümerie. Riesiges Flakon im Fenster. Als Nächstes eine Auslage, vor der das Abstellen von Fahrrädern verboten ist, vor der zwei Fahrräder stehen. Direkt daneben ein Dönerladen. Zur Hälfte abgearbeiteter Lammfleischspieß, angelaufene Scheiben. Gammelig. Aus dem Radio dröhnt Don Henleys »Boys Of Summer«. Genial, aber gibt mir nichts. Früher wurden nicht so viele Oldies gespielt. Liegt womöglich daran, dass es noch nicht so viele gab. Blödsinn.

Ich zähle von einundfünfzig rückwärts. Nur die ungeraden Zahlen. Body-Shop, Ralph Lauren, 41, 39, 37, mehr Gebäude, noch mehr Fensteraugen, Strenesse-Store, ein Promi-Friseur, Schild: »Haarschnitt vorbehalten!«, 29, 27, roter Teppich davor, dann noch irgendein Schuhladen, ich habe Schuhgröße 46½, nicht so wichtig, 17, 15, 13. Ein RedCoffee-Shop, durch die offene Tür riecht es nach gerösteten Kaffeebohnen. Noch eine Boutique. Gegenüber, auf der anderen Straßenseite, mittenrein gepfercht eine Kirche. Schnörkelig. Gotik, Barock, Romantik? Eine Ahnung? Nicht im Ansatz. Weiter. Ein weiterer Gang durch einen weiteren Tag.

Ein junges Mädchen, halb so alt wie ich, H&M-Tüte, die sie in der Ellbogenbeuge trägt, tippt was in ihr Handy und nippt dabei an einer Plastikflasche mit einer roten Flüssigkeit. Das ist so üblich. Je niedriger die soziale Herkunft, desto farbiger das Getränk, das unterwegs konsumiert wird. Eine Gleichung. Gleich noch eine: Je mehr ASI, desto mehr SMS.

Ihre mittrampelnde Freundin ist nur ihre Freundin, weil die deutlich schlechter aussieht. Des Kontrastes wegen.

Sie hat ihre überdimensionierte Sonnenbrille ins Haar gesteckt. Nicht gerade ein Alleinstellungsmerkmal.

Weiter weiter. Ich komme mir vor, als liefe ich durch eine Parallelwelt. Wie ein Trabant.

Vorbei an einem Meyerbeer-Coffeeshop. Das darauf folgende Reformhausschaufenster informiert mich über eine neue Generation von Fencheltee. Trink ich am liebsten. Von irgendwoher versucht sich eine Mutter an der Drohung »Dann geh ich eben ohne dich, mach's gut, Leon, Mama geht dann mal alleine heim«. Leon fällt drauf rein. Leon kommt schreiend angelaufen. Leon hat Schlupflider. Fünf Sekunden vergehen. Im Gehen. Ich schaue umher, alles an. Reize. Jeder optische Impuls.

Alles gibt mir zu denken.

»Yes, of course. No, no problem«, höre ich mich sagen.

Pluspunkte sammeln.

Ich spüre eine Hand am Ellbogen. Fass mich nicht an. Verdammt.

Ich, zu mir: ›Achtung Achtung! Dies ist keine Übung!‹

»Absolutely. No problem«, entgegne ich dem lieb dreinschauenden Touri, Nationalität ungewiss. Was Kaukasisches. Seine Augen, winzige schwarze Löcher, breiter Kopf, inselartiger Bartwuchs. Ich soll ein Foto von ihm und seiner dreiköpfigen Familie schießen. Diesem kuriosen Haufen, bestehend aus seiner Frau mit asymmetrischen Reiterhosen, seiner pubertierenden Tochter mit Spliss und einem schwammigen Bürschchen, das wahrscheinlich sein Sohn ist. Oder der seines Nachbarn. Ex und hopp. Er drückt mir eine sündhaft teure Nokia-Kamera in die Hand. Alte Schule. Noch mit Film. Es gibt eben wirklich alles. Die vier Idioten stellen sich auf. Das Urlaubsidyll. Lächeln, jaaah cheese! Käse. Ich halte die Kameralinse vor mein rechtes Auge. Fokussiere exakt so, dass nur ihre Oberkörper zu sehen sind. Und zwar bis zum Hals. Gürtellinie bis Kehlkopf. Vier T-Shirts in Reihe. Mittig und scharf. Humor mit Zündschnur. Da werden sie sich freuen, wenn sie die entwickelten Negative abholen. In irgendeinem Drugstore in Tiflis. Sieh mal, das sind wir in Munich. Wer trug gleich nochmal das grüne T-Shirt?

Ich teile mit, sie einzuzählen, damit keiner die Augen geschlossen hat. Haha. »I'll count to four and then I shoot, okay?« Ich beginne zu zählen

Eins

Zwei

und drücke bei drei ab. Klick. »No really, it was a pleasure.

Hope the picture is fine.« Er sagt was. Ich halte ihm die Kamera hin. Nimm. Jetzt geh schon. Ich nicke und antworte leutselig: »Yeah. You're very welcome. Have a nice stay, good-bye.« Ich rutsche gleich aus. Ich setze meinen Weg fort. Vorbei an einem Coffee-Fellows-Shop. Weiter.

17:58

Ich schließe die Augen.

Und öffne sie wieder.

Ich schaue in den Himmel. Quellwolken. Dieses Jahr herrschen beinahe tropische Verhältnisse. Jeden Tag zwei kurze, heftige, regenwaldartige Schauer. Zehn Minuten. Im Anschluss saugt die Sonne die Feuchtigkeit ebenso schnell wieder aus dem Boden.

Pünktlich auf die Sekunde. Glockengeläut. 18 Uhr. Eine weiter entfernte Kirche setzt zusätzlich ein. Um eine Millisekunde zeitversetzt, oder zwei. Lautes Bing, leises Bong, lautes Bing, leises Bong, jeweils sechsmal. Nicht 18-mal. Da muss man schon mitdenken. Ich massiere mir die Schläfen. Alles rattert vorbei. Rechts gegenüber ein Optiker, Fielmann. Oder Apollo. Ich habe eine Kontaktlinse. Einseitig. Nur rechts. Minus 2,5 Dioptrien. Links sehe ich hundert Prozent. Bin wohl in der Pubertät zu schnell gewachsen. Das jedoch beidseitig. Schaue nochmal in den Himmel. Zwei langgezogene Kondensstreifen einer Düsenmaschine.

Was ist die Alternative?

Ein faltiger Kopf mit feuerrotem Haar gähnt mir ungeniert ins Gesicht. Mein Antwortgähnen bleibt aus. Kein Reflex. Außer dem Menschen lassen sich nur Schimpansen und Stummelschwanzmakaken vom Gähnen anstecken. Hab ich mal gelesen.

Die Luft ist sehr warm. Ich schleiche weiter. Mit höchstens einer vagen Vorstellung, wohin. Und mit noch geringerer Begeisterung als zuvor. Kurze Zeit später, gegen 18:03 Uhr, laufe ich beinah einer Sängerin über den Weg, die ich vor Jahren mal aufgenommen habe. Sie lutscht an einem Lolly, von dem nur der weiße Stiel aus ihrem Mund schaut. Kann mich nicht mehr erinnern, wie sie heißt. Irgendwas mit S. Nein P. Nein, doch S. Jetzt weiß ich's: Mandy heißt sie. Schon der Name. Es ging damals um eine housige Dancenummer, für die ich Demo-Vocals brauchte. Ihre Stimme war nicht so besonders, aber wie alle Minderbegabten war sie äußerst überzeugt von sich. Versagertum und Selbstüberschätzung liegen dicht beieinander. Ich bemerke sie rechtzeitig und tue, als würde ich sie nicht sehen. Und zwar ganz offensichtlich. Hoffentlich bekommt sie's mit. Ich möchte auf keinen Fall in ein Gespräch mit ihr verwickelt werden. Was interessiert mich ihr Geschwätz. Und schlimmer noch, ich müsste Bussi-Bussi machen. Diese sinnlose Zwangshandlung zur Vortäuschung von Vertrautheit. Egal auf welches soziale Event ich eingeladen werde – Geburtstag, Hochzeit, Beerdigung, alles das Gleiche –, jedes Mal fürchte ich mich schon vor diesem Wange-an-Wange-Gedrücke. Dabei halte ich immer die Luft an. Aus aktiven wie aus passiven Gründen. Ich will niemanden riechen und möchte auch nicht gerochen werden. Mit wem ist man denn schon so eng, dass es diesen Vorgang rechtfertigt!

Aus irgendeinem perversen Grund ist die Stadt heute voll von bekannten Gesichtern. Ist das zu fassen? Von wegen Millionenstadt. Mir wird ganz schlecht. Von rechts nähert sich Lenny (schon der Name), mit dem ich erst vergangene Woche geschäftlich telefonieren musste. Da dieses Gespräch noch frisch ist, habe ich keine Ahnung, was ich mit ihm reden soll, ohne mich zu wiederholen. Er hat nicht den Hauch einer Ausstrahlung. Leider hat er mich als Erster erspäht und kommt mir mit dem demonstrativen Wegschauen zuvor. Es gelingt ihm aber nicht so offensiv wie mir gerade eben bei Mandy, stelle ich befriedigt fest. Mein Kopfabwenden war – irgendwie runder. Verächtlicher. Außerdem hat er gezögert.

Einen ganz kurzen Augenblick lang entsteht nun zwischen Lenny, Mandy und mir ein magisches Dreieck gegenseitiger Ignoranz. Mit mir in der Mitte. Bis ich bemerke, dass ein Dreieck gar keine Mitte hat.

Als die beiden weg sind, blicke ich verloren auf den vor mir liegenden Platz. Ich bleibe kurz stehen und nehme all die kreuz und quer laufenden Menschen wahr. Wieso sind die auch alle da? Diese Wilden. Das ist der Durchschnitt, schätze ich. Durchschnitt kann so wehtun. Oder ist das nur ein Maskenball? Ein absurder Scherz?

Statistisch gesehen müsste alles dabei sein. An Denkbarem, an Machbarem, an Vorhandenem. Plus minus gut bös er sie rechts links Jäger Beute vorher nachher oben unten homo hetero schwarz weiß Täter Opfer groß klein grob fein Vergangenheit Zukunft normal pervers. Nur, wer ist was? Normal! Was war normal nochmal?

Mit einem nicht zu unterdrückenden Schaudern wird mir schlagartig klar, was für eine entsetzliche Sache der Sommer ist. Dermatologische Unreinheiten, verkrümmte Körperhaltung, offengelegt statt stillgelegt. Wieso kann ich das nicht ignorieren? Die allgemeine Selbstwahrnehmung scheint eine vollkommen andere zu sein als das, was man traurige Wahrheit nennt. Ich glaube, das muss schön sein.

Durch. Ich halte eine Krisensitzung mit mir selbst. Krise, was für eine Krise? Flucht ist keine Option. Niemand zwingt mich. Einfach durch. Ich laufe den Leuten aus dem Weg, in den Weg, aus dem Weg, in den Weg, um ihnen auszuweichen. Bis ich auf der Rolltreppe stehe, die in den ersten Stock der größten Buchhandlung der Stadt führt. Ich werfe einen prüfenden Blick auf meine linke Ferse, ob meine Jeans nicht versehentlich in den Schuh gerutscht ist. Zwischen Socken und Schaftkante. Das sieht unmöglich aus. Aber, alles gut. Sie hängt drüber. Dann selbe Prozedur mit dem rechten Fuß. Auch okay.

Ich überblicke die riesige erste Etage und steuere zielstrebig einen Stapel mit Neuerscheinungen an. Ich kann nur in große Läden gehen. Tante-Emma-Butzen sind mir zu persönlich. Ein Buch, in dem der Preis liebevoll per Hand mit Bleistift auf Seite drei rechts unten eingetragen steht, würde ich niemals kaufen. Außerdem möchte ich nicht sofort von einer Verkäuferin angesprochen werden. Eine abgerungene Entgegnung wie »Danke, ich seh mich nur um« ist an Unnötigkeit kaum zu überbieten.

Ich nehme mir ein Buch und setze mich an den äußeren linken Rand einer Leseinsel. In letzter Zeit bin ich fast täglich hier, um abwechselnd zu lesen und Menschen zu beobachten. Ich muss aufpassen, dass dieses Rumhängen nicht zur Gewohnheit wird, zu einem zwanghaften Ritual als Sinnbild meiner Orientierungslosigkeit. ›Rumhängen‹ ist seit über einem halben Jahr meine bevorzugte Beschäftigung.

Neben mich setzt sich ein vielleicht achtzehnjähriges Mädchen. Ich spüre ihre Körperwärme. Sie schlägt die Beine auf die Art übereinander, von der man Krampfadern kriegt.

Ohne dass sie es bemerkt, mustere ich sie mit minimal gedrehtem Kopf aus meinen Augenwinkeln und arbeite meine Beurteilungsparameter der Reihe nach ab: Augen, Gesicht, Haut, Haare, Titten, Gesamtphysiognomie, Kleidung. Alles ansehnlich. Als ich die drei Bücher sehe, die sie der Reihe nach durchblättert, drei Liebesschnulzen mit knallbunten Covern und Titeln wie »Denn ich vermisse dich« und, was?, »Der Schluckauf der Begierde«, nein, »Der Ruf der Begierde«, sehe ich sie nicht mehr an. Bis sie wenig später aufsteht und ich ihren Arsch begutachten kann. Klein. Man kann gar keine Meinung zu ihm haben. Fast nicht vorhanden. Wie ihr verdammter Intellekt.

Die Klimaanlage ist zu stark eingestellt. Es ist so eisig, dass die Atemluft, die aus den Mündern und Nasen dringt, dampft. Ein

Großteil der Verkäufer läuft in Poloshirts oder kurzärmligen Hemden, aber mit Schal oder übergehängter Wollweste rum.

Von meinem Platz aus habe ich einen hervorragenden Blick auf die Treppe, die zu den Kassen und zum Ausgang führt. Der Querschnitt der zahllosen Kunden bestätigt: Magersucht und Fettleibigkeit sind die bevorzugten Varianten des allgemeinen Erscheinungsbildes. Die Gesellschaft ist im Lot. Zahllose abgetakelte Fressbrecher mit dunkel umrandeten Augen und gierige Allesfresser. Ich will mich wieder meinem Buch zuwenden, da bemerke ich einen und auf der höher gelegenen Sitzempore noch einen Typen, die ebenso wie ich regelmäßig hier abhängen. Wenn man sich gegenseitig zufällig sieht und erkennt, schaut man sofort weg. Ist ein bisschen peinlich einzugestehen, dass man hier genauso nutzlos rumlungert. Man hat ja schließlich noch was vor im Leben. Ich eigentlich nicht.

Der eine hat die Augen geschlossen, sein Kopf sinkt ihm auf die Brust. Der andere, oh, er schaut her. Ich sehe weg.

Der senil wirkende Kinderschänder mit kariertem Seidenhalstuch und Ölhaar (zurückgekämmt, schwarz gefärbt, an den Wurzeln grau), der jetzt neben mir Platz genommen hat, spricht so laut in sein Handy, dass alle ringsherum peinlich berührt schauen und immer wieder in sich hinein mit dem Kopf schütteln. Manchen ist es nicht zu billig, sich untereinander durch verbrüdernde Blicke gegen den Störenfried zu solidarisieren. Ich hingegen verfolge das Gespräch mit gespannter Aufmerksamkeit.

»Hey, Dieterlein. Alles, alles Gute zum Geburtstag!«, röhrt er aufgedreht in sein Telefon. Die Herzenswärme eines Eiswürfels. Gekonnt, aber ungewollt macht er die ganze Feierlichkeit sofort wieder zunichte, indem er kurz darauf gedehnt »Bitte!« sagt. Perplex starre ich ihn ungläubig an. Ein leises Anzeichen von Erleuchtung huscht über mein Gesicht, als ich mir überlege, dass man die gleiche Wirkung auch nach einer Niesattacke erzielen könnte: »Hatschi!« – »Gesundheit!« – »Danke.« Und dann ein begeistertes »*Bitte.*« Das ist dermaßen absonderlich, dass ich es mir unbedingt merken muss.

Mr. Bitte verströmt den Geruch von Moschus. Den Mundwassergeruch von Odol.

Mit kräftigem, aber altem Organ redet er weiter und schaut dabei ständig geschäftig umher. Phrasendrescherei. Die Euphorie, mit der er von seinem Urlaub erzählt, wird umso unglaubwürdiger, je mehr Begeisterung er auffährt.

»Wir hatten so viel Spaß, ich sag dir. Was haben wir gelacht ... der Wahnsinn!« Er reibt sich mit einer Hand am Hals. Als streiche er sich die Haut glatt. Eine weitverbreitete Geste.

Ständig webt er Modewörter ein, die bereits vor zehn Jahren keiner mehr verwendet hat. Ich kann nur grob schätzen, wann ich das letzte Mal »Holla, die Waldfee« gehört habe. Sein glitschiges Gesicht mit unzähligen Altersflecken passt nicht zu seiner Wortwahl. Sein Streben nach juveniler Wirkung verpufft erfolglos. Was aber eigentlich nicht stimmt, wenn er's selbst nicht merkt. Alles ist subjektiv. Die eigene Wahrheit die einzige.

Ich höre die Antworten gedämpft und größtenteils unverständlich durch die Muschel seines Handys. Ich starre wiederholt zu diesem Kretin hinüber. Und je länger ich ihn betrachte, desto mehr sehe ich durch ihn hindurch anstatt in ihn hinein. Ich glaube, er ist *gar nichts*. Er ist niemand. Er merkt meinen Blick und sieht mich mit einem fast tadelnden Ausdruck an. Mein Mund verzieht sich sofort zu einem grellen, falschen Lächeln und ich tue so, als müsste ich meine Taschen nach etwas durchsuchen. Dabei lehne ich mich zurück, rolle innerlich mit den Augen und wende mit einem unterdrückten Stöhnen meinen Kopf ab. Als wäre ich unter Zugzwang. Er hustet kurz. Ich murmele einen lautlosen Fluch. Mein Buch fällt mir fast vom Schoß. Das Telefongespräch geht inzwischen unverändert lautstark weiter. Ich sitze wieder normal. Sage innerlich das Alphabet auf. Überspringe jeweils einen Buchstaben. A, C, E, G. Dann rückwärts. Jeweils einen Buchstaben überspringen. Z, X, V, T, R. Langsam wird's wieder.

Ich werde schläfrig und lese weiter. Ich habe brutalen Hunger. Aber ich werde heute nichts mehr essen. Von nichts kommt nichts. Auf meinem rechten Knie klebt ein kleiner Fussel, den wegzuwischen ich zu müde bin. Stattdessen überprüfe ich meine Fingernägel. Picobello.

Wenig später beschließe ich, in das im obersten Stock gelegene Café auf einen erfahrungsgemäß stets tadellosen Espresso zu gehen und bin entsetzt, als er nach Wischwasser schmeckt. Ich hab noch niemals Wischwasser getrunken und kann mir die Signale meiner Geschmacksnerven nicht erklären. (Erste Tasse nach Reinigung der Maschine?) Eine Kundin, harter Blick, schlaffe Mundwinkel, Studienrätin, ordert zischend einen Caramel »Mattschiatthoh«. Meine Ohren hören das. Zwei Worte blinken in meinem Kopf auf. Heckenschere und Alibi. In dieser Reihenfolge. Ich presse die Hände zusammen.

Die Frage lautet nicht, hätte ich Schuldgefühle?

Die Frage lautet, hätte ich eine realistische Chance, nicht belangt zu werden?

Während ich mir noch ein Glas Wasser aus einer der beiden bereitstehenden Karaffen in einen Plastikbecher einschenke und das Mädchen hinter der Selbstbedienungstheke den Empfänger einer anderen Bestellung ausruft, »Einmal die große Latte zum Mitnehmen«, entdecke ich eine Frau, die einen Mann beobachtet, der eine Frau beobachtet, die sich selbst in ihrem Schminkspiegel betrachtet. Sie wirken wie eine Einheit. Ich komme mir wie ein Störenfried vor und lasse die drei wieder allein. Und sobald ich wegschaue, ist es kurz so, als würden auf einmal alle Gespräche im Café verstummen. Niemand sagt was. Keine Geräusche.

Morgen bestell ich auf jeden Fall einen Cappuccino.

Aus kurz nach sechs ist plötzlich kurz vor acht geworden. Genau genommen sieben vor acht. (Ich nehme es immer genau.) Ich sitze wieder und lese. Das mir vertraute, immergleiche

Streichquartett ertönt aus den Lautsprechern. Eine Art musikalischer Rausschmeißer, um auf den kurz bevorstehenden Ladenschluss aufmerksam zu machen. Der scharfe Kontrast zwischen dieser romantischen Beschallung und der ameisenhaften Betriebsamkeit im Laden beschwört jedes Mal eine groteske Irrenhausszene vor meinem inneren Auge herauf. Eine Mischung aus »Einer flog übers Kuckucksnest« und »Twelve Monkeys«. Das im Hintergrund leise hörbare Quietschen der Rolltreppe, das wie Kinderweinen klingt, tut ein Übriges dazu. Ähnliche Assoziationen löst klassische Musik bei mir auch im Auto aus. Opern, Sonaten, Sinfonien, Klavierkonzerte. Ich wechsle dann sofort den Sender, sonst komme ich mir vor wie auf der Flucht aus der Anstalt. Fehlen nur noch die Wildlederhandschuhe fürs Lenkrad und der irre Blick. Klassik wird völlig überschätzt, die Zeit ist vorbei. Hören ausschließlich Wichtigtuer, die meinen, damit eine gewisse elitär-intellektuelle Haltung zu kultivieren. Und das, natürlich, »bei einem gepflegten Glas Wein«. Und der ganzen Kaminfeuerscheiße. Wer braucht schon die zigtausendste Aufführung eines zweihundert Jahre alten Stücks? Dabei fühlt keiner mehr was. Es sei denn, er bildet es sich ganz fest ein. Von Jazzfans will ich gar nicht erst reden. Musik für Menschen, die Musik nicht leiden können.

Ich blättere um. Bin in etwa im letzten Drittel der Seite. Unheimlicher Zufall. Ein Trio sie-er-er geht an mir vorbei. In dem Moment, in dem ich die Zeile »frage ich mich, ob wir hier wieder rauskommen« lese, sagt sie genervt zu einem ihrer Begleiter: »Jetzt, bitte, kannst du mal schaun, wo wir hier wieder rauskommen«. Wie oft passiert so was? Verdutzt sehe ich sie an. Ui. Kontrast Buchwelt/Wirklichkeit. Ui. Nicht schön.

Ich mache den obersten Knopf meiner Jeans zu, lege mein Buch zurück auf den Stapel, merke mir Seite 47, um morgen dort weiterzulesen, und verlasse den Laden. Ich weiß jetzt schon, dass ich die Seitenzahl bis morgen vergessen haben werde und mich wieder langsam rantasten muss.

Da das Gedränge vor dem Geschäft groß ist, ziehe ich mein Tempo an und gehe zügig vorbei an dem athletisch gebauten Bettler mit roter Baskenmütze, der täglich an derselben Ecke steht und auf sehbehindert macht. Vor wenigen Wochen habe ich ihn mal früh morgens joggen gesehen. Wie er dabei eine dicht befahrene Straße überquerte, formvollendet zwischen den Autos hindurch tänzelte, ließ mich eher an Adleraugen denken als an gelbe Armbinde mit schwarzen Punkten. Respekt. Den ganzen Tag hier herumstehen ist eigentlich viel anstrengender, als arbeiten zu gehen. Ich gebe ihm trotzdem nichts.

Raus aus dem Trubel. Ich werde wieder langsamer und biege an der nächsten Querstraße rechts ab. Damit nehme ich für den Heimweg bewusst einen kleinen Umweg in Kauf. Bei meiner momentanen Mindestgeschwindigkeit benötige ich auf meiner Route noch 7 Minuten und 48 Sekunden bis nach Hause. Nur einen Meter pro Stunde langsamer und ich kippe durch das Zusammenwirken von Schwer- und Fliehkraft um. Es pressiert nicht. Zu Hause gibt es nichts Aufregendes, was mich erwarten würde. Mein Schritttempo gibt Entspannung vor, doch meine Gedanken rasen. Wie immer. Meine eben gemachte Distanzberechnung basiert auf meinem mir unerklärlichen Talent, Strecken räumlich wie zeitlich bildhaft vor mir zu sehen. Wo ich auch bin, ich weiß nicht nur immer genau, wo Norden ist, ich nehme auch mein geografisches Umfeld so wahr, dass ich wie ein menschliches Navigationssystem funktioniere. Lediglich Staus kann ich nicht voraussehen. Ich sollte lieber niemandem von meiner Begabung erzählen. Womöglich komm ich dann ins Labor und werde für militärische Zwecke missbraucht. Und das wäre nicht fair. Dem Feind gegenüber.

Mein Handy klingelt. ›Bettina E. Handy‹ erscheint auf meinem Display. »Hi«, »Hi«, »Alles gut?«, »Ja, und bei dir?«, »Auch«, »Wolln wir uns heute Abend sehn?«, »Okay«, »Bei dir?«, »Ja, wunderbar«, »Um neun?«, »Ja gut, bis dann«, »Ja, bis dann, tschüss«. Kurz und bündig. Nur kein unnötiges Gelaber. Ein hundertfach erprobter Wortwechsel. Jetzt hab ich doch noch einen Termin reinbekommen. Schon fühle ich mich ein bisschen gestresst. Das bringt mich fast aus dem Gleichgewicht. Aus meinem Ungleichgewicht. Wenn man erst mal gar nichts mehr tut, ist jede Veränderung eine Belastung. Jetzt muss ich ein wenig umdisponieren: Wichsen wie geplant entfällt. Ressourcen sparen.

Noch 5 Minuten und 7 Sekunden bis zum Ziel. Als ich mir das leise vorsage, bemerke ich, wie ich dabei unbewusst die monotone Computerstimme eines echten Navis imitiere. Laut Digitalanzeige neben der Apothekenleuchtreklame hat es noch 29 Grad Celsius. Das wird sicher ein Rekordsommer.

An der nächsten Kreuzung ist offenbar vor wenigen Minuten ein schwerer Unfall passiert. Überall sich stumm drehende Blaulichter und hektisch wirkende Rettungskräfte. Dem galten also die ganzen Sirenen, die ich vorhin wahrgenommen habe.

Ein Motorradfahrer wurde von zwei Autos in die Mitte genommen. Der genaue Unfallhergang interessiert mich nicht. Unfälle interessieren mich überhaupt gar nicht. Ich sehe mir viel lieber die Schaulustigen an. In dicken Menschentrauben stehen sie an den Straßenseiten, ein einziges großes Glotzen. Zirkus, Eintritt frei. Wo die nur immer herkommen, so schnell und in diesen Mengen. Sachkundig mustere ich sie. Ich bin so etwas wie ein Schaulustigen-Schaulustiger. Die Schattierungen und Abstufungen des Verhaltens zu kategorisieren, ist eine Wissenschaft für sich. Das merkt man schnell, wenn man sich erst mal in die Materie eingearbeitet hat. Offene Münder, Mondkälberaugen, ein nicht enden wollendes Kopfschütteln, heuchlerisches Entsetzen und scheinheiliges Mitgefühl. Das erfordert der Ernst des Augenblicks. Entweder zur Vertuschung: Gott sei Dank nicht ich, aber gerne mehr davon. Oder als

Vorbeugungsmaßnahme: Vorsicht, unterlassene Anteilnahme könnte zu eigenem Unglück führen.

In etwa die Pole, zwischen denen sich das Gesamtspektrum menschlichen Innenlebens bewegt – das monolithische Grundgerüst aus Missgunst, Schadenfreude und Angst. Dessen vierte tragende Säule, Neid, hier höchstens in Zusammenhang mit der Schadensersatzsumme der gegnerischen Unfallversicherung ins Spiel kommt.

Eine junge Schreckschraube mit vorstehenden Zähnen lispelt benommen »Schlimm, schlimm« in Richtung ihres Freundes oder Mannes mit Nilpferdkopf. Der legt seinen Zeigefinger auf den Mund. Ein Sanitäter ruft gerade etwas mit »Injektion« und »schnell ab dafür«. Das möchte er nicht verpassen.

Ich amüsiere mich über dieses Grauen und fühle mich sofort als etwas deutlich Besseres. Bis ich um die Ecke biege. Dann hat sich das auch wieder erledigt und meine Lethargie setzt erneut ein.

Ich ziehe das Tempo an, da ich noch ein Bad nehmen möchte, bevor Bettina kommt. Alles ist Arbeit. Ein leichtes Stöhnen entfährt mir, als ich daran denke, dass ich im Anschluss wieder die Armaturen und Keramikflächen der Wanne trocken wischen muss. Das mache ich immer und dadurch sieht mein Bad 1A aus. Keine Kalk- oder Schimmelflecken, das gibt's bei mir nicht! Aber dieses Reinigungsprozedere, jedes Mal, mindert den Badekomfort doch erheblich. Bei entsprechender Gemütslage, wie jetzt zum Beispiel, mischt sich bei dem Gedanken daran auch eine Prise Verzweiflung in meine Emotionspalette. Es hat dann so etwas Universelles, im Sinne von ›Hört das denn nie auf?‹. Nein, tut es nicht. Zumindest nicht, bis alles aufhört.

Im Vorbeigehen sehe ich meine Silhouette in den Seitenfenstern eines parkenden Autos. Der dunkle Lack des Volvos ist komplett mit senkrecht verlaufenden Schlieren zugekleistert. Wohl unter einem Baum geparkt. Ich versuche mir vorzustellen, wie sehr mein Spiegelblick von meinem normalen Gesichtsausdruck abweicht. Wie ich wohl für andere Leute aussehe.

Meine übertriebene Aufmerksamkeit beim Überqueren der Straße – viermaliges Links- und Rechtsschauen in schnellem Takt – vergegenwärtigt mir meine Zerstreutheit. Ich gehe an einem Mann vorbei, Ende 30 in etwa, am Gürtel eine Handytasche aus schwarzem Kunstleder, in der ein Kuli steckt. Die hellbraunen Haare knapp neben der Mitte gescheitelt. Er und seine Kleider riechen nach selten gelüfteter Wohnung.

An der Stelle, unter einem Parkverbotsschild, an der ich vor zwei Jahren einen 100-Euro-Schein fand, sehe ich ganz genau hin. Tue ich jedes Mal, wenn ich hier vorbeikomme. Als würde ich erwarten, dort wieder Geld zu entdecken.

Ich glaube, es gibt Menschen, die ernsthaft in Erwägung ziehen, einen solchen Fund zu melden. Oder die zu viel erhaltenes Rückgeld reklamieren.

Wenn einem etwas zufliegt, muss man es behalten. Nur so ist sichergestellt, dass die Balance des Lebens gewahrt bleibt. Dann hat man nichts zu bereuen, wenn man selbst mal etwas verliert. Weiter.

Bettina ist immer ziemlich pünktlich. Ich habe jetzt noch 49 Minuten bis zu ihrer Ankunft. Das schaff ich locker. Wir treffen uns zwei-, dreimal im Monat und führen das, was ich eine Nicht-Beziehung nenne. Als wir uns vor ziemlich genau sechs Jahren kennenlernten, stellte sich schnell heraus, dass Bettina mich liebt und ich sie nicht. Doch sie blieb dran (an mir). Noch nie war mir eine Frau derart auf den Fersen gewesen und schließlich entwickelte sich dieser Turnus, den wir bis heute unverändert beibehalten und der mir sehr angenehm ist.

Bei durchschnittlich drei Verabredungen pro Monat über sechs Jahre hinweg heißt das, dass wir bisher ungefähr 216-mal Sex miteinander hatten. Sagen wir abgerundet 200-mal. Das ist hundertmal öfter, als ich normalerweise mit einer Frau zu schlafen imstande bin. Habe ich einen weiblichen Körper nämlich zwei- bis dreimal gevögelt, interessiert er mich nicht mehr. Und kann mich auch nicht mehr stimulieren. Abgearbeitet, erledigt, auf Wiedersehen. Das ist unabänderlich. Und sehr bedauerlich. Hauptsächlich für mich. Das bringt eine Unruhe in mein Leben, an der ich gar kein Interesse habe. Und zieht sich durch alle Bereiche. Alles hat ein Haltbarkeitsdatum, das lautet: »Benutze es zügig und entsorge es im Anschluss unverzüglich«. Ich kann nichts dagegen tun. Folglich ist mir Bettina wirklich ein unerklärliches Phänomen. Und so versuche ich konstant, mit zahllosen Nutten, Kurzaffären und sonstigen ausgleichenden Maßnahmen, aufkommender Eintönigkeit entgegenzuwirken.

Bettina ist 27, studiert Biochemie im letzten Semester und hat ein Stipendium für Hochbegabte. Von dem sie aber niemandem erzählt. Noch so ein Punkt, der die Existenz unserer Beziehung für mich schwer verständlich macht. Sie ist hochintelligent, aber die Tatsache, dass sie mich mag, lässt mich eher an ihr zweifeln, als dass ich sie dafür schätzen würde. Sie hat dunkelbraune Haare und ein sehr edles Gesicht. Ihre ganz leicht zu dünn geratenen Lippen verleihen ihr einen Hauch von Strenge, die sie in ihrem Wesen aber nicht aufweist. Sie hat auffallend schöne Haut und riecht außerdem sehr gut.

Wir machen keine Dinge, die normale Paare tun, wie z. B. einen Tag zusammen verbringen, durch die Stadt bummeln oder sonst was unternehmen. Wir haben noch nie zusammen gefrühstückt, sind nie zusammen aufgewacht. Ich kann nicht schlafen, wenn jemand mit mir im Raum ist. Ist mir zu intim, zu verbindlich. Im klaren Morgenlicht sieht mir Zweisamkeit zu ernüchternd aus. Raspelnde Morgenstimme, müffelnde Körper, Mundgeruch, zerknautschte Gesichter, zerzauste Haare, unnötige Kommunikation. »Gut geschlafen?« Ja, genau. Das kommt für mich nicht infrage.

Ich ziehe das konsequent durch und mache mich nach dem Sex aus dem Staub. Oder schmeiße sie raus. Natürlich charmant. Mit der Bitte um Verständnis. Was mir zusammen mit meinen anderen Eigentümlichkeiten fast schon wieder eine Art Exotenbonus verleiht. Dass ich mich wegen des Ungleichgewichts unserer gegenseitigen Zuneigung manchmal unwohl fühle, vermag ich sowohl durch Gewohnheit als auch durch sukzessive Verrohung zunehmend besser zu ignorieren. Nie habe ich Bettina etwas vorgemacht oder Liebe geheuchelt. Vielleicht hat sie anfangs geglaubt, das Thema aussitzen zu können und meine Gefühle für sie würden sich dann schon noch entwickeln. Aber dem war nicht so und das wird, wie ich mich kenne, auch nie passieren. Warum ich nichts für sie empfinde, verstehe ich selbst nicht. Ich war noch nie in jemanden verliebt.

Ich öffne die Haustür und laufe in ein Blondchen aus dem zweiten oder was weiß ich wievielten Stock. Ich kenne sie vom Sehen und würde mir ihren Namen selbst dann nicht merken, wenn sie ihn mir zehnmal sagte. Mich interessiert auch nicht, dass sie schwanger ist (›Gratulation‹), das Kind im Januar kommt (›Spitze, toi, toi, toi‹), sie und ihr Mann sich darauf freuen (›Das glaub ich‹), Junge oder Mädchen, egal, Hauptsache gesund (ich könnte ihr doch mal versuchsweise auf ihre Schuhe kotzen), wenn's feststeht, Junge oder Mädchen, wird's nicht verraten, hihi (gibt's diese Sprüche irgendwo zum Auswendiglernen?), und dass übrigens bei den Mülltonnen das Tor nicht mehr von alleine zugeht (what the fuck!), ob ich das auch schon bemerkt hätte (hä?), und sie jetzt zur Wurzelbehandlung geht (what the *flying* fuck!!!). ›Was erzählst du mir da? Laber mich nicht zu und lass dir auch gleich noch die Zahntaschen säubern, und zwar dringend, du stinkende Schnalle‹, möchte ich ihr nachrufen, als ich in den Aufzug steige. Stattdessen versuche ich mich an einem verständnisvollen Lächeln, das mein Wegdriften kaschieren soll. Die Lifttür schließt. Ich mache eine schwache wegwerfende Handbewegung und breche in mir zusammen, stehe mit geschlossenen Augen da und versuche, nicht in den Knien einzuknicken. Drücke die 5. Die Kraft des Frustes lässt mich schaudern. Mein Kopf nickt leicht, ich kann es nicht abstellen. Wackeldackel. Bleierne Schwere, gepaart mit nervöser Unruhe erfüllt mich.

Die Stockwerkanzeige.

Rote Ziffern.

1, 2, 3, 4, 5.

Erst kurz bevor die Aufzugtür aufgeht, öffne ich die Augen und lade meinen Blick durch. Ich versuche so neutral wie möglich zu schauen, nur für den Fall, dass mir jemand begegnet. Wenn das passiert, setze ich ein dezentes Lächeln auf und sage mit entspannt klingender Stimme artig mein ›Hallo‹, bevor ich mich abwende und mein Gesicht wieder zusammenfällt.

Als ich damit begann, ein Bewusstsein für meine Außenwirkung zu entwickeln, musste ich die Performance meiner Höflichkeit erst feinjustieren. Ein langer Prozess. Anfangs war es manchmal der Freundlichkeit zu viel. Zu bemüht und überzogen wirkten meine Guten Tags, Entschuldigungs, Verzeihungs, Vielen Danks und sonstigen Standards. Man konnte unter Umständen merken, dass ich etwas zu verbergen hatte oder irgendwas schräg an mir war. Mittlerweile bilde ich mir jedoch ein, die richtige Intonation gefunden zu haben, um als höflicher und umgänglicher, zu Sanftmut und Überlegtheit neigender Mitmensch wahrgenommen zu werden. Denkt man sich aber hinter jedes ›Entschuldigung‹ ein ›Schwirr ab!‹, hinter jedes ›Verzeihung‹ ein ›Leck mich!‹ und hinter jedes ›Vielen Dank‹ ein ›Und bitte fall tot um‹, kommt man der Wahrheit bedeutend näher. Ich bin so arrogant wie verzweifelt. Gleichzeitig geladen und hilflos, und nur eiserne Selbstbeherrschung hält mich davon ab, mein Gegenüber nicht sofort umzubringen.

Ich ertrage es nicht, dass die anderen nicht so sind wie ich. Komme nicht damit zurecht.

Und ich ertrage es nicht, dass ich nicht so bin wie die anderen.

Aber ich bin ja nicht blöd. Also lasse ich es. Und bringe niemanden um. Führt ja doch zu nichts. Stattdessen schlage ich lediglich Zeit tot. Zeit totschlagen. Oder kurz: Leben.

Beim Betreten meiner Wohnung führe ich meine x-fach durchexerzierte Reihe von Automatismen aus: Schuhe ausziehen und exakt nebeneinander stellen (exakt!), Hände sorgfältig waschen, inklusive Unterarme, den Waschbeckenrand sofort abtrocknen und die Wanne einlaufen lassen. Spätestens wenn ich ins Arbeitszimmer gehe und den Computer einschalte, rede ich mit mir selbst. Ich führe seit ich denken kann Selbstgespräche und parliere oft darüber, dass ich mit mir darüber rede, dass ich mit mir rede. Häufig gebe ich auch imaginäre Interviews in von mir geschätzten Sendungen wie der NDR-Talkshow oder 3nach9 über meine Welthits, die ich gar nicht habe. Da erzähl ich einfach mal locker drauf los. Mir gehen nie die Themen aus. Ich bin mir ein dankbarer Gesprächspartner. Jedoch muss ich aufpassen, dass ich nicht auch auf der Straße mit mir rede. Manchmal gelingt mir das nicht und erst der entgeisterte Blick eines Passanten signalisiert mir, doch besser meine Klappe zu halten. Sehe ich selbst jemanden auf der Straße mit sich reden, ist der für mich komplett abgehakt. Irre. Gummizelle. Aber Lippenbeweger nehmen zu.

Beunruhigt mich das? Nicht im Geringsten.

Heute bin ich nicht so gesprächig. Bin etwas in Eile.

Die Wanne braucht 11 Minuten und 3 Sekunden, um vollzulaufen. Ich rufe in der Zwischenzeit meine E-Mails ab. Sitze in meinem großen schwarzen Schreibtischsessel. E-Mail-Check ist zwanghaft. Das erste am Morgen, das letzte in der Nacht. Und ungezählte Male zwischendurch. Wenn keine Nachricht in meinem Account liegt, bin ich mir nicht zu blöd, sofort noch einmal auf ›Senden/Empfangen‹ zu drücken. Nur mein Unterbewusstsein weiß, was ich mir davon verspreche.

Neun neue Messages, nehme ich erfreut zur Kenntnis. Darunter drei Penisverlängerungen und ein Potenzbeschleuniger. Aber auch andere Nachrichten, wie zum Beispiel die Anfrage eines bekannten DJs (»Top-Selling Dance Act« steht in seiner Signatur, Kniefall, Arschloch), ob ich einen Titel für ihn schreiben kann. Ich verdrehe die Augen. Klar, kann ich, aber Lust hab ich keine. Referenztitel als mp3-File anbei, mit der Bitte: »Schreib was, das genauso klingt, wie der beigefügte Song, aber ganz eigenständig ist, aber eben so wie die angehängte Nummer, aber in neu. Liebe Grüße.« So kenn ich das, ist meistens so. Mach ich. Aber nicht jetzt. Ich bestätige den Posteingang und versichere, mich dranzumachen und alsbald zu melden.

Ich öffne eine weitere Mail, eine Kompositionsanfrage für eine Schlagertante (verkauft sehr gut, muss ich also leider machen. Ich bin ziemlich geldgeil).

Jepp, nächste E-Mail. Die SonyBMG schickt eine Labelcopy, den Wisch, auf dem alle an der Produktion Beteiligten vermerkt sind, mit Bitte um Absegnung der Credits fürs CD-Booklet, bevor das Teil ins Presswerk geht.

»I Could Go On Forever« / Music and Lyrics: ...

Jawoll, mein Name ist richtig geschrieben. Das ist das Allerallerwichtigste. Der Titel an sich? Meistens höre ich mir die Belegexemplare der CDs gar nicht mehr an, wenn ich sie zugeschickt bekomme.

Was zählt, sind einzig die CD-Covers. Je mehr, desto besser. Sie stellen so etwas wie Trophäen dar. Stabilisatoren meines Selbstvertrauens.

Diese und die anderen Nachrichten haben Zeit. Beantworte ich später.

Halt, diese E-Mail öffne ich noch. Abgeschickt vor einer Minute. Ganz aktuell. Mit Ausrufezeichen, high Priority. Von Markus Limmland. Die Knalltüte vom F2P-Artist-Management. Sieht aus wie Mephisto nach einem Auffahrunfall. Nachnamen beginnend mit L oder J sind phonetisch wahnsinnig unsexy.

Zu weich. Jablonsky, Lehmann, einfach schlaff. Limmland. Pff. Markus gratuliert mir zur Veröffentlichung der Glass-Gallery-CD. Eine Möchtegern-Emo-New-Prog-Rock-Band. Die von mir verfassten Titel, 3 und 5, gefallen ihm am besten und er spielt's dauernd im Auto. Ja, so was schreib ich anderen auch immer. Du blödes Stück Scheiße. Schmier dir deine Freundlichkeit sonst wohin.

Komplimente sind mir verdächtig.

Er verfasst zudem E-Mails und SMS grundsätzlich in Großbuchstaben. Was für ein grober Klotz.

Was will man auch von jemandem erwarten, der sein eigenes Profil auf Wikipedia selbst verfasst und reingestellt hat.

Ich hätte Lust, ihm mal so richtig die Meinung zu geigen.

Ihm und seinen knallgelben Reebok-Turnschuhen und seiner zotteligen Gesichtsbehaarung. Er hat mir letztes Jahr eine Connection ziemlich versaut und eines meiner Projekte terminlich hängen gelassen.

Deshalb tippe ich folgende Antwort:

Hallo Markus,
vielen Dank für Dein nettes Feedback.
Hoffe, Dir geht's gut und wir sehen uns bald mal wieder.
Beste Grüße,
Peter

Absenden.

Outlook schließen. Eigene Dateien doppelklicken. Jetzt zum momentan Wesentlichen. Zu dem, was mich seit vier Monaten in Beschlag nimmt.

Vier Monate sind 122 Tage.

Sozusagen mein neues Hobby. Ich öffne den Ordner »DAN«, was für »Die Annonce« steht. Was Blöderes ist mir damals nicht eingefallen, um den Inhalt zu verschleiern. Vielleicht habe ich tatsächlich geglaubt, der CIA wird den Ordner beim Filzen meines Computers übersehen, weil »DAN« so unverfänglich klingt. Wie das Erbinformationsmolekül, von einem Legastheniker im Suff buchstabiert. Als ich vergangenen März auf dem LifeCycle meines Fitnesscenters saß und mein Warm-Up absolvierte (20 Minuten, Stufe 11, 363 Kalorien), las ich nebenbei die Süddeutsche. Oder FAZ. Oder taz. Oder Die Welt. Oder Yps. Zufällig stieß ich dabei auf die Seiten mit den Kontaktanzeigen. Komischerweise hatte ich sie davor noch nie bewusst wahrgenommen.

Horoskope, ja, kurz überflogen, wenn mal gar nichts anderes übrig blieb. Oder die Grobmotorikmetaphern der Todesanzeigen, deren Betroffenheitsgeschwafel fast schon wieder lustig ist. All diesen Zeitungsmüll hatte ich also schon mal näher in Augenschein genommen. Aber noch nie diese wundervollen Partnerschaftsannoncen. Und was ich da las, während ich schwitzend in die Pedale trat, faszinierte mich völlig. Absorbierte mich in seiner Absurdität.

»Adrette Venusianerin möchte Stopp auf dem Mars machen, um Dich kennenzulernen!«

Sie meint das nicht so, das kann niemand so meinen, wieso auch.

Eine Recherche in die Abgründe der Sehnsucht.

»Erste Geigerin im Orchester der Herzen sucht Dirigenten!«

Mir zog sich alles zusammen.

Irgendwas mit »Wolke 7«. Irgendwas mit »Glückselige Ewigkeit«. Irgendwas, das ich nicht mal für einen vertrottelten Text für eine verreckte Schnulze für eine verblödete österreichische Volksmusikkapelle mit roten Westen, blauen Hemden und grünen Lederhosen verwenden würde.

Ich glaube, bei Minute 16, Stufe 11, 284 Kalorien kam ich, schon völlig durchnässt, zu dem Schluss, dass nur ein Typus Mensch so was ernsthaft schreiben kann: Opfer. Ganz klar. Opfer.

Ich hatte nicht unbedingt einen Steifen, aber ich hatte auch keine Wahl.

Wer einen derart gequirlten Ausfluss verfasst, wird mühelos manipulierbar sein. Weil er sich selbst manipuliert. So jemanden muss man schon aus rein wissenschaftlichem Interesse benutzen. MUSS.

Zeit totschlagen.

Und ich würde es nicht irgendwie halbherzig tun oder nur so ein bisschen. Ich würde es, entsprechend meiner Art, systematisch verfolgen. Ausloten, wie weit ich gehen kann.

Zeit totschlagen.

Vier Monate.

122 Tage.

2928 Stunden.

Spar dir die Sekunden.

Ausloten. Wie weit kann ich gehen. Und das habe ich die vergangenen vier Monate reichlich getan.

In eineinhalb Minuten ist meine Wanne eingelaufen. Auf der »DAN«-Dateiseite vermerke ich mit heutigem Datum noch eben die beiden nachmittags getätigten Telefonate mit zwei Annoncieusen, die genauen Uhrzeiten, kurze Angabe über Inhalt der Gespräche und die weitere Terminierung. Alle persönlichen Details finden sich hier fein säuberlich geordnet. Ohne diese Informationen kann ich den Überblick nicht mehr behalten. Keine Chance. Die Frauendichte ist zu hoch. Daten über Familienverhältnisse, den Freundeskreis, die wichtigsten Namen und Besonderheiten aus dem Umfeld der Frau, Querverweise, kalendarische und biografische Fakten. So sortiert, dass ich schnell zugreifen und alle notwendigen Einzelheiten abrufen kann, falls mich mal ein Anruf überraschend erreicht. Ein Ding der Unmöglichkeit, das alles ohne Fehlschaltungen im Kopf zu behalten. (Susi, Gabi, Karin, wer zur Hölle bist du?) Verwechslungen oder offenbarte Wissenslücken könnte ich mir nicht verzeihen. Alles notiert. Speichern, schließen, PC runterfahren.

Mit ausgestrecktem linkem Arm, Handy in der Hand, Linse in meine Richtung, schieße ich ein Foto von mir. Seit drei Jahren mache ich jeden Tag ein Bild meines Gesichts. Und ich habe vor, dies zu tun, bis ich sterbe. Eine Dokumentation der Vergänglichkeit.

Dann ziehe ich mich aus (werfe meine Kleider in die nach Farb- und Weißwäsche sowie nach Waschtemperatur geordneten Wäschebehälter), checke meinen Körper im Spiegel und steige ins Wasser. Das hat exakt die richtige Temperatur: 37 Grad. Noch einundzwanzig Minuten, dann kommt Bettina.

1260 Sekunden.

Ich liege in der Wanne und lasse mich einweichen. Nicht zu lang, sonst trocknet die Haut aus. Von der Badewanne aus betrachte ich die heute früh aufgehängte Weißwäsche (60 Grad).

Eine 60-Grad-Wäsche ohne Vorwäsche hat eine Laufzeit von 121 Minuten.

Mit Vorwäsche 152 Minuten.

Das sind zwei Stunden und 32 Minuten.

Ich bin jedes Mal überrascht, dass eine Waschmaschinenladung exakt auf den Wäscheständer passt. Bis aufs letzte Stück. Ohne dass ich es forciert hätte. Hinter diesen beiden Erfindungen stecken große Köpfe.

Das Handy klingelt, aber es liegt auf dem Schreibtisch. Mein Festnetztelefon beginnt nun auch zu läuten und wahrscheinlich wird es nie wieder passieren, dass auf beiden Anschlüssen gleichzeitig angerufen wird. Obwohl das Handy früher begann, hört es erst später auf zu klingeln.

Am liebsten würde ich Bettina absagen.

Auf das Stereoklingeln konzentriert, stecke ich unbewusst die Zunge zwischen die Vorderzähne. Als ich es merke, ziehe ich sie sofort zurück. Anschließend mache ich kopfschüttelnd einen Schmollmund. Ebenfalls ungewollt. Eins führt zum anderen.

Ich stehe auf, um mich abzuduschen, und haue mir zum allerersten Mal den Kopf an der Dachschräge an. So richtig. Mein Gesicht verzerrt sich. Obwohl es einer dieser Stöße war, den man überhaupt nicht spürt. Laut und erschütternd, aber völlig schmerzfrei. Trotzdem schaue ich immer noch belämmert drein. Eigenartig, dass Erstaunen und Schmerz manchmal gleich aussehen

Ich mag meine Dachschrägen. Kann nur ganz oben wohnen, weil ich ein Gefühl von Ausgeliefertsein habe, wenn noch jemand über mir ist.

Es wird langsam dunkel. Haare frottieren. Dabei schaue ich aus dem Fenster, der Himmel ist ganz leicht bedeckt. Eine Wolke ähnelt dem Aerosmith-Logo. In einer der Wohnungen unter mir muss gerade jemand kochen. Durch das gekippte Fenster dringt Essensgeruch. Ich betrachte das als persönliche Beleidigung.

Die Armaturen und Ränder der Wanne habe ich abgetrocknet. Ich creme meinen Oberkörper mit Körperlotion ein. Das Gesicht nicht, weil ich sonst zu sehr glänze – sogar dann, wenn ich noch einmal mit einem feuchten Handtuch drübergehe. Daher verwende ich für das Gesicht eine spezielle Tagescreme von Nivea, die schnell einzieht.

Dann trage ich sorgfältig das Bruno-Banani-Deo unter meinen Achseln auf.

Ich ziehe eine schwarze Unterhose an (35 Euro das Stück, habe 40 davon, dann lohnt die 60-Grad-Wäsche), die schwarzen Socken (31 Euro das Paar, habe davon ebenfalls 40, so lohnt die 30-Grad-Fein- mit Vorwäsche), mein schwarzes Joop-Hemd (das einzige, das mir wirklich steht. Habe drei identische Stück insgesamt, eins in der Reinigung, eins im Schrank, eins an) und meine dunkelblaue Hilfiger-Jeans (eine der wenigen, die mir steht, habe ebenfalls drei davon, momentan alle frisch im Schrank, bis auf die, die ich gerade vom Bügel genommen habe, natürlich). Nach nur fünf Sekunden schalte ich MTV hastig aus. Eine VJane mit zu breitem Becken moderiert gerade ein Linkin-Park-Video an, das ich gerne sehen würde. Ihr Gelaber wird aber leider etwas länger dauern, da sie noch ein einleitendes Geschichtchen erzählen will. Dabei verrenkt sie epileptisch ihren Körper, der deutlich weniger geil kommt, als sie glaubt. Die Ansageschlampen bei MTV sind überdreht wie Crack Junkies. Und sehen auch so aus. Aber wer braucht noch MTV, wenn es YouTube gibt?

Internet killed the video star.

Während ich meinen Gürtel schließe, schlüpfe ich in meine weißen Adidas-»Adi Racer«-Sneakers mit den schwarzen Streifen. Ich bin ein Turnschuhträger. Die Adidas und meine silbernen Nike Air werfe ich jeden Januar weg und ersetze sie durch ein neues Paar des jeweils gleichen Fabrikats. Einzig zu festlichen Anlässen trage ich ein Paar schwarze Kenzo-Schuhe. Aber ungern, fast widerwillig. Ich bin ein Sneakerstyp. Noch unterstreichen sie meine Jugendlichkeit. Der Tag wird kommen, an dem sie mein Bemühen um Jugendlichkeit betonen werden.

Ich ziehe mein Hemd noch einmal aus, weil ich vergessen habe, meine Haare zu kämmen. Bloß keine Haare oder Schuppen auf dem Kragen. Ich kämme durch. Dann ziehe ich das eng geschnittene schwarze Joop-Hemd mit dem mittelhohen Kragen, das mir gut steht, wieder an.

Ein Markenprodukt. Mein Schrank ist voll davon. Marken. Kein Diktat. Freier Wille! Die Freiheit zu glauben, es gäbe einen freien Willen.

Was wäre die Alternative?

Draußen fährt ein Wagen mit voll aufgedrehter Anlage vorbei. Beyoncé, »Crazy In Love«. Ich lege einen Streifen Klopapier über meinen Zeigefinger und fahre damit in mein Ohr, um es zu trocknen. Dann ins andere. Tut gut. Keine Ohrstäbchen, da ein solches das Ohrenschmalz nur verklumpt und Richtung Trommelfell drückt. Wie ein Schneepflug. Nur dass Schmalz nicht schmilzt.

In drei Minuten kommt Bettina.

Das sind 180 Sekunden.

Zeit totschlagen.

Ich werfe das Papier mit den gelben Abdrücken ins Klo.

Spülung. Der Freie Wille.

Was wäre die Alternative?

Nichts weiter als eine Gegenreaktion.

Die Klospülung tropft. Schon seit Tagen. Das Wasser läuft zu langsam nach. Muss jemanden kommen lassen. Mist.

Blick in den Spiegel. Mein Hemd steht mir gut. Mehr ist nicht drin.

Ich sehe jeden Tag gleich aus.

Es klingelt. Punkt 9 Uhr. Ich betätige, ohne mich über die Gegensprechanlage zu vergewissern, den Türöffner und warte. Von der Haustür bis zu meiner Wohnungstür dauert es durchschnittlich 1 Minute 18 Sekunden, vorausgesetzt, der Aufzug befindet sich im Erdgeschoss. Während ich wie bestellt dastehe, nehme ich mein Notizbuch und schreibe den Satz hinein, der mir heute Morgen einfiel:

Ich bin alles, was ich habe.

Gefällt mir. Nur für mich. Nicht dass ich ihn vergesse. Ich muss jede Idee sofort notieren, da die nächste die vorangegangene verloren macht.

Der Satz steht jetzt unter dem, der mir gestern einfiel:

Ich würde mit mir nichts zu tun haben wollen.

Die Zeit ist um, ich fahre mir noch einmal durch die Haare, ziehe mein Hemd gerade, luge durch den Spion und öffne die Wohnungstür exakt in dem Moment, in dem der Lift aufschwenkt.

2 Schwankungen

Sechs Tage später. Die vergangene Woche verlief ohne besondere Vorkommnisse. Ich habe fast jeden Tag eine andere Frau gedatet, habe zwei durchschnittliche Songs geschrieben und komme gerade aus meinem Fitnesscenter, in dem ich seit 15 Jahren viermal die Woche zwei Stunden trainiere. 180-mal im Jahr. 2 700-mal bis jetzt. Jede Trainingseinheit ein Kreuz in meinem Kalender. Einmal Auslassen kommt nicht infrage. Sonst habe ich das Gefühl, kläglich nachzulassen und meinen Biss zu verlieren. Meine frisch geduschte Haut riecht noch nach Duschgel. Im Kofferraum liegen die Tasche mit dem feuchten Sportzeug, Kleidung und Handtücher. Ich habe keine Zeit, das noch nach Hause zu bringen, sonst komme ich zu spät. Es verursacht mir ein schlechtes Gefühl zu wissen, dass die Sporttasche durchweicht. Im Wagen ist es heiß und ich spüre schon wieder einen leichten Schweißfilm auf meinem Körper. Das finde ich gar nicht gut.

Habe ich wirklich allen Ernstes geglaubt, ich würde dieses Jahr davonkommen? Als Bettina letzte Woche bei mir war, hat sie mich wieder rumgekriegt. Weichgekocht. Das ist das dritte Jahr in Folge, in dem sie mich auf diese dämliche Sommergrillparty ihrer Freunde – den beiden Vorzeigepärchen Peters (jung verheiratet) und Thalhammer/Michalskie (bald verheiratet) – mitschleppt. Ihre flehentliche Bitte, sie dorthin zu begleiten und meine Rolle eines *normalen* Freundes artig zu spielen, ist ihr ungemein wichtig. Sie hat meine kategorische Weigerung einfach nicht akzeptiert. Und obwohl ich normalerweise eigentlich keine Rücksicht auf ihre Gefühle nehme, sozusagen überhaupt kein Entgegenkommen zeige, mache ich jetzt also nochmal eine ausnahmsweise Ausnahme. Ich finde mich geradezu großartig großzügig – aber wen interessiert das?

Ich fahre noch zur Tankstelle, bevor ich sie gleich abhole. Es ist kurz nach drei. Ich bin verzweifelt. Ich verstehe nicht, warum sie bereit ist, ein solches Schauspiel zu inszenieren. Wesentlich einfacher wäre es, mit mir Schluss zu machen und sich einen richtigen Freund zu suchen. Dafür hätte ich vollstes Verständnis.

Wieder mal ärgere ich mich hauptsächlich über mich selbst. Habe mir doch vorgenommen, nie mehr etwas zu tun, was ich nicht möchte. Ganz oben auf meiner Prioritätenliste, Punkt eins. Noch vor: Scheiß auf alles. Selbst zu verantwortende Fehler verzeiht man am schwersten. Ich nehme einen letzten Schluck aus der Wasserflasche. Damit schließe ich meine Flüssigkeitsaufnahme für heute ab. Ich habe schon drei Liter intus und wenn ich jetzt weitermache, muss ich später ständig aufs Klo und das kommt nicht gut.

Mein Urin war beim letzten Wasserlassen ganz weiß. Das zu sehen tut jedesmal wieder irgendwie gut.

Ich reibe mit dem Handballen an meinem rechten Auge. Der Radiomoderator fragt seinen Interviewpartner: »Was war das für ein Gefühl?« Ich schalte hastig um, spreize die linke Hand auf dem Steuerrad. Betrachte kurz den Handrücken, ein kleines Muttermal. Schade, hätte nicht sein müssen. Wundere mich, wie und wann und warum ein Muttermal entsteht. »To Love Somebody«, Bee Gees, läuft. Wieder mal ein Oldie. Dabei geht mir auf, dass der 70er-Jahre Barry Gibb dem 80er-Jahre George Michael optisch frappierend ähnelt. Es gibt Wichtigeres. Schon kommt »Feel«, Robbie Williams. Der ähnelt niemandem.

Während ich eine Kurve etwas zu sportlich nehme und trotzdem nicht vom Gas gehe, wird mir kurz schwindelig. Vielleicht hab ich Glück und ein Laster rammt mich ungebremst von der Seite. Dann komme ich auf der Stelle in die Hölle. Aber wenn man einen Lkw braucht, ist wie immer gerade keiner zur Stelle.

An einer roten Ampel fahre ich alle vier Fenster runter. Frischluft. Am Fußgängerübergang steht ein Hosenträger-Träger mit ernst gemeinten Koteletten. Sein Haar sieht nass aus. Er wiegt sich mit auf dem Rücken verschränkten Armen vor und zurück und ruft dem Fahrer, der gerade seine Grünphase verschläft, »Grüner wird's nicht!« zu. Was ungehört verhallt. Aber sein Blick bleibt versteinert in Habachtstellung. Er schüttelt streng den Kopf, wie er es wahrscheinlich auch beim Zeitunglesen tut, und verpasst dabei sein eigenes grünes Männlein. Ich denke einen Moment darüber nach, will es selbst nicht. Mir wird klar, dass ich den Armleuchter gern anfahren würde, wenn er über die Straße geht. Nur leicht anstupsen. So acht Wochen Krankenhaus.

500 Meter weiter biege ich in die Tankstelle ein, zu der ich immer fahre, weil ich eine Bonus-Chipkarte besitze, mit der ich alle drei Millionen Jahre eine Gutschrift von 20 Euro geltend machen kann. Ich bleibe vor der Nummer 5 stehen. Meiner Stammzapfsäule. Ich steige aus. Überfliege gewohnheitsgemäß die Autokennzeichen der anderen parkenden Wagen. Ein Nummernschild lautet »M-RL« und irgendeine vierstellige Zahl. Was einmal mehr meinen Verdacht nachdrücklich bestätigt, die Buchstabenkombination RL wird am häufigsten vergeben. Dicht gefolgt von CB. Vielleicht habe ich recht, vielleicht habe ich unrecht.

Griff nach dem Zapfhahn, umsichtiges Einführen in die Tanköffnung. Der Bügel des Feststellers springt zweimal raus. Beim dritten Mal rastet die Automatik endlich ein und ich singe eine Melodieidee auf mein Diktafon, während Super Bleifrei in den Tank rauscht. Danach stehe ich nutzlos rum und schaue auf die Rückbank meines Wagens. Dort liegt mein akkurat zusammengelegter Sportsweater von Armani, von dem ich annehme, dass er dem heutigen Event angemessen ist. Mit dem Ding sehe ich aus wie ein Börsenmakler in Freizeitkluft. Aus Verlegenheit öffne ich mit Druck auf die Wipptaste meines Autoschlüssels den Kofferraum und schaue, was meine Sporttasche so macht. Sie macht nichts besonderes, liegt nur da. In der Vertiefung rechts hinter dem Radkasten, neben der Schachtel mit den antistatischen Staubwischtüchern, liegt ein altes Armeemesser. Die geriffelte, achtzehn Zentimeter lange Klinge steckt in einem hellbraunen Lederfutteral, aus dem der dunkelgrüne Kunststoffgriff ragt. Wie neu. Ich glaube, von einem meiner Opas. Von denen ich keinen kennenlernte. Starben früh, wie alle Männer in meiner Familie. Mit Ende 50 ist spätestens Schluss. Aber davor, kerngesund. Ich habe das Messer irgendwann hier reingelegt. Falls ich es mal als Werkzeug oder vielleicht auch zur Abschreckung brauche. Möglicherweise ist es unter Zweiter-Weltkrieg-Fans sogar etwas wert.

Unverhältnismäßig schroff haue ich die Klappe wieder zu. Ich stehe weiter rum. Ich nage an meinen Lippen. Die Liter/Preis-Anzeige der Zapfsäule rast dahin und bleibt bei nur 58,78 Euro stehen. Ich aber strebe eine runde Summe an. Deswegen zuckle ich jetzt manuell mit leichten Stößen am Zapfhahn rum, halte kurz vor Erreichen der 60 Euro an und verlangsame gefühlvoll. Die Digitalanzeige bleibt trotzdem zu spät bei 60,01 hängen. Mist. Also weiter zu 61,00. Die Digitalanzeige wechselt in so großen Sprüngen, dass ich diesmal sogar erst bei 61,02 zu stehen komme. Das gibt's doch nicht. Und als ich mich der glatten 62,00 nähern will, schnallt der Drücker des Zapfhahns dauernd zurück, weil der Tank schon übervoll ist. Schlussendlich gelingt mir ein unbefriedigendes 62,01 Euro. Ich hab keine Lust mehr und sehe sofort nach, ob ich ein 1-Cent-Stück im Portemonnaie habe. Abschließen. Warnblinkanlage bestätigt durch dreimaliges Aufleuchten.

Die junge Frau mit den Hasenzähnen an der Kasse sieht älter aus, als sie ist. Dabei verstehe ich nicht, warum ich glaube, dass sie älter aussieht, als sie ist, und ich nicht einfach annehme, dass sie älter ist. Aber ich täusche mich nicht. Sie ist vielleicht zwanzig. Und optisch knapp vorm Klimakterium. Als sie meine

Bonuskarte ungelenk einscannt, nicht ohne sie zwischen Mars und Twix fallen zu lassen, schaut sie mich etwas verstört an. Ich hab sie die ganze Zeit angestarrt. Wie unhöflich. Aber ich bin fasziniert davon, in ihrem Gesicht ihre Mutter zu sehen, die ich gar nicht kenne, und festzustellen, wie gnadenlos unvorteilhaft ihr das Alter schon sehr bald zusetzen wird.

Ich nehme noch eine Medium-Komplettwäsche für unverschämte 9 Euro 80 und zahle mit einem Hunderter und dem 1-Cent-Stück. Und bekomme 28 Euro 20 zurück. Ich stecke 1 Euro 20 in das hässliche Trinkgeldschweinchen rechts neben der Kasse. Mein geriatrisches Bugs Bunny bedankt sich schwungvoll und wünscht »einen schönen Tag noch«. Komm, halt einfach dein Maul. Einen schönen Tag wünschen ist ätzend. Die reinste Anmaßung. Schlagartig erinnere ich mich an das, was mir jetzt bevorsteht. Meine ohnehin schon miserable Laune wird inzwischen durch einen Mordshunger noch verschlechtert. Doch vor der zu erwartenden Völlerei möchte ich nichts essen, was mich erst recht zu einem Nervenbündel macht. Es ist jedes Mal dasselbe. Ich will mir den Appetit für das erlösende Abendessen aufsparen und bin bis dahin schon so abgefuckt vor Erschöpfung, dass ich die Kurve nicht mehr kriege, egal wie viel ich dann in mich hineinstopfe. Mich fröstelt.

Während ich vor der Waschanlage stehe und zusehe, wie die Bürsten über das nasse Blech des Wagens wischen, wird mir klar, dass ich doch tatsächlich an einem Sonnabend mein Auto waschen lasse. Jetzt will ich sofort Selbstmord begehen.

Jost geht nach einem Mal Klingeln ran, als ich ihn fünf Minuten später auf der Fahrt zu Bettinas Wohnung anrufe. Ich vereinbare einen Termin für eine ganztägige Session. Kommenden Mittwoch in seinem Studio. Ich war schon ewig nicht mehr dort und muss endlich die Nummer für den DJ als auch die Schlagerscheiße und noch zwei andere Kleinigkeiten aufnehmen.Ich habe kein eigenes Studio. Besitz belastet.

Bettina sieht unglaublich aus, aber ich kann erkennen, dass ihr nicht ganz wohl ist bei dem, was sie mir da antut. Mit dem Öffnen der Beifahrertür ist mein heutiges Schicksal besiegelt.

In dem Moment, in dem wir die Ortseinfahrt des hübschen kleinen Münchner Mittelklassevorortes passieren und nur noch wenige Minuten vom Ziel entfernt sind, wünsche ich so intensiv, ich wäre tot, dass Bettina es an meinem Gesichtsausdruck abliest. Vorwurfsvoll sieht sie mich an.

›Nie wieder, nie wieder, nie verfickte Scheiße wieder‹, versuche ich mich selbst zu beruhigen, als ich Inga-Marie und Arnold Peters, die schon winkend in der Tür ihres idyllischen Häuschens warten, munter die Hand zur Begrüßung reiche. Mustermann und Musterfrau, wie aus dem Katalog. Zum Kotzen. Stattdessen erkundige ich mich artig nach dem allgemeinen Befinden, antworte brav auf ihre Fragen (»Ja, ganz prima!«, »Echt? Toll!«) und versuche – zum Ausgleich und um mich nicht vollends selbst zu verleugnen –, an die vorangegangene Nacht zu denken, in der ich Martina Held zum ersten Mal gefickt habe. (Martina Held. Nr. 26, ich nummeriere alle Kontaktanzeigenfrauen durch. Mein persönliches Köchelverzeichnis. 29 Jahre, Verwaltungsangestellte, drei Dates.) Leider muss ich auch sofort daran denken, von welch einfacher Natur sie ist (Lieblingssänger: Eros Ramazotti und James Blunt, Lieblingsfilm: Pretty Woman, Stofftier am Rückspiegel, Selbstbeschreibung am Telefon: »Ich sehe jünger aus!« - klar, das tun wir alle), was mich schnell wieder aus meinen Gedanken zurück ins Pärchenparadies holt. Ich habe mein Soll erfüllt. Dreimal ist genug. Der Hattrick des Grauens.

Wir sitzen zu sechst am perfekt gedeckten Tisch auf der Terrasse. Fünf gut gelaunte, erwartungsfrohe Menschen und ein Häuflein Elend, das nichts mit den anderen gemein zu haben fühlt und sich weit weg wünscht. Konversation. Die Selbstgefälligkeit der gemeinsamen Meinungen und Ansichten, die eingespielte Paare ausstrahlen, lässt mich das ganze Ausmaß der Trostlosigkeit erkennen, welches ich mit ihren Leben verbinde. Oder mit meinem. Und dann dieses lächerliche Schmierentheater, das Bettina und ich hier abziehen. Es ist auf gewisse Weise das Abseitigste, was ich je gemacht habe. Mir schläft ein Bein ein und ich verändere meine Position.

Ohne den geringsten Anflug von Durst setze ich mein Glas an den Mund und es beschlägt von innen. Erschrocken stelle ich es wieder auf den Tisch. Hat niemand bemerkt.

Die ganze Zeit über exerziere ich meinen Langzeitversuch durch, bei jeder einzelnen Antwort, die ich gebe, nämlich: Beim Lügen nicht zu blinzeln. Nicht ein einziges Mal die Augenlider bewegen. Die gesprochene Sprache von der Körpersprache abkoppeln. Klingt leichter, als es ist.

Ich werde immer besser. Am Anfang ist das noch ein wenig so wie Ja-sagen und den Kopf schütteln, oder Nein-sagen und nicken. Aber mit etwas Übung ...

Gleich habe ich wieder Gelegenheit, mich zu schulen.

Arnold, ... Alfred Albert Adolf Achim Albrecht ..., nein, schon Arnold deutet gerade was an. Will aber mit der Sache noch nicht rausrücken. Er will gebeten werden, es zu verraten. Mit nach oben gewendeten Handflächen zuckt er listig mit den Augenbrauen und fragt: »Das wüsstet ihr wohl gern, hm?« Nö, nicht so unbedingt. Ich spiele mit: »Na sag doch mal, wie das gehen soll. Jetzt wollen wir's aber wissen.« Bei mir: kein Blinzeln. Nicht ein einziges. Mein Lächeln gerät nicht mal ins Flackern. Es hilft, dass ich mir währenddessen überlege, warum elf nicht einzehn und zwölf nicht zweizehn heißt. So wie dreizehn und vierzehn logischerweise auch.

Arnold, ... Alfred Albert Adolf Achim Albrecht ..., nein, schon *Arnold* weiht uns in sein Geheimnis ein. Ich starre ihn an. Weil ich nicht zugehört habe, sage ich im Anschluss – ohne zu blinzeln: »Ach, *so* wird das gemacht!«

Kein Wimpernschlag! Meine Augen trocknen fast aus. Übung macht den Meister.

Pit bekommt ein eigenes Hauptgericht serviert. Ein Vegetarier, wie er im Buche steht. Eine Frage der Ehre. Er könnte natürlich aus reiner Höflichkeit das Fleisch einfach kommentarlos stehen lassen und sich mit den Beilagen begnügen. Aber das wäre zu simpel gedacht. Vor allem aus Sicht der Gastgeber.

Pit hat eine runde Nase, merke ich gerade. Und Seezungenfilet. Also Fisch als Extrawurst. Ich stoße mir das Knie am Tisch.

»Noch etwas Salat?«, fragt Inga-Marie in meine Richtung. Ihre schrille Hyperbesorgtheit sengt mein Trommelfell an und macht es an den Rändern ganz fransig. »Oh ja, bitte«, sage ich echt und identisch grell und nicke nonchalant in ihre Richtung. Und hättest du vielleicht noch ’ne Packung Valium, Inga-Marie?

Inga-Marie.

Ist doch wahr, Doppel*vor*namen sind noch bescheuerter als Doppel*nach*namen.

Für einen ganz kurzen Augenblick der Erleuchtung schaudert mir bei dem Gedanken, dass die verkrampfte Beflissenheit der Anwesenden vielleicht nur bedeutet, dass sie sich noch mehr verstellen als ich. Und plötzlich weiß ich: Ich habe recht! Der einzige Unterschied zwischen uns ist, dass sie es nicht bemerken, weil sie sich mit ihrer gestelzten Heiterkeit erfolgreich selbst betrügen.

Meine Hände schließen sich fester um das Besteck.

Um mich aufzumuntern, klinke ich mich so oft wie möglich gedanklich aus. Dabei halte ich aber immer Blickkontakt und tue, als würde ich mich völlig auf die Unterhaltung konzentrieren. Ich versuche mir vorzustellen, wie sich die drei Frauen gegenseitig mit Schlamm einreiben und in den Schwitzkasten nehmen. Nackt. Und sehe sie dabei lächelnd an. Dann stelle ich mir die Frage, ob die geleckt aussehende Kim Michalskie, eine adoptierte asiatische Muschimaus (obligatorische O-Beine inklusive), wohl gut abgeht im Bett. Und sehe sie dabei lächelnd an. Als sie zurücklächelt, wird mir klar: Nein, auf keinen Fall. Und dann stelle ich mir trotzdem vor, wie ich unanständige Sachen mit ihr mache. Und lächle dabei ihren erbärmlichen Freund Pit extra lieb an. Aber es hilft alles nichts. Ich bin immer noch da. In trauter Runde. Und dann sehe ich Bettina lächelnd an. Und werde ganz ernst. Weil es mir leid tut, dass ich so ein gefühlloser Wichser bin.

Nachdem sich die drei Frauen kurz ins Haus verziehen, bleiben wir Männer (*wir Männer*! Hilfe!) auf der Terrasse zurück. Handgeflochtene Korbsessel und violette Abenddämmerung. Das Gespräch mit Arnold (34, ein Jahr älter als ich) und Pit (zweieinhalb Jahre jünger) macht mir klar, dass es für sie keine Zukunft mehr gibt. Sie sprechen über den rabattoptimierten Kauf von Designerstühlen fürs Esszimmer, Hypotheken und Eigentumserwerb, Kinderwunsch, ihre Karriereaussichten in der Firma und und und. Und sie meinen das alles ernst und es macht ihnen sichtlich Spaß, darüber zu reden. Es erfüllt sie. Was sie sagen, klingt zwar nach Zukunft, wirkt aber wie ein längst ausgetretener Trampelpfad voll verbrauchter Worthülsen. Und ich komme mir vor wie ein kleiner Junge, der den Erwachsenen beim Tischgespräch zuhört. Ich verstehe kein Wort. (Ich will zum Kindertisch. Gibt's nicht.) Höllen prallen aufeinander. Ich sage »Ja, absolut« in den verschiedensten Variationen. Mein einziger Trost, mir vor Verlorenheit nicht sofort in die Hosen zu pissen, ist, dass ich wahrscheinlich zehnmal mehr als diese beiden Arschgeigen verdiene. Was für mich zu wissen immer besonders wichtig ist, da sich mein Selbstwertgefühl sonst vollends aufzulösen droht.

Eine Uhr schlägt gedämpft neun. 21 Uhr. Erst! Ich drehe meinen Kopf suchend nach rechts, schaue durch die geöffnete Glastür ins Wohnzimmer. Da! Sie haben sogar eine Standuhr. Das ist zu viel.

Unmittelbar bevor mir auffällt, dass man sogar zu Selbstmitleid in der Lage ist, wenn man sich selbst nicht leiden kann, beiße ich mir in die Zunge. Ich muss weg hier. Mein mir vertrautes Außenseitergefühl schmerzt klaustrophobisch in der Nähe jener beiden Halbtoten so sehr, dass ich aufstehe, reingehe und Bettina dränge aufzubrechen. Sonst kann ich für nichts mehr garantieren. Ich bin nicht mehr bereit, meine Lebenszeit für solch einen Unsinn verrinnen zu lassen. Mit diesen Zombies.

Wir stehen in der Küche. Sie ist gekränkt, beleidigt und aggressiv in einem. Ist mir egal. Sie sieht auf ihre Armbanduhr, verschränkt die Arme, nimmt sie wieder auseinander. Von draußen hört man die ausgelassenen Stimmen der anderen, jemand ruft lachend: »Das war ich nicht.« Gelächter. Bettina weiß, dass Überredungsversuche aussichtslos sind. Ich habe den gewissen Punkt überschritten und bringe den Abend zu seinem logischen Ende.

Schweigend fahren wir heim und ich setze sie bei ihr zu Hause ab. Ihr böser Blick in meine Richtung trifft nicht. Ich überlege, was ich mit dem angebrochenen Abend noch anstellen könnte, brauche dringend einen Ausgleich und rufe Dana an (Dana Wennland, Nr. 29, 33 Jahre, Bürokauffrau, fünf Dates, mag Anastacia, die Toscana, Bollywoodfilme, After-Work-Partys und faulenzen. Beeindruckend), treffe mich 22 Minuten 14 Sekunden später mit ihr, bin so zerstreut und abgelenkt, dass ich keinen hoch bekomme, was auch daran liegen kann, dass wir zu lange vorspielmäßig rumgeschmust haben, denn zu langes Zärteln vermindert den finalen Ständer, mache also kurz und knapp Schluss mit ihr, als mir klar wird, dass dies heute auch nichts mehr wird, verkneife mir, ihr die Schuld für meine misslungene Erektion in die Schuhe zu schieben, Frauen glauben so etwas ja manchmal tatsächlich, mache mich aus dem Staub und amüsiere mich bei dem Gedanken, dass sie sich nun wenigstens vormachen kann, meine Versagensscham wäre der Grund für mein schändliches Verhalten. Dabei hätte ich so oder so Schluss gemacht, da ich kein Interesse mehr an ihr habe. Und so wird sie zur Leidtragenden meines Wiederherstellungsprozesses, nachdem meine Widerstandsfähigkeit unter dem vorangegangenen Kurztrip in den Garten Eden der Normalen und Anständigen gerade so gelitten hat. (Einzig peinlich gegenüber Dana ist mir nur, dass in der Steaksauce vorhin Knoblauch war.)

Es ist mittlerweile halb eins, als ich aus Danas Wohnung komme und zu meinem Wagen gehe. Die Zeit, zu der ich fast jede Nacht ins Auto steige und einfach losfahre. Im Gehen, Taschencheck. Geldbeutel, Schlüssel, Handy, alles da. Nicht, dass ich nochmal zurückkommen muss. Ich fahre ziellos durch die Stadt und steuere irgendwann in Richtung Autobahn. Endlich beruhige ich mich ein wenig. Gedankensplitter. Schwarzer Himmel. Das blaue Schild mit dem Autobahnsymbol fliegt vorbei. Langsam stellt sich Ruhe ein. Der Kontrast zwischen der Geschwindigkeit und der lautlosen Stille der Nacht erfüllt mich mit meiner chronischen Melancholie.

Sie schnürt mich ein.

Und im Wirrwarr der Leere nehme ich es ganz deutlich in meinem Inneren wahr. Das Nichts. Das Vakuum. Mein Unvermögen, *irgendetwas zu spüren, was nicht wieder nur ich selbst bin.*

Die Fliege, die an meinem Kopf vorbei summt, muss mit mir eingestiegen sein. Ziemlich schnell fliegt sie vom Armaturenbrett zum Beifahrersitz, zum Lenkrad und zurück. Ich versuche erst gar nicht, nach ihr zu schlagen. Ich fahre das Fenster etwas runter, in der unsinnigen Hoffnung, sie würde von allein durch den Schlitz verschwinden. Schwüle Luft weht herein. Rechts ist Nordnordwest.

Die wenigen vorbeiziehenden Lichter in der Dunkelheit rufen mir ins Bewusstsein, wie ausnahmslos die Einsamkeit der einzig wirklich entspannende Zustand für mich ist. Diese Momente selbst gewählter Isolation sind meine Batterie. Der Idealzustand. Auch wenn er mir gleichzeitig ständig den Eindruck vermittelt – selbst jetzt –, als würde ich was verpassen.

Alles andere ist nur die Rahmenhandlung. Die lästige Pflicht des Tages vor der nächtlichen Kür.

Nachdem ich eingeparkt und den Motor ausgeschaltet habe, bleibe ich noch sitzen und höre einen Song zu Ende. Zum zweiten Mal hintereinander Nr. 10. Den Namen kenne ich nicht, weil ich mir nur noch CD-Indexnummern merke und eine Titelzeile aus dem Refrain nicht zwingend hervorgeht. Eigentlich konzentriere ich mich auf die Stimmung, die die Musik umgibt, und versuche, etwas zu fühlen. Der Song selbst ist gar nicht *so* stark.

Abwesend bemerke ich, dass nur die Hälfte der Leuchtstoffröhren in der Tiefgarage automatisch angegangen sind. Die Luft im Wagen steht. Caruso, die nervtötende Fliege, summt in F-Dur an mir vorbei und landet auf der Fensterlehne. Ich kann nicht widerstehen und schlage nach ihr. Hab ich doch gesagt, chancenlos. Ich schalte die Anlage mit dem Schlussakkord aus. B-Dur. »So«, sage ich, um mich selbst zu hören. Und komme mir wie mein eigener Doppelgänger vor. Im Anschluss murmele ich: »Alles wirkt so ... willkürlich.« Was mich auch nicht weiterbringt. Noch im Aussteigen kratze ich eine Stelle meines Rückens, die ich nicht ganz erreichen kann. Dann seufze ich äußerst sachlich. Gebe auf. Auch weil ich fürchte, ich könnte mir sonst die Schulter verrenken. Weil ich nicht weiß, wie ich weitermachen soll, zucke ich elend mit den Achseln, als ob durch diese Bewegung mein Hemd den Juckreiz beseitigen könnte. Mir zwingt sich kurzzeitig das Bild von Balu dem Bären auf, wie er genüsslich seinen Rücken an einem Baum reibt.

In dem Moment, in dem die Tiefgaragenbeleuchtung erlischt, halte ich inne, und es formt sich in mir der Satz: *Selbsthass wird gemeinhin unterschätzt.* Aber da er etwas Unvollständiges hat, vergesse ich ihn sofort wieder. Weg ist er.

Dann nehme ich die Treppe und nicht den Aufzug,

121 Stufen,

weil ich wahnsinnig *Pipi* muss. Denn wenn ich gerade jetzt zum ersten Mal im Lift stecken bleibe …

Als ich den Fernseher einschalte und mich in den Sessel setze, ist es kurz nach zwei. Ich tippe Kanal 23 in die Fernbedienung. Noch bevor sich das Bild vollständig aufbaut, höre ich bereits den Ton, erkenne Melanies Stimme und bin beruhigt, dass sie heute tatsächlich moderiert – und nicht eine ihrer dauerbrüllenden »Money Quizz«-Kolleginnen mit Prollcharme. Die Wucht ihrer Anmut haut mich erwartungsgemäß um, während sie freundlich einen Anrufer (Kalle aus Köln) abfertigt, der das Worträtsel, das auch jeder geistig Minderbemittelte zügig als »Paderborn« auflösen könnte, mit »Pandabär« beantwortet. Gebannt starre ich Melanie an. Eine Göttin. Ihre Augen, ihr Gesicht, ihre Schultern, schalte den Ton nach einigen Sekunden ab und komme mir vor wie ein pubertierender Volltrottel. Nach nur zwei Minuten muss ich ausschalten. Das Ausmaß ihrer Schönheit erschüttert und erschöpft mich. Ich weiß nichts damit anzufangen. Ähnlich einem perfekten Song, einem architektonischen Meisterwerk, einem genialen Bild oder einem beeindruckenden Naturschauspiel vergegenwärtigt mir Schönheit (egal welcher Art) lediglich die Erkenntnis, dass ich nichts davon abbeißen kann. Dass sich ein Moment nicht festhalten lässt. Dass sich *nichts* festhalten lässt.

Und so verwandelt sich Schönheit schließlich unausweichlich in einen seelischen Abgrund, der mir die Endlichkeit aller Dinge vor Augen führt. Und sonst nichts.Ich. Kann. Schönheit. Nicht. Ertragen. Weil sie mich erschlägt.

Und darum gehe ich ins Bett. Um beschissen zu schlafen.

Am Tag darauf. Meine Gemütslage tendiert zu nervöser Gleichmut. Nachdem ich heute aufgestanden bin und mit noch viel zu aufrechter Morgenlatte pinkeln ging, mich dazu hinsetzte und in so absurdem Winkel nach vorne beugen musste, um nicht vorne an der Keramik anzustoßen, darüber selbst lachen musste, dann zurück ins Schlafzimmer wankte, um zu lüften, und im Raum riechen konnte, dass ich schlecht geschlafen hatte, ebenso wie ich riechen kann, wenn ich gut geschlafen habe, ich mir mal wieder zustimmen musste, dass man viel schneller in die Gänge kommt und weit weniger verknautscht aussieht, wenn man wenig geschlafen hat, eine Stunde lang joggte, anschließend etwas unmotiviert Klavier spielte, vergeblich einen Song aus mir rauszuquetschen versuchte, zwei maue Verse (einen davon mit Bridge) ausspuckte, 20 Minuten Umkleide- und Schlafzimmerboden wischte, das grüne Schwammtuch für die Küche gegen ein neues, blaues austauschte, wieder nur wenige Sekunden auf MTV durchhielt (die Moderatorin mit unappetitlich seitlich abstehendem Haarwirbel brachte in nur einem Satz die Worte »Sekündchen«, »Oopsala« und »Schwuppdiwupp« unter und führte mit offenstehendem Mund eine bühnenreife Wyclef-Jean-Parodie auf; wo ich doch nur die Premiere des neuen Korn-Videos sehen wollte) und dann duschte –, rief Bettina an und sagte, sie möchte mich heute Abend um acht treffen. Abgesehen von ihrem schwer zu durchschauenden Tonfall ist das ungewöhnlich. Normalerweise liegen mindestens eineinhalb Wochen zwischen unseren Verabredungen. Mindestens. Sie hat nichts angedeutet, ließ sich auch nichts anmerken, aber ich sehe es im Bereich des Möglichen, dass sie heute Abend mit mir Schluss macht. Was sehr für ihren Anstand sprechen würde, denn sie könnte mich ja auch telefonisch abservieren. Andererseits bin ich nicht sicher, ob das misslungene Grillfest gestern solche Konsequenzen nach sich zieht. *Ich* jedenfalls habe diese Aktion schon längst wieder verdrängt.

Ich sitze am Schreibtisch. Computer läuft. Der Bildschirmschoner schaltet sich gerade ein. Das Microsoft-Symbol knallt gegen den linken Bildschirmrand, prallt ab und gleitet weiter. Schwebt durch die schwarze Fläche nach oben.

Die Stimme von Judith Haas (Neu-Akquise, 28 Jahre, Nr.38), die ich gerade am Telefon habe, klingt wie die der Riesen im

Hörspiel »Gullivers Reisen«. Langsamer abgespielt, um diesen behäbigen Zeitlupeneffekt der Stimme zu erzielen. Was nicht unbedingt nahelegt, dass sie eine Schönheit ist. Aber (a.) kann man sich da irren und das will ich nicht riskieren und (b.) sollte sie tatsächlich nicht sonderlich attraktiv sein, greifen dann die Argumente ›dankbar‹ und ›schnell gepflückt‹. Kann man ja mal nebenbei durchziehen.

Die bisherigen Anzeigenbekanntschaften sind rein äußerlich (und nur das) eigentlich alle mehr oder weniger akzeptabel. Zumindest für meine Absichten.

Judith hat ganz schön schnell zurückgerufen, denke ich mir, während ich mit dem Kuli spiele, mit dem ich mir vereinzelte Notizen zu ihrem Geschwalle mache. Leise mitschreiben, damit man's nicht hört. Was sie mir in Kurzform über sich und ihr gewöhnliches Dasein erzählt, ist von ausgesuchter Belanglosigkeit, dargebracht in einem Tonfall äußerster Temperamentlosigkeit. Die Lebendigkeit ihres Erzählstils macht mir das Wachbleiben schwer. Ihr zuzuhören hat was von Pfahlsitzen. Unfreiwillig schlucke ich die ganze Zeit.

Sie ist genauso unterbelichtet wie erwartet. Ich glaube, ich habe schon gewonnen und sie überzeugt, sich mit mir zu treffen. Womöglich deshalb lasse ich gerade konzentrationsmäßig etwas nach und mir fällt einfach so auf, dass Whoopie Goldberg eine verblüffende optische Ähnlichkeit mit Nile Rodgers von Chic aufweist. Weiß auch nicht, wie ich da gerade drauf komme. Die ganze Welt besteht aus nichts als Replikationen.

Schrring. Ich nutze den Moment und schieße mein tägliches Handyfoto von mir. Das Motiv: Ich, mit Festnetzhörer am Ohr.

»Und was machst du in solchen Fällen?«, fragt sie nach irgendwas. Ich schrecke auf, versuche ihr Gerede zurückzuspulen und schlusszufolgern, um was es gerade geht, sage »Ja« und versuche, überzeugend zu klingen, als würde ich es wirklich meinen. Dann stelle ich fest, dass meine Antwort nicht unbedingt

Sinn macht. Macht nichts. »Ja«, sage ich nochmals – mehr zu mir als zu Judith – und überlasse ihr die Deutung.

Erst vorgestern sprach ich ihr meinen üblichen Text auf die Mailbox. Ich haue diesen Standardspruch – mit minimalen Anpassungen an die individuellen Erfordernisse (Hobbys, Nichtraucher, Tierliebe, Vorleben, moralische Schwerpunkte) –, jedem Opfer um die Ohren.

Ein sorgsam ausgeklügeltes Werk küchenpsychologischer Cleverness. Kurz, prägnant, mit gebildet klingenden Zwischenformulierungen (Stichwort: Niveau!) und die Kunstpausen und Atmer markiert, damit es so rüberkommt, als würde ich frei sprechen. Aus dem Stegreif. Funktioniert meistens.

Ich beackere hauptsächlich Telefonannoncen. Und wenn mir die ausgehen, dann greife ich auf die klassischen, brieflich zu beantwortenden Anzeigen zurück. Internetforen lasse ich komplett außen vor, da Kontakte dort zu bearbeiten zu zeitaufwendig und oft zu unverbindlich ist. Und somit deutlich weniger Erfolg versprechend. Der Anteil an indiskutablen Frauen für meine Versuchsreihe ist im Netz außerdem noch höher. Zu hoch. Und auf noch mehr Zeitverschwendung habe ich keine Lust.

»Ja, das würde mich sehr freuen«, sage ich gedehnt und beweise ihr damit, dass ich einfach nicht lügen *kann*. Das hätten wir, die Sache läuft. Sie hat angebissen. Judith und ich verabreden uns für nächste Woche. Sonntag, 19 Uhr. Blabla, ja bis dann, jaja, tschau. Meine Güte, dass niemand bemerkt, was für ein verlogener Heuchler ich bin.

Ich stupse kurz die Maus an, der Bildschirmschoner verschwindet, ich tippe meine eben gemachte Mitschrift in die »DAN«-Datei ein (45 Sekunden, speichern, schließen).

Kurz bevor ich aufbreche, beantworte ich noch die E-Mail eines Plattenfirmenheinis von gestern, der mir mitteilt, ich könne die gerahmte Goldene CD (nur Kleingeister hängen sich so was auf), die ich für einen Singlehit in Skandinavien verliehen bekomme (was bedeutet ›Gold‹ in Skandinavien? 250 verkaufte Einheiten? Und was bedeutet Skandinavien? Gehört das versoffene Finnland nun dazu oder nicht?), für 48 Euro über die Plattenfirma bestellen.

Versehentlich sende ich meinen schnell hingetippten Kommentar »Mein Gott, was für knauserige Wichser! Gruß, Peter« nicht als Weiterleitung an meinen im ›Cc‹ befindlichen Co-Producer-Kollegen, sondern direkt an ›Alle‹, bemerke meinen Fehler exakt im Moment des Absendens und erfreue mich an dem Gedanken, ab sofort von mindestens einer Person aus dem Musikbusiness nie mehr mit Anfragen belästigt zu werden.

Es ist 14 Uhr 47, brüllend heiß. Bin in sechseinhalb Minuten am Ziel. Mein Blinker klickt heute besonders laut. Zumindest kommt es mir so vor.

Ich befinde mich gerade in einer 50er-Zone, der Lieferwagen vor mir fährt dennoch konstante 30. Aber ich bleibe ruhig.

Die Firmenadresse auf der Heckklappe zeigt noch eine vierstellige Postleitzahl. Das ist alt. An die fünfstelligen Postleitzahlen habe ich mich damals extrem schnell gewöhnt – die neuen Bundesländer hingegen sind für mich immer noch DDR.

Jetzt schaltet die hundert Meter entfernte Ampel auf rot, aber der Lieferwagen fährt unbeirrt mit seinen stoischen 30 km/h weiter. Voll bei rot drüber. Roboterhaft, wie ferngesteuert. Fasziniert sehe ich ihm nach, während ich selbst an der Haltelinie stehen bleibe. Ich unterlasse es natürlich, ihn per Lichthupe auf die Gefahr aufmerksam zu machen. Wer bin ich denn? Jesus? Womöglich hält er mich sonst auch noch für bevormundend.

Er hat Glück, dass kein Wagen von links oder rechts seinen Weg kreuzt und ihn aufspießt. Ich habe noch nie einen Unfall live gesehen. Dafür wurde ich als Kind Zeuge, wie ein kleines Privatflugzeug dreihundert Meter vor mir in einem Waldstück abstürzte. Mein Mund klaffte auf, eine nicht näher beschreibbare chemische Reaktion vernebelte mein System und ich fühlte etwas übermenschlich Elementares. Dann ging ich heim. Abendessen.

Der Lieferwagen fährt und fährt. Gleich hole ich ihn wieder ein. Er weiß wohl gar nicht, was gerade passierte. Beziehungsweise, was nicht passierte. Oft wundere ich mich sowieso darüber, dass nicht mehr passiert. Ein ganz schlimm überstrapazierter Spruch, der aber nichts an Wahrhaftigkeit verliert, auch wenn ich ihn mir noch tausendmal wiederholen würde.

Ich parke vor dem kleinen italienischen Restaurant, in das ich oft essen gehe. Ein »Durchgehend geöffnet«-Schild ist für mich das Schönste und lässt mich ein Lokal bedeutend leichter in mein Herz schließen, da sich meine Essenszeiten von denen des gemeinen Volkes unterscheiden. Ich nehme mein Mittag-Schrägstrich-Abendessen kombiniert meist zwischen 15 und 16 Uhr ein. Wenn ich nicht abends eine Frau klarmachen muss oder ein Geschäftsessen mit irgendwelchen Businesslachnummern habe.

Als ich wenig später die verglaste Holztür des heute unerwartet dunklen Lokals öffne, knarzt sie so laut, dass ich meinen Kopf schuldbewusst einziehe. Aber niemand nimmt von mir Notiz. Bei dem hochnäsigen Möchtegernmafioso – der einfach nicht freundlicher wird, egal wie oft ich auch hierherkomme –, bestelle ich eine Pizza des Hauses, wie immer zwei Salate (»Ja, zwei. Hmm, genau, zwei. Ja, also einen noch extra dazu. Ja, zwei.« Jedes Mal dasselbe Theater), Brot, eine Cola Light (ohne Eis, die Zitrone fische ich selbst raus und werde heute nicht darauf rumkauen) und einen doppelten Espresso.

Mein Handy liegt zu Hause. Habe es vergessen. Passiert höchstens einmal im Jahr. Dieses Gefühl, gerade nicht erreichbar und somit von der Welt abgeschnitten zu sein, ist mit Verzweiflung noch milde beschrieben.

Ich nippe an der Cola, ist das denn die Möglichkeit, ich bin niedergeschmettert, es ist eine Pepsi Light, keine Coca Cola Light, ich betrachte das als persönliche Beleidigung, schneide meine Pizza an, nehme mein auf die richtige Seite geknicktes Buch und rücke es zurecht, sehe mich noch einmal im Raum um, schaue rüber zu den beiden Verliebten am Tisch gegenüber, die nebeneinander und nicht sich gegenüber sitzen, und die sich so ähnlich sehen wie Bruder und Schwester, was ich ekelhaft finde, dann auf die Kerze an meinem Tisch, die nervös flackert, obwohl kein Lüftchen weht, weiter zu einem anderen Pärchen, hinten in der Ecke, die Händchen halten und noch nicht wissen, dass sie nicht zueinander passen, sie flüstern sich dauernd Sachen zu, Flüstern ist noch schlimmer als Schmusen, ich schwenke rüber zu der alleinstehenden Südamerikanerin, die aussieht wie ein Model für abstoßende Postkarten und die am Handy zu laut erzählt, wie das Wetter hier ist (nur einen Satz solch nutzloser Information mehr und das europäische Mobilfunknetz implodiert auf der Stelle), beobachte, wie der Kellner unbedeckt in die Luft hustet, als er zwei Teller an einen Tisch bringt, bin froh, dass das nicht mein Essen ist, bemerke, dass die Tür jetzt nicht ächzt, als ein neuer Gast eintritt, dafür das Flackern meiner Kerze plötzlich komplett aufhört, führe die Gabel zum Mund, finde, dass die Pizza gut schmeckt, und beginne zu lesen. Mein Rückzug ins Ich.

Etwas Befremdliches liegt in der Luft, als Bettina um Punkt acht in die Wohnung tritt. Ich kann nicht ignorieren, dass sie anders als sonst ist. Ich hatte erwartet, sie wäre sauer wegen gestern, aber sie ist viel profunder *anders*. Sie trägt ein helles Sommerkleid und ihre Haare hochgesteckt, lächelt mich kurz an und geht wortlos durch ins Wohnzimmer. Was etwas übertrieben zu sachlich ist, obwohl wir uns nie mit Kuss begrüßen. Das hab ich gar nicht erst einreißen lassen, das liegt mir nicht. Alleingelassen mit der Klinke in der Hand schaue ich noch mal vom leeren Gang in den Wohnungsflur, fasse mich aber gleich wieder. Nachdem ich die Türe leise schließe (was ich mit allen Türen tue, da ich nicht von Nachbarn oder sonst jemandem wahrgenommen werden will), folge ich ihr, biege aber in die Küche ab, während sie geradeaus weitergeht und auf der weißen Couch im Wohnzimmer Platz nimmt. Beide Räume sind, leicht versetzt, nur durch einen Mauerbogen voneinander getrennt.

»Ist alles okay bei dir?«, frage ich bemüht locker um die Ecke, ohne direkten Blickkontakt, während ich einen Wandschrank mit der Spitze meines linken kleinen Fingers öffne, um keine Fettabdrücke zu hinterlassen. Ein verinnerlichter Bewegungsablauf. Auch Türklinken betätige ich nur so.

»Ja, bei mir ist alles in Ordnung«, antwortet sie mindestens ebenso bemüht. »Wieso?«, fährt sie bedauerlicherweise fort, was verrät, dass sie meinen Tonfall zu deuten weiß. Das klingt nicht gut. Eindeutig beleidigt oder nachtragend oder zickig oder vorwurfsvoll – alles könnte ich nachvollziehen. Aber das? Ich entscheide, eine Antwort durch die Frage, ob sie etwas trinken will, zu ersetzen. »Nein, danke, lass uns doch noch ein bisschen weggehen«, antwortet sie, jetzt etwas entspannter. »Okay, ich nehm mir nur noch 'ne Cola«, entgegne ich, meinen Kopf dabei in Richtung Wohnzimmer neigend – was wohl meine akustische Verständlichkeit verbessern soll (0,004 dB?) –, und nehme die Coca Cola Light (0,5 l) aus dem Regal. Zimmertemperatur. Kalt schmeckt alles nur nach kalt. Ich stelle dabei fest, dass ich gerade überhaupt keine Cola will (wäre heute schon meine dritte) und nur in der Küche stehe, weil ich mich nicht gleich zu ihr setzen möchte. Als ich in das Fach mit den Gläsern greife, um eins herauszunehmen, wundere ich mich, wofür ich all das Geschirr eigentlich besitze. Ich benutze immer nur das jeweils oben liegende Teil. Also nehme ich eigentlich gerade nicht *ein* Glas aus dem Schrank, sondern *das* Glas. Das, welches ich immer nehme und dann im Anschluss per Hand abspüle und sauber zurückstelle. Exakt so verhält es sich mit den Löffeln, klein wie groß, den beiden Messern (insgesamt habe ich allerdings zehn) und den beiden Gabeln (ebenfalls zehn), Tellern und so weiter. Was für eine Verschwendung. Daran, dass ich auch keine Töpfe oder Kochutensilien benötigte, da ich immer auswärts esse (ich gehöre zur Gruppe der Heavy-Gastronomy-User), aber alle in kompletter Ausführung besitze, darf ich gar nicht denken. Mit meinem kleinen Finger kratze ich mich kurz am Sack, was keine Konsequenzen haben dürfte, da sowohl Hose als auch Sack sauber sind. (Habe gerade eben zum zweiten Mal heute gebadet. Ich weiß ja nicht, ob Bettina vielleicht *doch* nicht mit mir Schluss macht. Und dann könnte es ja sein, dass ...)

Mit dem Ansatz eines forschenden Lächelns lasse ich mich auf den Sessel links von Bettina fallen und finde bestätigt, dass sie eigenartig unsicher und gleichzeitig aufgedreht wirkt. Nur keinen verdammten Hauch so, wie ich es nach gestern erwarten dürfte. Eigentlich wollte ich majestätisch in den Sessel gleiten, aber schlagartig vergeht mir jegliche Lust auf Eleganz.

»Und, hast du dich von der Katastrophe schon erholt?«, fragt sie und spielt damit endlich auf gestern an. Der höhnische Unterton verleidet mir jetzt doch alles.

»Ja-ah, hab ich wohl. Diesmal war's aber auch etwas ganz Besonderes.« Dabei nicke ich ohne Unterlass. Im Kontext der ungewohnt steifen Stimmung steht mir meine anklingende Ironie überhaupt nicht. Ich kann mich des Eindrucks nicht erwehren, dass unsere Vertrautheit damit unwiederbringlich dahin ist. Mit einem Schlag. Und die Wucht dieser Erkenntnis bestätigt sich zugleich. Wir schauen alles andere an außer uns.

›Nun sag schon endlich, das war's! Sag schon, dass du das nicht länger aushältst. Dieses konkubinenhafte Dasein auf Abruf. Ich verstehe sowieso nicht, wie du das sechs Jahre ausgehalten hast.‹ Ich versuche zu erkennen, ob sie meine Gedanken gehört hat. Die Arme auf ihren Knien aufgestützt und wie um Anlauf für den nächsten Satz zu nehmen, schweifen ihre Augen durch das Zimmer. Über die Möbel und kurz durch die große Glasfront hinaus über die Dachterrasse, auf der keine Sitzgelegenheit steht, da meine innere Unruhe es nicht zulässt, in der Sonne rumzuliegen. Die clean wirkende Wohnung findet sie seit jeher unbehaglich. Spärliche Einrichtung, keine Accessoires, nur das Nötigste. Keine Bilder. Sie ist das Gegenteil von ihrer Wohnung. Ich brauche diese Kargheit als Kontrast zu meinem getriebenen Innenleben. Ich kriege sonst keine Luft. In einer üppig ausgestatteten, lauschigen Behausung würde ich ersticken. Womöglich noch mit Wänden in Apricot, Kanariengelb oder Mintgrün. Schon Eierschalenweiß ist mir nicht weiß genug. Es gibt auch keine Pflanzen. Ich möchte nichts gießen müssen. Darin sehe ich überhaupt keinen Sinn.

Die für uns unnatürliche Gesprächspause hält an. Noch nicht peinlich, aber nah dran. »Du«, sagt sie endlich und zieht dabei das ›u‹ in die Länge, wie man es macht, wenn etwas Gewichtiges kommt, das lockerleicht eingeleitet werden soll.

»Hmm?« Ich versuche es wie ein entspanntes ›Ja‹ klingen zu lassen, verschlucke aber die zweite Hälfte und muss mich kurz räuspern, was leider mein Unbehagen enttarnt. Ich bin nicht sicher, ob ich nicht tatsächlich die ganze Zeit mit meinem Kopf nicke. Mein Gott, ist das zäh. Ich suche nach Worten. Irgendwas. Ein halbes Lächeln. Ich greife zur Cola, überlege es mir dann anders. Kümmere mich elegant nicht weiter darum. Der angedachte Locationwechsel könnte dieses Trauerspiel vorerst entschärfen. »Wollen wir jetzt nicht erst mal irgendwo hingehen? Runter ins Kranz vielleicht? Hast du Lust?«, schlage ich bemüht heiter vor. Bettina nickt erkennbar erleichtert. Eigenartig zügiges Aufstehen, meine Cola bleibt unangetastet auf dem Tisch zurück, einen saloppen Griff nach der Jacke in der Garderobe unterbreche ich auf halber Strecke, da nicht nötig (draußen sehr mild), im Aufzug abwärts, als ich sie im Lift ansehe, bemerke ich, wie außergewöhnlich attraktiv sie mir heute vorkommt. Wahrscheinlich die Masche ›Schau dir noch einmal genau an, was du nie mehr haben wirst‹. 3 Minuten 2 Sekunden Gehzeit und wir sitzen in dem kleinen Lokal, Zweiertisch links hinten. Und los geht's.

»Dirk hat Leberzirrhose. Es geht ihm wirklich sehr schlecht«, eröffnet mir Bettina, noch während wir uns setzen. Ich überlege kurz, dass sie mit dieser unerwarteten Nachricht aus ihrer Sicht heute gleich zwei thematische Knaller auf der Pfanne hätte, sollte sie mich anschließend noch in den Wind schießen.

»Was? Er ist doch erst, ähm, sieben-, äh, siebenundzwanzig, oder?« Kann Stottern kalkuliert sein? Meins schon.

»Er hat sich schon die letzten Wochen über so schlecht gefühlt und ist neulich zum Arzt gegangen und das kam dabei jetzt raus. Ja, also 28 ist er.« Dirk ist Bettinas Mitbewohner und Jugendfreund. Sie haben eine gemeinsame Wohnung, seit sie mit 19 von zu Hause auszog, und bilden bis heute eine Mini-WG. Dirk ist vollepulle schwul und arbeitet als Stricher. Und das aus Berufung. Ich kenne niemanden, der es so krachen lässt wie er. Er säuft wie ein Loch, nimmt Drogen *aller* Art und vögelt sich seinen Weg auch nach Dienstschluss durch die Welt, als gäb's kein Morgen. Es gibt keinen Darkroom im Umkreis von hundert Kilometern, in dem er nicht Stammgast ist. Mir gegenüber hat er sich immer sehr freundlich, aber mit erkennbarem Vorbehalt verhalten, da er in mir wohl den Rohling sieht, der Bettina nur weh tut.

»Was darf ich euch bringen?« Die Bedienung, Ende fünfzig, passt überhaupt nicht in diesen stylischen Laden. Trotz herber Ausstrahlung verkörpert sie noch gut erkennbar eine Form von Schönheit, die früher auffallend gewesen sein muss. Ich kann nicht ausmachen, ob es sich bei ihrem schwer identifizierbaren Dialekt vielleicht um einen Akzent handelt. Mit zehn Zentimetern Abstand zwischen meinem Kopf und ihren Lenden steht sie eindeutig etwas zu nah neben mir. Ich sehe mit angestrengter Kopfhaltung zu ihr hoch, komme mir dabei blöd vor und bestelle, ohne bestätigenden Blickabgleich mit Bettina, einfach das Übliche. »Bitte einen Merlot, null Komma zwo, und für mich ein Wasser ohne Gas und ohne Eis.« Wow, stilles Wasser, lauwarm. Früher habe ich wenigstens Mineralwasser *mit* Kohlensäure genommen. Es wird immer toller. Ich bin eine Stimmungskanone. »Gern«, bestätigt die ehemalige Beauty-Bedienung und rauscht ab. Dabei knallt ihr schwerer Geldbeutel, der vertikal an ihrem Gürtel befestigt ist, im Schrittrhythmus gegen ihre Hüfte. Mit jedem Meter, den sie an Entfernung hinlegt, nimmt sie an Attraktivität zu. Die Zeit ist erbarmungslos, doch der Raum ist gnädig.

›Gern!‹ Das kann ich auch nicht mehr hören. Plötzlich war's da. Jeder Bestellvorgang im Lokal oder beim Bäcker oder an der Fleischtheke wird mit ›gern‹ bestätigt.

»Dirk ist schon seit vorgestern im Krankenhaus. Du solltest ihn mal besuchen«, sagt Bettina.

»Ja klar.« Ja klar. Logo. Jetzt warten wir mal ab, ob du mich gleich abservierst, und dann sehen wir weiter. Ich entschuldige mich fahrig und gehe zur Toilette, ziehe dort mein Diktiergerät aus der Hosentasche und singe eine kurze Refrainidee auf. Wie meistens, ungeachtet der Umstände, kam sie einfach ungefragt daher. In diesem Fall zwischen den Worten Leber und Zirrhose. Jedes Mal wenn ich einen Melodieeinfall habe, während ich mit Menschen zusammen bin, muss ich darauf achten, dies geheim zu halten und meine Demoaufnahme unbeobachtet zu machen, da sonst zu Recht der Eindruck entstünde, dass ich gedanklich woanders bin. Oder nur halb bei der Sache. Als ich zum Tisch zurückkehre merke ich, dass das Thema ›Dirk‹ durch ist.

Nach kurzem Geplänkel, in dem sie mir unter anderem von einem Kinofilm vorschwärmt, den ich unbedingt sehen muss und der durch ihre Begeisterung schon verloren hat, da er ihrer überschwänglichen Vorankündigung niemals entsprechen kann, folgt die kommenden eineinhalb Stunden die zu erwartende Auseinandersetzung mit unserem Ende. Eine sorgsam von Bettina durchdachte Vergangenheitsbewältigung unseres Verhältnisses. Während dieser Tour de Force teilt sie mir behutsam und liebevoll mit, dass es aus ist, sie an mir gelitten hat und es einfach nicht mehr geht mit uns. Es fällt mir schwer, zwischen zwei in mir konkurrierenden Gefühlsregungen zu wählen: (1.) Ich müsste eigentlich dafür sorgen, dass jemand, der so mit mir Schluss macht, niemals mit mir Schluss macht, und (2.) Tatsächlich, ich hätte vorhin nicht noch mal baden müssen. Ich entscheide mich für Nummer zwei.

Meine Kraft geht hauptsächlich dafür drauf, mich auf Bettina zu konzentrieren und nicht ständig dem Idioten am Nebentisch zuzuhören, der aussieht wie jemand, der eine Bombendrohung mit einem Herzsymbol unterschreiben würde und China wie Schiena ausspricht. ›Isch hab in Schiena Schemie studiert und mir dabei ne schronische Bronschieties geholt.‹

Ich sehe Bettina permanent in die Augen und bemühe mich, betroffen dreinzuschauen (ich möchte sie wirklich nicht durch meine Gleichgültigkeit verletzen). Ich bin innerlich so kaputt, dass ich mir nicht mal vormachen kann, erschüttert darüber zu sein, dass wir nie wieder das tun werden, was wir sechs Jahre lang getan haben (und dass ich nie wieder jemanden wie sie finden werde, der mir so ergeben ist). Und da Bettina auch noch den schönsten Busen hat, den ich kenne, hat sich das ja dann wohl auch erledigt. Bei diesem Gedanken allerdings merke ich, dass doch noch so etwas wie Traurigkeit aufkommt. Ich bin das Letzte.

Mittlerweile ein wenig durcheinander, gebe ich ihr bei unserer Verabschiedung vor dem Lokal noch einen Kuss auf die Wange, weil ich wahnsinnige Lust verspüre, ihre Haut zu berühren. Ein allerletztes Mal. Es trifft sie sichtlich unerwartet und ihr überraschter Blick beleidigt mich fast. Unpassende Aktionen sind meine Spezialität. Ebenso, wie alle Verbindungen mit meiner Vergangenheit zu kappen. Auf einmal bin ich mir nicht sicher, ob wir uns überhaupt je sympathisch waren.

Ich gehe die paar Meter zu meiner Wohnung und überlege, ob ich mich noch einmal nach Bettina umdrehen soll, lasse es aber. Frauen drehen sich nach Verabschiedungen komischerweise nie um, dabei hat so ein Winke-Winke etwas rückwirkend Entspannendes. Gut, vielleicht nicht unbedingt, wenn man sich gerade voneinander getrennt hat. Ich werfe einen prüfenden Blick auf meine linke Ferse, ob meine Jeans nicht versehentlich in den Schuh gerutscht ist. Zwischen Socken und Schaftkante. Das sieht unmöglich aus. Aber, alles gut. Sie hängt drüber. Dann selbe Prozedur mit dem rechten Fuß. Auch okay.

Meine Gesichtsmuskulatur ist vom kontrolliert Gucken total erschöpft. Alle 50 Adduktoren und Abduktoren hängen nur noch so in der Gegend rum. Ich schließe die Haustür auf, rufe den Lift und prüfe, während er kommt, zum heute vielleicht fünften Mal meinen Briefkasten. Das tue ich immer, wenn ich an ihm vorbeigehe. Ist ähnlich zwanghaft wie mein Abrufen von E-Mails. Er ist natürlich leer. Wenig verwunderlich, es ist Sonntag. Zwei Parteien aus meinem Haus haben an ihren Einwurfschlitzklappen »Stopp! Bitte keine Werbung«-Aufkleber angebracht. Die mit dem roten Ausrufezeichen. Diese Wichtigtuer. Solche Versager haben auch Stofftaschentücher mit Monogramm und lassen sich ihre Namensinitialen auf ihrem Kfz-Kennzeichen eintragen. Und Spezialisten, die zum Beispiel Andreas Vogel oder Gottfried Vilshofer heißen, bemerken vor lauter Profilneurose gar nicht, dass das bei ihren Namen nicht so günstig kommt. So ein »Stopp! Bitte keine Werbung«-Aufkleber käme bei mir nicht infrage. Ich freue mich über jede noch so überflüssige Postwurfsendung. Dass Vodafone und Alfonsos Pizzabringdienst an mich denken, beruhigt.

Gerade habe ich das auf dem Wohnzimmertisch zurückgelassene Glas abgewaschen und dabei in das mp3-File eines vorhin erhaltenen Instrumentals reingehört. Das Gesangsmelodiegerüst hab ich in meinem Kopf gleich mitkomponiert. Ich war ganz gut in Fahrt. Eine Hookline für eine technoide Electro-House-Nummer. Nur vier Sätze. Vier Zeilen, die sich dauernd wiederholen. Ist genau das Richtige für die Hohlköpfe in den Clubs. Musste lachen, als ich fertig war und daran dachte, dass die Party-Ecstasy-Schwachmaten da draußen wieder zu einem Song abfeiern werden, den ein Typ geschrieben hat, der es in einem Club nie länger als zwei Minuten aushält. Als ich merkte, dass ich das eigentlich gar nicht lustig finde, habe ich auch noch die Cola-Flasche ausgespült. Mach ich sonst nie.

Jetzt stehe ich vor dem Badezimmerspiegel. Vor dem letzten Zähneputzen des Tages ist die Reinigung mit Zahnseide zwingend. Aber ich finde keine Lösung, wie ich die vom Blut abgeschnürten Zeigefingerspitzen, an denen die Seide aufgespannt ist, vermeiden kann. Das ist durchaus dramatisch. Sie pulsieren äußerst schmerzhaft in Blaurot. Ich putze meine Zähne, bemühe mich, mit der Bürste nicht zu hart aufzudrücken, um den Schmelzabrieb im Rahmen zu halten. Verfalle aber nach kurzer Zeit wieder in meine natürliche druckvolle Haltung.

Anstatt mich mit dem auseinanderzusetzen, was mir Bettina eben alles an den Kopf geworfen hat, stelle ich mir die Frage, wie viele Kilometer Zahnpasta ich in meinem Leben bereits verbraucht habe. Und stelle es mir bildlich vor. (In meiner Fantasie kommt dabei das Weltall vor – und die endlose Pastenspur ist hellblau.) Spülen mit Mundwasser, Lippen einfetten und die Mundregion ist betti-fertig. Fühle mich wie ein sauberer Junge. Dann creme ich Gesicht und Körper sorgfältig ein, was ganz schön anstrengend ist, und ziehe einen langen Schlafanzug an (trotz Hitze), um das Bettzeug nicht zu beschmutzen. Ich traue mich ab jetzt nicht mehr, in den Spiegel zu sehen, weil mir lange Schlafanzüge definitiv nicht stehen. Da ich ein hochfrequenter

Händewascher bin (zu oft, zu intensiv), creme ich mir – schon im Bett liegend – meine Hände ein (inklusive Unterarme). Dabei sehe ich aus wie Mama Walton (»Gute Nacht, John-Boy«). Jeder Mann, der sich die Hände eincremt, kommt dabei so tuntig rüber, dass dieser Vorgang der obersten Geheimhaltungsstufe unterliegt.

Es gleicht einer Tragödie, als mir noch etwas einfällt und ich gezwungen bin, den Nachttischstift in meine jetzt glitschigen Finger zu nehmen. Dann schlage ich mein Nachttischnotizbuch auf, das gleich neben meinem Nachttischdiktafon und dem aktuellen Nachttischroman liegt, und notiere eine catchy englische Songtitelzeile. »Don't Say I Didn't Warn You.« Und dann vermerke ich noch, nur für mich: *Ich wünschte, ich wäre nicht, wer ich bin.* Langsam klappe ich das Notizheft zu, drehe den Dimmer umständlich runter und lehne mich zurück. Dann mache ich verärgert das Licht wieder an, wiederhole den exakt gleichen Fluch von gerade eben (»verwichste Ficke«, na ja) und ergänze: *Ich wäre gern wie ihr.* Und während ich mir denke, dass ich dann wenigstens an denselben Stellen im Kino lachen würde wie die ganzen anderen Ärsche, die sowieso nur über Witze lachen, die sie schon kennen, und nicht immer an den Stellen, an denen komplette Stille im Saal herrscht, sinke ich wieder in meine beiden Kissen. Ohne Bettina. Ich hätte nicht noch einmal baden müssen.

3 Crescendo

Ein etwa 50jähriger Fast-Penner mit Ex-Boxer-Gesicht steht in einem Hauseingang und hustet so stark, dass es ihn beinahe zerreißt und ihm die Eingeweide rausschleudert. Es ist wahrscheinlich wirklich das Beste für ihn, sich jetzt sofort eine Zigarette anzuzünden. Was er auch tut. Ich vermeide, meinem Instinkt wegzusehen nachzugeben, da ich nichts verpassen möchte. Würgen, Schleimschlucken, nach Luft ringen. Muss ich mir aufschreiben. Dann durch die Haare streichen, einen Zug nehmen und wieder von vorn. Er bemerkt mich und gibt mir wortlos zu verstehen, dass er heute nicht in der Stimmung ist, Autogramme zu geben. Dieser Typ ist die erste Person, die ich heute sehen darf. Ich habe gerade erst das Haus verlassen und frage mich bereits, ob es vielleicht ein Fehler war, überhaupt aufzustehen.

Heute Morgen habe ich die E-Mail eines windigen Bandmanagers beantwortet, der mir seine Schützlinge andrehen will. Eine stinkende Indie-Rumpel-Kombo aus einem Berliner Vorort-Ghetto.

Haben alles, was man braucht, um es nicht zu schaffen. Kein Talent, mieses Image und einen Manager, der seine E-Mail ungelogen mit den Worten beendet: »Bin in Eile. Muss weg. Also dann, Tschüss.« Daraufhin konnte ich es mir nicht verkneifen, meine Antwort folgendermaßen zu schließen: »Könnte noch stundenlang weiterschreiben, aber ich weiß nicht was. Viele Grüße.« Checkt er sowieso nicht, der Schwachkopf. Hoffentlich meldet er sich nicht mehr. Ich bin auf dem Weg in mein derzeitiges Frühstückscafé, überquere den St.-Jakobs-Platz, vorbei am neuen Jüdischen Zentrum und biege links ab. Auf meiner Höhe läuft eine 12-jährige Schülerin mit niedlichen Zöpfen und Teddy-Schulranzen (Papas Liebling), kombiniert mit bauchfreiem Top und hautengen Röhrenjeans (Onkels Wichsvorlage). Sie sagt stolz zu ihrer nur geringfügig züchtiger gekleideten Freundin, dass sie gerade diesen Schauspieler gesehen hat, und zwar den »Dings. Der ist so süß, süß, süß.« Dann kichern beide linkisch, obwohl die andere keine Ahnung hat, um wen es geht. Trotz Hochsommer kommen mir auffallend viele erkältete Menschen entgegen. Im Sommer sind noch mehr Leute verschnupft als im Winter. Mir graust vor ihnen. Ich dachte, wir sind die Auslese und die Stärksten nach Tausenden von vorangegangenen Menschengenerationen. Selektion, survival of the fittest, only the strong survive. Und dann kommt eine etwas kühlere Nacht (18 Grad!) und alle sind sofort krank. Das soll mir mal einer erklären. Zum Glück husten sie ausnahmslos immer erst, wenn sie auf meiner Höhe sind. Damit ich auch was davon habe. Nicht zehn Meter bevor wir uns kreuzen. Nein. Einen halben. Mir offen ins Gesicht. Das scheint ihre Aufforderung an mich zu sein, sie wahrzunehmen. Drecks Bazillenbomben. Ich werde aggressiv, aber es hilft nichts. Da meine Aggression mangels konkreten Ziels unverrichteter Dinge verpufft, ermüde ich sofort ein bisschen.

Als hintereinander zwei Geschäftsleute mit Handy am Ohr an mir vorbeigehen, ziehe ich sofort mein eigenes aus der Tasche und sehe auf das Display. Eine imitierende und völlig unsinnige Reaktion. Damit sie nicht ganz umsonst ist, prüfe ich beschämt den Akku, der erstaunlicherweise auch zwanzig Minuten, nachdem ich ihn aufgeladen habe, immer noch ausreichend voll ist. Dann mache ich ein leidgeprüftes Gesicht und stecke das Telefon wieder in die Hosentasche. Ein paar Meter weiter muss ich es zurechtrücken, da mein Schritt sonst ordinär aussieht.

In einer schmalen Gasse, unbeobachtet, schnell mit der Hand über die Schultern wischen. Auf Verdacht etwaige Fussel, Haare, Schuppen beseitigen. Als ich die Straße vor dem Café überqueren will, kommt ein Wagen der Müllabfuhr und ich muss stehen bleiben und warten. Die Geruchsfahne, die er nach sich zieht, riecht nach Pfefferminzbonbons. Nicht nach Müll und süßlicher Verwesung. Nach Lutschpastillen, ganz rein und unvermischt. Ich sehe dem orangefarbenen Laster verwundert nach und bin fast fröhlich. Da Luftsprünge und Pirouetten nicht mein Stil sind, denke ich schnell an etwas Schlechtes. An irgendwas, das mich aufregt. Das mich stört. Da merke ich, dass mich eine als Touristin verkleidete Zecke ins Visier nimmt und auf mich zustampft. Leider schaffe ich es nicht mehr, die rettende Tür des wenige *Zenti*meter entfernten Cafés aufzustoßen und zu verschwinden. Sie fängt mich in letzter Sekunde ab und ich winde mich, um ihrer ausgestreckten Hand, die mich am Oberarm antatschen will, auszuweichen. Unverschämtheit. Eine dieser herzlichen, aber kalkulierten Gesten. Von Menschen, die aber auch ganz schnell mal ihre Nachbarn verklagen. Wegen Rülpsens in deren eigener Wohnung.

Sei auf der Hut vor leutseligen Menschen!

Ich ärgere mich maßlos über diese Aufdringlichkeit. »Woa geiht hier inn deä, aahm, wie sagt. Aahm«, fragt sie. »Ja?« Ich sage das gedehnt, wie zu einer Dreijährigen. Lasse sie verhungern und helfe nicht auf Englisch weiter. Ich glaube, sie ist Australierin, dem Outfit nach. Der Figur nach Amerikanerin. Und dem Gesamteindruck nach Deutsche. Ohne Migrationshintergrund. Sie versucht's noch mal: »Woa geht hier zu de, aahm. Ah, Karls... plaaatz?« Da ich, wie ich jetzt ganz deutlich spüre, wirklich gut drauf bin, schicke ich sie – nun doch auf Englisch – in die entgegengesetzte Richtung. Auch aus Rache für den dicken Spuckebatzen über meiner linken Augenbraue. Ein bisschen Bewegung wird ihr guttun. Sie ist richtig glücklich und wird in ihrer Heimat erzählen, dass die Einwohner dieses Landes sehr gastfreundlich sind. Was mich noch fröhlicher stimmt. (In die Wüste geschickt worden zu sein, wird sie nicht realisieren. Sie wird sich die ungewöhnlich weite Strecke mit ihrem unzureichenden, weiblichen Orientierungssinn erklären und sich selbst die Schuld geben.) Ich war zu ihr beinahe noch netter als zu den drei Liverpooler Fußballfans, die mich während der Fussball-WM-2006 auf der Straße nach einer Bar »with good German beer« fragten, und die ich beherzt in den nahe gelegenen »Ochsengarten« schickte. Eine Leder-Schwulenkneipe.

Die adlernasige Italobedienung lächelt mich wissend an, als ich das Café betrete und auf meinen bevorzugten Platz mit Aussicht zusteuere. Sie nimmt meine Bestellung vorweg, indem sie mir stolz zuruft: »Guten Morgen! Einen doppelten Espresso mit Leitungswasser dazu, ein Tomatensandwich, zwei belegte Brötchen und einen frisch gepressten Orangensaft?« Große Äuglein. Als würde sie Lob erwarten. »Ja, bitte. Danke«, entgegne ich und kann mir nur mühsam ein schnell verblassendes Lächeln abringen. Meine Güte, ja, scheiße. Wie unangenehm. Ich beschließe sofort, vorerst nicht mehr hierher zu kommen. Sobald sich eine Bedienung an mich gewöhnt und gut gemeint meine Bestellung vorwegnimmt, wechsle ich das Lokal. Und zwar so lange, bis ich sicher bin, dass sie sich nicht mehr an mich erinnert und ich wieder zurückkehren kann. Bis sich nach einiger Zeit erneut dieser ›Wie immer?‹-Mist einschleift und das Spiel von vorne beginnt. Vielleicht hätte ich ja heute gern was anderes genommen? Hätte ich zwar nicht, aber trotzdem. Manche Leute mögen es ja sogar, vom Wirt persönlich mit Namen begrüßt zu werden. Ich nicht.

Ich zähle die Südfrüchte im Muster des weißen Kopftuchs einer Frau, die gerade hereinkommt. Zwei Ananas, eine Zitrone, noch eine Ananas, drei Orangen, weitere drei Zitronen. Und eine Kiwi. Da, noch eine. Die Dame kommentiert ihr Vorhaben anschaulich für sich selbst. »Jetzt gehe ich doch da hinter und nehme den Platz dort«, sagt sie fast atemlos und macht sich auf den Weg. Am liebsten würde ich mitstenografieren. Ihre Worte für die Nachwelt festhalten. »Dann setz ich mich mal da hin«, haucht sie in sich hinein. Ein leichtes Röcheln, dann setzt sie sich da hin. »So, und jetzt setz ich mich da hin.« Ah ja. Das wird bestimmt noch spannend.

Während die vorlaute Bedienung mein Essen bringt (wirst du mich vermissen, wenn ich morgen nicht mehr komme, Fräulein Neunmalklug? Selbst schuld!), kehrt langsam die Erinnerung an Bettinas gestrige Abschiedsvorstellung zurück. Das hat sie gut hingekriegt. Cool, sachlich, einfühlsam und dabei alles losgeworden, was ihr am Herzen lag. Dabei erfuhr ich, dass sich mein Leben ausschließlich in meinem Kopf abspielt, ich entweder nicht fähig bin, Gefühle zuzulassen, oder aber auch ganz einfach keine habe und dass ich aller Voraussicht nach einsam sterben werde. (Was ich schwer hoffe.) Kurz zusammengefasst.

Vor ihrem Erscheinen in meinem Leben vor sechs Jahren war ich nie länger als drei, vier Wochen (eher zwei) mit ein und derselben Frau zusammen. Und ›zusammen‹ ist schon übertrieben. Es waren durchaus ein paar Frauen darunter, von denen ich sagen kann, dass ich sie mochte. Wobei ›jemanden mögen‹ für mich so viel heißt wie mir-nicht-*komplett*-auf-den-Sack-gehen.

Im Radio läuft gerade eine seifige Easy-Listening-Version eines Popklassikers und mir will nicht einfallen, wie er heißt. Späte 1960er. Ich werde wahnsinnig, wenn ich nicht gleich darauf komme. Während ich einer zweiten Bedienung mit einem ziemlich dicken Hintern, der aber gerade noch so genau-richtig-zu-dick ist, hinterhersehe, vergegenwärtige ich mir, mit welcher Ausnahmslosigkeit *jeder,* den ich kenne, in einer Beziehung lebt oder leben will. Ich verstehe nicht, warum ich das nicht verstehe.

»So, dann nehm ich mal die Karte und schau, was es so gibt«, kommentiert die Kopftuchträgerin munter weiter ihr Leben. Ich sehe sie fast schon liebevoll an und mir wird klar, dass ich verstört aussehe, als ich mich wieder meinem Frühstück zuwende. Der Laden füllt sich. Beim Essen lausche ich neuen, sporadischen Einwürfen der Livemoderatorin neben mir, »Dann stelle ich den Teller jetzt da ab und nehme den Löffel«, und schaue auf den News-Ticker über dem Eingang, um Informationen zu lesen, die wirklich keiner braucht. Ab und zu schaue ich auch auf die Uhr, obwohl ich keinen Grund dazu habe, und nehme die Zahlen nicht wahr. Dann schaue ich noch einmal und erlebe dasselbe. Als die Bedienung fragt, ob alles zu meiner Zufriedenheit ist, versuche ich mich munter zu geben. »Tears Of A Clown«, genau, das war's. Jetzt kann ich mich wieder entspannen. Wenn mir das nicht eingefallen wäre, wäre der ganze Tag im Eimer gewesen. Ist oft gar nicht so leicht, die weichgespülten Streicher-Bläser-Glockenspiel-Instrumentals zu identifizieren. Den Song, der jetzt anläuft, erkenn ich leider aus dem Stand. Ist das Original. »Don't Worry Be Happy«, ich entwickle Mordgedanken. Eine der schlimmsten Nummern der Welt. Wer das gut findet, hält sicher auch Matchbox Twenty für eine ›top Kapelle‹ und Äußerungen wie ›Ich lebe jetzt nach buddhistischen Leitsätzen‹ für reflektiert. Oh und jetzt geht das Gepfeife los. Wer sagt's denn, die Bedienung setzt auch ein. Ich muss hier schnell weg. Als ich den letzten Bissen runterschlucke, sehe ich auf die Uhr (9 Uhr 52) und merke mir die Zeit, da ich in exakt 30 Minuten meine Zähne putzen werde (10 Uhr 22). Nicht früher, da der Zahnschmelz nach dem Essen eine halbe Stunde benötigt, um wieder hart zu werden. Und nicht später, weil ich mich sonst unsauber fühle. »Hmm, der Kaffee schmeckt aber gut«, höre ich die Dame mit dem Südfrüchtekopftuch noch sich selbst mitteilen, als ich zahle. Wie meistens gebe ich eher ein bisschen zu viel Trinkgeld, weil ich mich immer schlecht fühle, wenn mich jemand bedient. Dann verlasse ich zügig das Lokal.

›Viktor‹ passt wirklich gut zu dem riesigen grauen Kater, den ich in einer Hofeinfahrt sitzen sehe und der mich nun auch erspäht. Mit dem Namen hat ihn mal jemand gerufen. Sein Grauton ist von etwas staubig anmutender, heller Färbung und die klaren, gelb-grünen Augen verleihen ihm etwas Verwegenes.

Ich nehme immer diese Strecke nach Hause, in der Hoffnung, Viktor zu begegnen. Wer sagt's denn, er sitzt auf seinem Posten. Regelmäßigkeit ist für Katzen das Schönste. Er sieht und erkennt mich und kommt zielstrebig auf mich zu. Und während ich in die Hocke gehe, lässt er sich vor mir auf den Rücken fallen, ein bisschen plump und patschig, wie das ein professioneller Kater eben macht. Ich versuche meine Freude nicht zu sehr zu zeigen. Ich weiß, dass Katzen das eher abtörnt, weil sie genau wie ich egomanische Vollarschlöcher sind und sich dann rar machen. Ich streichle seine Brust, er schnurrt wie ein kaputter Dieselmotor. Verklärt sieht er mich noch mit Schlafzimmerblick an, bevor seine Augen endgültig wegkippen. Dann kraule ich seine linke Wange, was ihm äußerst gut gefällt, und er drückt seinen Kopf nach, damit ich fester kratze. Was mir auch gut gelingt, da ich frisch geschnittene Fingernägel habe, die noch ein bisschen scharf sind. (Der abgeschnittene Nagel – ›Halbmond‹ – meines rechten Ringfingers fiel dabei heute Morgen versehentlich auf den Boden statt in das Papiertuch und ich konnte ihn nicht mehr finden. Weg. Verschwunden. Was irgendwie furchtbar ist.) Nach wenigen Minuten steht Viktor auf. Mein Zeichen, ein herumliegendes Ästchen zu nehmen und damit am Boden hin und her zu fahren, damit er es jagen kann. Was er hingebungsvoll und athletisch tut. Er greift und hascht danach, sodass ich heilfroh bin, deutlich größer als eine Maus zu sein. Sonst sähe es schlecht für mich aus. Viktor steigert sich rein, seine Augen liegen tief. Und als ich ihm so zusehe, wie er mit Leidenschaft das Stück Holz zu zerstückeln versucht, bin ich mir nicht sicher, ob ich mir gerade mit ihm oder er sich nicht doch eher mit mir die Zeit vertreibt. Und mit einem Schlag wird es dem Herrn wahnsinnig langweilig – ich seh's in seinen Augen – und es beginnen ihm wichtigere Dinge im Kopf herumzuschwirren. Er dreht noch zwei Runden um meine Beine, dann noch eine andersherum (eine gnädige Verabschiedung), bevor wir, er in die eine und ich in die andere Richtung, gehen. Fünf Meter weiter bleibe ich stehen, klopfe seine Haare von meiner Hose und drehe mich noch einmal um. Aber da hat er schon keinen Sinn mehr für mich und vor allem keine Zeit. Er ist damit beschäftigt, ein leises Rascheln zehn Meter weiter hinter einem Baum überaufmerksam zu beobachten. Also ich seh nichts.

Gerade als ich mich abwenden will, sehe ich eine Frau mittleren Alters in hastigen Schritten auf uns zukommen. Sie starrt Viktor vollkommen eisig, fast angeekelt an. Ich fühle mich dadurch extrem befremdet. Sie eilt an uns vorbei, tritt beinahe auf ihn. Er hüpft vorsichtshalber zur Seite. Ich schaue ihr nach. Ihre unfrisierte Rückansicht stößt mich ab. Sie ist eine von der Sorte, die nur das im Spiegel sichtbare Deckhaar kämmt und mit plattgelegtem Hinterkopf aus dem Haus geht. Kopfkissenabdruck. Ein untrügliches Zeichen für versifftes Gesindel. Mal abgesehen von kahl gezupften und aufgemalten Augenbrauen. Solche Menschen setzen sich in öffentlichen Toiletten auf die Klobrille, ohne sie mit Papier auszulegen. An Viktors Blick erkenne ich, dass er die Frau auch nicht leiden kann. Als ob sie unser beider Antipathie spürt, dreht sich das Miststück noch mal um. Sie schielt so stark, dass mir schwindlig wird. Ein Auge zeigt nach außen. Was immer etwas Abwesendes vermittelt. Zeigt ein Auge hingegen nach innen, tendiert die Erscheinung in Richtung minderbemittelt. Schielen ist nicht gleich Schielen.

Viktor und ich sehen uns noch einmal wissend an. Er schaut als erster weg und ich gehe weiter. Obwohl ich keinen Termin habe oder unaufschiebbare Pläne, bin ich wie immer innerlich in Eile.

Es ist kurz vor halb zwölf, als ich den Jaguar S-Type aus der Tiefgarage fahre. Ganz langsam, da ich durch den Ausfahrtstunnel den Gehsteig nicht überblicken kann. Ich zuckle behutsam vor und begegne den bösbeleidigten Blicken der vorbeilaufenden Passanten flehend und um Verständnis heischend. »Ja, ich muss hier leider rausfahren, ihr blöden Arschgesichter. Was soll ich machen. Werdet schon nicht dran sterben.« Da ich weiß, dass sie nur die Bewegungen meines Mundes sehen, mich aber nicht hören, lächle ich dabei angemessen unterwürfig.

Auf der Strecke zum Fitnesscenter fährt vor mir auf der Straße ein Rentnerpärchen. Ihr rechtes Bremslicht geht nicht. Was zu bemerken sich mir förmlich aufdrängt, da der Herr ohne Hut (80 is the new 70) auch auf freier, gerader Strecke unentwegt kurze Stoßbremsungen hinlegt. Der Grund hierfür ist nur ihm ersichtlich. Die beiden Grauschöpfe schaukeln mit den Köpfen, als würden sie über grobes Kopfsteinpflaster fahren, obwohl die Straße eben ist. Ist das Parkinson oder Alzheimer? Das verwechsle ich immer. Nur Demenz erkenne ich sofort. (Wobei ich Demenz wiederum mit Sklerose verwechsle.) Beim Anblick der in Strickware verpackten Toilettenrolle auf ihrer Rückfensterbank werde ich beinahe wehmütig. Es fällt mir nämlich zum ersten Mal auf, dass man das kaum mehr sieht. Die entsprechende Generation liegt wohl schon auf dem Friedhof. Mumifiziert in Hakle Feucht. Es besteht eine gewisse Wahrscheinlichkeit, dass sie sich auch ihren gartenzwergförmigen Grabstein haben einhäkeln lassen.

Caruso sitzt still auf dem Armaturenbrett über dem Beifahrer-Airbag. Gibt es Männlein und Weiblein unter Fliegen?

Wie aus dem Nichts läuft er plötzlich auf der schwarzen Kopflehne des hinteren Sitzes umher. Ich sehe es im Rückspiegel. Der Schwerkraft trotzend steil waagerecht aufwärts.

Ich absolviere mein Training, mache sogar einige Extrasätze für Bizeps und Latissimus, was eine Nettotrainingszeit von 2 Stunden 10 ergibt. In typischer Manier fahre ich anschließend unter der Dusche mit den Händen mehrmals über mein Gesicht und bleibe versehentlich mit dem kleinen Finger am linken Nasenflügel hängen. Ein Stückchen Haut ist angeritzt. Begutachtung des Schadens mit schräg gehaltenem Kopf vor dem Spiegel. Wenn man's nicht weiß, sieht man's nicht.

Mit dem Moment der Verletzung beginnt der Prozess der Heilung. Ein Wunder. Der Ärger verflüchtigt sich. Aus Gründen, die mir selbst schleierhaft sind, versuche ich mich an einer Kalkulation, wie oft so was durchschnittlich vorkommt. Zu so was gehört auch sich-den-kleinen-Zeh-anhauen, mit-der-Zahnbürste-ausrutschen-und-sie-sich-ins-Zahnfleisch-rammen, die-Wasserflasche-ansetzen-und-genau-auf-den-Schneidzahn-knallen und mit-dem-Ellbogen-an-der-Türklinke-hängen-bleiben. Dabei komme ich immer auf das gleiche Ergebnis. Nämlich: Alleraller-höchstens-einmal-im-Jahr. Fehlerhafte Bewegungsabläufe dieser Art dürften doch alle irgendwann ausgemerzt sein. Bei mir nicht. Es wird wieder passieren. Meiner eigenen Pannenstatistik nach dann ja wohl, nun, in ungefähr einem Jahr.

Also, bis dann.

Ich fahre heim.

Als wieder mal der Computer hochfährt und ich wieder mal nicht weiß, wie ich die eineinhalb Minuten (1 Minute 38), die er dazu benötigt, rumbringen soll, laufe ich verloren durch meine 160-m^2-Munich-City-Top-Lage-Luxus-Dachgeschosswohnung (Originalzitat Immobilienanzeigentext). Die Wohnung hat mich so viel gekostet wie ein Dorf in Thailand und will ständig geputzt werden. Ich habe Fieber.

Ein Plattenfirmentyp, dessen Namen ich mir nie merken kann, ruft an, Festnetz, wieso?, woher? – ich habe eine Geheimnummer, und teilt mir überdreht mit, dass einer meiner Songs, der seit vergangener Woche in sämtlichen Dance-Charts Nummer Eins ist (meine achte), gerade eben hoch in die Verkaufs-Charts einstieg und in die USA lizenziert wurde. Was so viel bedeutet, wie 7 Euro und 41 Cent mehr zu verdienen – vorausgesetzt, das Ding wird dort ein Millionenseller. Das nennt man Auslandsabzüge. Ich stelle mich nur mäßig überzeugend begeistert, da mich nichts weniger interessieren könnte. Den Titel hab ich vor mehr als einem Jahr geschrieben (in fünf Minuten, höchstens sieben) und bis die Dinger veröffentlicht werden, bin ich schon mindestens 50 Songs weiter und habe überhaupt keinen Bezug mehr zu meinen ollen Kamellen. Aber toll, dass ich auch dieses Jahr meine Steuerklasse mühelos werde halten können, obwohl ich so gut wie nichts arbeite. Für meine Verhältnisse. Verglichen zu den über sieben Jahren, in denen ich sprichwörtlich 365 Tage im Jahr Titel um Titel schrieb und produzierte. Weihnachten inklusive. Wie eine gut geölte Maschine. Angetrieben von der lächerlichen Hoffnung ›Hinter dem nächsten Song wartet das Glück‹. Die Art von Hoffnung, die alle gestörten Workaholics in der Branche voranjagt, die als Teenie natürlich selbst ROCKSTAR werden wollten. Mit allen Mitteln. Alles andere: Scheißegal. (Der ultimativ verlässliche Motor.)

Als ich dann schließlich tatsächlich anfing meine Titel zu platzieren, mich vor Arbeit plötzlich nicht mehr retten konnte, fühlte ich mich schon sehr alt. Sehr, sehr alt. Ich war 26. Und hatte das Gefühl, all die erfolglose Zeit doppelt und dreifach nachholen zu müssen. Was mir gut gelang.

»Ach, und bitte denk noch an die Überweisung wegen des Masterings, ja? Äh, St..., äh ... äh, Markus. Danke. Tschau«, füge ich schnippisch an, was ihn hörbar verstört. Dann beende ich das Gespräch ohne weiteren Kommentar, obwohl er noch ansetzt, etwas zu sagen. Lascher Sack. Sofort nachdem ich aufgelegt habe, starte ich eine 30-Grad-Waschmaschinenladung (Socken) im Feinwäschemodus mit Vorwäsche, 72 Minuten Laufzeit. Gleichzeitig läuft der rote Eimer mit Wasser ein. Ich füge zwei Kappen Pflegemittel für Parkettböden hinzu. Ich wische das Wohnzimmer und den Gang mit Gewissenhaftigkeit und Sorgfalt, während ich mich angeregt mit mir unterhalte (heute teilweise auch wieder mal auf Englisch, um dem Ganzen einen Hauch von Bedeutung und Abwechslung zu verleihen. A sort of international flair). Im Arbeitszimmer noch Staub wischen, ganz akribisch und genau. Schreibtisch, Flügel, Fernseher, Fenstersimse. Ich putze mir förmlich die Seele aus dem Leib, bis zur völligen Erschöpfung. Immer wenn ich eine hohe Chartplatzierung mitgeteilt oder eine größere Summe Geld auf mein Konto überwiesen bekomme oder mir sonst etwas Positives übermittelt wird, gehe ich sofort das Klo putzen oder den Küchenboden wischen. Gute Nachrichten muss ich verdrängen. Sie machen mich noch unausgeglichener und unglücklicher. Sich anbahnende Hochgefühle wecken bloß meine unstillbare Gier und verursachen eine Unzufriedenheit, der ich nur durch Betriebsamkeit Herr werden kann. Alles, was für andere Menschen schön und gut und erstrebenswert zu sein scheint, muss ich ignorieren. In unglücklichen Phasen bin ich eigentlich viel glücklicher.

»... weißt du, wirklich sagenhaft. Der Nagellack, also der Nagellack, den habe ich dann einfach über die Schweiz bestellt. Kriegste hier einfach nicht. Und die Frau Bellingen hat vielleicht geschaut, als ich ihr das erzählt habe. Voll neidisch. Ich bin dann gleich rüber zu Nadja, du weißt? Die von der anderen Abteilung? HKA! Und dann sind wir rüber und haben – jetzt echt, ungelogen – das Gleiche einfach noch mal gemacht.« Schallendes Gelächter. Sie ist begeistert von ihrer Geschichte. Mein Zeichen, kurz zu reagieren. Ich öffne meinen Mund einen Spalt, um Amüsement zu simulieren. Die Prise mitschwingender Ungläubigkeit kommt, glaube ich, richtig überzeugend rüber. Es ist 21 Uhr 40, fast 41, mir gegenüber sitzt Kristina. Kristina ›Krissi‹ Hiltensperger (31 Jahre alt, Aktennr. 39, drittes Date, heute müsste alles klargehen, Besonderheiten: blöd bis öd; also eigentlich keine Besonderheiten). Thailändisches Spezialitätenrestaurant, gehobene Klasse, Stadtmitte. Dessert. (Für den Nachtisch wäre ich gerne woanders hingegangen. Asiaten sind bei Nachspeisen echte Loser. Alles überbacken und nicht richtig süß.)

»... und den Schlüssel habe ich dann in einem Seitenfach, das ich sonst nie benutze – also nie – in letzter Sekunde doch noch gefunden. Ich wollt schon gar nicht dort nachschauen und hab's dann aber *doch* gemacht. Da, in der Tasche. Die hatte ich dabei. Da, die, schau. Hier.« Sie hält mir die Tasche vors Gesicht und ich sehe sie mir ganz genau an. Dann sage ich mit tonloser Stimme »aahaa« und versuche, mir das Gähnen zu verkneifen. Sie stellt die Tasche zurück auf den Boden, hinter ihren Stuhl und dreht sich dabei um ungefähr 42 Grad nach links. Dieses kurze Zeitfenster nutze ich, eben jenes Gähnen einzuschieben, das ich schon mehrfach unterdrücken musste. Ich werde rechtzeitig fertig. Gleichzeitig mustere ich ihr Profil. Auch kopfabwärts. Prädikat ›Fuckable‹.

»Boah, was für ein Glück, sonst wäre ich völlig umsonst die ganze Strecke wieder zurückgefahren. Kannst du dir vorstellen, was das für ein Stress gewesen wäre? Oh, Gott sei Dank. Ich war dann auch so erleichtert. Das hab ich der Stefanie dann später …« Während sie diesen Mist verzapft, funkelt sie mich so hellauf begeistert an, dass es mir hochkommt. Obwohl sie zwei Jahre jünger ist als ich, ist sie mir in ihrem Verhalten schon viel zu alt. Und intellektuell gesehen komme ich mir gerade wie ein Kinderschänder vor. Ich starre auf ihren Busen, wann immer ich die Möglichkeit habe und glaube, sie bemerkt es nicht. Ihr Hemd betont ihre Kurven sehr vorteilhaft und hält mich gerade noch davon ab, nicht auch noch der Bedienung hinterherzuschauen.

»… ist auch nicht alles Gold, was glänzt. Musst du nicht glauben. Und die arme Prinzessin Sophie, dass nicht mal die … also, das hätte ich auch nicht gedacht, die Arme, aber der … äh … Adeligen … hinter … Ohren … Königshau …« Ich bin matt vor Entsetzen, dass es nicht mal für eine halbe Sekunde aufhört, auf mich einzuprasseln. Bei den Majestäten aus aller Welt schaue ich sie an, als hätten ihre Ausführungen Enthüllungscharakter. Kristina antwortete ich per Brief, da ich alle relevanten Frauen der Telefonannoncenrubriken (25-35 Jahre, keine Kinder) zu dem Zeitpunkt abgegrast hatte. Auch hierfür benutze ich eine vorformulierte Maske, die ich kurz individuell anpasse (Dauer: 3 Minuten, inklusive Ausdruck und Frankierung) und per

Hand unterschreibe. Durchschnittlich vier Mal muss ich einen solchen Brief ausdrucken, da mir meine Unterschrift oft misslingt. Das Schreiben am PC hat meine Handschrift völlig ruiniert. Sie sieht aus wie die eines total gestörten Massenmörders. Dann lege ich noch ein s/w-Bild bei. Mein Brief kam bei Kristina wie bei den meisten anderen gut an (Erfolgsquote schriftlicher Kontakte: 87% zu 13%). Der tuckige Kellner (drei verschiedene Bedienungen kümmern sich um uns) bringt mir meinen doppelten Espresso und ich bitte um die Rechnung. Das Essen war ausgezeichnet und er tut mir immer noch leid, von Zicke Kristina vorhin so viele heikle Sonderwünsche diktiert bekommen zu haben. Einfach zu bestellen, was auf der Karte steht, ist nicht jedermanns Sache. Ich nehme mir vor, mich heute Nacht auch in seinem Namen an ihr zu rächen. Wobei mir der Kellner ein bisschen zu viel grinst und auch nicht unbedingt nahesteht. Zum Teufel mit ihm. (Aber an ihr rächen werde ich mich nachher trotzdem.)

Kristina ist schon ein bisschen dicht und wird zunehmend ausfallender. Zunächst nur im Tonfall, *wie* sie Sachen sagt.

»... Schal ... so schön ... und dann aber ... so lala ... Wochenende ... keine Tulpen, sondern ... weil Garten ... zurück Büro ...« Um sicherzustellen, dass ich sie nachher wirklich vögeln kann, sollte ich jetzt noch eine meiner typischen Fragen anbringen, die sie glauben macht, ich hätte Tiefgang und Grips. Ich überlege schon mal, welche ich gleich nehme. Was haben wir denn da. Also, Krissi ist ein wenig rustikal, was schon ihre Anzeige vermuten ließ, wiederholt Fragen, bevor sie antwortet, was ein eindeutiges Zeichen für Wichtigtuerei ist, und, der Knaller, züchtet Tulpen und liebt Schlager-Eule Helene Fischer. Außerdem sagt sie zum Abschied immer »Tschau-tschau« (Himmel! Einmal am Telefon sogar »Tschüssi-tschüss«!), äußert sich gerne abschätzig über andere und wirkt manchmal etwas unkontrolliert. Als ich diese Infos für mich zusammenfasse, verlässt mich meine Kondition schlagartig (schnell zum Wiederaufladen auf ihre Brüste schauen) und mir will partout kein triftiger Grund einfallen, der es rechtfertigt, hier zu sitzen. »... da läuft ja auch nichts mehr. Ist doch nur noch was für ...« Sie macht mit den Fingern Schnattergesten. Die Folter geht weiter, während ich an meinem Espresso nippe. Monolog statt Dialog. Seit eineinhalb Stunden. Die Kuh hat mich vorhin über 18 Minuten warten lassen. Ich erscheine zu allen Terminen auf die Sekunde. Auf die Sekunde genau. Ich schlucke. Wenn ich jetzt daran denke, werde ich wieder sauer. Diese Respektlosigkeit. Ich kenne niemanden, der genau wie ich immer pünktlich ist. Als ob die Zeit dieser ganzen Klabautermänner so kostbar wäre, dass sie nicht auch mal ein wenig früher erscheinen könnten. Nichts. Niemand. Ausnahmslos. Alle. Immer. Scheiße. Ich rege mich jedes einzelne Mal aufs Neue darüber auf. Kristina: »... so schön, die Blade-Night.«

»Was?«, hake ich bei diesem Stichwort wie ferngesteuert nach. Und rudere sofort zurück. Jetzt bloß nichts Falsches sagen und noch alles versauen. Ja, da passt du hin, du blöde Amsel, auf die Blade-Night. Tausende hormongeladene Spackos treffen sich zum gemeinsamen Inlineskaten durch Münchens Straßen. Einer von zigtausend Hirnamputierten zu sein ist ja auch viel schöner, als allein hirnamputiert zu sein. Mein Gott. Vielleicht noch dem FC Bayern auf der Meisterfeier am Marienplatz zujubeln. Und rechtsrum, Marsch! ›Wollt Ihr den totalen Krieg?‹ Ein Hordentier. Ein Paradebeispiel.

»Ähm, ja, die ist echt super, die ... Blade-Night«, antworte ich, schüttele dabei einen Liter Schleim aus meinem Ärmel und stelle meine Tasse mit großer Sorgfalt auf dem Tisch ab.

Der Ärger, den ich über ihre Verspätung empfinde, hat sich noch nicht wieder verzogen. Ich lächle, mein Gesicht wird zur Maske. Das Ende ist in Sicht, ich erfahre noch weitere ausufernde Details von Menschen aus ihrem nächsten Umfeld, die ich nicht kenne, nie kennenlernen werde und die nichts zur Sache tun (und die mir unbegreiflicherweise mit Vornamen vorgesetzt werden, »die Claudi«, »die Sabbi«, »der Herr Werner« – ein bisschen wie eine Vorschülerin, die davon ausgeht, dass die ganze Welt »die Frau Heinemann« kennt, ihre Sachkundelehrerin), zahle, während sie weiterquasselt, 147 Euro mit Trinkgeld, und nach weiteren 5 Minuten konzentrierter Irrelevanz geht sie noch schnell »für kleine Mädchen«, was mir erlaubt, mich u. a. zu fragen, warum ein Stuhl leerer wirkt, nachdem jemand aufsteht, als bevor sich jemand drauf gesetzt hat. Und worin der Unterschied zwischen Hasen und Karnickeln besteht. Und ob ich mir einen Baseballschläger kaufen und in den Kofferraum legen soll, wenn mir mal jemand blöd kommt. Und warum es tatsächlich stimmt, dass ein paar Löffel täglich eingenommene Gelatine unfassbar festes und beschleunigtes Fingernagelwachstum verursachen, was meine nun schon mehrjährige Selbststudie bestätigt. Dabei schaue ich auf meine zu einer Halbfaust angewinkelten Finger. Im Laufe eines Lebens wächst ein Fingernagel zweieinhalb Meter. Hab ich mal gehört.

Ich beobachte den Strahl einer Deckenleuchte, in dem Staubpartikel tanzen, und dabei geht mir auf, dass ich das auch einatme. Lösche unter ›Ruflisten‹ alle ›Entgangenen Anrufe‹, dann auch noch die ›Angenommenen Anrufe‹. Schalte das Handy wieder aus. Pure Langeweile. Entspanntes Rumschauen ist gerade nicht, da ich in einem blöden Winkel zwischen einer Wand und zwei schräg stehenden Nebentischen sitze. Ich nehme immer den Stuhl mit der schlechteren Sicht und stelle sicher, dass meine Begleitung mein bewusstes Zuvorkommen auch wahrnimmt: »Nein, auf keinen Fall, setz dich bitte dorthin, da siehst du besser!«

Ich sehe rüber zu der echt armen Sau, einem anämisch wirkenden Schwachkopf, der zwei Tische weiter mit seiner Freundin sitzt, einer tickenden genetischen Zeitbombe, die in spätestens fünf Jahren wie ein Hefeteig aufgehen wird. Ich überlege kurz, wie sehr er sich wohl für sie schämen wird, wenn sie für den Rest ihres Lebens neben ihm herwackelt, grazil wie ein Ackergaul. Das wird kein Zuckerschlecken.

Dann starre ich auf einen Wandteppich, dessen Muster aussieht wie die Umrisszeichnung an einem Tatort. Als wäre jemand gegen die Wand gesprungen, dabei erschossen worden und kleben geblieben. Schaue wieder weg. Notiere mir: *Ich wäre doch nicht nötig gewesen. Mich hätte es nicht gebraucht. Aber danke.* Was mir seit Längerem immer wieder mal durch den Kopf schwirrt. Lese, was im Notizbüchlein darüber steht, schon älter, und blättere noch ein bisschen rum.

Aus irgendeinem Grund ist die Phase, in der man am Restauranttisch wartet, bis die Begleitung von der Toilette zurückkommt, besonders trist. (Obwohl man sie wahrlich nicht vermisst.) Und diese Person kommt immer exakt in dem Moment zurück, in dem man sich gerade an die angenehme Ruhe gewöhnt hat.

Da ist sie wieder. Schade. Nach unverschämten, aber erholsamen 9 Minuten 12. Sie versucht etwas Warmherziges in ihren Blick zu legen, was ihr gründlich misslingt. Derartiges ist nicht in ihr angelegt. Das wäre so, als würde King Kong zärtlich schnurren. Zum Glück merkt sie es nicht selbst. Ich blicke zärtlich zurück, was genauso abartig aussehen muss. Zum Glück sehe ich mich nicht selbst. Sie setzt sich, steht aber sofort wieder auf, als ihr einfällt, dass wir ja gehen wollen. Was wir auch tun.

»Ich bin so im Stress, wenn du wüsstest«, fängt sie in der kleinen Bar, in der wir uns gerade an einen Tisch setzen, an. Sie streicht ihre Haare hinters Ohr. Eine Bewegung, die einem vertraut ist. »Stress« sagt sie heute bestimmt schon zum zehnten Mal. »Klar, im Beamtendienst«, werfe ich lakonisch ein. Ich halte inne. Hoppla. Sie sieht auf und prüft, wie ich das gemeint haben könnte. Ich rufe schnell den Ober. Ablenkungsmanöver. »Weißt du schon, was du trinken möchtest?«

Meine großen fünf Minuten brechen an, als sie entscheidet, dass auch mal eine Frage an mich angebracht wäre. Eine Anstandsfrage nach meinem Job. Sie trällert, übertrieben gut gelaunt: »Und, was gibt's denn bei dir eigentlich Neues? Erzähl doch mal. Was machen die, eehm, wie hießen die noch gleich ...?« Sie sieht mich dabei aufmunternd an. Mir zieht sich alles zusammen. Ich betrachte diese Frage als persönliche Erniedrigung. Sie heuchelt ihr Interesse so dermaßen schlecht, dass ich ihr ausweichend irgendwas Allgemeines erzähle, während ich bewundernd den routinierten Bewegungsabläufen des Barkeepers zusehe. Ich vermeide immer, über meinen Job zu sprechen. Das will ich nicht mit Menschen bereden, weil ich weiß, dass sie es sowieso nicht verstehen und sie es mir nicht wert sind, etwas von mir preiszugeben. Meine eigene kleine Welt will ich nicht zerreden. Ist mir mittlerweile sowieso viel zu egal. Aber nicht so egal wie Kristina. Sie ist jetzt wieder dran. Zwei herablassende Schimpftiraden auf mir völlig unbekannte Menschen. Und zwei über die Frau am Nebentisch, die echt scharf aussieht. Noch ein kurzer Bericht über einen aufregenden Streit mit einer Kollegin über die Rechte und Pflichten in Zusammenhang mit Kaffeezubereitung und Mülltrennung im Büro oder so was Ähnlichem – aber das hatten wir schon mal –, noch das Thema ›Lieblingszahl‹, mein Blick wird irgendwie unscharf, trübe, noch etwas, wodurch ich gezwungen werde, zur Konversation beizutragen (meine Antwort: »Nicht unbedingt, aber ja«), noch eine von ihr aufgeführte Kurzgeschichte in französischem Klischee-Akzent mit einer Pointe, die ich angebracht witzig finde (»Et voilà, sie glaubt, sie hätte das Internet gelöscht«), noch mein unbemerkt nebenbei durchgeführter Selbst-Reanimationsversuch (mein Herzschlag liegt bei vier Schlägen pro Minute, ich konzentriere mich darauf, ihn nicht noch weiter absacken zu lassen, sonst wird's eng), noch ihre Meinung mit wissender Miene zu Abbas »The Winner Takes It All«, das der erfahrene Barpianist im Smoking klimpert, zeitgleich meine innere Beschäftigung mit der Schlagzeile *Meine Geduld war schon zu dem Zeitpunkt zu Ende, als der Abend begann* (als ich versuche, intensiver daran zu denken, merke ich, dass ich mich selbst nicht mehr spüre), noch ein Beine-Übereinanderschlagen, mal so und mal so rum, und wir fahren zu ihr nach Hause. Während der Fahrt prahle ich ganz nebenbei mit einer Vielzahl von statistischen Daten und Zahlen in Zusammenhang mit Erdgeschichte, Gesellschaft, Politik und Sozialem, die ich im Kopf habe, weil ich lieber lese als lebe. Und denke mir, dass ich an ihrer Stelle ganz schön beeindruckt von mir wäre. Dann erfinde ich einfach noch ein paar weitere Zahlen, die sie sowieso nie nachprüfen wird. Meine nun vorgespiegelte Wissensdichte rückt mich zum Greifen nah an den Nobelpreis (Physik, Chemie, Literatur und Frieden! Gleichzeitig! Vorwahl von Oslo? 047?) und ich finde mich noch interessanter. Und da wir jetzt beide schon beginnen, ein bisschen rumzuschäkern, mache ich ein paar Witzchen und stelle erleichtert fest, dass ich mich auch immer witziger finde.

Seit der Scheidung von ihrem psychisch labilen Ehemann, einem Bundeswehrangestellten (daher vielleicht ihre Neigung zum Befehlston), wohnt sie wieder bei ihren Eltern. Na großartig. Ich war tief enttäuscht, als sie mir das bei unserem ersten Date sagte. Dann werden wir wohl immer bei mir landen, dachte ich entsetzt. (1. Zu erwartende steigende Frequenz an Kochwaschgängen meines Bettzeugs. 2. Eine Frau nach Vollzug aus der Wohnung schmeißen ist unangenehmer, als selbst einfach nach Hause abzuhauen.) Heute darf ich aber trotzdem zu ihr (hurra, keine Kochwäsche, keine langen Haare in der Wohnung), da sich ihre steinalten Eltern im Urlaub im Schwarzwald befinden. Vielleicht ihr letzter. Der Herr Papa ist immerhin schon stolze 91. Sturmfreie Bude also. Wie sexy. Im Rahmen des Möglichen. Krissi ist beinahe ein bisschen aufgezogen, was an den zwei Schnäpsen liegen könnte, die sie sich eben noch reingezogen hat (nach dem Cocktail und dem Wein im Restaurant). Versehentlich betätige ich beim Betreten des Reihenhauses, drittes von rechts in einer dunklen, engen Allee, statt des Lichtschalters den Klingelknopf. Es ertönt die Tonfolge der Glockenmelodie des Londoner

Big-Ben-Uhrenschlags. Gis E Fis H, H Fis Gis E, melodisch nicht ganz korrekt gespielt. Wie lustig, das ist ja mal originell. Für solche Menschen wahrscheinlich das Höchste an Humor und Subversivität. Wo die Briten doch Besatzermacht waren. Die Wohnung ist im besten Sinne altdeutsch eingerichtet. Dunkles Holz, Schrankwand und modernde Teppiche im Adenauer-Stil. Ganz so antiquiert habe ich es mir dann doch nicht vorgestellt. Vergeblich suche ich einen Treppenlift oder wenigstens ein paar im Teppich eingetrocknete Tropfen Urin als Beweis für das biblische Alter ihrer Eltern. Auf Kristinas Anweisung, die in ihrer gewohnten Umgebung noch etwas strenger wirkt, gehe ich schon mal nach oben. Sie hat ihren eigenen Bereich im ersten Stock. Ich schalte das Licht ein. Ein Kippschalter mit länglichem Stift. In ihrem Schlafgemach sieht es aus wie in einem Jugendzimmer aus der Gründerzeit. Abgesehen von der Helene-Fischer-CD-Sammlung. Immerhin kein Vinyl oder Schellack. Mich ekelt ein bisschen. Nicht nur wegen der CD-Sammlung. Zwei geschwungene Sessel aus dunkelrotem Samt (keine Schonbezüge!) vor einem Nierentischchen an der Südwand, dekoriert mit schwarzer Vase auf Rüschendeckchen. Dicke dunkle Übervorhänge. Halb zugezogen. Man riecht den Staub förmlich. Eine große Bogenlampe samt gerafftem Lampenschirm, grünlich-ockerfarben. Hier ist ganz schön was los. Beinah wie auf einem Antiquitätenmarkt. Oder besser Flohmarkt. Da könnte sie ein Faible für haben, für Flohmarkt. Unnötige Menschen kaufen unnötiges Zeug. Meine Augen setzen ihren Rundflug durch Kristinas Zimmer fort. Ist das hier Biedermeier? Auf alle Fälle ist es bieder. Mir wird klar, wie unklar ich mir über die präzise Bedeutung von Biedermeier, Bauhaus und Jugendstil bin. Neben dem großblättrigen Gummibaum ein gusseiserner Zeitungsständer, in dem zwei Illustrierte mit Eselsohren liegen. Am Griff hängt, ich schau genauer, nein, kein Hakenkreuz, sondern ein Ich-hab-keine-Ahnung-was-aber-so-was-Ähnliches-in-christlich-Nippes. Im Hintergrund ein Sideboard Eiche natur. Darauf, schräg, zwei Zierkästen mit alten Münzen. Abgerundet wird der Gesamteindruck von einem schweren Papierkorb neben einem massiven, stuhllosen Schreibtisch. Auf dem jede Schublade und jedes Ablagekästchen mit einem kleinen weißen, selbstklebenden Etikett versehen ist. Darauf geben schwarze Druckbuchstaben Auskunft über den Inhalt des Fachs. »Heftklammern«, »Kuverts«, »Bleistiftmienen«, »Schmierpapier«, »Taschenrechner/Locher«. Warum sich so was merken? Sie ruft von unten, ob ich was trinken möchte. Ne, vögeln. »Nein, vielen Dank.« Nur keine Mühen. Hätte ich »Ja« sagen sollen? Anstands-Drink? Ich sollte nicht hier sein. Etwas abwesend spiele ich kurzzeitig mit zwei Fingern an meiner Unterlippe. Erschrecke. Ungewaschene Hände. Nehme sie sofort da weg.

Ich versuche verzweifelt mich in eine romantische Stimmung zu bringen, als Kristinas Handy läutet. Sie ist inzwischen auch nach oben gekommen und steht neben mir. Gerne würde ich jetzt endlich zugreifen. Ihr Klingelton: Die Titelmelodie von Dr. Schiwago. Nana-nanah, nananana-nana. Es wundert mich, dass sie ihr Telefon überhaupt angeschaltet hat, da sie mich einmal während eines Essens mit einem vernichtenden Blick bedacht hatte, als meines klingelte. Ich hatte den Anrufer sofort weggedrückt, entschuldigend gelächelt und ihr für dieses vorwurfsvolle Gehabe innerlich die Krätze an den Hals gewünscht. Nach einem kurzen Blick auf das Display verzerrt sich ihre Miene.

»Ja! ... Falk, ich hab dir gesagt, du sollst mich nicht mehr anrufen!« Sie klingt streng, fast bevormundend. Falk ist ihr Exmann. Falk. Der Name klingt unvollständig. »Verdammt, jetzt heul nicht schon wieder«, raunt sie ärgerlich. Sie hatte mir bereits erzählt, dass er nah am Wasser gebaut ist. Oder hat. Oder wurde. Er wälzte sich weinend auf dem Boden, als sie ihm seinerzeit, nach sage und schreibe elf Monaten Ehe, ihre Scheidungsabsichten eröffnete. Unüberbrückbare Differenzen und psychische Defizite seitens des werten Gatten. So wie sie jetzt aber klingt, könnten sich da zwei gefunden haben.

»Du bist so ... nein, du bist ... Ich kann und will jetzt nicht mit dir reden! ... Nein, werd ich nicht«, faucht sie weiter. Ein Pitbull kurz vor dem Angriff. Wie aus dem Nichts beginnt sie plötzlich zu schreien, als wäre der Teufel in sie gefahren. Laut und spitz. Sie steht da, wie Charlie Chaplin im Windkanal. Die Füße leicht nach außen gespreizt, den Oberkörper schief vorne übergebeugt, wie man es auch tut, wenn man Blähungen lautlos abzusondern versucht. (›Flatulentium Silentium.‹ Domainnamen sichern, Homepage einrichten – Nischenfetischismus ist immer lukrativ.) Absurder Anblick. Ich erkenne sie nicht wieder. Ihre Augen starren reglos auf die gegenüberliegende Wand. Knapp vorbei an dem Stillleben ›Welke Blume mit schielendem Hund‹. Der Gegensatz zwischen körperlicher Versteinerung und akustischem Getöse verleiht dem Raum eine groteske Stimmung.

Ihre Ausstrahlung gleicht jetzt der des besessenen Mädchens Regan aus »Der Exorzist«. Sie schreit in den Hörer: »Und wenn du das tust, dann sag ich deiner Mutter, dass du den Dachausbau auch nicht bezahlt hast. Du bist das Letzte. Das Letzte. Du bist ... Neiiiiiin. Hörst du nicht, was ich sage! Ich erzähl's deiner Mutter und allen. ALLLLLLLEEEEEEEEEEEEN.« Kristina scheint vollkommen vergessen zu haben, dass ich nur einen Meter hinter ihr auf dem Bett sitze und alles mitbekomme. Sie ist derart außer sich, dass sie sich immer noch keinen Millimeter bewegt hat. Sie wirkt wie erstarrt, nur ihr Organ vollzieht schrille Kapriolen. Man sieht ihre Stimmbänder buchstäblich flattern. Von meiner Position aus schaue ich direkt auf ihren bebenden Hintern. Ich gebe zu, es macht mich ein bisschen scharf. Ihre dunkelrote Unterhose lugt über dem schwarzen Hosenbund wenige Zentimeter heraus. Tendenz String. Kann ich aber noch nicht ganz sicher sagen. Hmm, dunkelrot. Hier passt alles zusammen.

Korrespondiert farblich ausgezeichnet mit ihrer bunten Swatch. Ich denke mir, es gibt wählerischere Jungs als mich.

Von der Seite sehe ich, wie ihr der Speichel vom Brüllen langsam das Kinn hinunterläuft. Es hört nicht auf. Das mit dem ›scharf machen‹ erledigt sich gerade. »Weiß die Schlampe eigentlich, wer ich bin? Sag ihr, ich komme gerne vorbei und hau euch beiden die Fresse weich!«, brüllt Kristina in den Hörer. Wie eine Domina auf Speed.

Die Fresse weich hauen? Ich glaube, sie hat Mühe, nicht die Tür einzutreten, um sich abzureagieren.

Auf einmal wird sie immer leiser. Die letzte Metapher »Die Schlampe soll sich ins Knie ficken« ist fast nur noch ein Flüstern im Schrei-Ton und Kristina, Beamtin aus Leidenschaft, legt unvermittelt auf. Und steht immer noch wie in Beton gegossen da, Handy in der rechten, nun schlaff herabhängenden Hand. Kurze Pendelbewegungen, die nicht ausklingen. Ich weiß nicht, wie ich mich verhalten soll. Eine witzige Bemerkung scheint eher unangebracht. Gespenstische Stille erfüllt das museale Zimmer. Langsam dreht sie sich um, als ob sie sagen will ›Und nun zu dir, Freundchen‹.

Ich fühle mich, als wäre ich soeben unerwünschter Zeuge eines Verbrechens geworden, und blicke erschrocken in ihre blutunterlaufenen Augen. Das Adrenalin pumpt noch durch ihre Adern. Sie setzt sich, in Zeitlupe, unerwartet nah neben mich. Dann steht sie wieder auf, setzt sich verwirrt wieder hin. Eine martialische Aura umweht sie, wie ein Magnetfeld. Ich versuche es noch mit vornehmem Räuspern, vorsichtigem Vorbeugen und einem zuversichtlichen Lächeln. Das mir komplett misslingt. Der Ausdruck in ihren fiesen Augen wechselt schlagartig von angriffslustig auf innerlich-so-gut-wie-tot. Ich entscheide, erst mal nichts zu sagen, und schaue betreten drein. Eine Vorsichtsmaßnahme. Minuten verstreichen, Kristina rührt sich nicht. Ich rühre mich ebenfalls keinen Deut, aber meine Augen wandern ziellos umher, während ich zusammenaddiere, was diese Gestörte mich bisher gekostet hat. Schließlich frage ich, mit dieser Sensibler-Mann-Stimme, ob alles okay ist. Ich möchte retten, was zu retten ist, und nach diesem lähmenden Abend auf keinen Fall heimfahren, ohne wenigstens kurz meine Kleidung abgelegt zu haben. Sanftes Schulterstreicheln unterlasse ich vorsorglich, so nah sind wir uns schließlich noch nicht (einmal Küssen mit Zunge beim letzten Mal), sonst krieg ich noch die Abreibung, die eigentlich für Falk vorgesehen ist. Sie dreht ihren Kopf halb in meine Richtung, starrt aber weiterhin auf den Boden ... und entgegnet – nichts. Dann schreit sie auf einmal los: »Was willst du? He? Was fällt dir ein? Das geht dich gar nichts an. Einen feuchten Dreck geht es dich an. Was willst du? He? Was willst du wissen? Es geht dich einen Scheißdreck an ... geht's dich.«

Meine Anwesenheit erübrigt sich. Überrascht und merkwürdig amüsiert unterdrücke ich ein Schmunzeln. Das wäre wirklich das Falscheste, was ich jetzt tun könnte. Ich zieh sonst nur noch mehr Wut auf mich und das, wo sie mir doch so gleichgültig ist. Das täte mir ja fast schon wieder für sie leid. Ich lege mir vorsorglich etwas Selbstmissbilligendes ins Gesicht. Einen Moment überlege ich, ob diese filmreife Inszenierung womöglich Kristinas Ritual ist, um sich heiß zu machen. (Ungezogenes, böses Mädchen!) Bis mir ihr Anzeigentext wieder einfällt: »Nach zahlreichen bitteren Enttäuschungen suche ich nun einen treuen, ehrlichen Mann, dem innere Werte noch was bedeuten. Gibt's so was heute noch?« Gab's das je?

Während ich diesem erbärmlichen Zweizeiler zufolge die Rollenspielvariante also ausschließe, durchquere ich mittelschnell schleichend den Raum Richtung Tür. Sie sitzt unverändert am Fußende des Bettes, jetzt wieder in Grabesstille verfallen und ihre Augen immer noch dumpf auf den dunkelgrünen Teppich gerichtet. Nichts. Keines Blickes würdigt sie mich, als ich die Tür öffne und gehe. Mit meinem schüchternen Bambi-Türspalt-Blick sehe ich noch mal zurück, obgleich sie es nicht mitbekommt. Keine Chance, das war's.

Als ich zur Haustür raus bin, hole ich zum ersten Mal seit Langem wieder richtig Luft. Zur Feier des Tages lasse ich noch einmal Big Ben ertönen. Vier Mal. Und laufe schnell weg. Als ich hinter der nächsten Ecke wieder langsamer werde, werfe ich einen prüfenden Blick auf meine linke Ferse, ob meine Jeans nicht versehentlich in den Schuh gerutscht ist. Zwischen Socken und Schaftkante. Das sieht unmöglich aus. Aber, alles gut. Sie hängt drüber. Dann selbe Prozedur mit dem rechten Fuß. Auch okay.

Ich habe keine Ahnung, was das eben war. Aber es war was Besonderes. Dennoch bin ich verärgert: All der Zeitaufwand für nicht mehr als eine ungewöhnliche Erinnerung, auf die ich gut und gerne verzichten kann. Morgen brauche ich eine sichere Nummer. Und ich weiß schon, wen ich anrufe. Es gibt drei Optionen. Außerdem meldet mein Handy gerade zwei neue Messages. Ich fahre langsam durch die Stadt nach Hause und nehme mal wieder ein paar Umwege, damit es länger dauert. Kein Radio. Keine CD. (Gegen Ende der Fahrt lege ich doch noch für einen Song The Ark ein.) Keine Selbstgespräche. Nicht mal ein launiger Satz! Die Episode löst sich wie verdunstender Nebel vor meinen Augen langsam auf. Ich habe Fieber und meine Bauchdecke spannt.

Im Fernsehen läuft »Money Quizz« ohne Ton und ich starre Melanie ziemlich mitgenommen, aber hingerissen an. Dann stelle ich mir vor, wie wohl ihr Freund aussieht. Höchstwahrscheinlich ist er eines dieser Porsche-Arschlöcher mit zurückgegelten Haaren, die sich am Hinterkopf wellen. Macht sein Geld wie alle überheblichen Hohldübel, die eigentlich zu nichts taugen, aber Kohle machen wollen, entweder in Börse, Szenegastronomie,

Unternehmensberatung oder Immobilien, in der elterlichen Firma, wenn er nicht gerade auf Ibiza golfurlaubt. Wahrscheinlich habe ich recht. Es ist immer dasselbe.

Vor allem schöne Frauen unterliegen bei der Partnerwahl strengen Gesetzen und müssen fein abgezirkelten Erwartungen entsprechen. Ihr Auserwählter muss bestimmte Kriterien erfüllen, sonst wertet sich die Frau selbst ab. So steht's in der Bibel. In Stein gemeißelt. In alle Ewigkeit. Amen.

Als eine neue Spielrunde beginnt (›Automarken mit A‹), schalte ich um und lasse leise MTV laufen. Nachts werden auf diesem Sender überraschenderweise u. a. auch Musikvideos gespielt. Ich drehe mich im Sessel zum Schreibtisch und mache ein Kreuzchen im Kalender für mein heutiges Training. Dabei merke ich, wie müde ich bin, seltsam bedrückend erschöpft. Deshalb werde ich nur noch meine Annoncendatei auf den neuesten Stand bringen. Es ist halb zwei und der fast volle Mond scheint mitten ins Zimmer. Ich überblättere lustlos drei Seiten des aktuellen Musikexpress, der auf dem Schreibtisch liegt, bleibe für zwei Antworten bei einem REM-Interview hängen (was für Schlaftabletten), ehe ich mit der Maus »DAN« doppelklicke und Kristina unter ›Aktuell‹ ausstreiche, in der Gesamtstatistik unter Fehlgriff (›Minus‹) eintrage und sich mir ein neues, momentanes Zwischenergebnis präsentiert: 24 Hits zu acht Flops. Mit weiteren acht kam es zu keinem Treffen. Vier sind momentan ›on hold‹ und es gibt zwei aktuelle Neueinsteiger.

Entsprechend aktualisiere ich mechanisch und irgendwie schon zu routiniert meinen ›Spickzettel to go‹. (Mein Notizflyer für unterwegs.) Er ist handliche 8x8 cm groß und mit Schrifttypus ›Tahoma‹ in Schriftgröße 6 bedruckt. Ich trage ihn (einfach gefaltet) immer in meiner linken hinteren Hosentasche bei mir. Er enthält stets (fast tägliches Update) die Namen und wichtigsten Grunddaten der vier Frauen, die ich gegenwärtig treffe. Mehr ist gleichzeitig nicht machbar, da es mich sonst zu sehr verwirrt.

Sobald mein Handy klingelt, ziehe ich den Zettel hervor und kann so schneller zuordnen, wer die Frau ist, die da gerade anruft. Nicht wie neulich, als ich ihn vergessen und ungefähr eine Minute lang keine Ahnung hatte, nicht die geringste, wer denn nun diese Valerie, die ich dran hatte, war. Ich befand mich auf einem konversatorischen Blindflug und wollte schon auflegen, von wegen ›kein Netz‹, erinnerte mich dann aber doch noch rechtzeitig (Nr. 19). Das passiert mir nicht noch einmal.

Ich drucke meinen Spickzettel der Verlogenheit aus und schneide ihn mit der Schere auf das eingezeichnete Format zu. Und falte ihn mittig, wobei ich mir den rechten Zeigefinger am Papier anritze. Was etwas weh tut, aber nicht blutet. Ich sehe ungläubig auf das Blatt, als wollte ich es fragen, wie es denn möglich ist, sich an einer Papierkante zu schneiden. Dann noch einmal auf den Finger, auf dessen Kuppe die eingeritzte Spur deutlich sichtbar ist. Besorgt, das Pulsen könnte die Naht doch noch aufreißen, halte ich meine Hand hoch, damit das Blut abfließt. Dabei drehe ich mich wieder zum Fernseher und beobachte den Scheitel der sprachbehinderten VJane, der knapp über ihrem Ohr beginnt und sie wirken lässt wie einen glatzköpfigen Mann, der sich den Haarkranz hat lang wachsen lassen und ihn über seine kahle Platte kämmt. Dann verfolge ich noch Chris Cornell bis zum zweiten Refrain. Schwacher Song, gutes Video, schöner Mann. Und senke meine Hand wieder. Nein, ich werde wegen meines Fingers keinen Notarzt rufen. Die Neuigkeiten, die ich jetzt noch in der »DAN«-Datei vermerke, sind:

Gestern, zusammen mit Anna im Mangostin. Wie war ihr Nachname noch mal? (Anna Kurtz: 29 Jahre, Nr. 40, »Harry Potter können auch Erwachsene lesen«. Halt's Maul, halt's Maul, halt's Maul. Sie versendet Rund-E-Mails mit lustigen Anhängen an ihre ganzen Bekannten. An Alle. Nur Nieten senden E-Mails an ihr komplettes Adressbuch. ›Undisclosed Recipients‹. Wer zu jedem seiner Bekannten ein dermaßen ähnliches Verhältnis hat, ohne Abstufungen, sie nicht nach verschiedenen Gruppen geordnet hat, *kann* nicht vielschichtiger sein als eine trockene Scheibe Brot.)

Kurze Bestandsaufnahme und was Besonderes gesprochen wurde. Sie zärtelt schon ein bisschen. Kopf an Schulter anlehnen und dergleichen. Noch ein Mal, dann ist aber auch gut. Sonst gewöhnt sie sich noch an mich und das Schlussmachtelefonat zieht unangenehme Konsequenzen nach sich. Unerwünschte Anrufe und Sätze wie: »Aber Du warst immer so nett und zuvorkommend. Ich dachte, wir …« Jaja. Hast du erwartet, dass ich dir eine runterhaue, oder was? Morgen schicke ich ihr erst mal eine Ich-denk-an-Dich Aufmerksamkeits-Schwall-SMS.

Alles verschwimmt in meiner Erinnerung zu einem Brei belangloser Gleichheit. Wieso komme ich mit diesem Wahnsinn nur davon?

4 Studio, Sex

Ich bin wach. Punkt 8. Wie auch nach einer Zeitumstellung. Wie auch nach zwei Stunden Schlaf. Oder fünf. Wie auch nach einem Flug in eine andere Zeitzone. Als hätte ich eine Funkuhr eingebaut. 8! Vielleicht ein Bonusfeature meines inneren Navigationssystems.

Wie auf Knopfdruck beginnt mein Programm: Die nervöse Unruhe in meiner Magengegend peitscht mich aus dem Bett. Ich springe auf, als hätte ich Verspätung. Während das lähmende Bewusstsein meiner Sinnlosigkeit gleichzeitig meine Hast bremst.

Den Rest des Tages werde ich damit verbringen, dieses Wechselkonzert auszubalancieren.

Eigentlich ist es erst 7 Uhr 59 Minuten und 52 Sekunden. Gleich gehen die Wecker los. Ich drücke gerade noch rechtzeitig auf die Deckeltaste des einen und betätige den frontal angebrachten Knopf des anderen und komme dem ätzenden Gebimmel zuvor. Es sind zwei Wecker unterschiedlichen Fabrikats, falls einer nachts mal stehen bleibt. Auch wenn ich sie ja eigentlich gar nicht brauche.

Ich drehe den Schlüssel der Schlafzimmertür nach rechts. Ich sperre sie nachts immer ab. Sollte sich mal ein Einbrecher in meine Wohnung verirren, werde ich wohl spätestens von seinem Herumhantieren an der Klinke geweckt. Dann bleibt mir noch etwas zeitlicher Spielraum. Was ich *dann* jedoch mache, weiß ich nicht. Vielleicht schimpfen.

8 Uhr 3. Ich stehe im Bad. Mit an den Waschbeckenrändern aufgestützten Händen sehe ich in den Spiegel. Wie immer fällt mir

nichts zu mir ein. Trotzdem versuche ich mich an einer aufmunternden Begrüßung: »Guten Morgen, du Blödmann!«, nuschle ich schwach.

Ich richte mich auf und betrachte mich skeptisch. Mein schnappschusskurzes ›Cheese‹-Lächeln scheitert kläglich. Es sollte helfen, mich gut drauf zu bringen und mir etwas Positives suggerieren. Stattdessen habe ich das Gefühl, sogar mich selbst bescheißen zu wollen. Aber – die Absicht zählt. Ich mein's ja schließlich nur gut.

In der Eindringlichkeit des grellen Morgenlichts starre ich mich bewegungslos an. Analysiere jedes Detail meines Gesichts. Ich sehe genauso aus, wie jemand aussieht, der keinen Schluck Alkohol trinkt, nicht raucht, keine Drogen nimmt, noch nie auch nur ein Aspirin oder eine Kopfschmerztablette geschluckt hat und wie besessen trainiert. Wie jemand, der hungrig ins Bett geht, um kein Gramm zu viel auf den Rippen zu haben. Wie jemand, der sich permanent vorbereitet. Auf den Moment, an dem sein Leben endlich anfängt. Das eigentliche. Wie jemand, der sich in einem kargen Warteraum des Lebens befindet.

Nichts von all dem, was ich tue oder nicht tue, hat mit Disziplin zu tun. Saufen, rauchen, Pillen, Party, Pulver, was-weiß-ich interessiert mich sowieso einen absoluten Scheißdreck. Meine beinah asketische Lebensweise ist vielmehr eine Nebenerscheinung. Ein Abfallprodukt der Strukturen, die ich zur Überbrückung entwickelt habe. Bis sie losgeht. Meine Existenz.

Ich habe keine Ahnung, wann ich der Typ geworden bin, der mich gerade fragend ansieht und sich aus keinem ersichtlichen Grund an die Schläfe fasst. Wie versuchsweise Anläufe beginne ich jeden Tag endlos aufs Neue. Doch mein Erinnerungsvermögen fühlt sich an, als wäre ich eben erst geboren worden. Ich habe keine Vergangenheit. Was nicht weiter verwunderlich ist, da ich nur für die Zukunft lebe. Und die Gegenwart nicht wahrnehme – noch nie wahrgenommen habe.

Es klingelt an der Tür. Ich mache nicht auf. Ich mache nie auf, wenn ich niemanden erwarte. Ein paar Sekunden brauche ich dennoch, um mich wieder zu konzentrieren.

Das Läuten klingt noch in meinen Ohren nach. Um die Zeit, schätze ich, war es wahrscheinlich eine Expresssendung. Oder ein Einschreiben. Lasse ich auf der Post verschimmeln. No news are good news.

Zum ersten Mal seit – wie lang, vier Wochen? – gehe ich heute wieder ins Studio. Das letzte Mal habe ich nur kurz das Nötigste gemacht. (Lustlos hingerotzt!) Ein Rough-Demo (Piano, Vocals, knappes Drum Programming) und einen Mix gezogen, bei dem es nur noch minimaler Optimierungen bedurfte.

In die heutige Session will ich so viel wie möglich reinpacken und erledigen. Der eine neue Titel ist ganz zufriedenstellend gelungen, und wenn er aufgenommen so klingt wie in meinem Kopf, dürfte er so gut wie verdealt sein.

Ich wende mich vom Spiegel ab und laufe in die Küche, greife in den Kühlschrank und nehme mir eine in Zeitungspapier gewickelte Zitrone heraus, die ich auspacke, abwasche, halbiere, mit meinen Fingern auspresse und mit Karottensaft vermische. Die zerfleischten Zitronenhälften lege ich fahrig zurück in das Papier und knülle es grob wieder zusammen, bevor ich das handliche Paket in den metallenen Abfalleimer von Philippe Starck schmeiße, der sich aufgrund der Heftigkeit des Einschlags kratzig um einige Zentimeter nach hinten schiebt. Was mich ärgert, weil ich ihn sofort wieder millimetergenau zurechtrücken muss. Dann trinke ich das 0,25-l-Glas in einem Zug aus. Diese allmorgendliche Saftzubereitung verleiht meiner 26.000-Euro-Küche ihre einzige Berechtigung. Sonst benutze ich sie nicht. (Bis auf die Lagerung meines täglichen Pflichtapfels und der täglichen Pflichtbanane im Kühlschrank.)

Eine Feuerwehrwagenkolonne fährt vorbei. Ich höre nur ihre Martinshörner, da mein Küchenfenster in den Innenhof führt. Ich nehme an, dass es die Feuerwehr ist, weil Polizeikolonnen weitaus seltener sind. An der Melodie des Martinshorns kann ich es nicht erkennen. Aber ich glaube, es gibt einen Unterschied. Polizei- und Feuerwehrsirenen klingen verschieden. Ich bin nicht sicher. Die gedämpften Tatü-Tatas werden leiser, das Tieferwerden durch das Wirken des Dopplereffekts bleibt scheinbar aus. Kurz horche ich auf, aber es stimmt, sie werden lediglich leiser. MTV läuft ohne Ton auf dem in der Wand eingelassenen Flatscreen im Wohnzimmer und ich starre auf das Bild (ein Ringtone-Werbespot), während ich mit leerem Glas dastehe. Undeutlich spüre ich sie näher kommen. Sie bewegt sich auf mich zu. Ein gewaltiges, unsicheres Atemholen. Dann hat sie mich:

Eine tiefschwarze Wolke, die mich zwingt, mich gleich wieder ins Bett zu legen. Bei sonnigen 24 Grad plus, 8 Uhr 12. Mein Körper wird bleischwer. Meine Jeans ziehe ich aus (sonst verkrumpelt sie) und lege mich nur mit Socken, Unterhose und T-Shirt auf die Matratze. Mein Blick starr auf die weiße Decke gerichtet. Äußerlich regungslos blicke ich sie an, bis ich den Eindruck habe, dass sie sich langsam bunt verfärbt. Zusammengebissene Zähne. In mir tobt die schiere Panik.

Der ganze übliche Heulsusenkram eben.

Huuh, ich zweifle an allem. Huuh, ich bin mir nicht gut genug! Und das, huuh, obwohl ich mich doch VIEL BESSER ALS DIE ANDEREN FINDE!

Was mich jedoch nicht aufwertet, sondern lediglich die anderen abwertet!

Dabei ist es vollkommen legitim, sich was vorzumachen: Alles ist okay. Was ich tue, ergibt Sinn. Wo ich bin, ist vorne. Sonst droht komplette Manövrierunfähigkeit. Die ganze verfickte Menschheit funktioniert so. Ihr Koordinatensystem besteht aus Ignoranz, Verdrängung und Wunschdenken. Und sonst nichts.

Das Fenster ist geschlossen und schon jetzt ist es drückend heiß im Zimmer. Meine Gedanken werden düsterer. Das Wolkendach meiner Trübheit zieht sich weiter zu.

Nicht einmal an rettende Onanie ist jetzt zu denken.

Normalerweise würde ich mir dazu eine unattraktive Frau vorstellen. Zwei Blatt Küchentücher griffbereit. Ich stelle mir immer nur Frauen vor, mit denen ich in der Realität nichts zu tun haben möchte, weil ich sie für hässlich und dumm halte. Die ich im wahren Leben nicht mal anfassen würde. (Die Auswahl ist also groß.) Hübsche und intelligente Frauen könnten mich in meiner Fantasie niemals stimulieren. Es käme mir vor, als würde ich ein abstraktes Ideal verletzen.

Ich bin ein Ästhet und eine degenerierte Sau. Ein höheres Maß an Deckungsgleichheit würde möglicherweise einiges vereinfachen. Wobei, ganz sicher bin ich mir da auch nicht.

Immer noch erstarrt, überlege ich, wie ich einem Psychologen diesen Sachverhalt schildern würde. Seine Erklärungen kann ich mir aber schon irgendwie denken. Latentes Unterlegenheitsgefühl, Angst vor Bindung und Versagen und so weiter. Gähn. Ist immer die gleiche Brühe. Genau wie mit dem festen und dem weichen Händedruck. Ich habe einen festen. Und was ist? Ich liege da wie ein paralysierter Käfer auf dem Rücken.

Ich liege da. Der Körper versteinert. Ich habe gerade etwas mit »Schlamassel« geflüstert. Das ist doch schon mal ein Anfang. Ich drehe meinen Kopf, schaue auf den großen weißen Einbauschrank, der eine ganze Wand einnimmt. Die dritte Schiebetür von rechts steht halb offen. Er ist nicht einmal zur Hälfte gefüllt. Dabei überlege ich, dass die Schreinerei, die den – zugegebenermaßen hochwertigen – Schrank angefertigt hat, mit 11.000 Euro völlig überbezahlt wurde. Ich glaube, ich werde auch überbezahlt. Für das bisschen Vers-Bridge-Refrain-Mittelteil-Refrain-Geschreibe. Ich merke, dass meine Körperrückseite schon ziemlich verschwitzt ist. Was an meinem Schockzustand nichts ändert und mich auch nicht zu einer Änderung meiner Position veranlasst.

Nach zwanzig Minuten habe ich endlich genügend Kraft gesammelt, um mich zu erheben und anzuziehen.

Ich bin unterwegs, um Jost abzuholen und mit ihm gemeinsam ins Studio zu fahren. (Wenn man jemandem idiotischerweise irgendwann einmal angeboten hat, ihn abzuholen, kommt man aus der Nummer fortan einfach nicht mehr raus. Wehret den Anfängen.) Mit meiner Zunge versuche ich seit ein paar Minuten, einen festsitzenden Brotkrümel zwischen meinen Schneidezähnen zu entfernen. Die Spitze ist schon wund vom Pulen. Ich muss das Problem aber auf diese Weise lösen, da ich mit ungewaschenen Fingern niemals in meinem Mund rumfummeln würde. Ich überlege, ob man an der Zunge einen Muskelkater bekommen kann, während ich wieder ansetze und meine Mundpartie sich dabei ausbeult, als würde jeden Moment ein Alien rausbrechen. Als ich es endlich geschafft habe, fühle ich mich unverhältnismäßig befreit.

Jedoch fristet ›erfolgreiches in den Zähnen Stochern‹ nur ein Schattendasein im Vergleich zu den deutlich ranghöher stehenden Disziplinen ›überreifen Riesenpickel ausdrücken‹, ›harten und langen Popel aus der Nase ziehen‹, ›abschneuzen nach langwierigem Schnupfen, der sich endlich in grünlicher Schleimform löst‹, ›Pinkeln nach ewigem Zurückhalten‹, ›Medium-Stuhlgang mit Abschluss ohne Bremsspur‹, ›finaler gelb-galliger Kotzschwall, nach welchem sich der Magen wieder zu erholen beginnt‹ und ›sich von selbst lösender Ohrenschmalzbrocken Rocky Mountain‹. Die großen Momente im Leben sind so selten. Haben aber immer etwas mit Einführen oder Ausscheiden zu tun. Während ich mir das überlege und in eine Einbahnstraße einbiege, wird mir kurz übel.

5 vor 10 parke ich auf einem großen Platz, von dem aus die Straßen sternförmig auseinanderlaufen. Ich komme zu jedem Termin einige Minuten früher, um Verspätungseventualitäten auszuschließen, warte um die Ecke, lese oder höre Musik oder schaue blöd rum – und schlage dann sekundengenau auf. Anders

lässt sich *absolute* Pünktlichkeit nicht garantieren. (Zu früh erscheinen ist noch unmöglicher als zu spät.)

Ich nehme Kafkas »Der Prozess« in Angriff, schaffe zwei Absätze, lege es auf die Rückbank und ziehe an meinem rechten Ohrläppchen. Nachdem ich noch zwei vorbeilaufende Obdachlose mit identisch zerfressenen Nasen und grauen Bartstoppeln mit meinem Blick streife, starte ich den Wagen und fahre nach hundertdrei Metern einmal rechts und dann noch siebenundzwanzig Meter geradeaus.

Um Punkt 10 Uhr stehe ich vor Josts Wohnung und muss parken, da er natürlich noch nicht auf der Straße wartet und eher um 10 Uhr 1 als um 9 Uhr 59 erscheint. Normal. Weltweit. Verwichste verweste verkrustete Scheiße. Ich stelle den Motor ab. Mein anschwellender Hass wird vorübergehend zur Seite gedrängt, vielleicht auch nur ergänzt. Und zwar vom Nachklang meiner Traurigkeitsattacke von heute Morgen, von der ich mich noch immer nicht ganz erholt habe. Woher es auch immer kommen mag, plötzlich schiebt sich das überstrapazierte Bild des berühmten ›Rollstuhlfahrers, der es im Vergleich zu einem selbst *wirklich* schlimm hat‹ vor meine Augen. Gänzlich gegen meinen Willen. Dieses simpelste aller Denkmodelle. Es gelingt mir nicht, diesen Schwachsinn zu verdrängen, als ich bemerke, dass sogar dieser Klassiker nicht mehr das ist, was er mal war. Denn ich sehe in Gedanken nur einen Rollstuhlfahrer, der bergab rast und gegen einen Baum knallt. Gegen einen herbstlich rötlichen Ahornbaum, an einer pittoresken Uferpromenade. Und dann abprallt und nachfedert. Ich finde das sogar noch recht amüsant – eigentlich lächerlich – und stelle ernüchtert fest, dass ich jedes Lebensszenario nur noch als cineastisches Bild abrufe, das ich irgendwann mal gesehen habe. (In diesem Fall eine französische Komödie aus den 70ern. Französische Komödie? Ich kann's nicht glauben. Ich kenn gar keine.)

Im Radio läuft gerade eine ältere Single der Sugababes, die ich ziemlich geil finde und voll aufdrehe. Ich weiß nicht, wie laut das außerhalb des Autos ankommt, aber vereinzelte Blicke vorbeigehender Passanten geben mir eine Ahnung. Während des Fade-outs entferne ich ein Haar von meinem Hemdärmel, welches ich aus dem Augenwinkel flattern sah. Es ist auf jeden Fall nicht meins. Ich sehe unentwegt auf die Uhr und bin genervt. Ab und zu schaue ich auch auf die Kirchturmuhr über den Dächern, einige Blocks weiter. Sie geht eine Minute nach.Dann schiebe ich in meinen Gedanken mit dem ›Hungersnot-Opfer in Rhuanda‹ noch schnell einen weiteren beliebten Vorschlaghammer nach (ebenfalls ungewollt), um mir Demut und Dankbarkeit einzutrichtern. Und weiß doch von vornherein, dass auch dieser Versuch, meiner Verzweiflung Herr zu werden, zum Scheitern verurteilt ist.

Ich sehe nur einen trübe dreinschauenden negroiden Blähbauch mit schwirrenden Fliegen um den Kopf vor mir (Postkarte »Brot für die Welt«), höre aber das Summen der Insekten. Was mich leider auch nicht besänftigt. Ich rolle mit den Augen und fühle mich reizüberflutet.

»Morgen.« Jost steigt ein.

»Morgen Jost. Wie läuft's?«

Es ist 10 Uhr 4.

Mit dem Öffnen der Beifahrertür setze ich mein Alles-bestens-Gesicht auf. Meinen Zorn werde ich aber erst in ein paar Minuten in eine Ecke meiner Magengrube verdrängt haben. So lange pegelt mein Kraftstoffbedarf zur Vortäuschung guter Laune im deutlich höheren Bereich. Das verbraucht kostbaren emotionalen Sprit. Ich lasse den Motor an und wünschte, ich könnte Verspätungen lockerer sehen. Aber warum sollte ich? Solche Kleinlichkeiten sind für mich keine Kleinigkeiten. Sie addieren sich endlos. Ich bin noch nicht so weit, komplett zu kapitulieren und mich anzupassen.

Die Show hat begonnen. Ich tue, als wäre ich voller Tatendrang, und wir steuern bei erstaunlich ruhigem Verkehr in einen Tag voller Betriebsamkeit. Ein Versuch, mein in mir wütendes Nichts zu verhöhnen.

Während wir uns unterhalten und ich ihn nach Freundin, Bekannten und Vorkommnissen der letzten vier Wochen frage, taste ich unauffällig unter meinem Kinn meine Lymphknoten ab. Die waren heute Morgen beidseitig geschwollen und schmerzen zunehmend.

Dann erzähle ich kurz, was so los war, seit wir uns das letzte Mal gesehen haben (die offizielle, zensierte Version), und höre mir selbst kaum zu.

Jost wirkt so entspannt und ausgeglichen wie gewöhnlich und als ich frage, ob er Zeit hat, heute bis acht oder länger zu arbeiten, tue ich so, als wäre ich ganz locker und könnte mit jeder Antwort leben.

Als er bejaht, bin ich erleichtert. Ich will heute unbedingt mit allem fertig werden.

Ich glaube, Jost durchschaut mich zumindest teilweise und hält mich für einen Spinner. Er weiß nur nicht genau, welcher Art. Als wir um halb elf beim Studio ankommen, habe ich bereits genug und möchte heim. Ich bremse zwischen einem Audi A6 und einem BMW 3er Coupé mit Spoiler und schiebe den Schalthebel auf ›Parken‹.

Während Jost schon reingeht, nestele ich noch im Auto rum, hole mein Notizbuch raus und schreibe rein: *Niemand darf jemals erfahren, wer ich bin.* Wie zur Bekräftigung schreibe ich das Wort »jemals« noch mal nach. Mit »Niemand« mache ich dasselbe. Zweimal.

Ich betrete die Lobby des zweistöckigen Gebäudekomplexes, der mehrere Tonstudios und Produktionseinheiten beheimatet. Um in Josts Studio zu gelangen, gehe ich durch den Aufenthaltsraum, in dem Franz sitzt und Filterlose zu seinem Frühstücksbierchen raucht. Er begrüßt mich überschwänglich. Ein grauer, schütterer Haarflaum umrahmt seinen runden Kopf, aus dem zwei lebendige Glubschaugen stechen. Franz ist der Aufguss einer Persiflage eines Verlierers. Er ist 54 und hat im Leben keine Chance mehr. Ein Sozialfall, der nebenbei noch versucht, sich mit Musik die Illusion eines Lebensinhalts vorzugaukeln. Das gelingt aber nur durch die permanente Zufuhr großer Mengen Alkohol. Für seine Verhältnisse ist er schon sehr früh da. Normalerweise erscheint er erst gegen drei Uhr nachmittags, nachdem er aus seinem Koma erwacht ist. Ich kann erkennen, dass er bereits ordentlich Schlagseite hat, vielleicht noch der Restalkohol von gestern. Die frisch geöffnete Flasche Hacker-Pschorr Helles vor ihm ist möglicherweise auch nicht die erste heute. Er ist so etwas wie das Unikum des Hauses und seine Anwesenheit wird stillschweigend geduldet, obwohl er nicht recht in den Kontext des Studios passen will. Was ihm selbst aber nicht weiter auffällt.

Ich bewundere Franz' positive Einstellung stets aufs Neue. (Was glatt gelogen ist. Er geht mir so auf den Geist, dass ich permanent mein Bestes geben muss, ihn nicht unterschwellig zu erniedrigen.) Wenn er mit Quellbauch und im Unterhemd, nach Schweiß und verfaultem Zahnfleisch stinkend, auf einen zugeht, sich von eindeutigen Zeichen der Ablehnung nicht beirren lässt und einen gnadenlos mit seinen Geschichten versorgt, bekommt man eine Ahnung davon, wie selig machend Einfalt ist. Seine Geschichten sind zudem an Langeweile kaum zu übertreffen und handeln meist von seiner ruhmreichen Vergangenheit. Und ruhmreich ist in Franz' Fall relativ. Verdammt relativ.

»Moang, griass dä. Wia gäht's.« Er ist Österreicher. Und zwar ein ordinärer. (Tautologie?)

»Morgen Franz, du schon hier?« Gott, bin ich gut. Wollte schon ›Ach komm, vergiss es!‹ sagen.

»Nojo, heit a bissal friara, woaast eeh!«

Sein gackerndes Lachen wird von einem wilden Reizhustenanfall jäh unterbrochen. Vier Stöße durchzucken seinen untersetzten Körper. Ich schrecke instinktiv zurück. Fürchte den Tröpfchenflug seiner Loserbazillen. Nicht, dass ich mich noch anstecke. ›Das Virus des Scheiterns‹. Den sich in seinem Mund sammelnden, deutlich hörbaren Auswurf schluckt er nonchalant runter. Danach wendet er sich, ohne mich weiter zu beachten, wieder dem überlauten Fernseher zu. ORF2, Zeit im Bild. »Ah ja«, entgegne ich abschließend verloren.

Und damit ist mein Bedarf an Franz für heute gedeckt. Den Rest des Tages werde ich in schnellem Tempo an ihm vorbeiziehen und so tun, als wäre ich in Eile. Ihn nur nicht auf die Idee bringen oder ermutigen, mich anzusprechen.

Jetzt erst bemerke ich einen pummeligen Typen mit Nasenpiercing, der als A&R für ein Hamburger Plattenlabel arbeitet.

A&R steht für Artist & Repertoire. Ein A&R-Mann stellt für den Künstler den direkten Ansprechpartner bei der Plattenfirma dar. Er fungiert somit als Bindeglied zwischen dem Act, dem Produzenten, dem Songschreiber, dem Management und dem Label. Den Nachweis seiner Existenzberechtigung erbringt dieser Vertreter der Musikindustrie zumeist durch grobe Fehlentscheidungen in Sachen Titelauswahl, Öffentlichkeitsarbeit, Marktplatzierung und Image-Mitgestaltung.

Eine einflussreiche und prestigeträchtige Position wie diese genießt hohes Ansehen und ist demgemäß äußerst begehrt. Folglich sind die Auswahlkriterien gnadenlos streng.

Einstellungsvoraussetzungen für den Posten des A&R sind: (1) geringstmögliches Maß an Musikalität, (2) branchenfremde Ausbildung – bevorzugt Gebrauchtwagenhändler, Immobilienmakler, BWL-Studenten, vor allem Studienabbrecher bzw. Absolventen mit Abschlussnote 4,6 bis 4,9, (3) IQ nicht niedriger als Lebensalter-mal-zwei, (4) Frisur muss stimmen, (5) Grundkenntnisse in Lesen, Schreiben, Sprechen und Basteln sollten rudimentär vorhanden sein, jedoch nicht zwingend, (6) vollkommene Deckungsgleichheit des Persönlichkeitsprofils mit ausnahmslos sämtlichen anderen Vertretern dieser Berufsgruppe. (Siehe hierzu auch ergänzende Literatur: »Das Nutzen fremden Talents. Erfolgreich durchs Leben – auch ohne eigene Kernkompetenz« von Dimitri Jofelnikov, sowie »Runter von der Straße« von Sissi von Tahlzann.)

Und so einer sitzt jetzt mit seinem quietschbunten Hemd breitbeinig in der Lobby. Neben sich seinen Laptop, den er gerade über ein auffallend dickes Kabel auflädt. Wir grüßen uns und müssen beide überlegen, woher wir uns kennen. Ich glaube, mir fällt's zuerst ein. Ich glaube auch, ich bin der Erste, der beschließt, so zu tun, als fiele es mir nicht ein. Ein kurzes Gespräch lässt sich aber nicht vermeiden. Also gehe ich in die Offensive: »Hi Patrick, du hier?«, sage ich wohltemperiert, mit Schritt auf ihn zu.

Er räuspert sich und sagt: »Hi, ja. Na ja.« Er weiß nicht weiter. Der kleine Schwanzlutscher hat keine Ahnung wie ich ›gleich noch mal‹ heiße.

Wir schütteln uns die Hände. Seine sind feucht und weichwarm.

In ungefähr einer Minute, wenn kein Zusammenhang mehr ableitbar ist, werde ich mir meine Hand an meiner Hose, an der Oberschenkelrückseite, unauffällig abwischen. Und dann schnellstmöglich waschen.

»Und, was machst du hier? Bist du oben, bei Klaus?«, frage ich, noch immer ziemlich positiv.

»Ja genau, wir nehmen eine 14-jährige Rapperin auf und ...«

Und zack, schon schalte ich ab. Ist sicher äußerst wichtig, dass er bei den Aufnahmen anwesend ist und die Produzenten mit unnötigen Kommentaren nervt. Warum er allerdings jetzt hier sitzt und mit seinem Organizer spielt, während im oberen Studio trotz seiner Unentbehrlichkeit gearbeitet wird, hat sicher einen plausiblen Grund.

Zumindest ohne Unterlass zu reden hat er drauf: »Wir haben ziemlich geile Promotools am Start. Viva habe ich so gut wie sicher im Boot. Allein die Printkampagne kostet uns knapp 40.000 Euro. Außerdem alle, alle relevanten Download-Portale mit massivem Bannering und Schwerpunktthema für zwei Wochen bei MySpace, mit 'ner noch nie da gewesenen Aktion in Zusammenarbeit mit, Achtung, mit Adidas, das wird – hey, das wird mega groß, wirst sehen. Ja, wir glauben ziemlich an die Kleene. Die verarzten wir volle Kanne. Hm, geht so in Richtung Alicia Keys, aber mehr Hip Hop, und ...«, lässt er deutlich zu viel Information ungefragt vom Stapel.

»Ich dachte, ... ähm, sie rappt. Wieso Alicia Keys?«, frage ich langsam, mit zurückgenommener Stimme. Vielleicht ein Fehler, weil jetzt sofort das Unvermeidliche kommt.

»Ja, ne, weißte, wir machen jede Nummer mit 'nem Feature-Artist, der halt so geil schwarz singt.«

Was für ein Superplan.

»Und die erste Single ist ja schon draußen, kennste vielleicht. ›Stealin‹. Die geht so: *Stealin your love away, dadada dobadah ...*«

Er singt kurz an. Ich weiß gar nicht, wohin ich schauen soll.

»Kennste, oder? Auf jeden Fall sieht die Kleene hammer aus, und ...«, brabbelt und sabbelt er, benommen von sich selbst.

Die erste Single kenn ich nicht. Also vielleicht doch nicht ein so »ends heißes Thema, die Kleene«. So viel Erfolg mit so wenig Hits. Was für eine inkompetente Scheiße er schon in den ersten Minuten vom Stapel lässt, bestätigt meine Erwartung derart, dass ich mich beginne aufzulösen. Und gleichzeitig gespannt warte, was jetzt noch kommt. Patrick wippt, während er spricht, ständig mit beiden Füssen, was mich unruhig macht.

»... mit der Band sind die Leute bei der Universal ja schön auf die Schnauze gefallen. Haha. Hat ja überhaupt nicht funktioniert.

Ho, oder? Hätt ich nie gesignt«, entfährt es ihm schwallartig. Ich nicke zögerlich und habe keine Ahnung, wovon er eigentlich redet.

»Tja, niemand weiß nichts«, sage ich weise nickend (passt immer) und versuche indessen mein Fieber zu ignorieren. Um diese Zeit wird es in den letzten Tagen immer spürbar und steigt gegen Abend.

Während Patrick versucht, mit der Hand irgendetwas Unsichtbares von seinem Oberschenkel zu fegen (was mich zu meinem Taschencheck veranlasst: Geldbeutel – kurzer Griff an rechte Gesäßtasche. Schlüssel – Griff an rechte vordere Hosentasche. Handy – spür ich so, linke vordere Hosentasche. Alles da), frage ich als weiteren Versuch, auf ihn einzugehen: »Wie läuft's denn sonst so bei euch?«, und meine damit das Label, bei dem er arbeitet. Weil ich eventuell einen meiner Schubladentitel platzieren könnte, ist das das Einzige, was mich nicht komplett langweilt. Wobei schon die Selbstverständlichkeit dessen mich doch wieder langweilt.

Ich kippe den Kaffee, den ich mir geholt habe, während er bei »Veröffentlichung noch vor dem Vorweihnachtsgeschäft« war, mit einer verzerrten Leidensgrimasse runter.

Kurz schaue ich zu Franz, der, rachitisch schnaufend, immer noch an seinem Platz sitzt und unser Gespräch verfolgt. So gefällt er mir. Seine stärksten Momente hat er immer dann, wenn er den Mund hält. Er entfaltet ein schon benutztes, krumpliges Papiertaschentuch und schnäuzt laut hinein. Trompetet vielmehr. Kurz kurz lang. Wie ein Morsesignal. Was kurz-kurz-lang wohl im Morsealphabet bedeutet? Ich weiß nicht mal, wie SOS geht.

. . . --- . . . ?

Oder

--- . . . --- ?

Nicht sicher. Dafür weiß ich, dass ABBAs »SOS« in F-Dur ist. Bescheuert. Das nützt mir bei Schiffbruch gar nichts.

Franz klappt sein Taschentuch erneut auseinander und

betrachtet sein Werk stolz wie Oskar. Als hätte er gerade die Kontur Italiens in Rotze zu Papier gebracht. Dabei stelle ich fest, dass er in seinem Hartz-IV-Look, Unterhemd/Trainingshose/Goldkettchen, meiner Vision von Patricks Zukunft verdammt nahe kommt.

Ich muss mich stark zurückhalten, Patrick nicht fies grinsend zu fragen, wie lange er glaubt, seinen Job in der kontinuierlich schrumpfenden Musikindustrie noch behalten zu können. So ein hochqualifizierter Entscheidungsträger wie er dürfte den Umsatzeinbußen zufolge nämlich sehr bald auf der Straße sitzen. Sieht er sich dann erstmals mit der Realität konfrontiert, wird er erschüttert feststellen, dass das wahre Leben mehr erfordert als eine starke Leber und lockere Sprüche.

Während ich ihn zwischen diesen Überlegungen eingehend mustere, wippt er immer schneller mit den Beinen, sodass seine Knie verschwimmen. Er ist etwas jünger als ich, wenn auch nicht viel. Der ewige Abgleich. Vor dem eigenen Jahrgang ist Steinzeit. Vorsintflutlich. Und alle, die nach dem eigenen Jahrgang kommen, sind, nun ja, irgendwie noch nicht so weit wie man selbst. Nach mir die Sintflut.

Jost steht in der Tür von Studio 2 und fragt, womit wir denn anfangen wollen, welchen Titel er vorbereiten soll. Ich sag's ihm und entschuldige mich bei Patrick mit dem dafür gängigen Wort für diese kurze Unterbrechung. Eine Wo-waren-wir-bitte-weiter-Geste ist nicht erforderlich, da er – voll in Fahrt – seinen Redefluss gar nicht erst unterbrochen hat.

Mein Kaffee schmeckt bitter und ist zu stark, weshalb ich nach einer kurz aufflammenden Attacke nervöser Energie ermüde, aber weiter am Ball bleibe. Ich gebe mir redlich Mühe. Immer wenn Patrick mich direkt ansieht, nicke ich. Dreimal richtig und dann langsam abebben lassen.

Ziemlich genau in dem Moment, in dem ich seine lächerliche Popper-Irokesen-Hahnenkamm-Frisur einer näheren

Begutachtung unterziehe, fällt mir ein, wie er bei unserer ersten Begegnung dozierte, er halte »Live Is Life« von Opus für den besten Popsong aller Zeiten. (Sag, dass das nicht wahr ist.) Dieser komplexen Arithmetik provinziellen Geschmacks nach wäre dann wohl »Lemontree« der zweitbeste. Ich finde, das erklärt einiges.

Musik ist bewegte Luft. Da darf jeder eine Meinung haben. Ungestraft. Jeder.

Am äußersten Rand meines Gesichtsfelds taucht eine Frau mit blonder Wallemähne auf, die einen Seitengang entlangstöckelt. Von Südost nach Nordost. In einem schwarzen Hosenanzug. Hauteng. Hintern und Haare wie aus der Werbung. Meine Augen folgen ihr. Sie dreht ihren Kopf kurz seitlich und sieht von vorn aus wie ein mit Camouflage zugekleisterter, herber alter Mann. Kurzes Schämen mir selbst gegenüber. Dann kommt mir der Gedanke, was Haare doch ausmachen. Dann kommt mir der Gedanke, von-hinten-hui-von-vorne-pfui passiert häufig. Dann kommt mir der Gedanke, dass alle Transen große Nasen haben. Zumindest die guten. Dann kommt mir der Gedanke an das Schlagzeugpattern von »Live Is Life«. (Sag, dass das nicht wahr ist.) Dann kommt mir der Gedanke an das BMW 3er Coupé vor der Tür. An den Spoiler. Und dann kommt wieder Patrick. Alles passt. Er erzählt in zunehmend vertraulicherem Plapperton. Dieses familiäre Gehabe ist nun mal die Masche von diesen Heinis. Ziehe ich aus dieser Farce noch einen Nutzen? Nein, ich glaube, das wird nichts. Es wäre jetzt zu anstrengend, um geschmeidig auf eine mögliche Platzierung eines meiner Songs bei einem seiner Künstler zu schwenken. Wie ich ihn einschätze, müssten wir dazu nämlich ein klein wenig so was wie *Freunde werden.* Ausgeschlossen.

Jost dürfte schon alles vorbereitet haben, damit wir mit der Session beginnen können. Ich hebe meinen rechten Arm. Patricks Zeit ist um. Meine auch.

»Super, wir telefonieren sowieso. Bis später.«
»Ja sowieso, bis dann.« Nicken. Lächeln. Abgang.

Als ich Josts Studio betrete und durch den Aufnahmeraum in die Regie gehe, springt mich die Erkenntnis förmlich an. Der Kontrast zwischen früher und heute ist gigantisch. Das riesige Mischpult, die Technik, die Instrumente, die Lichter, die Magie. Nichts ist mehr übrig von der Faszination, die die Studioatmosphäre immer auf mich ausgeübt hat. Sie ist irgendwie dahin. Keine Ahnung wohin.

Ich werde meine akribisch vorbereitete Liste abarbeiten und heimfahren. Die Songs im Auto checkhören und anschließend weiter-e-mailen. Die Titel werden veröffentlicht (oder auch nicht), ich bekomme bis zu eineinhalb Jahre später meine Tantiemen aus Airplay und Verkauf (oder auch nicht) und das war's.

15 Uhr 42. Nettoarbeitszeit bislang: vier Stunden 39 Minuten. Mittendrin, ich sitze gerade am Keyboard und spiele eine Streicherline in das Arrangement einer Nummer, die ich garantiert verkaufen werde, da sie nur so-la-la ist (auf meinen besten Songs bleibe ich meistens sitzen, die mediokeren Durchschnittstitel verkaufe ich schneller), Jost am Bildschirm nimmt mich auf. Ein blonder Rasta-Lockenkopf, circa 27, hält nach einem zaghaften Klopfen seinen Kopf zur Tür herein und fragt:

»Du Jost, kann ich mal kurz stören?«

Nein.

Jost: »Ja.«

Wir arbeiten hier. Kannst du das sehen?

Er: »Nur ganz kurz.« Er tritt in federndem Gang ein, mellow, vorbei an dem elfenbeinfarbenen Rhodes-Piano, er macht auf krampfhaft unverkrampft, No Woman No Cry, gelb-grün-gestreiftes T-Shirt mit Hanfpflanzenmotiv und ausgebeulte kaki Dreiviertel-Baggie-Hose, die langen, sorgfältig verfilzten Haare zu einem dichten Zopfgeflecht verworren. Stinken bestimmt, kann man ja nicht durchwaschen. Langsame, müde Augen. Wohl vom Potrauchen. Seinem Idiom nach ein Ragga-Idiot aus Castrop-Rauxel. Ich überlege, ob manche Jamaikaner sich dementsprechend einen Tirolerhut aufsetzen, Kniestrümpfe anziehen und ›Herzilein‹ singen.

Jost antwortet ihm: »Klar.«

Was? Klar? Schick ihn weg! Diesen gelbhaarigen Bob-Marley-Abklatsch. Kinnflaum, Armbänder, Badelatschen. Seltsam, je individueller jemand sein möchte, desto stärker uniformiert er sich im Sinne einer Gruppenzugehörigkeit. Buffalo Soldier.

Jost zeigt auf mich: »Kennt Ihr euch?«

Bewahre. Der nutzt mir doch geschäftlich nichts. Der würde aus einer Kollaboration mehr Nutzen ziehen als ich, also vergiss es. Offenheit simulierend schüttle ich den Kopf, stehe auf, halte Händchen hin und sage fröhlich: »Hi. Peter.«

Mein weiches Lächeln – je plakativer, umso mehr sucht es zu verschleiern.

Castrop-Rauxels Antwort auf Bob Marley: »Hi, ich bin Codo.«

Codo? Soso, Codo. Was auch sonst. Wie auch immer.

Ich forme meinen Mund zu einem schmalen Strich, nicke entgegenkommend, als hätte ich verstanden, gehe rückwärts zurück auf meinen Stuhl. Setze ihm innerlich eine Frist. Als würde das die Zukunft beeinflussen. Na dann schieß mal los, damit wir das hier hinter uns bekommen.

Rasta-Man: »Jost, ich hätte da mal ’ne Frage.«

Hättest du eine Frage oder *hast* du eine Frage?

Er: »Wie is’n das bei Logic, wenn ich eine Audio-Spur aufmache und dann über einen aux-Weg das Mikrofon ...«

Oh du meine Güte, technische Probleme. Schablonen-Bob muss der neue Mieter sein, der gerade mit seinem Anfängerstudio in eines der 1-mal-1-Quadratmeter-Legebatterie-Kabuffs im Keller gezogen ist. Jost erklärt und ich sitze da wie ein gestrandeter Delfin, der nicht zurück ins Wasser kann. Vollkommene

Indifferenz. Ich betrachte diese Störung definitiv als persönliche Beleidigung. Vier Minuten und 19 Sekunden. Diese fülle ich aus, indem ich darüber nachdenke, warum es im Deutschen *Auf Wolke 7*, im Englischen aber *Cloud No 9* heißt. Ratlosigkeit. Dabei erinnere ich mich, ich habe das schon mal gewusst. Schon mal gelesen. Apropos 7 und 9. Ich zähle gleich mal ein paar Primzahlen durch.

2, 3, 5, 7, 9 ist ja gar keine, 11, 13, 17, 19, 23, 29,
ich, 31, kann, 37, mich, 41, nicht, 43, abschalten, 47

und bei 101 hör ich auf, Jost ist noch am Erklären, Reserve-Bob-Marley steht windschief neben zwei kerzengerade aufgereihten Fender-Gitarren und nickt, die Hände in die Hüften gestützt, und ich drehe auf dem Sessel langsam hin und her und betrachte das Bild an der Wand, das ein Foto aus den 70ern zeigt, auf dem irgendwelche Freaks, Musiker, Künstler, Produzenten und U.S.-Musikbusiness-Magnaten im Kontrollraum des Ocean-Way-Studios in L. A. zu sehen sind. Alle mit goldenen Vinylalben in der Hand. Daumen hoch und prima Stimmung. Dichte Gesichtsbehaarung und Schlaghosen. Ich frage mich, wie viele von denen wohl schon tot sind.

Dann endlich, Land in Sicht, Aushilfs-Bob-Marley sagt:

»Hey super, Jost, vielen Dank. Jetzt hab ich's kapiert. Haha, man muss es nur wissen. Das ist mir eine große Hilfe. Danke. Na dann, frohes Schaffen noch.«

»Klaro, gerne.« Jost macht eine Winkbewegung, die so aussieht, als mache er mit zwei Fingern das Friedenszeichen. Dann sagt er »Bis später« und spricht »später« so aus, dass es sich nicht auf Äther reimt, sondern auf Leder.

Albino-Bob-Marley ist schon beinahe zur Tür raus, Iron Lion Zion, ich lege meine Hände wieder aufs Keyboard, da dreht er sich um, bleibt stehen und meint: »Bei dem schönen Wetter drinnen sitzen und arbeiten ist schon hart, oder? Wir sind ganz schön fleißig.«

Wir? *Wir*? Wie-*h-ier*? Wer glaubt er, dass er ist?

Ich kratze mich an der Wange, bemüht, so lässig wie möglich zu wirken. Pale-Bob hat ganz schön Dreck unter den Fingernägeln. Pflicht. In Kingstontown.

Er noch mal: »Ich bin heute so *gar* nicht inspi*riert.*«

Himmel, jetzt sieh endlich zu, dass du Land gewinnst. Gruß an die Wailers, weiter geht's, ach und: Inspiration ist was für Amateure.

Um fünf kommt noch eine Studiosängerin für eine knappe Stunde, um ein Demo für eine Brit-Pop-mäßige Nummer einzusingen, die ich nur mit weiblichen Guide-Vocals anbieten kann.

Klopfklopf, »Komm doch rein«, natürlich Umarmung und einleitendes Durch-die-Hölle-Gehen: Das Allerschlimmste mit Sängerinnen ist immer das Geschwalle, bevor es losgeht. Der Warm-up. Das Sich-Akklimatisieren und ein bisschen plaudern. (»'n Käffchen? Wie läuft's denn so?«) Man sitzt da und hört sich trübselige Geschichten und Ansichten über das Leben an. Danielas heutige Kernpunkte unter Wagenladungen abgeschmacktesten Schwachsinns sind irgendwas mit »Ich so zu ihm: diese Frisur? Hallo? Da hab ich ja wohl auch noch ein Wörtchen mitzureden«, ein Kurzreferat über bauchfreie Tops, das nahtlos übergeht in ein Plädoyer für mehr Liberalismus im Nahen Osten, das sich gewaschen hat: »Also bitte, wir leben doch schließlich im 21. Jahrhundert!« (was auch immer die Zahl *21* dabei begründen soll, ich halte den Rand. Hauptsache, das hier geht schnell vorbei), sowie zweimal der Einwurf »Pi-Pa-Po« und die historische Novelle »Ich war vier, als mir mein Bruder das Radfahren beigebracht hat. Ich erinnere mich noch ganz genau ...« Da wird es einem richtig warm ums Herz. Aber singen kann sie. Das ist doch schon mal was.

Es ist halb acht, als Jost und ich mit allem fertig sind, und ich bin erleichtert. Es ging schneller als erwartet. Ein ganz normaler Tag im Studio. Wir gehen durch die Lobby, vorbei an Franz. Seiner übertrieben lautstarken Verabschiedung (»Servus Jungs, macht's as guat«, dann rülpsen, Todesluft durch geschürzte Lippen seitlich rausblasen) entnehme ich, dass er im Begriff ist, sein Trinkverhalten weiter auszubauen. Er ist hackedicht, doch bester Dinge, und sitzt in seiner eigenen Körperdunstglocke. Nur Jost antwortet. Ich gehe einfach weiter.

In dem Moment, in dem ich Jost vor seiner Wohnung absetze und er die Autotür zuschlägt, drücke ich die Wahltaste meines Handys und informiere Hanna (ihre Aktennummer habe ich gerade nicht parat), dass ich heute Abend doch schon früher als vereinbart Zeit habe. Sie kann auch eher. Hat sie gerade tatsächlich »okydoky« gesagt? Meine Restfreude auf heute Abend lässt rapide nach.

Hanna. 31 Jahre, Augenärztin. Gerade fertig mit der Ausbildung. Natürlich nichts von wegen Berufung zur Medizin. Natürlich nicht. Grund für ihren Studiengang: Sie übernimmt praktischerweise bald Papas Praxis, wäre lieber was mit Mode geworden. *Gebt mir ein Messer.* Lieblingsfilme: Sie tut so, als wären die DVDs von »LA Crash« und »Departed« in ihrem Regal ihr eigener Geschmack. Die stehen da aber nur wegen ihrer Möchtegern-Mode-Schwuchtel-Freunde. Ihre daneben aufgereihten »Titanic«- und »Vier Hochzeiten und ein Todesfall«-DVDs sagen alles. Lieblingsmusik: Sie erwähnt immer ein paar *coole* neue Gitarrenbands, deren Namen sie auf irgendwelchen Partys aufschnappt. Sie lügt. Ihre drei Celine-Dion-Studioalben sagen alles.

Ihre Augen sind blau, die Haare hat sie stets zu einem dicken Pferdeschwanz gebündelt. Sie hält sich für schlau, wie alle anderen, die sich für schlau halten.

Ein bisschen mehr, ein bisschen weniger, das ist ihr Leben.

»Also um neun, ich bestelle den Tisch um. Bis gleich.«

Bitte sag jetzt nicht »ich freu mich« oder so was. »Guddie, bis denne. Ich freu mich. Tschüss«, sagt sie mit einer Power in der Stimme, wie sie nur resolute Leistungsträger aufbringen können.

Ich seufze tief, bin aber nur mäßig verblüfft, dass das denkbar Naheliegendste wieder mal eintraf, und fahre dabei beinahe einen ausscherenden Radfahrer um. Er schlenkert, fängt sich wieder.

In dem Moment, in dem ich auflege, höre ich noch ein »Tschü ...« aus dem Hörer. Dieses zweite Tschüss schob sie verzögert nach. Damit war nicht mehr zu rechnen. Ich fühle mich kurz schlecht, Hanna vorschnell weggedrückt zu haben. Und nehme mir vor, künftig nicht immer so zügig aufzulegen. Wobei das sinnlos sein dürfte. Die Auflegegeschwindigkeit ist in einem verankert. Was wiederholt sie aber auch ihre Verabschiedung!

Der Radfahrer zeigt mir seinen Mittelfinger. Das sieht sehr vertraut aus. Ich lächle ihn beipflichtend an. Er schaut verloren, da seine Wut in meinem unpassenden Gesichtsausdruck leerläuft, und verfehlt dabei nur knapp einen Bordstein, über den ich ihn gern segeln gesehen hätte. Vielleicht das nächste Mal.

Ich rufe die unter ›Chez G.‹ gespeicherte Nummer an und bitte um Vorverlegung meiner Tischreservierung.

Die Wahl eines Restaurants gestaltet sich zunehmend heikler und bedarf genauer Organisation. Schließlich gehe ich nicht in jeden Laden. Doch ganz abgesehen von meinen persönlichen Favoriten eignen sich bestimmte Restaurants zum Beispiel für erste, nicht aber für dritte Dates. Oder umgekehrt. Oder wirken kontraproduktiv zu diesem, nicht aber zu jenem Anlass. Oder funktionieren ausgezeichnet bei diesem, aber überhaupt nicht bei jenem Typus Frau.

Noch dazu muss ich geschickt durchwechseln, Dopplungen an nah aufeinander folgenden Abenden vermeiden, sonst falle ich auf. Kürzlich hätte eine Bedienung beinahe tatsächlich was gesagt. Ich sah ihr an, wie sie ansetzte, »Aah, heute wieder mit anderer Begleitung« oder etwas in der Art anzumerken. Sie verkniff es sich aber in letzter Sekunde. Vielleicht war's mein drohender Blick, der auch eine gesunde Portion Todesangst enthielt.

»Hanna Hanna Hanna Hanna Hanna Hanna, hallo HannaHannaHannaHanna. Hanna, Hanna, Hanna, Hanna, hi, Hannannannannanna Hanna Hanna Hanna.« Ich hole tief Luft. Weiter. »Hanna Hanna Hanna Hanna Hanna Hanna, hallo HannaHannaHannaHanna. Hanna, Hanna, Hanna, Hanna, hi, Hannannannannanna Hanna Hanna Hanna.« Komm, einmal noch: »Hanna.« Einer geht noch: »Hanna, Hanna, oh Hanna.« Das waren sogar drei, sehr gut. »Ha-aah-nnaah.« Brav, genug. Müsste reichen. »Hanna.« Nicht übermütig werden.

Kurz vor jedem Date sage ich mir den Namen der Frau ungefähr neunzigtausendmal laut vor. So versuche ich sicherzustellen, dass mein Hirn im Laufe des Abends nicht versehentlich einen falschen Namen ausspuckt.

Außerdem habe ich immer zwei Einstiegsfragen parat, die ich mir unmittelbar nach unserem letzten Treffen oder Telefongespräch notiert habe. Solange ich noch im Thema bin. In der Materie.

Diese Fragen greifen dann naturgemäß derart detailliert die zuletzt von ihr behandelten Themen auf, dass sie wirklich davon ausgehen kann, noch nie einem aufmerksameren Zuhörer begegnet zu sein. Einem mit Elefantenlangzeitgedächtnis noch dazu. Kurz gesagt: Wenn man solche – nennen wir es – belanglose Scheiße nicht sofort vermerkt, lässt sich niemals auch nur annähernd so punktgenau nachfragen. Diese Notizen halte ich daher für dringend angeraten, zumal die Niederschrift am Computer keine zwei Minuten in Anspruch nimmt. (Unterordner »DAN-Anschlussfrage«.)

Es dürfte wenige Männer geben, die die verwunderte, rhetorische Frage »Wow, hast du dir das gemerkt?« öfter gehört haben als ich. Ihr Gesichtsausdruck: begeistert! Diese ultrafeminine Art der Fragestellung rangiert zweifellos in der obersten

Intelligenzpreisklasse. Zusammen mit anderen Bringern, wie z. B.: «Schläfst du schon?«, »Was denkst du gerade?« und »Du lügst mich nicht an, oder?«

(Zum Thema ›nutzlose Äußerungen‹ siehe auch: »Stehen bleiben, Polizei!«)

Hanna und ich sind zu Fuß auf dem Weg zu meiner Wohnung, die keine zehn Minuten entfernt ist. Dies ist unser viertes Date und somit höre ich alle ihre Themen heute zum vierten Mal. Obwohl ich etwas zerstreut bin und mich auf mein Posing nicht richtig konzentrieren kann, hat sie doch den Eindruck, dass ich ihr zuhöre. Nach einem Abend in einem französischen Schi-Schi-Lokal und anschließendem Besuch einer Fehlgriff-Bar, die ich nicht kannte und die ihr Vorschlag war, attestiere ich mir, dass ich mich trotz öder Gespräche und zunehmend stärker werdenden Symptomen (Fieber: hoch, Lymphknoten: geschwollen, Bauchdecke: spannt) alles in allem ganz gut halte. Und dafür, dass sie ununterbrochen »insofern« und »lass mich jetzt nichts Falsches sagen« sagt und gerade fragt, was mir an ihrem Gesicht am besten gefällt, halte ich mich sogar überirdisch. Ich antworte auf Letzteres: »Vor allem natürlich deine Lippen und ... der Gesamteindruck.«

Das würge ich betont sachlich raus, dass es fast wie eine Aktennotiz klingt. Was dieser Aussage Glaubwürdigkeit verleiht, die in Kombination mit einem süffisanten Lächeln – bei dem man nie weiß, woran man ist – auch genügend Lockerheit vermittelt.

Sie ist sichtlich zufrieden mit meiner Antwort, während ich einen Krampf im kleinen rechten Zeh verspüre. Unbemerkt sehe ich auf die Handyuhr. Kurz vor Mitternacht. Ein Anruf in Abwesenheit, Akku noch ein Drittel voll. Ich werfe einen prüfenden Blick auf meine linke Ferse, ob meine Jeans nicht versehentlich in den Schuh gerutscht ist. Zwischen Socken und Schaftkante. Das sieht unmöglich aus. Aber, alles gut. Sie hängt drüber. Dann selbe Prozedur mit dem rechten Fuß. Auch okay.

»Und, ... wie findest du meine Augen?«, fragt sie nach einer kleinen Pause mit sinnlicher Singsangstimme und macht Anstalten, ihren Arm bei mir einzuhaken. Meinem Krampf geht es besser. Ging es besser. Was wird das denn jetzt? So betrunken kann sie doch gar nicht sein.

Erst mal ein ganz kurzes Lachen. Besser, ein hörbares Schmunzeln. Ist ›wohlwollend‹ das richtige Wort? Mit bewusst eilig-zusammengesucht-klingendem Satzbau sage ich: »Ich bin mir ziemlich sicher, in deinen Augen sehen zu können, dass du ... oft zu viel über Dinge nachdenkst, dass du ... dir Dinge stark zu Herzen nimmst. ... Und häufig auch unsicher und verletzlich bist. Das gibt dir etwas ... Weiches, ähm, ... Warmes. Das klingt jetzt vielleicht ein wenig ...«, dann breche ich bewusst ab und betone die Pause genau richtig. Und dabei schaue ich ein bisschen, wie man schaut, wenn man einem Kind gerade erklärt, dass es nicht auf die Herdplatte fassen soll.

Ich habe das Gefühl, dass jeder Muskel meines Körpers voll angespannt ist, als ich in sie eindringe und sie ganz langsam ficke. Ich bewege mich behutsam und vorsichtig. Dabei sehe ich ihr in die Augen, suche ihren Blick und versuche, nicht zu forschend zu wirken. Sie lächelt mich zärtlich an, bevor sie ihre Augen schließt und ihren Kopf zurückneigt. Und ich finde bestätigt, dass sie sich längst in mich verliebt hat. Zweifellos. Was mich ungemein befriedigt. Ich habe sie genau da, wo ich sie wollte. Und ich habe genau das, was ich wollte: ihr Gefühl. Der alleinige Grund, mir all das anzutun. Die Gespräche, das ewiggleiche Gefasel, die Restaurantrechnungen, dunkle Bars und Clubs, die mich ankotzen, noch mehr Infos aus einem belanglosen Leben, der Zeitaufwand, die tausendmalige Überwindung, das von mir Erwartete zu antworten, und das Generve, wenn ich mit ihr Schluss machen werde. All das nur für diesen einen Moment der sicheren Erkenntnis. Meine Mission ist erfüllt. Eine Nutte oder Escortschlampe wäre zwar deutlich kostengünstiger und weniger zeitintensiv, aber es ist nicht dasselbe. Es kann nicht heranreichen an die totale Eroberung eines menschlichen Herzens. Das einem, im besten Fall, nicht das Geringste bedeutet. Hannas Erregung nimmt zu. Sie beginnt zu stöhnen, während für mich die Sache gedanklich eigentlich schon erledigt ist. Ich habe sie. Das war's. Der Sex an sich ist mir ziemlich egal. Und sie ab jetzt auch, noch mehr als sowieso. Mir geht es nur um das wie. Aber wo wir schon mal dabei sind.

Mein Ehrgeiz lässt mich nicht in Ruhe. Auch jetzt. Nicht für einen kurzen Augenblick kann ich mich fallen lassen und abschalten. Ich versuche es ihr mit aller Gleichgültigkeit und Verachtung zu besorgen und sie fertig zu machen. Bestmöglich. Eine Form von Dienstleistung.

Mein Kopf ist zwischen ihren Beinen, sie krümmt ihren Rücken. Mit meinen Fingern spreize ich ihre Lippen auseinander, massiere in ihr herum, lecke und sauge, lutsche an ihrem Kitzler, während sie durch meine Haare streicht, mal stärker, mal schwächer meinen Kopf massiert. Meine Zunge führt mich über die Konturen ihrer Schamlippen bis hin zu ihrem Anus und zurück zu ihrer Klitoris, die ich mit der Spitze umfahre und dann mit meinen Fingern reibe, während ich meinen Kopf wieder hörgleiten lasse und ihre Brüste ablecke. Dann packe ich sie, drehe sie herum und ficke sie wieder. Zuerst noch mal in ihre Möse und dann – auf besonderen Wunsch – in ihren Arsch. Den ich vorhin schon auseinandergezogen und mit meinem Mittelfinger und Spucke bearbeitet, vorgedehnt habe. Das kann nicht guttun (also ihrem Darm!), denke ich mir (wie bei jedem Analverkehr, der aber nicht allzu oft vorkommt), während ich hinter ihr knie, rhythmisch rein- und rausstoße und sie um ihre Hüften festhalte. Bitte, mir soll's recht sein. Auf Grund des erhöhten Widerstands erigiert mein Schwanz noch mehr. Ich schiebe ihn ihr ganz rein. Bis zum Schaft. Dabei gleite ich mit einem Finger wieder in ihre Vagina. Dann mit noch einem zweiten. Mit der anderen Hand massiere ich ihre Titten, was ihre Nippel erhärten lässt, packe sie von hinten am Hals und fahre den Rücken herab. Ich spüre, wie sie in unregelmäßigen Abständen unkontrolliert zuckt. Und ein tiefes Grunzen lässt mich – völlig unangebracht – blöd schmunzeln und im Raum herumsehen, was meinen Schwanz sofort etwas weich werden lässt. Konzentration bitte! Ich checke doch tatsächlich die Uhrzeit auf dem Wecker, der auf dem Schrank steht. Dann ziehe ich meinen Schwanz raus, lege sie auf ihren Rücken, ihre Augen sind geschlossen, küsse sie in einer etwas härteren Gangart, hebe ihre Beine über meine Schultern und gleite nochmals in ihre feuchte Muschi. Ich schaue auf den angespannten Bizeps und Trizeps meines Oberarms, wobei ich darauf achte, dass ihre Augen immer noch geschlossen sind und sie mich dabei nicht erwischt. Bumse ich mich etwa gerade selbst? Sie drückt ihre Schenkel gegen meinen Hals, ist extrem gelenkig, geht mühelos mit meinen Auf-und-ab-Bewegungen mit. Ihre Möse passt sich meinem Schwanz an, nimmt ihn auf, saugt an ihm. Schneller werdende, stetige Bewegung, ihre Muskeln krampfen unkontrolliert. Und vierzig oder auch fünfzig Sekunden, vielleicht eine Minute bevor ich komme, geht es in meinem Kopf wieder los. Altbekannt, wie immer. Was mache ich hier? Ich beobachte mich selbst, beobachte sie, hoffe, dass das Kondom hält, ich möchte keine Kinder (schon gar nicht mit ihr!), habe noch nie ohne Gummi, überlege, ob ihr Zerfließen ihr Ernst ist, will sie mich verscheißern, macht sie mir oder sich selbst was vor? Was soll das? Hör auf zu stöhnen. Vielleicht hör ich dann auf zu denken. Ich bin ein Clown, es ist lächerlich, was ich hier tue. Und doch werde ich es wieder tun. Ich sehe uns von der Zimmerdecke aus zu, ein Beobachter aus der Distanz. Befinde mich drinnen und draußen. Bin irgendwie auch erschüttert, wie gnadenlos egal sie mir ist. Wie auswechselbar. Fürchte mich schon, was im Anschluss passiert. Ich wünschte, ich wäre allein.

Und ab dem Moment, in dem ich ejakuliere, kenne ich nur noch zwei Worte und ein Ausrufezeichen: Hau ab!

Was ich aber nie laut sagen würde. Im Gegenteil, ich bin mustergültig aufmerksam.

Ich ziehe mich aus ihr raus. Sie lächelt.

Ich knie noch über ihr. Liegestützposition. Mit meinen beiden Armen links und rechts von ihr abgestützt.

Ich schaue mit einem flüchtigen Blick an mir runter. Richte mich langsam auf.

Habe ich heute schon mein tägliches Handyfoto gemacht?

Greife mir an den Schwanz, um eine Sauerei mit dem Inhalt des Kondoms zu verhindern.

Ich überlege etwas. Wie im Nebel. Irgendwas, was sie sagt (es ist so ein vertrauensseliges, lächelndes »Hmm?« und noch was), veranlasst mich mit jungenhaftem Charme zu antworten: »Finde ich auch.« Weil ich mit der Wahrheit nicht durchkäme. Wobei die Wahrheit nicht unbedingt das Gegenteil wäre.

Warum kann ich das ewige Denken nicht einfach abstellen? Nur kurz. Zehn Minuten. Nur *zehn* verfluchte Minuten. Nichts denken. (Und *irgendetwas* empfinden!) An gar nichts denken müssen.

Als ich in dieser stockdunklen Nacht, es ist zehn nach drei, über die Straßen rase, bin ich noch leerer als sonst.

Am liebsten hätte ich Hanna einen Hunderter auf den Nachttisch gelegt und wäre gegangen, nachdem wir fertig waren. Aber wir waren ja bei mir. Ich war so verwirrt, dass ich gerne eine – irgendeine – destruktive Gefühlsregung in ihr provoziert hätte. Sie war sowas von nett und lieb und bemüht und nicht auszuhalten.

Es wird immer schlimmer. Irgendetwas stimmt nicht.

Die Autobahn ist komplett frei, kein einziger Wagen seit bestimmt einer Viertelstunde. Ich drücke aufs Gas, wie von allen guten Geistern verlassen, und versuche mich zu beruhigen, indem ich daran denke, dass ich nur ein theoretisches Konstrukt bin. Dass ich nur denke, dass ich denke. Dass mein Leben nur eine Vorstellung ist, die ich vor mir selbst aufführe.

Dass es mich gar nicht gibt.

Und in dem Moment bemerke ich – als hätte ich noch nie eine Bestandsaufnahme meines Lebens gemacht; tatsächlich tue ich nichts anderes –, wie sehr ich genau das Konzept lebe, das ich mir als kleiner Junge zurechtgelegt hatte.

Ich gehe in Gedanken zurück. Lasse die Aufzeichnungen in meinem Kopf zurücklaufen. Meine Erinnerung, das bisschen Erinnerung, wie die Erinnerung eines Fremden. Und es durchfährt mich wie ein Schuss:

Jede Nuance meines Daseins ist genau so geworden, wie ich es immer geplant hatte.

Weil ich nicht mehr kann, drossle ich das Tempo. Alles dreht sich. Die Welt draußen. Mein Auto. Nur dass es mir überhaupt nicht wie mein eigenes Auto vorkommt.

Jede Nuance meines Lebens ist genau so geworden, wie ich es immer geplant hatte.

Ich betrachte die Scheinwerferkegel vor der Kühlerhaube. Den Übergang am oberen Rand des Lichtfelds in den dunklen Horizont.

Mein Schädel dröhnt. Von Caruso ist nichts zu bemerken. Schlafen Fliegen?

Ich lasse den Wagen ausrollen ...

Auf dem digitalen Tacho, 185, 183, 180 ...

Jede Nuance ... meines Lebens

Wie geplant ...

Warum fällt mir das jetzt erst auf? Als hätte ich mich selbst erschaffen. Alles ist genau so, wie ich es wollte. Alles.

Bis auf mich.

Montag. Fünf Tage später. Das gestrige Training verlief schon ungewöhnlich zäh. Aber jetzt kann ich kaum mehr den Flur entlang gehen, ohne total außer Atem zu geraten. Ich falle in den Schreibtischsessel, wie ein Asthmatiker. Diese Symptome haben eindeutig nichts mit meiner labilen Gemütsverfassung zu tun. Das ist was anderes. Beklommenheit beschleicht mich. Ich war noch nie krank.

Die Unterarme und Hände auf der Armlehne, das Leder erwärmt sich. Es fühlt sich an wie ein Mensch.

Ich komme wieder zu Atem. Mein Puls entschleunigt sich. Viertel nach zwei. Im Sitzen geht's, das beruhigt mich, ich beruhige mich selbst, das wird schon wieder.

Gerade eben bekam ich die Airplaycharts zugemailt, in denen ich gleichzeitig mit drei Titeln vertreten bin. Alle ziemlich hoch platziert, aus verschiedenen Genres und laut meinem Co-Verleger und Agenten ist das »ziemlich saugeil«. Auch diese Songs habe ich vor mindestens 30 Songs geschrieben und es fühlt sich an, als wären sie gar nicht von mir. In Erwartung eines erfreulichen Geldregens entscheide ich, mich trotz tischtennisballgroßer Lymphknoten (ich kann sie fast sehen) zusammenzureißen und doch noch ein bisschen zu putzen, bevor ich zu meinem Lieblingsjapaner gehe.

Heute: Wohnzimmer wischen, Umkleide wischen, jeweils die Bodenleisten mit gesondertem, weichem Lappen und Palmolivlauge reinigen, bei häufigem Auswaschen des Lappens, Wohnzimmermöbel und sonstige Oberflächen feucht Staubwischen, dasselbe im Arbeitszimmer, dies alles, während eine 95-Grad-Maschine läuft, die ich nach meiner Rückkehr vom Essen rausnehmen und aufhängen werde. Ich schufte mir die Scheiße aus dem Leib und ignoriere mein Fieber und die brutale Schwäche, so gut es geht. Je stärker ich meine Erschöpfung spüre, desto mehr steuere ich dagegen. Ich kann noch härter arbeiten. Meinen grazil eingeschliffenen und hoch effektiven Bewegungsabläufen zuzusehen, dürfte ein Vergnügen sein. Nach einer Stunde ist es vollbracht. Alles Behandelte glänzt. In meiner Wohnung könnte man Operationen am offenen Herzen durchführen, ohne vorher etwas desinfizieren zu müssen.

Wohnt man mitten in der Stadt, kann man immer putzen. Der Feinstaub der Abgase sorgt dafür, dass das Wischwasser stets tiefschwarz ist, auch wenn man erst wenige Tage zuvor das letzte Mal sauber gemacht hat. Das befriedigt ungemein. Nicht mal in meinem jetzigen Zustand würde ich eine Putzfrau wollen. Ich weiß genau, wie das läuft. Ich müsste Termine mit ihr vereinbaren, was meine Lebensqualität drastisch einschränkt. Und wenn die gute Frau mal Grippe hat, kommt sie trotzdem zur Arbeit, weil sie die Kohle will, macht einen halbherzigen Job und ich hab ihre ganzen kranken Viren in der Luft. Ekelhaft. Ich will niemanden in meiner Wohnung. Und so sauber, wie ich sie putze, macht's sowieso niemand. Wenn man möchte, dass etwas sorgfältig erledigt wird, muss man es selbst machen.

Es hilft nichts. Zehn Minuten später, nach widerstrebender Suche in den Gelben Seiten und Hauptsache in der Nähe: »Guten Tag. Hier ist Weidner, ich hätte gern einen Termin bei Dr. Wagenhorst.«

»Wann könnten sie denn? Um was geht's denn?« Die Stimme der Sprechstundenhilfe am anderen Ende klingt herablassend. Sie will, dass ich mich ihrer sagenhaften Macht über den Terminkalender beuge. Sie ist der Herr im Ring. Herrin. Ich mach alles. Fühle mich elend.

»Ich glaube, es wäre ziemlich dringend. Ginge heute noch?«, frage ich fast kindlich ergeben.

»Das ist ausgeschlossen. Morgen um zwei ginge aber, wenn sie Zeit mitbringen.« Sie klingt derart unverhohlen feindselig, dass ich mir unverzüglich wünsche, ihren Mann kennenzulernen. Wer hält so was aus? Das sind die wahren Helden.

»Da kann ich leider nicht«, sage ich in entschuldigendem Tonfall.

Morgen muss ich nach Rom, auf eine Hochzeit. Menschen um mich herum beginnen, sich in Scharen zu vermählen.

Ich frage das Schlachtross am anderen Ende: »Und Mittwoch, ginge das?«

Ich klinge flehend. Sie bestimmt die Art, in der ich mit ihr rede. Sie bestimmt – und ich gehe darauf ein.

Hat man es mit geistiger Schlichtheit zu tun, muss man sich ausnahmslos anpassen. Das Niveaugefälle kann nur abwärts ausgeglichen werden. Nie umgekehrt.

»Mittwoch und Donnerstag ist der Herr Doktor auf einem Seminar. Freitag um drei kann ich noch anbieten!« ›Freitag um drei kann ich noch anbieten‹, äffe ich sie gedanklich nach.

»Gut, den nehm ich bitte«, sage ich leichthin.

Du dumme Ziege, ich krepiere gerade.

»Also dann! Dann haben wir ja jetzt endlich einen Termin gefunden«, sie tut, als ob ihr vor Zorn gleich der Kragen platzt.

Zweifelsfrei. Sie hält meine Höflichkeit für Schwäche.

Ich könnte wetten, dass *wenn* sie Mutter ist, dann nicht von einem Jungen. Frauen, die einen oder mehrere Söhne haben, sind weicher und netter Männern und der Welt gegenüber. Ausgesöhnt. Mütter von Mädchen hingegen haben etwas Ernstes, ständig Angespanntes an sich.

»Danke. Wiederhö ... äh, nein, ich war noch nicht bei ihnen.« ... »Weidner mit e i, ja« ... »genau: Weidner-mit-e-i.« ... »Vielen Dank« ... »Wiederhörn.«

5 Flug hin und zurück

Das kann nicht sein, das ist unmöglich. Ich bin mir ziemlich sicher, einer der drei Stewards, die uns beim Betreten der Maschine begrüßen, ist nicht schwul. Trotz Lufthansa. Das ist kein gutes Zeichen. Wie auch während der Leibesvisitation mobilisiere ich alle Kräfte, um nicht zu schwitzen oder gebückt zu humpeln. Sonst lässt man mich womöglich nicht an Bord. Ich bin der Letzte in der Schlange, die sich quälend langsam voranschiebt. Fast aufmunternd nicke ich den zwei Bordpersonaltunten und dem mutmaßlichen Hetero in der Mitte zu. Der Großteil der Passagiere sitzt bereits und gafft oder nestelt vor sich hin. Gerade eben, im Wartebereich des Gates konnte es keinem schnell genug gehen. Jeder wollte der Erste sein und lief furchtbar wichtig zum Boardingschalter, als der Flug aufgerufen wurde. Ich blieb sitzen, beobachtete, wie sie im Stehen anstatt im Sitzen weiter warten mussten.

Ich trotte meinem Vordermann hinterher, der ziemlich viel Rot trägt. Sogar seine spitzen Halbschuhe sind weinrot. Wir haben es schon bis Reihe F geschafft, als er sinnigerweise erst jetzt umständlich seine Bordkarte aus der Jackentasche fischt, um nachzusehen, zu welcher Sitzplatznummer er eigentlich muss. Mir fällt auf, dass ich meinen Kopf noch eingezogen halte, was eigentlich nur bei Betreten der Maschine nötig war.

Bevor mein Vordermann seinen Koffer im Gepäckfach verstaut, bedeutet er mir mit einer Kopfbewegung, mich vorbeizulassen. Ich lehne falsch lächelnd ab, gebe ihm zu verstehen, dass er sich ruhig Zeit lassen soll und ich gerne warte. Mir kommen fast die Tränen vor Verlogenheit, will ich doch eigentlich nur erreichen, dass er sich unter Druck gesetzt fühlt. Eilig streckt er sich und wuchtet seinen ebenfalls roten Handkoffer schroff auf eine kleinere Tasche, die sich bereits auf der Ablage befindet. Das deutlich vernehmbare Bruchgeräusch veranlasst ihn, hastig den Deckel des Fachs zu schließen und sich schuldbewusst zügig zu setzen, wobei er mit seinem Kinn an der Kopflehne des Sitzes vor ihm aufsetzt und dabei schnaubend in die Haare des Vordermanns prustet. Aber nicht mal das freut mich heute. Wenn er sich noch die Zunge abgebissen hätte, vielleicht. Aber auch nur vielleicht.

Ich gehe an einer Sitzreihe vorbei, in der eine Frau sich kämmt. Kopf zur Seite, Loreley-Haltung. Überlege, wie viele Haare sie hinterlassen wird (schätze leicht 34) und ob sie im Anschluss noch die Nagelfeile rausholt. Denk ich sonst noch was? Ja, richtig: wie ich sie dafür am liebsten strangulieren würde. In dem Moment, in dem mein Blick auf eine Frau mit Topfschnitt und riesiger Nase fällt, merke ich, dass über die Anlage gerade ein Song von Barbra Streisand gespielt wird. Und ich sage zu mir, »Boah, gibt's doch nicht, was'n Zufall«. Sinngemäß! Nicht so flapsig, natürlich.

Ich überhöre die englisch formulierte Frage eines deutschen Passagiers mit Tendenz zu Herrentitten an einen deutschen Steward. Der geduldig seinerseits auf Englisch antwortet. Der Passagier bedankt sich mit einem polyglotten »Thanks you«.

Die Maschine ist lediglich zu knapp einem Drittel besetzt. Komfortablerweise hat das hochmoderne Computersystem uns wenige Passagiere in den vorderen Reihen zusammengepfercht. Damit niemand allein sitzen muss. Ich steuere auf meinen Platz zu. Da es am Fenster häufig von der Klimaanlage zieht und ich von niemandem eingekeilt sein möchte, antwortete ich der überschminkten Dame am Check-in-Schalter routinemäßig mit »Gang, bitte«. Was sie natürlich mit »Gern« quittierte. Sie hatte diese lächelnden Augen, die durchaus attraktiv wirken, aber immer auch ein wenig undurchsichtig und fies sind. Ich nehme neben einem Ehepaar Platz, das ich ignoriere, um kommunikative Tendenzen gar nicht erst aufkommen zu lassen. Grüßen im Flugzeug, in Gängen von Gebäuden, in Umkleideräumen, auf Waldwegen oder im Lift ist nur was für Leute, die an das Gute im Menschen glauben, zu Verlegenheit neigen oder auf Koks sind.

Nachdem ich den verhedderten, grauen Scheißgurt freigelegt habe, lasse ich mich kraftlos und gegen meinen Willen auf den Sitz plumpsen, in dem ich nun mehr hänge als sitze. Einer der Stewards geht, die Reihen nach nichts Bestimmtem absuchend, fröhlich vorbei. Sein Parfum riecht unerwartet angenehm, aber erwartet intensiv. Der Geruch hängt lange in der Luft. Jetzt kommt auch der heterosexuelle Saftschubser, der vorhin an der Tür stand, flink durch den Gang gestelzt. Als er sich nähert, bemerke ich seine gezupften Augenbrauen, ärgere mich, dass mir das nicht gleich aufgefallen ist, und bin beruhigt. Doch eine Schwuchtel. Besser für ihn. Sonst gäb's nur Ärger mit den Kollegen. Auch er hinterlässt eine Geruchsspur. Sensationelles Parfum. Außergewöhnlich angenehm. Hätte ich gerne. Aber ich habe mich noch nie getraut, jemanden nach der Marke eines Dufts zu fragen. Aus Angst, es könnte falsch ausgelegt werden.

Ich ziehe meine Beine seitlich an, als sich die weibliche Hälfte des Paars neben mir erhebt und an mir vorbeizwängt, um auf den Gang zu gelangen. Auch dabei sehe ich sie nicht an. (Beim Vorbeischlängeln an jemandem: Arsch zu- oder abwenden? Habe gerade meinen Knigge nicht dabei.)

Da ich schon angeschnallt bin und ihre Aktion nervig finde, stehe ich nicht auf. Sie nestelt im Gepäckfach. Und ich gestehe mir ein, dass es mich doch ein bisschen interessiert, was sie denn wohl vergessen hat. Sie riecht nach Mensch. Sieht aber nicht so aus. Als sie etwas ungelenk wieder zurück an ihren Platz will, ohne etwas Ersichtliches erreicht zu haben, bemühe ich mich schon nicht mehr ganz so intensiv, meine Beine zur Seite zu rücken. Dabei tue ich ziemlich fadenscheinig so, als würde ich die

»Bunte« lesen, stiere jedoch über die Buchstaben hinweg auf einen toten Punkt. Katie Melua dröhnt etwas zu laut durch die Kabine. Ein Tritt auf meine Zehen.

»Oh«, murmelt die Tonne und schaut mitfühlend. Wohl eine Entschuldigung.

Ich schaue auf, wie aus äußerster Konzentration gerissen.

»Kein Problem«, sage ich unehrlicherweise. Ich grinse, bin ernst.

»Was ist das?«, stammelt sie wenig später, als ein Surren ertönt und sie zusammenfahren lässt. Immer ertönt irgendein Surren, wenn sich die Maschine noch in Warteposition befindet. Und niemand weiß, um was es sich dabei handelt. Turbinencheck? Landeklappentest? Leerung der Bordtoiletten auf die Betonfläche des Hangars? »Nichtsnichts«, antwortet ihr Mann und gestikuliert hirnlos. Er hat keine Ahnung. Ich habe Hunger. In Erwartung des Festessens in (meine Güte) neun Stunden erlaubte ich mir heute noch keine Mahlzeit. Außer einer Banane. Kalorienkontrolle. Also Vorsicht, ich bin gereizt.

Erst als die Maschine langsam zur Startbahn rollt, sehe ich mir die beiden neben mir genauer an. Das heißt, ich tue so, als würde ich – an ihnen vorbei – aus dem Fenster schauen. Sie passen in ihrem Härtegrad perfekt zueinander. Aufgrund der verstörend asymmetrischen Kopfform des Gatten, der neben mir sitzt und irgendwas Undefinierbares summt, taufe ich ihn Quasi. Und tippe auf misslungene Zangengeburt. Für länger, als mir lieb ist, klebt mein Blick an seinen zwei tropfenförmigen Warzen, von denen sich eine direkt zwischen Ohr und Trippelkinnansatz befindet. Die Farbe, ein Mix aus Beige mit einem Schuss Pavianarschrosa. Die holde Gattin, offenkundig nervös, lehnt mit ihrem Kopf so nah an der Scheibe, dass darauf ihr Atem beschlägt. Jeweils exakt zwei borstenähnliche Härchen sprießen aus jedem ihrer unzähligen Leberflecke, die ihr Gesicht bevölkern. Sie trägt ein ärmelfreies, geblümtes Kleid, das ein Paar schwammige Oberarme freilegt, die zum Drüberraspeln mit einer Talgspachtel einladen. Abgestimmt auf ihren Mann verpasse ich ihr, etwas albern, den Namen Modo.

Sie hat Naturlocken, was Frauen weiblicher macht, und eine Falte im Kinn, was bei Frauen männlich wirkt.

Ein Auszug aus dem nun beginnenden und für den Rest des Fluges ähnlich verlaufenden Gespräches:

Sie: »Huschi?«

Er: »Hmm.«

Sie, einfühlsam: »Gegrillter Fisch?«

Er, folgerichtig: »Wer?«, und streckt die Hand aus.

Sie berühren einander streichelnd. Ich *kann* nicht wegsehen.

»Hupibupp?«, sagt sie, mit Sinn für Feinheiten. Sie schauen sich vertraut an, werfen sich einen Blick zu, der etwas Geheimnisvolles bedeuten soll. Ich könnte gleich kotzen.Dann er, mit einem Gespür für Details: »Hmm, Schuckibupp.«Währenddessen (ich schwöre) hebt er einen Arm und riecht unter seiner Achsel.

Ich mache meinen Rücken gerade und fahre mit den Händen über mein Hemd.

Während ich die beiden durchleuchte, mich aber vorwiegend vor dem kommenden Tag fürchte, der Hochzeit, der guten Laune, meiner Mattheit, frage ich mich ernstlich, wie es möglich ist, dass zwei so hässliche Menschen einander anziehend finden. Wie kann der eine bloß zum anderen stehen? Mein Erstaunen steigert sich, als ich sehe, wie Quasi liebevoll Modos Hand tätschelt, und ich habe einige Mühe, meinen aufkommenden Und-wenn-sie-die-letzte-Frau-wäre-Gesichtsausdruck in Zaum zu halten. Als ich mir zu erklären versuche, wieso jeder Topf einen Deckel findet, wo doch alle derselben Prägung durch Werbung, Hochglanz und Schönheitsideale ausgesetzt sind, gerät mein Verstand ernstlich in Gefahr. Dann werfe ich mir ein paar Brocken zur Enträtselung hin, die von ›Kompromiss‹ bis ›Abschaum‹ reichen. Aber in dem

Moment, in dem mir ansatzweise klar zu werden droht, dass mich keine der Antwortmöglichkeiten überzeugt, lasse ich das Thema schnell fallen.

Gerade noch rechtzeitig richte ich meine Augen auf das Fenster und tue, als sei ich vollauf mit Rausschauen beschäftigt, als Quasi sich mir zuwendet, um zu prüfen, ob ich ihn beobachte. (Ich werde nie begreifen, wieso man Blicke spüren kann. Ich spüre Blicke nur dann nicht, wenn ich sie am wenigsten brauchen kann.) Sobald ich aus dem Augenwinkel erkenne, dass er sich beruhigt wegdreht, schaue ich die beiden wieder an. Als meine Schmerzgrenze meine Neugier in die Schranken weist, beende ich die Bestandsaufnahme und ertappe mich, wie meine Oberlippe seit einiger Zeit angeekelt hochgezogen in meinem Gesicht festgefroren ist. Beinahe beschämt richte ich meinen Kopf wieder gerade und schaue auf den toten Punkt von vorhin. Meine Mundpartie entspannt sich umgehend automatisch.

Als der Airbus 319 auf der Startbahn beschleunigt, wirkt die draußen vorbeifliegende Szenerie wie eine Leinwand. Vereinzelte Büsche, kleine Holzschuppen, lose herumliegende Rohre und kniehohe Schilder mit Symbolen, die ich nicht zu deuten weiß. Und unter allen Start- und Landebahnen der Welt, die sich so unverschämt ähneln, macht auch diese keine Ausnahme und einen unaufgeräumten, unfertigen Eindruck.

In der Maschine stinkt es nach modrigem Keller. Ich sehe nach links. Zu meinem Nachbarn auf der anderen Gangseite. Und lasse es sofort wieder sein. Er ist mir zu fasziniert vom Blick aus dem Fenster. Vielleicht ist er's wirklich, vielleicht macht er sich was vor, damit es nicht so langweilig zugeht in seinem Leben, vielleicht ist er besoffen. Oder er hat mich die ganze Zeit beobachtet und macht jetzt das Gleiche wie ich eben bei Quasi. So tun, als ob er aus dem Fenster sähe, und mich weiter anstarren, wenn ich's nicht merke.

Ich weiß nichts mit mir anzufangen, da ich unausgeglichener bin als sonst. Lese eine Zeitung von heute. Die meisten Schlagzeilen schon veraltet. Einen halben Tag zu spät dran, kenn ich schon aus dem Netz. Bin zügig durch. Die erste Stunde geht dennoch schnell vorbei. Vertreibe mir die Zeit mit Taschencheck im Fünf-Minuten-Takt: Geldbeutel – kurzer Griff an rechte Gesäßtasche. Schlüssel – Griff an rechte vordere Hosentasche. Handy (ausgeschaltet) – spür ich so, linke vordere Hosentasche. Heute zusätzlich: Reisepass und Reiseunterlagen – Griff zur Brusttasche meiner Jacke. Alles da.

Ich pfeife mir den dritten doppelten Espresso rein, sonst falle ich in Ohnmacht. Wie soll ich diese Nacht nur durchstehen? Hochzeiten dauern doch ewig. Meist länger als die Ehen selbst.

Ich schließe die Augen. Verschränke meine Arme. Beginne, eine Gedankenübung anzugehen. Top 10 meiner Lieblingsfilme. Geht ganz schnell. Top 10 meiner Lieblingsbücher, dann meine Lieblingsalben. Fordert mich nicht. Brauche eine Herausforderung.

Starte eine Liste mit Dingen, die ich nicht leiden kann. Lege los.

(1.) Unangefochten an der Spitze: Faust ans Ohr halten, kleiner Finger und Daumen abgespreizt. Wir-rufen-uns-zusammen-Pantomime. Dicht gefolgt von

(2.) Mit den Händen das Victoryzeichen formen und dabei Zeige- und Mittelfinger ein und ausfahren, um das zeitgleich Gesagte in Anführungszeichen zu setzen.

(3.) Rucksackträger. (Kunststoff, Leder finde ich etwas weniger schlimm. Aber nicht viel.) Das sind meistens auch

(4.) Vollversager, für die Zeitungsbeilagen mit Werbung für Sonderangebote eine Form von Lektüre darstellen. Schnäppchenfreaks, Sommer- und Winterschlussverkaufjäger und Sammler an und für sich.

An einem späten Montagabend auf meine Bemerkung

(5.) »Huh, schon 2 Uhr! Noch ganz schön viel los, für einen Montagabend«, entgegnet zu bekommen: »Aber eigentlich ist es ja schon Dienstag früh.«

Hidden Tracks auf CDs.

(6.)

Lippen beim Lesen bewegen und dabei mit dem Zeigefinger
(7.) die Zeilen mitfahren.

Schwachmaten, die Leserbriefe oder Internetkommentare
(9.) verfassen. Und sich für Meinungsumfragen, statistische Erhebungen und Marktforschung hergeben. Und bei Verkaufsanrufen nicht sofort auflegen. Und sich für Kurzstatements zu aktuellen Tagesfragen für irgendein TV-Kamerateam zu Verfügung stellen, das die Meinung des Mannes von der Straße einfangen will. Also humanoide Totalausfälle, die glauben, dass ihre verfickte Meinung zähle.

Antworten, die das Wort »Jein« beinhalten. Generell.

(10.)

Italienisch, Spanisch und Französisch. Grundsätzlich. Klingt
(11.) theatralisch und manieriert.

Dann gehe ich die Liste in umgekehrter Reihenfolge noch mal durch und versuche, sie nach Härtegrad zu ordnen. Dann alphabetisch nach dem Anfangsbuchstaben des jeweiligen Schlüsselworts. Zwischen Nr. 6 und Nr. 5 fällt mir noch ein:

(Neu 1.) Fahrradhelme. (Neu 2.) Fahrradhelmträger. (Neu 3.) Festnetzanrufbeantworter, die einem noch sagen, was nach dem Piepton zu tun ist. (Neu 4.) Spaßvögel, die beim Einsteigen in die S-Bahn »Die Fahrscheine bitte« im Kontrolleurton rufen. (Neu 5.) Preisschilder und Infosticker auf CDs, die sich nicht ohne hässliche Kleberückstände entfernen lassen. (Neu 6.) Mich selbst, weil ich es überhaupt erst versuche. (Neu 7.) Dilettanten, die ständig Handynummern wechseln (›habe neues Handy, bitte Nummer notieren‹), sowie chronisch Computerdaten verlieren (›hatte Absturz, bitte schick mir doch noch mal deinen Kontakt‹). Ne, lass mal.

So. Mehr fällt mir aus dem Stand nicht ein.

Auf einmal öffne ich meine Augen und sehe herum, versuche mich zu erinnern, ob ich auch mal anders war. Wann das gewesen sein könnte. Das macht mir kurz zu schaffen.

Als der Landeanflug angekündigt wird und ich die Tasse zum letzten Schluck ansetze, bevor sie eingesammelt wird, weiche ich dabei der wild pendelnden Handtasche eines etwa zehnjährigen Mädchens aus, das durch den Gang stapft. Die Tasche schwingt an ihrem angewinkelten Unterarm hin und her wie eine Abrissbirne und verleiht dem Gör weniger das angestrebte Quäntchen Erwachsensein als vielmehr einen Hauch von Babystrich.

Der Signalton, der auf das Aufleuchten des Anschnallzeichens aufmerksam macht, ist ein As. Oder ein A. Ein Pulk aus drei blasenschwachen Senioren begibt sich im Entenmarsch eilig zurück auf seinen Platz. Der Anblick ihrer Gesichter, die sich mit den Jahren alle einander angleichen, zu einem stereotypen Durchschnittsrentner mutieren, versetzt mich in Panik. Die gleichen Brillen, die gleiche Haut, die gleichen Konturen. Für sie ist alles vorbei. Ich starre auf die Sitzlehne vor mir, atme in kurzen Stößen und denke mir, ich darf nie alt werden. Und in seltsamer Einfalt halte ich alt zu werden – für mich – auch für vollkommen ausgeschlossen. Und dann drängt sich mir die Frage auf, ob es das womöglich schon war. Ob ich jetzt auf dem Höhepunkt meines Lebens bin und das, was ich gerade lebe, das Höchste der Gefühle ist. Ich kralle meine Hände in meine Oberschenkel und will mir dadurch selbst ausweichen. In dem Moment, in dem mir mit einer Wucht, die alles um mich herum ausblendet, klar wird, dass das durchaus der Fall sein könnte, werde ich in meinen Gedanken jäh unterbrochen. Eine Stimme, die endlos weit entfernt, körperlos klingt, holt mich zurück.

»Kann es sein, dass ich Sie kenne?« Erschrocken und noch benommen wende ich mich zu Quasi, der sich mit seinem ganzen Oberkörper zu mir gewendet hat. Er kann seinen festgeschraubten Kopf offensichtlich nicht drehen, ohne dabei auch den Torso in Bewegung zu setzen. Ich habe nicht den leisesten Schimmer, was zum Teufel er von mir will. Im ersten Moment fürchte ich, mein entsetztes Gesicht gleich an seiner Reaktion ablesen zu können. Aber nichts. Der Blick, mit dem er mir begegnet, bleibt heiter und er zwinkert mir aufmunternd zu. An seinem dummen Gesicht erkenne ich, dass er mich für einen der ihren hält. Von mir selbst überrumpelt, sehe ich ihn ebenfalls freundlich an und antworte entgegenkommend: »Entschuldigung, was meinten Sie?« Aber während ich diese Worte so gelassen ausspreche, dass ich es selbst nicht glauben kann, schreie ich ihn zeitgleich in meinem Kopf, völlig aufgelöst an: *›Ich habe gerade daran gedacht, wie verschissen unfähig ich bin, mir auch nur einen kurzen Augenblick die Illusion von Erfüllung vorzutäuschen, du erbärmliches Stück Scheiße, und dass keine Chance auf Besserung besteht, weil ich auch morgen wieder als das gleiche beschränkte Arschloch aufwachen werde, das ich bin. Also! Was ist? Was willst du? Warum störst du mich, verdammt noch mal?‹*

Und während ich innerlich kurz vor der Raserei stehe, werde ich Zeuge meiner eigenen Schizophrenie, die mich wie selbstverständlich durch den folgenden Wortwechsel lotst. Ich höre mich gleichzeitig zwei verschiedene Dinge sagen, sehe mich zwei verschiedene Dinge tun. In selber Lautstärke und Abfolge, aber für mich klar differenzierbar. Er antwortet mit erwartungsvollem Blick: »Ich glaube, wir kennen uns von irgendwoher. Ich denke die ganze Zeit darüber nach, aber es will mir nicht einfallen.«

»Ich glaube nicht«, sage ich aalglatt, und dann: »Aber ich habe ein absolutes Einheitsgesicht, also ... vielleicht liegt's ja daran.« Dabei lächle ich ihn versöhnlich an, sage diesen Satz übrigens nicht zum ersten Mal und wüte zeitgleich innerlich: ›Ist es nicht möglich, einmal aus dem Haus zu gehen, ohne von euch angesprochen zu werden oder angerempelt oder von solchem Dreck wie dir belästigt zu werden? Könnt ihr mich nicht einfach in Ruhe lassen? Sprich mich nie wieder unaufgefordert an! Hörst du? Sprich mich nie wieder an! Ich habe dich nicht darum gebeten. Hast du mich verstanden?‹

Ich bin außer mir. Ich bin total entspannt. Ich möchte ihn köpfen. Ich bin kommunikativ. Er geht mir total gegen den Strich. Er findet mich bestimmt sympathisch.

»Nein, nein. Ich bin mir ziemlich sicher. Normalerweise habe ich ein sehr gutes Gedächtnis für Gesichter und Namen. Wir kennen uns. Ich komm schon noch drauf«, lässt Quasi nicht locker. Er taut richtig auf und Modo neigt jetzt auch ihren Kopf in meine Richtung. Sie schaut mich so gütig an, als wäre ich ein zahmes Eichkätzchen. Ich bin kurz davor, ihr eine zu scheuern.

»Aha. Na ja«, erwidere ich, zucke dabei hilflos mit den Schultern und mache auf ganz normaler Mensch. »Es tut mir wirklich leid, aber ich kann mich momentan nicht daran erinnern, dass wir uns schon mal begegnet wären.« ›So einen einmaligen Misthaufen wie dich würde ich mir doch merken. Ich meine, komm schon. Bei Kermit dem Frosch weiß man doch auch sofort, wer er ist. Nein, ich kenne dich sicher nicht. Und selbst wenn! Wen schert's? Jetzt lass mich in Frieden. Und bitte stirb.‹

Kurz bin ich mir nicht sicher, ob ich den letzten Satz eben vielleicht doch laut gesagt und nicht nur gedacht habe. Aber dann orientiere ich mich erneut, bin beruhigt und versuche, das Gespräch langsam verebben zu lassen, indem ich unablässig nicke und meine Lippen dabei zusammenpresse, ein paarmal meine Stirn runzle und die Augen weit aufmache. »Hmm-mm«, macht Quasi und zu meinem Glück setzt in diesem Augenblick ein heftiges Ruckeln ein, das von einem Luftloch herrühren mag. Die ganzen nächsten Minuten der Landung verlaufen etwas unruhig, sodass er sich wieder seiner Frau zuwenden muss, die jetzt angstvoll vor sich hin stöhnt. Ihre Nervosität wirkt lächerlich unangemessen. Quasi streichelt die Hand seiner lebensuntauglichen Modo dennoch fürsorglich wund, was auch ihn nah an eine Selbstentmündigung rückt. Er hört sogar dann noch nicht auf, als wir längst auf dem Rollfeld des Flughafens Fiumicino aufgesetzt haben.

Nach einer oberflächlichen Passkontrolle werde ich am Ausgang von einem mit den Brautleuten befreundeten Paar, das ich noch nie gesehen habe, abgeholt und zum Hotel gefahren. Ich hätte lieber ein Taxi genommen. Jetzt auch noch Konversation betreiben zu müssen, wo ich gerade noch dröger bin als sonst, überfordert mich. Ich bin mir selbst peinlich. Nach fünfundvierzig Minuten kommen wir im Hotel an. Der Himmel zieht sich bedenklich zu und es kühlt massiv ab. Ich gehe sofort auf mein Zimmer, öffne das Fenster, das auf einen Parkplatz zeigt, der von Bäumen gesäumt wird, die Palmen ähneln und vielleicht auch Palmen sind, stelle meine Tasche ab, ziehe nur die Duschschlappen heraus, die auf meiner Reisetaschenpackliste, die ich seit einer Woche Schritt für Schritt zusammengestellt habe, ganz oben standen, da ich nicht barfuß in die aussatzverseuchte Dusche steigen oder über den verpilzten Zimmerteppich gehen würde, und setze mich an der Bettkante auf die sehr weiche Matratze, die für meine Körpergröße wieder zu kurz sein dürfte, um sich entspannt ausstrecken zu können.

Ein Bonbon auf dem Kopfkissen. Bestimmt Cassis-Geschmack. Für Vor-dem-zu-Bett-gehen. Betthupferl. Soll ich mir Karies holen?

Langsam schaue ich im Raum umher und frage mich, was ich hier mache. Dann stelle ich fest, dass ich mit »hier« nicht das Hotel oder die Hochzeit oder Rom, sondern diesen Planeten meine, bringe es nicht über mich, nach einer Antwort zu fahnden, stehe auf und mache noch schnell mein tägliches Handyfoto von mir, im Hintergrund mein Hinterkopf im Standspiegel, vor dem ich stehe, gehe runter in die Hotellobby, an das Internetterminal, suche mir einen der drei Computer aus, schmeiße einen Euro in den Schlitz des Kästchens am Tischbein, logge mich ein (Passwort: »dakommstduniedrauf02«) und checke meine E-Mails. Ich habe noch eine halbe Stunde, bis ich abgeholt und zu der Kapelle gefahren werde, in der die Trauung stattfinden wird. Das Telefon der Rezeption klingelt zum zwölften Mal. Keiner hebt ab. Und irgendwo im Raum geht noch ein Pieper los. Und wird ignoriert.

Von den elf neuen Nachrichten ist eine von einem Frank Frankson, was ein solch lachhaftes Pseudonym ist, dass ich die Mail zuerst für Spam halte. Pornodarstellername. Dem ist aber nicht so und widerwillig beginne ich zu lesen:

»Hi there! Habe schon einiges von Dir gehört, und bin vorhin auf Deine Homepage gestoßen. Ist ja super. Total vielseitig. Beeindruckend. Ich habe auch schon ganz viele Songs geschrieben und möchte als Composer durchstarten. Kannst Du mir eventuell behilflich sein und Tipps geben? Kennst Du jemanden, dem ich was zuschicken könnte? Ein Lied von mir sende ich Dir angehängt gleich mal mit. Hör doch bitte Mal rein. Hast Du evtl. Lust auf Zusammenarbeit? Hey, würde mich echt freuen, von Dir zu hören. All the best, Frank.«

Ich übergeb mich gleich. »All the best«, »Composer«, wow. Was ist das denn für ein affektierter Idiot? Wie clever, gerade mich zu kontaktieren. Aber ›Frank The Man‹ hat Glück. Er erwischt mich in der richtigen Laune. Bevor ich auf ›Antworten‹ drücke, sehe ich verstohlen über meine Schulter, als würde ich etwas Unerlaubtes aushecken. Dann beginne ich fieberhaft, flüssig zu tippen: »Hallo Frank, vielen Dank für Deine nette E-Mail. Na, das hört sich doch sehr vielversprechend an. Da ich nur an meinem eigenen Fortkommen interessiert bin, bedauere ich, Dir wahrscheinlich keine Hilfe sein zu können. Eher würde ich mir einen Arm abschneiden, als einem möglichen Konkurrenten auch nur einen Millimeter zu helfen. Mein Ego ist sogar so groß, dass ich mir Dein mitgesandtes Demo nicht angehört habe und auch nicht werde. Aller Wahrscheinlichkeit nach wird es so grandios nicht sein. Vertrau mir, ich weiß, wovon ich rede. An Co-Writings bin ich ebenfalls nicht interessiert, da ich Musik und Text stets selbst schreibe und einen Teufel tun werde, Dir meine Kontakte zur Verfügung zu stellen. In der Hoffnung, Dir mit meinen Ausführungen geholfen zu haben, abschließend noch ein herzliches Willkommen im Musikbusiness. Beste Grüße, usw.« Ich lese nicht mal mehr Korrektur, fühle mich beschwingt und sende die E-Mail ab.

Anschließend habe ich immer noch ein paar gebührenfreie Minuten auf dem Counter. Kurzer geistiger Leerlauf. Was tun? Wie als Maßnahme zur Überbrückung von Zeit, google ich meinen eigenen Namen. Also ich weiß nicht.

Dann logge ich mich aus, gehe durch die Drehtür vor das Hotel und sehe auf die Uhr.

Als ich Thomas, der in wenigen Augenblicken heiraten wird, begrüße, gebe ich mich angemessen feierlich gestimmt. Wir stehen vor der Kirche, die mitten in einem idyllischen Bergdorf steht. Einem wahren Paradies an Ursprünglichkeit und Tradition, wie ich auf der Fahrt vom Hotel hier herauf feststellen konnte. Ich überlege ernsthaft, sofort aufs Land zu ziehen, da die Impressionen, die ich am Rande der serpentinenhaft gewundenen Landstraße sammeln durfte, so berauschend waren: Runtergewirtschaftete Häuser, abbröckelnder Putz, Inzestkinder irgendwo zwischen Mongo und Spongo, zu ›lebenslänglich‹ verdonnerte, apathische Kettenhunde, die schon komplett durchgedreht und so bedauernswert sind, dass ich mich meiner eigenen Existenz schämte und wegsehen musste, zahnlose alte senile Stinker am Stock, in halbverfaulten Wolljacken, Jugendliche Fascho-Bubis auf frisierten Mofas und Fotos noch und nöcher vom Papst persönlich. Still gestanden.

Die Abenddämmerung setzt schon ein und es wird zusehends noch kühler. Thomas, der Schlagzeuger ist und den ich erstmals vor acht Jahren während einer Aufnahmesession traf, wirkt ziemlich entspannt. Da er in Rom seine Kindheit verbrachte, lag die Wahl des Ortes für die Hochzeit nahe. Was für ein Glück, dass er nicht in Las Vegas aufwuchs. Zahlreiche seiner Kollegen und Freunde flogen gestern und heute ein und ich überlege, dass mir keine fünf Personen einfielen, die ich einladen wollte, würde ich eine Feier veranstalten. Und sogar von den wenigen kann ich die meisten eigentlich nicht leiden. Aber was gäbe es auch zu feiern?

Die Zeremonie verläuft planmäßig. Ich sitze in der letzten Reihe der klammen Kirche. Mittlerweile habe ich sicherlich über dreißig Menschen die Hand zur Begrüßung gegeben. Wenn das hier vorbei ist, muss ich mir unbedingt sofort meine Finger waschen. Die Mikroorganismen beginnen bestimmt schon ihr teuflisches Werk, und wenn ich mir mal unaufmerksam mit der rechten Hand über den Mund fahre, gelangen die ganzen Handschüttelbazillen hinein. Ekelhaft. Ich schaue mir die Frauen in der Kirche an. Alle haben so ein seliges Dauergrinsen im Gesicht. Zwei von ihnen würde ich dennoch ohne Weiteres sofort vögeln. Vielleicht nicht unbedingt hier. Und nicht unbedingt jetzt.

Zur Abwechslung, rein zur Abwechslung, reduziere ich den Kopf jedes Anwesenden nur auf seine Ohren. Konzentriere mich jeweils ausschließlich auf dieses Organ, was den Effekt hat, dass die Gesichter sich eigentümlich verformen, alle plötzlich aussehen wie Marsmenschen.

»Marsmenschen« ist vielleicht nicht der richtige Ausdruck.

Drei Rotzlöffel plärren die ganze Zeit und laufen in der Kirche herum. Von den Worten des Pfarrers versteht keiner ein Wort. Und das nicht nur weil er italienisch spricht. Die Eltern der kleinen Biester unternehmen nichts. Zuerst stelle ich mir vor, welche Katastrophe es ist, wenn man ein Kind bekommt, das einem unsympathisch ist, vom ersten Augenblick an, und dann konzentriere mich wieder darauf, nicht umzukippen.

Nach der Trauung stellen sich alle an, um dem glücklichen Brautpaar zu gratulieren. Überall Blüten. Am Boden, in der Luft. Rosa, gelb, rot, weiß, violett.

Verkrampft drücke ich mich in dem Menschenauflauf vor der Kirche herum, laufe drei Meter nach links, dann vier nach rechts und wieder zurück. Rede ein paar notgedrungene Worte mit diesem und dann mit jenem, aus reiner Verlegenheit. Komme mir vollkommen asozial vor, weil jeder den beiden frisch Vermählten begeistert und herzlich seine Aufwartung macht und dabei so *aufrichtig* wirkt. Ich entscheide spontan, mich künftig von Menschen konsequenter fernzuhalten, überlege und überlege, was ich dem Brautpaar denn sagen könnte, ohne meiner Heuchelei sofort überführt zu werden (»So meine Lieben! Gratulation, das war's dann wohl!« – was ich natürlich sofort wieder verwerfe). Ich möchte mich unbedingt dazu zwingen, *irgendwas* zu sagen, habe aber Angst, sie könnten meine Unechtheit bemerken. Ich versuche noch einmal in mich reinzuhorchen. Stelle fest, ich kann einfach nicht. Mir fallen nur so Sachen ein, wie ›sich jeden Abend dieselben Geschichten anhören‹. Und ›ab jetzt immer Kombi fahren‹. Es ist besser, wenn ich jetzt gehe, sonst rutscht mir doch noch ein ›Und wenn dein Partner schwer krank ist, kannst du nicht mal mehr abhauen‹ raus. Meine Assoziationskette hört nicht auf. Rasen mähen, Hypothek abzahlen, keinen anderen Körper mehr anfassen, bindendes Vertragsverhältnis ...

Ich entscheide, mich aus dem Staub zu machen und in das angrenzende Restaurant zu schleichen, in dem die Feier stattfinden wird. Dort lasse ich mich auf den mir per Tischkärtchen zugedachten Platz fallen. Dass ich diesen Platz unter Hunderten auf Anhieb finde, verwundert mich nur so lange, bis ein Kellner vorbeieilt, bei dem ich zwei doppelte Espresso (Espressi) bestelle und der überhaupt keine Lust auf meine Bestellung hat. Der Saal ist ganz in Weiß gehalten und bis auf eine schlaff wirkende, dicke Trine auf der anderen Seite des Saals bin ich der Einzige, der dem Personal bei den letzten Vorbereitungen zusieht. Ein Kellner macht einen anderen auf sich aufmerksam und zeigt auf seine Uhr. Mit scharfer Stimme sagt er einen Satz mit *subito*. Als ich kurz zu der fetten Tonne rüberschaue, bohrt sie in ihrem Ohr, führt den Finger unter ihre Nase und riecht beiläufig daran. Ein leerer Ausdruck klebt auf ihrem Gesicht. Und geschätzte zehn Kilo Pausbacken. Langsam trudelt die Hochzeitsgesellschaft ein. Ich rühre mich nicht, versuche aber so zu schauen, als gäbe es einen triftigen Grund dafür, dass ich hier schon allein herumsitze. Viele mit Thomas befreundete Musiker sind anwesend. Einige davon kenne ich. Aber eher flüchtig. Ich halte zu den meisten Musikern grundsätzlich Distanz, da ich sie für ranzige Pilze halte. Rhythmus-auf-der-Tischkante-Mitklopfer. Für mich haben sie etwas von Palästinensertuchträgern, die nur Musik hören, die für Musiker gemacht ist – eierlose Frickler wie Toto, Dream Theater, Joe Satriani, Marcus Miller, Vinnie Colaiuta etc. (schon die Namen!). Daher erreichen sie im Leben auch zumeist nicht mehr als eine annehmbare Spieltechnik um der Spieltechnik willen, gepaart mit schlechtem Geschmack und Übungsraummief. Die meisten Musiker können Musik eigentlich gar nicht leiden. Sie bleiben Landkneipenabklapperer und Nightclubdudler, die immer noch das Wort ›funky‹ verwenden. Wenn ein Mucker dann ausnahmsweise mal einen kommerziellen Welthit gut findet, sagt er gleich so selbstrechtfertigende Sachen wie »Also der Song ist ganz okay, *obwohl* er nur drei Akkorde hat.« Häää? Diese Nullen begreifen nicht, dass Akkordanzahl, Tempiwechsel und clever gesetzter Kontrapunkt nichts zur Sache tun, absolut nichts mit der Essenz einer Nummer zu tun haben. Wenn man

Glück hat, sparen sich diese Nieten im Anschluss noch ihr Referat über Major-Sieben-Akkorde, synkopiertes Gesechzehntel und mixolydische Tonarten.

Musiker, aus denen wirklich etwas wird, sind Menschen mit Visionen und einer geschmacklichen Meinung, die ihr Instrument vornehmlich dazu benutzen, ihre Vorstellungen umzusetzen. Niemals andersrum. Ein Komponist wie ich sieht sich nicht als Musiker, sondern als Komponist, und Musiker sind für ihn nur Erfüllungsgehilfen zur Realisierung seiner Ideen. Ein Songschreiber meines Formates und meiner überbordenden Genialität glaubt daher felsenfest und völlig zu Recht, viel großartiger und geiler und überhaupt zu sein. Der König der Welt. Mindestens. Und da meine bodenlose Arroganz das Einzige ist, was mich noch über Wasser hält, bleibt's auch erst mal dabei.

Ich schwitze und fröstle zugleich. Vielleicht könnte mir die Band ja ein Lied spielen: »Time To Say Goodbye« oder was ähnlich Ergreifendes. Und dann torkle ich live vor Publikum im Fieberwahn-Schüttelfrost auf der Tanzfläche. Alle Klatschen. ›Bravo, der Penner, der nicht mal zur Hochzeit gratulieren konnte. Lös dich doch auf! Bravo!‹ Ich kippe mir jetzt meinen zweiten Espresso innerhalb von vierzig Sekunden rein, sonst schlafe ich auf der Stelle ein. Die Tasse des ersten habe ich mit dem Löffel sogar noch ausgekratzt. Nach ein paar Reden von Eltern, besten Freunden bzw. Ex-Lovern des Brautpaars (haha) ist es endlich so weit. Das Buffet ist eröffnet. Ich gehe insgesamt acht Mal und mache mir den Teller jedes Mal wolkenkratzerhoch voll, als hätte ich Bulimie und ginge im Anschluss an jeden Gang aufs Klo kotzen. Hunger habe ich wenigstens. Vielleicht ist das ja ein gutes Zeichen. Andererseits, es ist auch keine große Überraschung, verursachen Buffets bei mir doch grundsätzlich eine gewisse Maßlosigkeit.

Bei jedem der acht Gänge werfe ich einen prüfenden Blick auf meine linke Ferse, ob meine Jeans nicht versehentlich in den Schuh gerutscht ist. Zwischen Socken und Schaftkante. Das sieht unmöglich aus. Aber, alles gut. Sie hängt drüber. Dann selbe Prozedur mit dem rechten Fuß. Auch okay. Jedes einzelne Mal.

An meinem Tisch sitzt eine Esotante, vielleicht Ende 30, mit prätentiös klingendem, persischem Namen und erzählt mir was von Astrologie und der Wirkung der Steine. Eigentlich ist es nicht ihr Name, der prätentiös wirkt, sondern sie. Ich wünschte, sie würde aufhören, mich so belehrend zuzulabern. Ich gebe ihr in allen Punkten uneingeschränkt recht. Sie ist mir zu gleichgültig, um mit ihr zu diskutieren. Steine, Farben, Sterne, Indien, Karma, Wiedergeburt. Immer wieder muss ich meinen Blick von ihr abwenden, da ich fürchte, sie könnte sonst meine Abscheu erkennen. Sie hält es wahrscheinlich für Unsicherheit.

Der Meerrettich, den ich mir aus einer kleinen Schüssel nehme und auf meinen Teller tropfen lassen möchte, klebt so zähflüssig auf dem Löffel, dass ich mehrere ruckartige Bewegungen ausführe, die den Eindruck vermitteln, als wollte ich den Teller mit dem Löffel erschlagen, aber kurz davor abbremse. Nicht ein Millimeter der weißen Masse bewegt sich. Voller Verdruss nehme ich ein Messer und schabe die Paste vom Löffel. Ich betrachte es als persönliche Niederlage.

Mir tränen die Augen. Mein Mund ist halb geöffnet und ich ziehe in kurzen Stößen Luft ein. Scharf ist gar kein Ausdruck für dieses Attentat von Meerrettich. Kurios überrascht bemerke ich, dass ich auf meiner linken Gesichtshälfte offenbar mehr schwitze als auf der rechten. In dem Moment fordert mich die Quasselstrippe zu einer Antwort auf, indem sie mich mit erhobener Stimme fragt: »Was bist du eigentlich für ein Sternzeichen?« Oh nein, bitte nicht die Friseurin unter den Fragen. Bitte nicht. Ich schweige, überlege kurz und sage todernst: »Pinguin.« Alter Witz. Sie sieht mich missbilligend an, als ob ihr meine Antwort zu verstehen gibt, dass ich auch ihren ganzen vorangegangenen Mist nicht ernst genommen habe. Würde ich ihr mein

Sternzeichen verraten, darf davon ausgegangen werden, dass ihre Reaktion lautet: »Das hab ich mir gedacht.«

»Und du?«, frage ich in einem Ton, der immer noch seriös wirkt.

»Wassermann. Aber ein untypischer.« Sie klingt versöhnlich.

Ich stoppe abrupt ab, nachdem ich völlig desinteressiert »Mhmh. Element Luft« reflexhaft seufze. Was, wie ich zu spät begreife, die falsche Reaktion ist. Ich bereue sofort. Sie deutet diese korrekte Zuordnung als Kompetenz und – vor allem – Interesse an diesem Thema. Und ich ärgere mich, dass so unnützer Ballast wie das astrologische Grundschema in meinem Hirn herum schwirrt. (Auffallend ist, dass die meisten Astrologiegläubigen das in seinen Grundzügen einfach zu kapierende und leicht merkbare System eigentlich gar nicht verstehen oder richtig kennen. Was ihre Oberflächlichkeit und Dummheit nur noch unterstreicht.)

Das Saallicht wird unmerklich schwächer. Gleich darauf wieder normal. Unwillkürlich keuche ich, bei dem Versuch, eine nahende Übelkeit abzuwenden. Ich nehme einen Schluck Wasser, das salzig schmeckt.

Als meine übersinnliche Gesprächspartnerin anfängt zu schätzen, was ich denn nun für ein Zeichen bin, was ich eigentlich vermeiden wollte, nicke ich stumm, durchforste mein Hirn nach weiterem unnötigem Wissen, stoße dabei auf die a-, e- und i-Deklination lateinischer Substantive und konjugiere schnell noch qui-quae-quod durch. Währenddessen serviert mir der Kellner einen Cocktail, den ich nicht bestellt habe. Ich sage aber nichts. Als mein Rumpelstilzchen nach Waage, Schütze, Fische schließlich auch mit Zwillinge zum vierten Mal voll daneben liegt, lasse ich sie links liegen und gehe mir die Hände waschen.

Die Feier ist perfekt organisiert. Die Stimmung erreicht ihren Höhepunkt. Die meisten tanzen zur Liveband, die jetzt erprobte Klassiker der 60er und 70er spielt. Bei jedem neu intonierten

Song schüttele ich ungläubig den Kopf und frage mich, ob es denn immer dieselben ollen Kamellen sein müssen. »Sex Machine« und »I Will Survive«. Jede Kapelle spielt den gleichen »Ain't Nobody«-Brei. Und die Musiker schauen dabei richtig konzentriert, aber gleichzeitig bemüht lässig, wippen mit dem Kopf im Takt, setzen ihre leidenschaftlichste Leidensmiene auf und grooven volle Kanne. Grooven! So gut das eben geht, wenn man nicht talentiert genug ist, um es zum Studiomusiker zu schaffen. Da ich nichts Besseres zu tun habe, lausche ich den Hampelmännern auf der Bühne und wünsche mir wenigstens etwas aus den 90ern, wenn sie schon nichts Aktuelles auf die Reihe kriegen. Aber natürlich kommt jetzt »Good Times«. Na super.

Bemüht, nicht zu befremdet dreinzublicken, verordne ich mir ein Grinsen und betrachte aufmerksam die Tanzfläche. Sehe die lachenden und ausgelassenen Menschen. Die nächsten Minuten werde ich es fast bis zur Selbstaufgabe bedauern, nicht so zu sein wie sie. Zu stark ist ihre Übermacht. Zu massiv befinden sie sich in der Überzahl. Wenn ich sehe, wie sie alle Spaß haben und sich freuen, verstehe ich die Welt mal wieder nicht und frage mich, wie das sein kann. Und je besser sie draufkommen, desto einsamer fühle ich mich. Ich versuche allen aus dem Weg zu gehen. Ich hoffe, keinem aufzufallen, wenn ich mich so verhalte, als wäre ich gar nicht da. Und wenn mich jemand mal doch länger ansieht, tue ich so, als wäre ich echt gut drauf. Zur Ablenkung sage ich mir die deutschen Bundeskanzler seit Ende des zweiten Weltkriegs auf. Chronologisch geordnet und mit den Jahreszahlen für Beginn und Ende ihrer Amtszeit. Was für Witzfiguren. Bei Erhard bin ich nicht sicher. Amtsantritt 63 oder 64? Sowas verhagelt mir alles. Ich versuche, mir die Gesichter zu den Namen ins Gedächtnis zu rufen. Aus unerfindlichen Gründen fließt immer wieder das Antlitz von Goofy beim Gassigehen mit Pluto ins Bild. Was ich nicht verstehe. Sind doch beides Hunde, richtig?

Ich gebe dem Kellner ein Zeichen. Er übersieht mich. Ich

komme mir vor wie ein erniedrigter Lakai und schaue mich kurz um, ob jemand meinen vergeblichen Versuch beobachtet hat. Dann gehe ich auf meinen Platz zurück, da ich immer noch nichts Besseres zu tun habe. Karl, irgendein Karl vom Nebentisch (extrem tief liegende Augen, wie ein Murmeltier), der mich aus unerfindlichen Gründen anspricht, zeigt mir stolz das Foto seines vier Wochen alten Sohnes in der Brieftasche. Ein Säugling mit debilem Gesichtsausdruck und abstehenden Ohren, wie jeder andere auch. Was soll denn das? Glaubt er ernsthaft, dass mich das interessiert? Hat er nicht genügend Hirn zu abstrahieren, dass auch ihn Fotos anderer Kinder nicht interessieren würden? Schon gar nicht, bevor *er* Vater wurde? »Schau, hier hält er sein Lieblingsbärchen im Arm. Haha, süß, oder?«, sabbert er, benommen vor Glück. »Absolut.« (›Absolut‹ ist das neue ›Ja‹.) »Sehr, äh, süß. Ganz der Pa... naja, bist du sicher, dass du der Vater bist?«, murmele ich trocken, setze an, mich wieder an meinen Tisch zu drehen und hoffe, unsere Begegnung damit zu beenden. Karl schaut mich kurz verdutzt an. Dann lacht er. Und ich lache nicht mit.

»Aber schau mal, das Grübchen hier. Und die Augen. Mir doch wie aus dem Gesicht geschnitten, oder?«

»Ach wirklich?«, höre ich mich völlig gelangweilt laut sagen. Und die nächste Viertelstunde werde ich diese Oberflasche einfach nicht mehr los. Als mir ein einziges Mal fast der Kragen platzt und ich ihm etwas entgegnen möchte, spieße ich, anstatt etwas zu sagen, eine inzwischen kalte Kartoffel auf meine Gabel und stopfe mir damit selbst den Mund.

Ich mache einen Kellner auf mich aufmerksam – diesmal mit Erfolg – und bestelle eine Cola. Geht doch. »Börse gut ... gestern hab ich gelesen ... meine Frau sagt ...« Philosophische Betrachtungen, selbst gezimmerte medizinische Ableitungen, dann »Dalai Lama ... auch mal jung ... Paragliding ...«, und ich staune, ohne ein Zeichen des Protests zu äußern, ohne ein einziges

Wort zu sagen, über den Wasserfall an verbaler Scheiße, der sich über mich ergießt. Und aus irgendeinem Grund stellt mich seine unaufgeforderte Belästigung meiner Person längst vor kein Rätsel mehr. Ich würde mich zu wetten trauen, dass ein wandelnder Schwächeanfall wie Karl (dessen Ohren übrigens auffallend konturenlos sind, wie ich jetzt bemerke) seinem Kind mindestens einen zweiten Vornamen verpasst hat. Wenn nicht gar noch einen dritten. Damit Opa sich freut. Und der andere Opa auch. Post mortem. Zweite Vornamen sind sowas von bescheuert. Echte Personalausweisleichen. Ich glaube, niemand weiß, wofür die gut sind. Verdattert und erschöpft höre ich ihm sogar noch zu, als er mir von einer Eisdiele mit »dem besten Eis der Stadt« erzählt. Mein Ohr ist von seinen Spuckeflocken schon ganz zugekleistert. »Karl, hast du denn alle anderen Eisdielen in der Stadt getestet?«, frage ich, zunächst nur müde provokativ, und klinke mich damit nach Ewigkeiten wieder mit einem Beitrag ein. »Wie meinst du das denn?« Er schaut mich an und lächelt einfältig, als er meinen Missmut bemerkt. »Nun, der beste Grieche der Stadt, die beste Pizza der Stadt, was soll denn der Blödsinn? Ich glaube, du beherrscht die hohe Kunst des Sich-so-einen-Mist-selbst-Glaubens einfach perfekt. Ka-arl!« Ich dehne seinen Namen unausstehlich, klinge zusehends schärfer und fahre jetzt unverhohlen aggressiv fort: »Das ist genauso bescheuert wie dieses Schwärmen von ›absoluten Geheimadressen‹ in fernen Weltmetropolen.« Ich verstelle meine Stimme und äffe irgendjemanden (einen Eunuchen) nach, während ich Karl ansehe: »›Da Luigi‹? Da biegst du auf der Rue de Rosette, du weißt schon, links vorm Montmartre, wenn du von Saint Germain kommst, gleich links ab – hinter dem Monument d'Anal Penetration. Da musst du unbedingt hin. Unbedingt. Göttlich, die Lasagne. Hach, ein Traum. Und sag Luigi bitte einen ganz lieben Gruß von mir.« Langsam komme ich in Fahrt. Karl versucht, seine tiefe Verwirrung über meinen veränderten Tonfall hinter einem amüsierten Blick zu verbergen. Aber ich glaube, ich habe es geschafft, ihn loszuwerden. Er beißt in eine dünne Brotstange. Winzige Stückchen bröseln auf sein Hemd. Ihm fällt nichts mehr ein.

Die Band spielt jetzt »Hotel California«. »Hotel FUCKING California.« Aahh, ein Genuss. Hab ich ja noch nie gehört. Wenn jetzt noch »Country BLOODY Roads« kommt, dann spring ich auf die Bühne und massakriere den affektierten Sänger mit meinem Steakmesser. Der Abend neigt sich tatsächlich dem Ende zu. Bald hab ich's geschafft. Möglicherweise hat die Notaufnahme noch offen. Nein, unwahrscheinlich. In Italien machen die bestimmt schon mittags zu. Meine Finger zittern infolge akuter Koffeinüberdosis, nachdem ich auch noch eine ganze Eineinhalbliterflasche Cola geleert habe. Jetzt kommt der Zuckerschock dazu. Die italienische Cola schmeckt noch viel süßer als die deutsche. Dass hier eine Steigerung möglich wäre, hatte ich nicht erwartet. Es ist halb drei. Ich lenke mich erneut ab. Weltmeere entgegen dem Uhrzeigersinn. Komme nur auf sechs. Verdammt. Was ist denn heute los? Kurzes Intermezzo in Form eines zwanzigsekündigen Schluckaufs, da ich auf etwas tierisch Scharfes gebissen habe.

Als die Oma Mutter Tante von irgendwem, dessen beste Freundin irgendwer ist, an unserem Tisch mit irgendjemandem (ich kann niemanden sehen) über die Institution Ehe philosophiert und wie gut das Brautpaar doch zusammenpasst und wie sehr sie selbst ihren dritten Ehemann liebt, ist sie schon sturzbesoffen und rotzpathetisch. Und wie ich ihr so zuhöre, dem Gelalle von ›Bis dass der Tod Euch scheidet‹ lausche, zwingt sich mir ein Bild auf, welches mir bekanntes Unbehagen bereitet: Ein kinderwagenschiebendes Paar, mit den Schwiegereltern im Schlepptau, auf einem Waldweg, an einem herbstlichen Sonntagnachmittag, die ganze Delegation wirkt krampfhaft um Harmonie bemüht, vergeblich. Endzeitstimmung. Man hat sich nichts zu sagen. Niemand keinem. Abarbeiten der gemeinsamen Zeit. Eine Interessensgemeinschaft zur Abwendung von

Einsamkeit. Und Schnitt. Dann sehe ich Grabsteine. Grau und verwittert. Erneuter Schnitt. Weißes Rauschen.

Ich bin des leeren Gequatsches müde. Langsam schlendere ich in den Garten des Restaurants, diesmal vorbei an der Tanzfläche und der Band, und bleibe in einer abgelegenen Ecke stehen, von der aus man hinunter in das von Bergen eingerahmte Tal sehen kann. Nordwest. Die Nacht ist sehr dunkel und es ist stark bewölkt, aber man kann die weit entfernten Lichter der Ortschaften und die Konturen der Landschaft erkennen. Eigentlich schaue ich sowieso nur ins Leere. Mit der Geräuschkulisse aus Musik, Gelächter, Wortfetzen und Gläserklirren in meinem Rücken und der stillen Weite des Ausblicks vor mir. Ich starre so lange in die Dunkelheit, bis ich kaum mehr etwas von dem Lärmpegel hinter mir wahrnehme. Und dann frage ich mich, was man denn macht, wenn man einfach nicht in der Lage ist, ein Teil der Menge zu sein, die gerade wenige Meter von einem entfernt die Zeit genießt und morgen sagen wird, dass es ein schöner Abend war. Und was man macht, wenn man sie sich ansieht und an allen etwas auszusetzen hat. Was schon alarmierend genug ist. Und dann wiederhole ich einen Satz mindestens zehnmal hintereinander, um sicherzustellen, dass ich ihn nicht vergesse. Mein Notizbuch liegt nämlich im Hotelzimmer: *Da kann man gar nichts machen, du Träne! Weil du bist, wer du bist! Und jetzt geh heim!*

Als ich mich von dem Ausblick, den ich nicht beachtet habe, losreiße und zurück in den Saal gehe, nur weil mir kalt wird, streiche ich den Satz, aus dem drei kurze wurden, und den ich mir eigentlich merken wollte, aus meinem Gedächtnis. Er scheint mir zu … und dann breche ich auch diesen Gedanken ab, ohne das richtige Wort gefunden zu haben. Er war es eh nicht wert. Dann fällt mir doch noch ›trivial‹ ein und ich denke mir, dass man manchmal eben trivial sein muss.

Als ich die Reste des Büffets betrachte, überfällt mich ein

Heißhunger, der nur dann auftritt, wenn ich kurz zuvor viel gegessen habe und mein Magen entsprechend geweitet ist. Und ich beginne zu essen, wie vollkommen ausgehungert.

Die Sonne steht hoch am Himmel. Das Fenster ist sperrangelweit aufgerissen. Als ich aufwache, ist es früher Nachmittag. An den Rückflug heute Morgen kann ich mich beim besten Willen nicht mehr erinnern. Ich fühle mich hundeelend. Ich sammle mich, quäle mich aus dem Bett und komme auf die vollkommen bescheuerte Idee, ein paar CDs neu zu sortieren. Dabei schmeiße ich mindestens zwanzig einfach weg, misstraue dabei meiner eigenen Beteuerung, sie nie mehr zu brauchen, und entschließe mich, irgendwas zu unternehmen, um mich wieder herzustellen, da ich sonst mein Date mit Astrid in knapp dreieinhalb Stunden nicht überstehe. Absagen kommt nicht infrage.

Herr Kiebe hat tatsächlich Zeit, wie ich erfahre, als ich ihn anrufe und einen Termin für gleich, 17 Uhr 15, vereinbare. Es ist nicht leicht, einen guten Masseur zu finden, und er ist eine Spitzenkraft, die ich mindestens einmal die Woche konsultiere. Vielleicht schafft er es ja, mich aufzubauen. Ob ich den Abend trotzdem geregelt kriege, bezweifle ich dennoch ernsthaft. Ich steige ins Auto und benötige wie vorausberechnet 11 Minuten und 20 Sekunden bis zu seiner Praxis. Als ich in der engen Parklücke traumhaft parallel und nah am Randstein stehe, bleibe ich sitzen, da ich noch drei Minuten bis zum Termin habe. Neben mir hält in zweiter Reihe ein Auto und der Fahrer sieht mich fragend an. Es fällt mir gar nicht schwer, ihm freundlich nickend zu verstehen zu geben, dass der Parkplatz gleich frei wird. Ich bleibe regungslos sitzen, beobachte im Rückspiegel, wie er zurücksetzt um mich ausparken zu lassen, zähle langsam bis 50 und steige dann aus. Daraufhin fährt der Fahrer des Wagens wild hupend und mit eindeutigen Gesten davon. Und ich denke mir, was man nicht alles tut, damit die Zeit vergeht. Und wie schön es ist, dass sie überhaupt vergeht.

Auf der achten Stufe der Treppe, die zur Massagepraxis führt, holt mich mein Stumpfsinn wieder ein und die unerträgliche Frage überkommt mich, wie fertig man sein muss, um so zu sein wie ich. Aber die leise Regung einer Antwort ist schnell verflogen.

Ich trete durch die Praxistür ein. Herr Kiebe ruft aus der Kabine, in der er gerade einen anderen Patienten versorgt.

»Herr Weidner?«, und beginnt damit unsere jedes Mal identische Konversation. Kein Wort wird abweichen. Ich bin mir sicher.

»Ja, ich bin's, guten Tag.« Und kein Einbrecher!

»Kabine zwei diesmal bitte.« Ich war noch *nie* in Kabine eins.

»Jawohl, danke.« Jawohl, danke.

Begleitet wird das Ganze durch kurze Zwischenlacher von Herrn Kiebe. »He. He. ... He.«

Als er in meine Kabine kommt, kann er nicht sehen, wie zersetzt ich ausschaue, da ich schon bäuchlings auf meinem mitgebrachten Saunatuch (Kochwäsche, keine Vorwäsche) auf der Bank liege. Und ich kann daher nicht sehen, ob er heute wieder eher A-Hörnchen oder B-Hörnchen ähnelt. Erwartungsgemäß fragt er (nach einem knappen »hehe«): »So, wo sollen wir denn heute besonders ran, he-hehe?«

Ich sage: »Keine Besonderheiten, alles o.k.«, und los legt er. Und wie immer hält er im weiteren Verlauf der Massage seine Klappe. Auch etwas, das einen guten Masseur auszeichnet.

Die Massage hat mich leider noch fertiger gemacht. Mein Kreislauf rotiert gegen null, als Astrids Monolog im Restaurant mühelos Marianengrabenniveau erreicht. 11.034 Meter unter der Erde. Ganz schön düster. Astrid Seibert: 34 Jahre alt, Akten-Nr. 43, 1,70 m, braune, kurze Haare, grüne Augen, hübscher Hintern, Chefsekretärin, 3. Date, ›bereits eingetütet‹. Ihre Anzeige enthielt den unsäglichen Satz »suche ich *auf diesem Wege*

...« Punktgenau geschlussfolgert: ihre Lieblingssängerin: Anastacia, ihr Lieblingsfilm: wieder mal »Pretty Woman« sowie alles mit Hugh Grant und ihr Lieblingsbuch: etwas mit Bildern. Genau richtig: Sie liest nicht so gern Bücher, hauptsächlich Glamour »und so«. Das fasst Astrid perfekt zusammen. Mehr ist zu ihr nicht zu vermelden. Außer vielleicht, sie hört sich selbst gern reden, hat aber nichts zu sagen. Aber das ist ja auch nichts Ungewöhnliches.

Wir sitzen an einem guten Tisch, von dem aus ich das ganze Lokal überblicken kann. Ein Fenster ist weit geöffnet und der halb aufgezogene Vorhang weht sanft hin und her. Obwohl es in dieser lauen Nacht eigentlich vollkommen windstill ist. Ich schaue mir den kleinen gusseisernen Springbrunnen in der Mitte des Raumes an, der leise plätschert, und dann zu Astrid und spüre überhaupt nichts. Ich glaube, wir werden jetzt tiefgründig. Zumindest deute ich ihren Satz »Du, echt, da kommt der Skorpion in mir durch!« so. (Schon wieder Sternzeichen!) Wobei der Skorpion in ihr durchkommt, weiß ich leider nicht. Sie fügt ihren Äußerungen häufig ein »Muss ich ganz ehrlich sagen!« hinzu. Was ihre Glaubwürdigkeit ungemein bekräftigt. Gerät ihr eine Bemerkung etwas negativ, fügt sie schon mal ein »Also im positiven Sinne« hinzu. Putzig. Wir sind gerade mit dem Hauptgang fertig.

Sie redet zu laut. Ist mir peinlich. Grundsätzlich und inhaltlich. Fremdschämen. Wenn ich denn ab und an mal etwas sage, tue ich dies extra leise, um sie damit indirekt dazu zu bewegen, ihre Phonzahl ebenfalls runterzupegeln. Um hier nicht wegen Lärmbelästigung rauszufliegen. Ich möchte schließlich noch öfter hierherkommen. Natürlich nicht mehr mit ihr. Astrids Gesicht ist von der Art, dessen Frontalansicht nicht ganz hält, was das Profil verspricht. Aber sie ist hübsch. Ihr Äußeres lässt zumindest nicht darauf schließen, dass sie ein Narkotikum ist. Und ein Idiotikum.

Lässt sich ungefähr ableiten, was ich gegenwärtig durchmache, wenn ich erwähne, was ich gerade antworte? Nämlich: »Nein, ich kann vor zwei Uhr sowieso nicht schlafen. Da muss ich gar nicht erst ins Bett gehen. Aber echt cool, dass du *jederzeit*«, anerkennendes Verziehen meines Mundes, »*je-der-zeit* und *überall* schlafen kannst. Wirklich sehr gut! Und so praktisch.«

Von den nächsten Informationen höre ich eigentlich wenig, einschließlich meiner eigenen Beiträge, und die Unterhaltung bewegt sich auf gleichbleibendem Level.

Dem Level eines mehrstündigen Films über ein Stück Butter, das in der Sonne schmilzt. Ich sinniere darüber nach, dass zum Stammvokabular von Menschen wie Astrid wohl Worte wie ›Mahlzeit‹ und ›Schönes Wochenende‹ gehören. Und ihr indirekter Hinweis darauf, was für eine gute Seele doch in ihr steckt, als sie gerade jemandem etwas aufrichtig gönnt (»Ich freu mich so sehr für Sophie, ehrlich«), lässt mich vermuten, ich befinde mich gerade in Stadium Nr.5.

Stadien eines Dates:

(1.) Begrüßung, Einleitung, Basisprogramm. »Hello.«

(2.) Nicht-wahrhaben-wollen-was-vor-sich-geht. »State of shock.«

(3.) Zorn, dieses Was-mach-ich-hier-Gefühl. »Beam me up, Scotty.«

(4.) Verhandeln mit sich selbst, bleib-ich-oder-geh-ich? »Should I stay or should I go now.«

(5.) Depression, alles-egal, Vorsicht-nicht-unter-den-Tisch-rutschen. »I'm a loser Baby, so why don't you kill me.«

(6.) Zustimmung, bedingungslos, Aussicht auf Erlösung. »Whatever will be will be.«

Gibt es das? Gleichzeitiges Einschlafen aller vier Gliedmaßen?

Und sämtlicher innerer Organe? Möglicherweise Einbildung. Möglicherweise eine allergische Abwehrreaktion meines Körpers.

Ein Gast hat einen Hustenanfall. Ich sehe nicht hin, Astrid schon. Und als sich unsere Blicke wieder treffen, fragt sie mich, träumerisch, mit ihrem Kopf auf die Hand gestützt: »Wie stehst du denn zu einer Beziehung? Wie lief denn das bisher so bei dir? Du hast mir noch so wenig von dir erzählt. Was ist dir wichtig? Wo willst du hin, was suchst du wirklich?« Trotz ihrer romantischen Anwandlung, die sich in einem stimmlichen Hauchen bemerkbar macht, liegt ein kaum zu zügelndes Drängen in ihrer Frage. Sie sieht mich beinahe durchbohrend an. Anstatt beim Ober einen Schuss in meine Schläfe zu bestellen, lehne ich mich zurück, strecke meine Beine seitlich aus, während der Kellner abräumt und ich ihm ein Zeichen gebe, dass wir den Nachtisch erst später ordern wollen, und sage, wobei ich die Gabel millimeterweise hin und her schiebe und dabei abwechselnd auf die Tischdecke und dann zu ihr schaue: »Weißt du, ich will dieses ganze oberflächliche Getue nicht mehr. Das hatte ich schon alles. Und es hat mich nicht ... glücklich gemacht. Noch nie, nicht ein einziges Mal. Ich suche etwas, das Tiefe hat, Substanz. Etwas, ... ähm. Mir ist es wichtig, etwas für jemanden zu fühlen, was sich, ja, einfach echt anfühlt. Was für mich wirklich Bedeutung hat.«

Grundgütiger, mir kommt der Dünnschiss ja förmlich zu den Ohren raus. Sie schaut ganz berührt. »Hm-mm. Hm-mm«, macht sie, während ich das sage und auch jetzt noch, wo ich betreten wieder auf die Tischdecke starre, als wäre ich irgendwie ergriffen von der Erhabenheit des Augenblicks. Es entsteht eine Pause. Eine längere Pause, die etwas Erhabenes ausstrahlt und die sie schließlich beendet, indem sie nochmal »Hm-mm. Hm-mm« sagt und mich versonnen anlächelt. Ihren Kopf immer noch aufgestützt in ihrer rechten Hand. Ich glaube, ich weiß, was jetzt kommt, da wir pflichtgemäß alle anderen Themen schon durchhaben und immerhin das letzte Mal bereits Sex hatten. So lächerlich gespielt beiläufig und in einem Tonfall, als würde sie noch ein Glas Wasser bestellen, fragt sie, wobei sie an ihrer Serviette nestelt: »Und wie sieht's mit Kindern aus? Möchtest du Kinder?« Diese Frage überrascht mich jedes Mal bis zur kurzzeitigen Überforderung. Ich fühle mich doch selbst, als wäre ich noch ein Kind. Das muss man doch merken. Ich kann absolut nicht verstehen, wie jemand nur annehmen kann, das wäre ein Thema für mich. Ich rücke kurz meinen Stuhl zurecht und schaue dabei sonstwohin, nur nicht zu Astrid. Dann sage ich: »Nun, diese Frage mache ich komplett abhängig davon, ob ich einen Menschen treffe, mit dem ich fühle, bis an mein Lebensende gemeinsam durchzuhalten ... zusammen sein zu können. Und ... und zu wollen. Auch wenn man mal schlechte Zeiten durchläuft. Das ist für mich die Grundvoraussetzung, überhaupt an Kinder zu denken. Jemanden finden, auf den ich mich verlassen kann. Und wenn die Liebe auch mal einschlafen sollte, mein Gott, dann möchte ich wissen, dass man dennoch aufeinander bauen kann und nicht persönliche Animositäten auf Kosten des Kindes, oder, äh, der Kinder austrägt. Weißt du, die perfekte Person, mit der man, hm, in gewisser Weise Liebe und, wie soll ich sagen ... Sachlichkeit, und Verlässlichkeit verbinden kann. ... Ja. ... So seh ich das.«

Resolut und träumerisch zugleich. Gratulation. Einen Moment lang sehe ich weder Astrid noch irgendetwas sonst im Raum. Als ich bemerke, dass ich mit den Fingern auf dem Tisch trommele, mich wieder ihr zuwende und wahrnehme, wie sie ein unbestreitbar makellos weißes Lächeln aufblitzen lässt, kann ich mir selbst nicht verhehlen, dass ich mich überhaupt nicht gut fühle. Ich glaube, ich bin schon total verreckt. Völlig drüber. Doch ihrem Gesichtsausdruck nach zu urteilen, den ich jetzt hastig analysiere, wirke ich wie ein vernünftiger Mensch. Ich muss mich zurückhalten, mein Gesicht nicht in meinen Händen zu vergraben, während ich zusehends in mir selbst versinke. Sind die alle blöd? Immer dieselbe Schiene. Ich weiß nicht, ob ich von mir selbst verzweifelt gelangweilt bin oder ob ich an der ewigen

Gleichförmigkeit dieser Trullas zugrunde gehe. Wenig später, den Dessertteller erst zur Hälfte verspeist, entschuldige ich mich äußerlich lächelnd und innerlich verloren und gehe zur Toilette. Kurz durchatmen und Kräfte sammeln.

Bitte merk dir, was du sagen wolltest. Unbedingt.

Nachdem ich auf Zehenspitzen vor dem Urinal Position bezogen habe – um Sicherzustellen, dass die hintere Unterkante meiner Hose nicht den versifften Boden berührt –, versuche ich vergeblich, mir den Titel des Songs ins Gedächtnis zu rufen, der leise aus den Boxen rieselt. Eine Nummer von Schamhaarschädel Justin Timberlake. Vom ersten Album. Dritte Single. Dabei fällt mir auf, dass die ganzen Lieblingssängerinnen und -sänger meiner Annoncieusen auch untereinander schon mal miteinander duettiert haben: Anastacia mit Eros, Ramazotti mit Tina, Turner mit Bryan, Adams mit Rod, Stewart wieder mit Tina ... Welch Koinzidenz. Wobei das kein Zufall ist, sondern die Achse des drögen Geschmacks.

Ein kahler Mann Mitte zwanzig, der mit seiner Freundin ein paar Tische weiter gesessen hat und aussieht, als hätte er einen stark behaarten Rücken, stellt sich direkt neben mich. Es gibt hier acht Urinale. Alle frei. Aber er wählt das neben mir. Das ist ja wie im Umkleideraum meines Fitnesscenters, denke ich mir und beginne innerlich zu kochen. In neun von zehn Fällen: Ein Flachwichser nimmt den Spint direkt neben meinem, auch wenn mindestens fünfzig weitere zur Wahl stehen. Jetzt zielt der Arsch auch noch mitten ins Wasser und schäumt es regelrecht auf. Es platscht so laut, dass man meint, sein Strahl ist so dick wie der eines Feuerwehrschlauchs. Ich fürchte mich augenblicklich vor Streuspritzung. Er stützt sich mit der rechten Hand über Kopfhöhe an der Wand ab und spuckt ins Urinal. Ich bin längst fertig, als er noch immer mit voller Kraft strullert. Respekt. Da kann ich mit meiner Pennälerblase nicht mithalten, wegen der ich zunehmend öfter und schneller aufs Klo muss, seit ich die dreißig überschritten habe. Als Ausgleich habe ich dafür aber seitdem auch deutlich mehr sprießende Nasenhaare, sabbere im Schlaf manchmal auf mein Kopfkissen und erlebe jeden Tag zwischen 16 und 17 Uhr kräftemäßig einen spürbaren Tiefpunkt. Es geht noch weiter. Seit ich die dreißig überschritten habe, wachsen meine Schläfenhaare erheblich schneller als mein Deckhaar und ich rieche anders. Und zwar definitiv nicht besser. So.

Als ich in den Spiegel sehe und mir die Hände wasche, marschiert der Proll, nach megazittrigem Abklopfen, an mir vorbei, zurück ins Restaurant. Keine zehn Prozent waschen sich nach dem Klobesuch die Hände, überschlage ich grob und wende meinen Kopf zur Tür, als wollte ich ihm nachschauen, obwohl er längst draußen ist.

Während ich mir die Hände abtrockne und natürlich *erst jetzt*, mit sauberen Fingern, Hosentür und Gürtel zumache (um sie nicht zu kontaminieren) und mit meinem linken Fuß an meiner rechten Wade reibe, obwohl es nicht juckt, und dabei das Gleichgewicht verliere, erlaube ich meinen Gedanken, an etwas anderes zu denken. Ich werde jäh unterbrochen, als eine Frau zur Tür reinkommt und mit einem erschrockenen »Huch« ihren Irrtum erkennt, aber nicht sofort kehrtmacht, sondern blöd schaut, als würde sie darüber nachdenken, ob nicht vielleicht ich falsch hier bin. Dann schiebt sie ab und blickt drein, als wäre sie sauer auf mich.

Ich ziehe ein Papiertuch aus dem Spender, umwickle damit die Klinke der Toilettentür, öffne sie, zerknülle das Tuch und werfe es in hohem Bogen in den Papierkorb, während ich die Tür mit dem Fuß aufhalte.

Und das Einzige, was mich jetzt noch aufregt, ist, dass mir der scheiß Justin-Timberlake-Titel nicht einfällt.

Ich warte nackt auf dem Bett liegend, dass Astrid endlich aus dem Bad kommt. Ich habe mich und meinen Körper bestmöglich drapiert. Versuche locker, wie zufällig dahingegossen rüberzukommen. Sehr anstrengend. Für mich wird's höchste Zeit, ich schlafe gleich ein. Eigentlich hätte ich heimfahren sollen. Ihr Radiowecker zeigt 01:37 an. Ich hoffe, sie merkt nicht, dass ich vor Fieber fast verglühe. Trotzdem fühle ich mich seltsam klar, denke den Text für eine neue Melodie durch, die ich auf dem Weg hierher schrieb, und mache mir gedanklich Notizen. Während sie mir durch die angelehnte Tür von ihrem hervorragenden Verhältnis zu ihrer Chefin erzählt, was ich sehr spannend finde. Besonders in der x-ten Wiederholung. Als sie reinkommt und kurz mal nichts sagt, ist meine Chance gekommen, ihr die Lüge aufzutischen, ich hätte die vorangegangene Nacht durchgearbeitet. Ich hoffe, damit mein abgetakeltes Äußeres und mein scheintotes Verhalten zu erklären. (Was geht sie meine Reise an? Gar nichts.) Tatsächlich habe ich jetzt zunehmend das Gefühl eines nahenden Komas.

Sie goutiert meinen Arbeitseifer mit einem anerkennenden Blick (ich halte diesem Stand) und bedenkt meine körperliche Verfassung mit eben demselben, als sie sich einen Augenaufschlag später über mich lehnt. Sie streicht mit ihrer Hand über meinen Oberkörper, bestaunt meine Bauchmuskulatur (die mich jedes Mal, vor allem im Halbdunkel optimal ausgeleuchtet, selbst fasziniert) und sagt mir, wie gut ihr mein durchtrainierter Körper gefällt. Sofort wünsche ich mir, sie hätte ihre Klappe gehalten. Das erinnert mich nur daran, welch verkrampfter Schufterei es bedarf, diesen Status aufrechtzuerhalten. Diesen Service. Ein ewiges ›Morgen muss ich wieder ran‹. Und dann fällt mir ein, dass ich ja morgen nicht mal zum verkrampften Training gehen kann, weil ich nicht fit bin. Und das frustriert mich gleich noch extremer. Obwohl ich längst vergessen habe, weshalb ich damals überhaupt mit der Trainiererei angefangen habe. Und wofür. Ist inzwischen reiner Selbstzweck.

Mit Astrids Wasserbett (ich glaube, Wasserbettbesitzer halten sich für ausgesprochene Individualisten) komme ich nicht zurecht und meine Erektion ist eher so, wie ich meinen Cappuccino und mein Steak bestelle, nämlich medium. Es hinterlässt sicherlich noch einen weiteren bleibenden Eindruck, als ich wenig später, auf ihr liegend, ohnmachtsartig wegsacke. Das kommt gut, so fangen lebenslange Romanzen an.

Auf diese Weise wird Astrid die erste Frau, bei der ich über Nacht bleibe und mich nicht aus dem Staub mache. Wenn auch ungewollt und – medizinisch betrachtet – bewusstlos. Ohne ihr Wissen findet an diesem Abend außerdem eine Weltpremiere statt, die für mich von nahezu revolutionärem Ausmaß ist: Ich schlafe ein, ohne mir die Zähne geputzt zu haben.

Auf dem Zettel, der neben dem Bett liegt, in dem ich am nächsten Morgen um zehn Uhr völlig verknittert aufwache, steht in verschnörkelter Schrift: »Bin schon weg. Du arbeitest zu viel. Lass uns telefonieren. Küsschen, Astrid.« Küsschen! Ja, sehr schön. Immerhin jagt sie mich nicht zum Teufel. Die Punkte auf den ›i‹s schreibt sie als kleine Kreise. Das wird ja immer besser. Die Jalousien sind geschlossen. Ich schalte die Nachttischlampe an, was eigentlich nicht nötig ist. Sie gibt ein lautes Summen von sich. Ich knipse sie gleich wieder aus und zerknülle den Zettel. Ich schäle mich aus dem Bett, schlurfe zum Fenster und luge seitlich an der Jalousie vorbei nach draußen. Es ist schon wieder ein wunderschöner Tag.

Dann schleppe ich mich weiter, ins Bad, und sehe mich um. Ist das traurig. Echt traurig, stimme ich mir zu. Überall, zwischen den zahllosen Körperpflegeutensilien und winzigen Flakons stehen Figuren und Nippes. Eine winzige, grüne Porzellankatze zwischen Shampoo und Conditioner. Eine kleine Eule aus Plastik vor dem Becher mit drei verschiedenfarbigen Zahnbürsten. Alles aufgereiht auf der Konsole vor dem Spiegel, an dem an einem Magnet ein undefinierbares Plüschtierchen hängt. Irgendwas aus »Herr der Ringe«. Oder wie heißt der andere Fantasyquark für das gewöhnliche Gesindel? »Star Wars«? Rechts ein Miniatur-Eiffelturm neben einer Schatulle mit Make-up. Wie wischt man denn da richtig durch? Das dauert doch ewig. Und wofür brauche ich einen Stoff-Garfield zwischen Wattepads und Kamm? Da habe ich schon Angst, den Wasserhahn zu betätigen, damit ich nur ja nichts umstoße. Zielsicher am Wesentlichen vorbei. Am liebsten würde ich Ordnung in dieses Chaos bringen. Mir ist danach, richtig auszumisten. Den Großteil gleich mal zu entsorgen. Ich halte mich zurück. Dann geht mir auf, dass mich dieses Bad nicht im Geringsten interessiert. Ich hoffe zu ihren Gunsten, dass sie die Wandkacheln nicht selbst ausgesucht hat. Dunkelgrüne Fliesen mit Ornamenten, aufgelockert von blau-weißen Akzenten.

Mir geht's nicht gut. Fühle mich wie eine atmende Leiche. Ich schmeiße den zerknüllten Zettel mit ihrer liebevollen Nachricht, den ich immer noch in meiner Hand halte, ins Klo. Die Klopapierrolle hängt *verkehrt herum* in der Halterung. Mit der Abrissseite zur Wand. Ich pisse. Gähne. Wasche Hände. Strecke mich. Wichse. Finde das nur des Ortes wegen lustig. Mache eine kurze Pause und möchte das Fenster kippen. Aber ihr Bad hat kein Fenster. Nur eine lausige Lüftung, deren Ventilator leise vor sich hin surrt. Ich wichse weiter. Habe, wie meistens kurz nach dem Aufstehen, einen auf halber Strecke verreckten Orgasmus. Ein echter Krampf. Hätte ich mir sparen können. Musste abartige Fantasien bemühen, um zu kommen. Schäme mich im Anschluss schon lange nicht mehr dafür. Werfe das Klopapier, in das ich gekommen bin, in die Toilette. Setze mich auf die Klobrille. Versuche, etwas rauszupissen, um den Harngang freizuspülen. Sonst landet das Restsperma während der nächsten zehn Minuten sukzessive in meiner Unterhose. Das führt zu etwas, das wie klebrige Spinnennetze aussieht. Nicht gut. Ich presse und warte. Presse und warte, aber meine Blase ist ziemlich leer. Habe ja erst vor wenigen Minuten gepinkelt. Sitze so da und merke, dass ich die Textfragmente vergessen habe, die ich mir gestern Abend beim Ficken überlegt habe. Ärgere mich.

Wenn man nicht alles gleich notiert, ist's weg. Besonders die Ideen kurz vor dem Einschlafen. Egal wie viele Eselsbrücken zur Erinnerung ich mir baue. Es ist morgens einfach weg. Ich presse wieder. Wie lange dauert das denn noch? Ich überlege, ein paar Schluck Leitungswasser zu trinken. Aber so schnell wird der Durchlauf zur Blase auch wieder nicht sein, oder? Jetzt kommt doch noch etwas. So, fertig. Stehe auf. Kurz schwarz vor Augen. Na toll. Spülung. Wasche mir die Hände. Möchte meine Augen reiben, was mir aber etwas zu heftig gerät. Ich drücke meine Finger zu stark gegen die Augen. Hunderte von Farben erscheinen. Erinnert mich daran, dass ich das als Kind ab und zu gemacht habe. Weltall mit geschlossenen Augen. Ich folge den in alle Richtungen wegschießenden Lichtpunkten. Wird sehr schnell langweilig. Mir fällt der Text nicht mehr ein.

Ich sehe zu, dass ich von hier wegkomme. Suche mein Hemd. Finde es im Wohnzimmer. Zwischen zwei selbst getöpferten Figuren. Sie töpfert! Erinnere mich jetzt. Hat sie erzählt. Es geht immer noch trauriger. Wenn man fühlt, gar nichts in sich zu haben, keinerlei Interessen, dann wird getöpfert und gemalt und Yoga gemacht und gedichtet. Jesses Maria. Mir ist eiskalt, obwohl ich schwitze. Sehe zwei Bilder an der Wand, auf denen sie mit jeweils einem Exfreund abgelichtet ist. Ich sehe verdammte Scheiße wirklich deutlich besser aus. Intelligenter, gebildeter, teurer, wacher, irgendwie anders, sportlicher, ach, ich bekäme locker eine Top-30-Liste zusammen. Da hat Astrid sich jetzt mal in einer höheren Etage austoben dürfen. Kein Wunder, dass sie sich so um mich bemüht. Würde ich auch, wenn ich bislang nur von solchen Nieten gebumst worden wäre. Die vermitteln zudem den Eindruck, als würden sie nach dem Essen die Rechnung teilen. (Ober: »Geht das zusammen?« Er: »Ich, äh, wir, äh, zahlen, ehm, getrennt, bitte. Also, ich hatte, äh, einmal die Lasagne, eeh ...«) Und dauernd von sich reden. (Typen, die bei Dates mehr als 20 Prozent der Zeit über sich, ihren Job und ihre Interessen sprechen, haben absolut nichts am Start und auf dem Konto.) Ich sinne noch einen Moment darüber nach, an was vom gestrigen Abend ich mich erinnern kann. Nicht viel. Das muss reichen.

6 Surprise, surprise

Viel zu leise rufe ich der Frau »Du blöde Hure« hinterher, die gerade wortlos durch die Tür läuft, die ich ihr aufhalte. Undankbares, schlecht erzogenes Pack.

Meine derben Worte verschaffen mir nur kurz Frieden. Ich mache dünne Lippen. Das hoffnungslose Unterfangen des Sich-Hineinversetzens, Dinge verstehen zu wollen, von denen man weiß, dass man sie doch nie verstehen wird. Wieso, warum, woher, wodurch, weshalb nicht. Nichts als ewige Anläufe.

Auf der letzten der siebzehn Stufen des Treppenhauses komme ich völlig erledigt an. Ich muss anhalten und tief durchatmen, bevor ich die Praxis betrete. Immer noch etwas außer Puste und mit flirrendem Blick reiche ich der Sprechstundenhilfe meine Versichertenkarte. Etwas zu lange greift sie nicht danach und ich bemerke, wie stark meine ausgestreckte Hand vor Anstrengung zittert. Gerade habe ich »Ja« gesagt, gleich werde ich »Äh, privat« antworten müssen, schätze ich. Keines Blickes würdigt mich die pampige Mittvierzigerin (wulstige Lippen, Leberflecke – geht oft miteinander einher), während sie mit mir redet. Übertrieben inszeniert nimmt sie jetzt ihre Halbbrille ab, als Beleg für ihre eigene Bedeutsamkeit. Dann klemmt sie mein Plastikkärtchen endlich in den Scanner und zieht es schroff durch. Einem Ritualmord nicht unähnlich. Sie wirkt in natura ebenso abweisend wie vor vier Tagen am Telefon. Ihrer Körpersprache nach handelt es sich aber um keine Abneigung gegen mich persönlich, was mich beruhigt. Vielmehr macht sie den Eindruck, als verschwende *jeder* Patient ihre Zeit, der nicht mindestens aus allen Körperöffnungen blutet.

»Sie dürfen im Wartezimmer Platz nehmen«, bekomme ich säuerlich mitgeteilt und meine Chipcard knallt auf die

Marmorplatte. Oh, ich ›darf‹, das ist sehr nett. Die Karte noch beiläufig auf Bruchstellen untersuchend, öffne ich die angelehnte Glastür mit der Fußspitze und setze mich auf einen orangefarbenen Plastikstuhl ohne Armlehne gegenüber der Kinderspielecke und neben der staubigen Kunstpalme. Ich sitze leicht schräg und trage damit einem abstehenden Blatt Rechnung. Ich bin die vierte Person im Raum. Ein etwa fünfjähriger Junge schneidet einer älteren Frau mit gewagtem Strohhut wilde Grimassen. Die Alte lächelt den kleinen Scheißer debil an und ich überlege, warum bei allen Menschen dieses automatisiert stumpfsinnige, ununterscheidbare Pflichtgegrinse einsetzt, sobald sie ein Kind sehen. Sogar den ausgefahrenen Mittelfinger bedenkt die Oma mit einem Blick, der ›*Ooch süß*‹ besagt. Dabei sind Kinder nichts anderes als erwachsene Arschlöcher, aber in klein. Der kleine Terrorist (ich tippe auf ADS) mit Nelly-Furtado-T-Shirt (Größe XXS) verachtet das gütig grinsende Muttchen für ihr kriecherisches Verhalten und wird noch rasender. Grundlos berühre ich meine Nasenspitze und verfolge weiter gebannt das Schauspiel. Ich sehe, wie das Lachen der senilen Tante gefriert, zunächst Enttäuschung, jetzt aber auch etwas Angst vor dem Kleinen erahnen lässt.

Als ich mir seine Mutter ansehe (ich tippe auf PMS), die zwischendurch immer mal wieder ermahnend »Kevin-Maurice!« ruft, ohne von ihrer Zeitschrift aufzusehen, tut er mir fast leid. Seine Mutter sieht aus, als würde sie beim Stillen rauchen und ihrem Freund zeitgleich einen rubbeln. Eine typische Ische. Sie befeuchtet ihren rechten Zeigefinger bei jedem Umblättern mit der Zunge. Als ich das sehe, verzieht sich meine rechte Mundpartie entsetzt. Fingeranspeichelei ist an sich abstoßend genug, aber dies im Wartezimmer eines Arztes zu tun, in dem ausschließlich Kranke die Zeitschriften in den Händen halten, ist ... nun, passt zu ihr. Ich denke mir, wie hilflos du doch bist, wenn du das Pech hast, als Kind einer solchen Schlampe geboren zu werden, stelle dann aber erleichtert fest, dass Kevin-Maurice sein Schicksal nie wahrnehmen wird, da er praktischerweise Mamis Drecksgene in sich trägt und deshalb perfekt zu ihr passt. Das hat die Natur fein eingerichtet. Als er kurz zu mir herübersieht, schaue ich demonstrativ weg.

Von dem ganzen Zirkus gelangweilt, gehe ich in mich und spüre, wie unglaublich elend ich mich fühle. Auf eine Art, über die ich mir nicht ganz klar bin. In einem Ausmaß, dass ich mich fast schon nicht mehr daran erinnern kann, wie es ist, sich nicht krank zu fühlen. Ich schiebe mich noch tiefer in meinen Sitz, lehne meinen Kopf an die Wand und achte peinlich genau darauf, das Blatt der Zimmerpflanze nicht zu touchieren. Die Augen geschlossen, versuche ich, mein Befinden auf einen Punkt zu bringen, es zusammenzufassen. Aber ich fühle mich diffus schlecht. Es ist, als wäre alles überall kaputt, als wüsste ich gar nicht, wo ich anfangen soll zu analysieren.

Ich betrachte eine Luftaufnahme von Frankfurt an der Wand. Frankfurt! Junge, Junge. Allemal besser als ein Roy-Lichtenstein-Poster-Druck, aber trotzdem. Was habe ich wohl gerade gemacht, als dieses Foto geschossen wurde?

»Herr Weidner, Sie dürfen jetzt zum Herrn Doktor«, ruft Schwester Karin, wie ich ihrem Namensschild entnehme, ich lasse sie siebzehn sein und ein Neutrum. Schon wieder ›darf‹ ich etwas. ›Danke, du darfst mich auch was.‹ Die Oma und die beiden Asis müssen sich noch ein wenig gedulden, da sie gesetzlich versichert sind. Weil ich später kam als sie, sehen sie mich zuerst verwundert, dann hasserfüllt an, als ich aufstehe. Dabei hätte ich lieber noch ein wenig gewartet. Das zeige ich natürlich nicht, wäre ja noch schöner, und werfe ihnen einen überspannten Seitenblick zu. Der mir aber nicht guttut. Von dem ich weiß, er ist die niedrigste, naheliegendste Reaktion. Und damit stehe ich den Dreien in nichts nach.

Wieso nur sind erste Reaktionen meist instinktiv falsch, erste Eindrücke hingegen meist intuitiv richtig?

Ich bin gerade durch die Tür, als mir klar wird, dass es gesünder ist, zu sein wie sie. Nicht dauernd zu versuchen, das eigene Verhalten zu hinterfragen. Für dieses Pack ist alles schwarz oder weiß, gut oder schlecht, ihre Wahrheit die einzige. Richtig so. Fahrt zur Hölle.

Im Behandlungszimmer blicke ich starr aus dem Fenster, bis Dr. Wagenhorst hereinkommt. Mit seinem Sanguinikergesicht, der fliehenden Stirn und der Adlernase ist er nicht unbedingt ein zwingender Anwärter auf den Titel ›Sympath des Monats‹. Ein braunblonder Zwerg, der überläuft vor Agilität und vielleicht vierzig sein mag. Sein Stethoskop hat er auf dem Rücken aufliegen. Was irgendwie apart rüberkommt.

»Guten Tag, Wagenhorst«, sagt er und lächelt dabei scheißfreundlich.

»Guten Tag, Weidner«, sage ich und lächle dabei scheißfreundlich. Wir verzichten in stiller Übereinkunft auf ein Händeschütteln. Dass ich auf einmal glaube, weder Fieber noch geschwollene Innereien noch golfballgroße Lymphknoten zu haben, und meine Schlaffheit wie weggeblasen ist, spricht für seine medizinischen Fähigkeiten.

Ich schildere meine Symptome trotzdem, zügig und in umgekehrter Reihenfolge. Dabei bin ich bemüht, mich nicht zu gleichgültig anzuhören. Was nicht leicht ist, weil ich merke, dass ich mit aufgesetzter Beiläufigkeit unbewusst sicherzustellen versuche, bloß nicht weinerlich zu klingen.

»Aha, gut. Machen Sie sich bitte mal oben frei und legen sich auf die Liege da?«, sagt er mit aufflackerndem Interesse, setzt sich auf einen kleinen gepolsterten Sessel und rollt ein bisschen herum. Ich habe den Eindruck, dass er schon weiß, was mir fehlt. Das ist zwar komisch, verwundert mich aber irgendwie nicht. Und mir wird kurz so, als läge mir nicht mehr viel daran, es zu erfahren. Mich ekelt vor der Liege. Wer wohl vor mir darauf lag, mit ungewaschenen Haaren, Schuppen und Hautausschlag? Mich bedrängt die Frage, ob das Papiertuch gewechselt wurde. Lautlos und mit spitzen Lippen nickt er nachdenklich vor sich hin, während er meinen Bauch abtastet. Zehn Sekunden? Zack. Schon vorbei. Er rückt das Ultraschallgerät zurecht, während Karin ein Thermometer in meinen Mund schiebt. Möglicherweise habe ich Glück und es wurde nach Entfernung aus dem After meines Vorgängers gründlich gereinigt. Wenn nicht, bin ich ja schon mal an der richtigen Adresse. Nach Einreiben meines Bauchs mit Gel hält Dr. Wagenhorst den Sensor drauf und fixiert den Monitor. Ich auch, indem ich meinen Kopf verrenke, aber ich kann nichts erkennen.

»Jo.« Flottes tiefes Einatmen, Innehalten, dann, etwa auf halber Strecke seines lauten Ausatmers: »Ihre Leber ist um ca. zwei, ihre Milz sogar um acht Zentimeter im Durchmesser angeschwollen. Das ist sehr viel. Setzen S' sich bitte auf ... dann taste ich noch ihren Hals ab.« Er spricht an mir vorbei und ich spüre einen stechenden Schmerz, als er mit seinen Fingern an meinem Kinn entlang gleitet und dabei mit seinen Augen einen Punkt an der Westwand hinter mir fokussiert.

»Und seit einer Woche haben Sie das?«

»Ja, ungefähr. Nicht ganz«, entgegne ich etwas skeptisch, so, als spiele es keine Rolle mehr, was ich sage. Und er: »Ja.« Kurz. Dann schließlich: »Da müssen wir jetzt sofort eine Blutuntersuchung machen lassen. Ganz schnell. Das sieht mir verdächtig nach Leukämie aus!« Er schaut auf, unbeeindruckt, eher entspannt, als bereite es ihm Vergnügen, in seinem eigenen Gesichtsausdruck nach Gewichtigkeit suchen zu lassen. Und ich bin zunächst hauptsächlich damit beschäftig, die Diskrepanz zwischen seiner Mimik und seiner lapidar hingerotzten, aber tonnenschweren Aussage auf die Reihe zu kriegen. Als ich konsterniert aufgebe, hallt der Hammer ›Leukämie‹ im Raum nicht mal mehr leise nach. Auch weil Krankenschwester Karin das Zimmer verlässt und Dr. Wagenhorst das Ultraschallgerät seelenruhig in die Ecke schiebt und ihr kräftig nachruft: »Karin, könnten Sie bitte mal bei Hostner & Weiland anrufen, ob die für uns heute noch einen Blutcheck durchführen könnten?« Zu mir gerichtet sagt er erklärend, cool as fuck: »Dann kriegen wir das noch vor dem Wochenende auf den Weg und haben schon Montag die Ergebnisse. Machen S' sich keine Sorgen. Ich schreibe Ihnen einen Zettel, den geben Sie dort ab, dann wissen die, dass es eilt. Die haben heute bis um fünf auf. Die sind in Germering, kennen Sie sich ein bisschen aus? Das schaffen Sie, oder?«

Ich habe bislang nichts gesagt. Nicht mal mein Mund steht offen, da darin ja noch das vermeintliche Rektalthermometer steckt. Dr. Wagenhorst zieht es heraus und nickt bestätigend. Eigenartig fragebezogen entgegne ich, während meine Beine von der Liege baumeln, auf der ich immer noch sitze: »Ähhhh ... ja, tu ich, aber Germering ist schon weit. Gibt's denn nichts hier in der Stadt, was Näheres?«

»Tja, die haben alle entweder heute schon zu, is' ja Freitag, oder aber kein eigenes Labor, wo sie die Blutwerte gleich untersuchen und dann auswerten können. Die müssen s' alle extern schicken und das kostet uns mindestens einen Tag Wartezeit ... Sie haben 38,8 Fieber. Das ist schon hoch. Jetzt fahrn S' da mal gleich hin und dann sehen wir weiter. Sind Sie mit dem Auto da?«

»Ja, ich wohn hier gleich ... äh ...«, ich zeige nach links.

»Okay, na das find ich schon, ... in Germering, wiedersehn.«

Ich wundere mich selbst, warum ich nicht noch mal nachfrage und vor allem warum er nicht zumindest kurz – zum Beispiel – ›Leukämie‹ erörtert. Stattdessen drängle ich ein wenig, ahnend, dass er mir nichts mehr zu sagen hat, was mich fast schon wieder lähmt, und um die relativ weite Fahrtstrecke wissend. »Ja, wiedersehn Herr, äähh, Weidner, wir sehn uns dann am Montag, machen Sie vorn noch 'nen Termin?«, sagt er schon um die Ecke. »Ja, wiedersehn«, flüstere ich, als ich mein Hemd wieder anziehe und langsam zuknöpfe. Von unten nach oben. Dabei betrachte ich den Wandkalender, auf den Dr. Wagenhorst vorhin über meine Schulter starrte, während er meinen Hals abgetastet hat. Es ist immer noch das Motiv vom Mai aufgeschlagen.

Hier stimmt doch was nicht. Leukämie, das ist doch nicht mehr als eine Vermutung, ein Verdacht, eine Ahnung. Das kann er doch nicht einfach so ... Ich werde nicht schlau daraus. Es muss doch für Ärzte etwas geben wie ein Reglement, eine Norm. Wie sagt man. Einen Leitfaden zur Mitteilung solch schwerwiegender Befunde. Ich addiere schnell die ersten Ideen. Vertraulichen Gesprächsrahmen schaffen, Einfühlung, Aufklärung, Prognose, Maßnahmen erörtern, mein Informationsbedürfnis stillen, Gelegenheit geben, Fragen zu stellen. Irgend so was in der Richtung.

Ich schüttle den Kopf. Eine Sterbeszene.

Einatmen. Ausatmen.

Während ich an der Rezeption stehe und warte, weil Karin mir was weiß ich was für zwei Zettel ausfüllt, schaue ich in den länglich geschnittenen Spiegel neben der Eingangstür. Ich erblicke einen Typen, der mir nicht unähnlich sieht. Und er sieht mich an, als sei ich komplett irre. Ich muss eine Menge Willenskraft aufbieten, mich von mir abzuwenden, als ich meinen Nachnamen höre, eingeleitet von einem piepsigen »So, Herr ...«. (Irgendwie habe ich mich immer noch nicht daran gewöhnt, mit »Sie« angesprochen zu werden.) Karin gibt mir Adresskärtchen der onkologischen Praxis, die zwei Zettel, einer gelb, einer rötlich, und lächelt aufmunternd. Das war's! Das war's? Ach übrigens, Sie haben Blutkrebs! Tschüss! Ohne dass ich früher darüber nachgedacht hätte, bin ich auf einmal felsenfest davon überzeugt, eine ähnliche Nachricht erwartet zu haben. Vielleicht muss ich mein Leben einfach professioneller sehen, denke ich mir aufgelöst. Ich krame in meinem Kopf und habe keine Idee, auf was ich hinaus will.

Die Unschlüssigkeit, ob ich mich über Dr. Wagenhorsts Ignoranz aufregen soll, wird von der kläglichen Frage abgelöst, ob es sich dabei überhaupt um Ignoranz handelt. Als ich aus dem Haus auf die Straße trete, betrachte ich noch mal die goldene Messingtafel der Praxis und nehme zur Kenntnis, dass er Friedrich mit Vornamen heißt, »Alle Kassen« akzeptiert und mittwochs nur vormittags Patientenverkehr hat. Ich räuspere mich, werfe einen prüfenden Blick auf meine linke Ferse, ob meine Jeans nicht versehentlich in den Schuh gerutscht ist. Aber ich vergesse auf halbem Weg, was ich wollte. Dann wende ich mich zum Gehen. Das Ergebnis der locker abgegebenen Vordiagnose schwebt latent durch meine Gedanken und ich laufe wie ferngesteuert zum Auto. Und als ich einsteige und meine Sinne ordne, merke ich, dass ich schon die ganze Zeit über vor mich hin lächle.

7 Pathétique

Okay, was haben wir denn da. Kleine Bestandsaufnahme. Ich bin eigentlich ziemlich gefasst. Dennoch unfähig einen klaren Gedanken zu fassen. Aber nicht konfus. Und ich fahre deutlich zu schnell, über 160 statt 80, linke Spur von dreien. Seit gut einer halben Stunde sieht es so aus, als sei ich todkrank. Und ich habe keine Ahnung, was ich davon halten soll. Schön. Die vielleicht zehnminütige Untersuchung mit der schluderig vorgesetzten Diagnose – vor allem Letzteres – lässt mich ratlos zurück.

Andererseits ist es nicht besonders ..., nun, es ist höchst unwahrscheinlich, von einem Arzt ein so gewichtiges Krankheitsbild derart lapidar aufgetischt zu bekommen, wenn auch nur der geringste Zweifel daran bestünde. Und demnach *muss* es sich bei Dr. Wagenhorsts fast plakativer Beiläufigkeit um einen (wenn auch ziemlich amateurhaften) Versuch handeln, mir diese Nachricht möglichst schonend beizubringen. Was wiederum ein beunruhigender Beleg für die Richtigkeit seiner Diagnose ist. Scheiße! Oder? Oder nicht?

Ich bremse ziemlich stark ab. Die Warnblinkanlage des dunkelgrünen VW Passat vor mir verkündet einen Stau. Gut, dass er sie angemacht hat. So unaufmerksam, wie ich gerade bin, wäre ich sonst noch voll in ihn reingeknallt. Also verdient hätte er's – auf seiner Heckscheibe prangt eine zerschlissene Plastikfolie »ABI 91« oder »97«. Glückwunsch. Nachträglich.

Ich komme zum Stehen. Die ganze Autobahn ist dicht. Ich mache meine Warnblinkanlage ebenfalls kurz an, bis ich im Rückspiegel erkenne, dass mein Hintermann auch bremst. Eine weibliche Stimme, die glaubt sinnlich zu klingen, plärrt aus dem Radio: »Und als Nächstes haben wir einen tollen Song für euch, einer meiner absoluten Lieblingstitel. Wird euch gefallen.

Garantiert!« Sie liebt den Song sogar so sehr, dass sie in den Gesangseinsatz des ersten Verses reinplappert, »Hier ist für euch ... die Bloodhound Gang mit ...« und ich frage mich, wer sich wohl mit »euch« angesprochen fühlt, während ich leiser mache.

Zehn nach vier. Das dürfte knapp werden. Um fünf macht der Laden zu. Dann wird's heute nichts mehr mit der Blutabnahme. Ich wundere mich erneut, warum ich diesen unangemessen weiten Weg auf mich nehmen muss. Vielleicht hat Wagenhorst einen Deal mit der onkologischen Praxis und sie schieben sich die Patienten gegenseitig zu.

Obwohl der Himmel sich etwas bewölkt, blendet mich die Sonne einen kurzen Moment und ich habe den Eindruck, der Wagen vor mir rollt auf mich zu. Ich klappe die Blende runter, und gleich wieder hoch.

Als ich ein kurzes Stück weiterrolle, missmutig zur Kenntnis nehme, dass die Wagen der rechten beiden Spuren zügiger vorankommen, habe ich ein Bild vor Augen, dessen Signifikanz mir Unbehagen bereitet: Ich mit neun, auf dem Schulweg, auf einer vom herbstlichen Morgentau noch feuchten Straße. Mir gegenüber taucht ein riesiger Rottweiler auf, der mich bedrohlich anknurrt. Kompakt, bullig und muskulös. Furchteinflößend. Nur er und ich. Sonst weit und breit niemand. Er bedrängt mich. Mit seinem schwarzen Fell und der nassen Schnauze macht er einen erhabenen, gefährlichen Eindruck. Wie groß war ich mit neun? Der Hund fixiert mich unablässig, zieht seine Lefzen hoch. Er beginnt, mich einzukreisen. Ich stehe starr da, bin mir meines Problems bewusst. Aber ich habe keine richtige Angst. Weiß nur, ich sollte Angst haben. Und anstatt mich auf die gegenwärtige Situation zu konzentrieren, überlege ich, warum mir meine missliche Lage nur so seltsam egal ist. Und in diesem Augenblick fällt mir zum ersten Mal in meinem Leben auf, dass ich mich die ganze Zeit schon aus einer übergeordneten Perspektive beobachte.

Mich und den Köter. Ich sehe dem Treiben von oben zu. Als würde ich auf einem Baum sitzen. Ich, der Bedrohte, stehe mit dem Rücken zu mir, dem Beobachter. Und ich fühle mich, als gäbe es ›mich als mich‹ gar nicht. Nur als Rolle.

Die Körpersprache des Rottweilers ist eindeutig. Obwohl ich mir ausmalen kann, dass er, der jetzt immer grimmiger knurrt und näher kommt, mich zwischen seinen mächtigen Kiefern zerfleischen wird, bin ich darauf bedacht, nicht um Hilfe zu schreien. Ich hielte jede auch noch so kleine Welle des Aufruhrs für der Situation nicht angemessen. Und auf keinen Fall möchte ich irgendjemandem meine Misere offenbaren. Lieber von dem Hund in Stücke gerissen werden. Schließlich möchte ich meine Würde nicht verlieren. Die immens große Würde eines Drittklässlers. Friss mich, Hund, ich halte still. Kein Wort, kein Mucks von mir. Und dann, plötzlich, zieht der Hund ab, wohl irritiert von meiner gespenstischen Ruhe. Und alles ist vorbei. Erledigt. Und nichts bleibt. Keine Erleichterung, kein rückbesinnendes Schaudern, kein Was-hätte-passieren-können-Gruseln. Nichts.

Die Bloodhound Gang ist mit ihrem Song durch. Es geht wieder ein paar Meter weiter, im Schritttempo, und die Erinnerung verflüchtigt sich. Aber ich weiß, genau wie damals, ganz genau so fühle ich mich jetzt. Das mache ich nur mit mir aus. Ich, mit meiner Rolle als ich. Das geht niemanden etwas an. Und mich selbst am wenigsten.

Das Handy klingelt, ich schalte das Radio aus, Mariah Carey setzt gerade an, perfektes Timing. Weg mit ihr. Ich gehe noch nicht gleich ran, stelle das Telefon auf stumm (drücke dazu zweimal Taste 7), weil der Typ im Wagen rechts neben mir in seiner Nase popelt und das frisst, was er da herauszieht, und ich gebannt hinsehen muss. Dann bemerkt er mich und macht weiter, während er mich verklärt anstarrt. Ich glaube, vor lauter Glück nimmt er mich gar nicht wahr. Und ich sehe durch sein Auto hindurch in den Wagen auf der dritten, äußersten Spur. Dass der

Fahrer ebenfalls seinen Finger in einem Nasenloch stecken hat, kann ich zuerst nicht glauben. Seine Frau schaut ihm dabei teilnahmslos zu. »Na wenn schon«, murmele ich vor mich hin. Ich klinge abschätzig, aber auch resigniert.

Dann hebe ich ab, es ist Lea. »Ja, es bleibt bei heute Abend«, ich sage – besonders lebendig – »halb acht, ja, Tisch ist reserviert«. (Bei Tischreservierungen gebe ich dem Restaurant immer eine falsche Telefonnummer an, damit kein lästiger Anruf erfolgt, sollte ich aus unerfindlichen Gründen meine Reservierung nicht wahrnehmen können. Ich ändere dazu jedoch nur die letzte Zahl meiner Nummer ab – von 8 auf 9. So hält man es für einen Schreibfehler des Kellners, der meine Reservierung aufgenommen hat, sollte sich mal ein Abgleich ergeben.) Ich rede weiter, sage: »Okay, bis dann.« »Nein, ich bin nicht müde«, verdrehe die Augen, als ich brumme (brummen: darf nicht mehr vorkommen), dass absolut alles okay ist. Ich wundere mich, dass sie mich das fragt, wo ich doch bewusst auf ›besonders lebendig‹ mache, um mir nichts anmerken zu lassen, und »Ja tschau.« »Nein, ... nein, bin noch unterwegs«, sage ich begütigend. »Okay, tschüss.« Ende des Gesprächs.

»Verdammt!«, heule ich betont schauspielerhaft und mit etwas zu viel Verzweiflung. Meine dabei durchgeführte Kopfdrehung endet mit einem Blick aus dem Fahrerfenster. Wobei der Blick auch zu dick aufgetragen ist. Zeige- und Mittelfinger über die Lippen gelegt, checke ich erschrocken das Display des Handys, ob ich auch aufgelegt habe, vor meinem Pseudo-«Verdammt«-Ausbruch.

Auf was sich das bezieht? Könnte drei Möglichkeiten haben. Leas Nachhaken, wo ich gerade bin (ich frag dich doch auch nicht, wo du bist), Leas Entlarven meiner Stimmung, der Termin an sich (ein weiteres dröges verkrampftes Abendessen für ein bisschen unnötigen Sex) oder die Tatsache, dass ich den Termin nicht absage. Also *vier* Möglichkeiten.

Aber ich sage Lea nicht ab. Den kleinen Seufzer, der mir jetzt entfährt, muss ich später zuordnen.

Ich sehe mir die beiden Zettel an, die mir Schwester Karin mitgegeben hat, und rieche daran, indem ich sie knapp vor meine Nasenspitze halte. Sie riechen nach der schweren Raumluft der Praxis. Dabei brüte ich weiter darüber nach, was eigentlich los ist, und bemerke, dass ich mich fast beschwingt fühle. Aufkeimende Panik, die schon im Ansatz bemüht bedeutungsschwanger wirkt, weicht ungerichteter Neugier. Erleichtert, dass sich endlich mal was rührt, das nicht immer aufs Gleiche hinausläuft. Eine Abwechslung. Etwas, dem mein Überdruss nichts entgegenzusetzen vermag, weil es zu überwältigend ist.

Das Radio schalte ich nicht wieder ein. Ich bin ganz still. Das wird wirklich knapp. Die Kolonne schiebt sich im Schneckentempo voran. Das schaffe ich nie rechtzeitig.

Ich muss überlegen.

Ich muss überlegen.

Ich muss überlegen.

Ich werde meine Wohnung verkaufen. Das Auto. Das Geld von meinen beiden Konten abheben. Das muss ich sofort am Montag regeln. Das gebe ich alles meiner Mutter in bar, damit keine Erbschaftssteuer anfällt. Und kurz überlege ich (und habe keine Idee warum), dass meine Mutter eigentlich gar nicht weiß, wer ich bin. Obwohl wir uns sehr ähnlich sind. Und dann denke ich mir, dass ich vielleicht nur glaube, dass wir uns ähnlich sind, weil ich eigentlich gar nicht weiß, wer sie ist.

Für drei-, viertausend Euro müsste ich mir am Schwarzmarkt eine Pistole besorgen können, um mich zu erschießen, wenn die richtigen Schmerzen losgehen. Ich weiß schon, an wen ich mich wende.

Eine Behandlung kommt nicht infrage. Womöglich Chemo? Gift von außen gegen Gift von innen. Ist für'n Arsch. Möchte nicht in Windeln im Hospiz sterben, so wie mein Vater vor drei Jahren. Er hat bis zum Schluss sein Gesicht bewahrt. Ist nicht in den verschiedenen Stadien des Todeskampfs zu jemand anderem mutiert. Hysterisches Wrack, selbstmitleidiger Weichling oder ungerechter Wüterich – nichts dergleichen. Das war beeindruckend. Und es bestätigte mir die Echtheit seines Verhaltens vor seiner Krankheit. Das sähe bei mir anders aus: Meine Maske würde abbröckeln, ohne dass ich etwas dagegen tun könnte. Und das *darf* nicht passieren. *Auf gar keinen Fall.* Niemand kennt mein wahres Gesicht. Und niemand wird es jemals kennenlernen.

Jetzt nicht pathetisch werden.

Ich glaube, dass sich die Ähnlichkeit mit dem eigenen Vater am besten an der Motorik beim Rasieren erfühlen lässt. Wie man den Kopf hält. Den Apparat bewegt. In den Spiegel schaut. Sich vorbeugt. Das ist bei mir ziemlich eins zu eins. Ich streiche über mein frisch rasiertes Gesicht, schüttle den Kopf, knirsche mit den Zähnen. Ich denke fast nie an ihn. Einen emotionalen Rückspiegel besitze ich nicht. Seine Existenz ist schon nicht mehr wahr.

Jetzt nicht abschweifen.

Wer weiß, was der Bluttest sagt. Zu Hause werde ich das Internet konsultieren.

Ich schaue überrascht auf, als jemand hinter mir hupt. Und rücke die – was, vielleicht 20? – paar Meter zu meinem Vordermann auf. Dann steht wieder alles.

Ich checke auf der Uhr, wieviel Zeit mir noch bleibt. 35 Minuten. Und es ist ein totaler Witz, als ich vier Mal, in sekündlichem Wechsel, auf die Straße, auf die Uhr, auf die Straße, auf die Uhr sehe. Und der Wagen sich nicht bewegt.

Ich glaube, ich entscheide mich für einen Abtritt ohne Abschiedsbrief. Was gibt's schon zu sagen. Am meisten Stil hat es, wenn man einfach weg ist. Einfach weg und nichts.

Jetzt nicht pathetisch werden.

Dem Sinn des Lebens bin ich noch nie begegnet. Der Sinn hängt nur von der Entscheidung ab, ob man an ihn glauben will oder nicht.

Mir ist immer bewusst, dass alles, was wir tun, vollkommen umsonst ist. Am Ende tot und gut is'. Damit kann ich leben. Damit kann ich auch ableben.

Jetzt nicht pathetisch werden.

Es gibt Menschen, die bringen sich um, aus Angst vor dem Tod. Paradox, aber ich kann es verstehen.

Jetzt nicht pathetisch werden.

Keine wissenschaftliche Expertise hätte mich davon überzeugen können, dass das frische Formaldehyd, das aus allen Poren und Öffnungen unseres niegelnagelneuen Fertighauses austrat, in dem ich aufwuchs, nicht den besten Einfluss auf meine körperliche Entwicklung gehabt hat. Krebs? Ach was.

Jetzt nicht pathetisch werden.

Vielleicht ist's ja eine Fehldiagnose.

Wobei ich bereits beginne, mich an den Gedanken zu gewöhnen.

Zehn nach fünf. Zu spät. Praxis »Hostner & Weiland«. Schon abgesperrt. Ich mache mich der Frau, die ich durch die Drahtglastüre sehe, durch Klopfen bemerkbar. Auf das Klingeln, das ich sogar hier draußen hören konnte, hat sie merkwürdigerweise nicht reagiert. Sie ruft mir, durch die Scheibe gedämpft, zu: »Leider schon geschlossen, ist keiner mehr da.« Schwerer schwäbischer Einschlag. Hoffe ich für sie. Sonst wäre »isch koiner me do« ein hässlicher, irreparabler Sprachfehler.

»Aha. Wann machen Sie denn am Montag auf?«, rufe ich gequetscht. (Die Öffnungszeiten stehen zwar auf dem Schild neben der Tür, aber solche Feinheiten kann ich jetzt nicht berücksichtigen.)

»Um 7 Uhr 30.« Der schwäbische Einschlag nimmt zu. Sofort beginne ich, sie von Bürokraft auf Putzfrau herabzustufen.

»Kann ich dann gleich vorbeikommen, wegen eines, ääh, Bluttests. Ginge das?«, sage ich überartikuliert und verziehe vor lauter konzentriertem Hinhören wie schmerzverzerrt mein Gesicht.

»Ja, kommen Sie einfach vorbei, ein bisschen könnten Sie warten müssen.«

»Wie bitte?«

Die Tür isoliert Schall hervorragend. Ihr Dialekt auch.

»Ein bisschen könnte es dauern, bis Sie drankommen«, ruft sie nun lauter und deutlicher. Was ihre Versetzung von Putzfrau zur Assistentin der Putzfrau aber nicht mehr verhindern kann.

»Gut, das macht nichts, danke.« Ich will mich gerade umdrehen, da fällt mir noch ein: »Ähem, noch eine Frage. Wieso schaffen es so Leute wie Sie einfach nicht, ihrem überzogenen Dialekt zu entkommen? Wenn Sie ihr Kaff verlassen, könnten Sie doch mal probieren, nicht zu klingen wie ein Hinterwäldler! Sie hatten doch da, wo Sie herkommen, auch Fernsehen, oder? Und in der Glotze wurde hochdeutsch geredet. Und im Radio. Also müssten Sie's doch eigentlich können. Woher rührt denn Ihre Unfähigkeit? Sind Sie blöd?«

Und auch wenn ich diesen Satz nicht besonders laut und nicht besonders aggressiv (nicht mal unterschwellig) von mir gebe, fühle ich, dass das der Punkt ist, an dem alles endgültig aus dem Ruder läuft. Der Moment, indem ich auseinanderzufallen beginne.

Sie fragt etwas zögerlich nach: »Wie bitte?«

Und ich schaue durch die Scheibe, ihr in die Augen, dann auf meine Schuhe und sage, während ich mit einer Hand abwinke: »Ach nichts.« Dann leiser. »Danke.« Dann noch leiser: »Wiedersehn.«

Gerade habe ich mich umgedreht, wische mit der Hand über die Schultern. Auf Verdacht etwaige Fussel, Haare, Schuppen beseitigen. Ich höre, wie die Tür entriegelt wird. Dann schwingt sie auf. »Um was geht's denn genau?«, fragt die Assistentin der

Putzfrau und steht breitbeinig da. Mit der linken Hand hält sie die Tür auf. Sie ist eins einundfünfzig und ein Powerpaket. Eine Zwergen-Energie-Rakete. Um die Ende vierzig. Als ich mich umdrehe, fällt mein Blick zuerst auf ihre behaarten Unterarme, die ihr weißes Poloshirt freilegt. Dann auf ihren faltigen Hals. Sie mustert mich auf eine spröde Art. Ich sehe sie an, kurzzeitig irritiert.

Dann stammle ich: »Blutabnahme, es geht um, ... ich bräuchte Blut abgenommen bekommen.« Ich bräuchte Blut abgenommen bekommen? Was ist das denn?

Ein Flashback ereilt mich und ich erinnere mich an einen Typen, der in einem Fachgeschäft für Koffer und Taschen vor mir stand, auf die Verkäuferin zuging und stumpf sagte: »Koffer!« Sonst nichts. Einfach nur »Koffer!«. Ich fand das irgendwie effektiv. Primitiv, ungebildet, ungehobelt, abstoßend, aber effektiv. Die Verkäuferin musste sich dann ranfragen und eruieren, was genau er denn suchte. Und? Ging auch. Er bekam seinen Koffer.

Also sage ich noch mal zu der gnomenhaften vollbehaarten schwäbischen Krankenschwesterkatastrophe mit fest zusammengebundenem Haarknoten: »Blutabnahme«, und damit ich nicht noch mal diesen beschissenen Weg auf mich nehmen muss, füge ich hinzu: »Ähm, Verdacht auf Leukämie!« Dabei schaue ich, als würde ich verfolgt. Dann atme ich heftig aus.

Ich bemerke, wie sie zusammenzuckt. Sie sieht sofort weg, als sich unsere Blicke treffen, und wird aktionistisch.

»Kommen Sie rein, dann machen wir das ausnahmsweise noch schnell.« Ich muss mich richtig anstrengen, um mit ihr Schritt zu halten und bin erstaunt, dass man mit so kurzen Beinchen derart schnell laufen kann. Krampfadern zeichnen sich auf ihren festen Waden ab. Deshalb wohl auch die unvorteilhaft kurze Hose. Nein, wahrscheinlich eher wegen des Wabbelarschs.

Ich dackle ihr hinterher, sie sagt noch mal, nach vorne gerichtet: »Das machen wir jetzt noch schnell.« Ich antworte: »Das ist wirklich sehr sehr nett, danke.« Wortlos streckt sie mir ihre Hand entgegen, als sie auf der anderen Seite des Empfangsschalters angekommen ist. Ich gebe ihr meine Überweisung oder was das ist und den anderen Zettel. Sie deutet mir, mich in Bewegung zu setzen, und zeigt auf eine Tür am Ende des Korridors. Jetzt gehe ich vor, drehe mich fragend um, bevor ich das fensterlose Zimmer betrete. Sie nickt. Besonders gesprächig ist sie nicht. Das freut mich ungemein. Warum nur ähnelt ihr Verhalten so gnadenlos dem der Sprechstundenhilfe bei Dr. Wagenhorst?

Weshalb funktionieren bestimmte Berufsbilder nach den immer gleichen Typologien? Warum nur sind alle Hausmeister schlechtgelaunte Unsympathen? Wieso sind alle Tennislehrer schmierige Aufreißer? Weshalb riecht jeder Handwerker derart stark nach Schweiß, Bier, Rauch und Mann, dass man den Geruch drei Tage nicht aus der Wohnung kriegt? Fahrlehrer, Trambahnlenker, Friseure, die grauen Sargabholer von Bestattungsunternehmen, Sicherheitsangestellte in kugelsicheren Geldtransportern und natürlich die Trottel hinter der Kasse im Getränkemarkt. Immer die gleichen Schemen.

Die Schwester bugsiert mich auf einen der drei Stühle. Mir fällt auf, wie stickig es hier drinnen ist. Die Hitze staut sich. Wie alt die Luft wohl sein mag?

Als sie mit der Schlaufe zum Abbinden erst auf den einen, dann auf den anderen Arm zeigt, halte ich ihr meinen rechten hin. Dann kann ich wenigstens noch schreiben, wenn sie mir meine Vene ruiniert. Meine Adern treten schnell sehr deutlich hervor. Ich lehne mich zurück. Versuche mich zu entspannen. Piecks. Fasziniert sehe ich zu, wie mein dunkles, fast schwarzes Blut in die drei großen Plastikröhrchen fließt. Wie war das? Sauerstoffreiches Blut ist hell, sauerstoffarmes dunkel? Oder andersrum? Man hat es mal gehört, man hat es mal gelesen.

Ich schaue sie an, wie sie routiniert die Fläschchen auswechselt und in die Kanüle steckt. Sie hat diesen bestimmten Gesichtsausdruck, als versuche sie, an etwas anderes zu denken.

Wie etwa das nahende Wochenende oder an etwas Zweideutiges. Mit ihren leuchtend grauen Augen sieht sie aus wie einer dieser Todesengel. Die in Pflegeheimen alte Menschen aus Mitgefühl ins Jenseits spritzen. Sie erlösen. Und ihr testamentarisch zufälligerweise noch kurz zuvor eingetragener Erbanteil stellt dabei nicht weniger als die gerechte Entlohnung für ihre Barmherzigkeit dar. Was ich nie kapiere. Die Zusammenhänge sind immer so offensichtlich, dass niemand ernsthaft annehmen kann, eine Untersuchungskommission würde das nicht aufdecken. Eigentlich ist vor allem dieses naiv-kurzsichtige Wunschdenken, man würde mit Mord davonkommen, das Verwerfliche an der Sache. Die Tat selbst? Bei 107 Milliarden Menschen, die bislang auf der Erde gelebt haben, ist ein Mord mehr oder weniger keiner Erwähnung wert. Zumindest wenn man nicht selbst betroffen ist.

Sie hebt ihren Kopf und fragt desinteressiert »Geht's?«.

›Ja klar, konzentrier dich mal lieber und wackel nicht mit der Nadel.‹ »Ja danke.« Wir können einander nicht leiden. Ich bemerke, dass sie mich unsympathisch findet. Somit kann ich ihr zumindest schon mal intakte Menschenkenntnis und gesunde Intuition bescheinigen. Ich erkenne dennoch ein schwaches Fünkchen Bemühen um Anteilnahme für mich, den potenziellen Todeskandidaten.

Ich beobachte sie weiter, während das dritte Röhrchen vollläuft, und gelange zu der Vermutung, dass Krankenschwestern, genau wie Kindergärtnerinnen, Altenpflegerinnen und Apothekerinnen, alle so was Säuisches, Libidinöses haben. Denen graust vor nichts. Darf's auch nicht, in den Jobs. Schön, dass es Menschen gibt, die diese unangenehme Arbeit machen. Womöglich noch aus Berufung und mit Hingabe. Bettpfannen ausleeren, Genitalbereiche mit dem Waschlappen säubern, im Rudel auftretende Kinder betreuen, ausschließlicher Umgang mit Kranken. Für diese lachhafte Kohle. Sie ist fertig, zieht die Nadel raus, presst ein kleines Pflaster auf die Wunde und gibt mir zu verstehen, mit meinem Finger zu übernehmen. »Ein paar Minuten weiter draufdrücken. Sonst gibt's einen Bluterguss«, sagt sie und wendet sich ab. Abfällig genug, um mir zu zeigen, dass sie das hier nicht machen müsste. Ich nicke mit dem Kopf und mache dankbar »Hmm«, um meinem Wissen um ihren Gefallen Ausdruck zu verleihen. Ich frage mich, warum man so oft eine Bückhaltung einnehmen muss. Warum es sie so geil macht, mir diese lächerliche Demutshaltung abzunötigen. Glaubt sie wirklich, die ist echt und nicht nur gespielt? Wahrscheinlich ist sie so doof. Ich möchte ihr fast ›Dann hätteste halt die Tür nicht aufgemacht und wärst nach Hause gegangen, du Schlampe. Mein Gott. Da siehste doch eh nur fern oder nervst deinen Mann mit deinen Geschichten, wie dein Tag war‹ ins Gesicht spucken.

»Am Montag liegt das Ergebnis vor, Herr ...«, Blick auf den Zettel, »Herr Weidner. Wir werten das jetzt gleich aus. Hier haben Sie ein Kärtchen. Rufen Sie dann bitte einfach an«, sagt sie und senkt wie drohend die Stimme. Soll wohl heißen, jetzt-ist-aber-auch-gut.

Sie zieht eine persönliche Anrede in Betracht, ohne sich zu Beginn des Satzes des Namens der Person sicher zu sein.

Ich schenke ihr ein großes Kinderlächeln. »Danke.« Einstecken der Karte. »Nochmals vielen Dank für Ihr Entgegenkommen. Wiedersehn.«

Sie liest schon in irgendeinem großformatigen Heft, Terminplan, Dienstplan, und tut versunken. Sie streicht sich irgendwelche Haare aus der Stirn, macht diese Handbewegung um ihrer selbst willen, und schaut mich demonstrativ nicht mehr an. Nur für den Fall, dass ich nicht mitbekommen habe, welche Mühen sie für mich gerade auf sich genommen hat.

Die Sonne steht schon tief und ihr Licht strömt durch den Wipfel eines Laubbaums, wird von den Blättern sanft gebrochen und scheint mir angenehm ins Gesicht. Es ist ein Laubbaum. Eine genauere floristische Definition habe ich nicht am Start. Birke,

Erle, Buche, Esche? Die Tendenz einer Idee? Ach, woher.

Drei Tage auf das Ergebnis des Bluttests warten. Sehr unangenehm. Solche Dinge passieren immer an einem Freitag. Immer übers Wochenende. Ich wische die Überlegung beiseite, vergleiche sie mit der widerlegten ›Sich-an-der-Supermarkt-Kasse-immer-bei-der-langsamsten-Schlange-anstellen‹-Theorie.

Geldbeutel, Schlüssel, Handy – alles da.

(Nichts bereitet dich auf *so was* vor.)

»Also dann«, flüstere ich, als würde mich jemand antreiben. Ich setze mich wieder in Bewegung. Richtung Südsüdwest. Dabei werfe ich einen prüfenden Blick auf meine linke Ferse, ob meine Jeans nicht versehentlich in den Schuh gerutscht ist. Zwischen Socken und Schaftkante. Das sieht unmöglich aus. Und tatsächlich. Sie steckt drin. Ich zupfe routiniert an der Hose und behebe das Problem. Rechts ist aber alles okay.

Durch meinen Kopf geht kurz ein bisschen was von einfach allem. Ein Teil von mir will dies, ein anderer will das. Aber ich weiß, mehr als alles andere, ich mache nichts von all dem. Und diese Erkenntnis bringt in meine unbestimmten Gedanken eine widerspruchslose Klarheit: Ich werde nicht aus meiner Rolle fallen. Weil es was anderes gar nicht gibt. Weil ich was anderes gar nicht kann.

Wieder zu Hause. Kein Stau auf dem Rückweg. Wäre beinahe erneut jemandem hinten reingefahren, der ein gelbes Dreifußstativ mit aufgeschraubtem Vermessungsgerät für eine Radarkontrolle gehalten hat und erschrocken in die Eisen stieg. Feigling.

Ich tippe »Leukämie« bei Google ein. Schon das Wort!

Als ich das tue, was ich mit tausend Begriffen zig Male zuvor gemacht habe (»Relativitätstheorie«, »Nietzsche«, »Kant«, »Hegel«, »Titten«), stelle ich mir vor, wie unzählige Menschen vor mir schon denselben Begriff aufgerufen haben. Auf der ganzen Welt. Nicht nur diesen, sondern diverse andere Krankheiten und Probleme. Und der Gedanke geht mir durch den Kopf und verweilt für einen kurzen Augenblick: Dass man auf einmal nicht mehr einfach nur ein Wort in die Suchmaschine eingibt, sondern ein Schicksal.

Über eine Million Suchergebnisse. Ich klicke mich weiter zu ›netdoktor.de‹. Dort steht unter Symptome: Leistungsminderung, Fieber, Müdigkeit und, da haben wir's: Lymphknotenschwellung und Leber- und Milzvergrößerung. Unbehandelt führt Leukämie meist innerhalb weniger Wochen bis Monate zum Tod. Das war's. Passt, sitzt, Sargdeckel drauf. Jetzt *bin* ich pathetisch.

Szenenwechsel. Zwei Stunden später. Ich sitze mit Lea beim Abendessen und lausche, wie sie mit verstellter Stimme versucht, mir die Lächerlichkeit von irgendwem zu veranschaulichen.

»Ja und dann sagt sie zu mir: *Ich hab's doch gewusst ... bababapapaba. Da ist das letzte Wort noch nicht gesprochen!*«

Das »bababapapaba« im Nachäffton soll, glaube ich, die karikierte Frau besonders verächtlich darstellen. Ich überlege mir währenddessen (ich lächle Lea milde an), warum nur intelligente Menschen Zitate in den Konjunktiv der indirekten Rede verpacken können und alle anderen auf schlechte Imitationen zurückgreifen. Aber gleich darauf geht mir auf, dass die cleveren Menschen im Gegenzug wahrscheinlich nicht so gut blasen wie, zum Beispiel, Lea. Trotzdem wäre mir der Konjunktiv gerade um einiges lieber. Immer das, was man gerade nicht hat ...

»... das hat sie gesagt. Ich meine, das musst du dir mal vorstellen!«, schwallt sie entrüstet und schaut mich verheißungsvoll an. Mit angemessenem Gesichtsausdruck stelle ich es mir mal vor. Froh darüber, dass sie nicht ›Das musst du dir mal *reintun*‹ gesagt hat, oder ›Das musst du dir mal *geben*‹.

Irgendwie fühle ich mich von diesem Gefasel heute besonders gedemütigt.

Lea hat bislang das Kunststück geschafft, nicht einen Satz zu sagen, der mich auch nur ein klein wenig interessierte. Ich würde gerne mal etwas von einer Frau mitgeteilt bekommen, das mich überrascht. Irgendwas, das ich noch nicht tausendmal gehört habe.

Der Kellner undefinierbarer Nationalität (trübe Augen) räumt den Hauptgang ab, zwinkert mir zu und fragt: »Geschmeckt's«?

Da er das schon nach der Vorspeise wissen wollte, antworte ich diesmal stolz: »Absolut geschmeckt's«.

Ich schlage die Beine übereinander, sobald er gegangen ist.

Kurz stelle ich mir die Frage, was wohl in einem Monat mit mir los sein wird. Aber weil ich noch nie wusste, was *jetzt gerade* mit mir los ist, hebe ich unschlüssig meine Schultern.

Ich winke einen pakistanischen Zeitungsverkäufer weg, der mir eine druckfrische AZ und eine SZ hinhält. Tolle Masche: Er lächelt mich an, als wäre ich sein bester Freund. Da irrt er sich. Er trägt ein Ziegenbärtchen und eine schmutzige orangefarbene Jacke mit den beiden Zeitungsschriftzügen auf Brust und Oberarm. Wie kommt der denn hier rein? Ist doch keine Pilskneipe. Kommt jetzt noch ein Rosenverkäufer? Ich überfliege eine Nebenschlagzeile: »Piraterie auf Weltmeeren nimmt zu.« Faszinierend, denke ich mir erst. Und dann, das wäre doch was für mich.

Nicht mehr als ein Versuch, mich abzulenken.

Die Tische in diesem Lokal stehen etwas zu nah aneinander. Ein Kellner serviert jemandem zwei Teller mit etwas Nudeligem darauf, er trägt eine teakholzfarbene Pfeffermühle *unter seine Achsel geklemmt*. Eine Frau mit anstrengendem Gesicht und taillierter Jacke puhlt von der Kürbiskernsemmel in ihrem Brotkorb jeden Kürbiskern einzeln ab und führt ihn zum Mund. Ich lächle schaudernd. Zu gern wüsste ich, warum ich Lea antworte: »Das kenn ich. Eine positive und eine negative Nachricht – und die negative ist ausschlaggebend dafür, wie man sich den Tag über fühlt. Komisch, findest du nicht?«

Ich bin ja so schlau. Philosophie für Anfänger.

Jaja, Niederlagen schmerzen mehr, als Gewinne Glück bereiten. Aber irgendwie komisch ist das tatsächlich ...

Wenig später frage ich: »Apropos. Wie geht's ihr denn überhaupt?« Wem auch immer.

Ich bin ja so höflich. Plattitüden für Fortgeschrittene.

Du bist immer nur so gut wie dein Gegner.

Die Stimme unseres Obers am Nebentisch: »Darf ich schon?« Die Kürbiskernpuhlerin knüllt ein Papiertuch zusammen und schiebt es sich in den Ärmel. Daneben, eine Prolette (glänzendes Kinn, gespannte Haut) im Schlepptau eines Nobelzuhälters (Politik oder Consulting) fächert sich mit einer geknickten Serviette Luft zu. Die Wirkung dürfte zu vernachlässigen sein. Vielmehr spielt sie wohl gerade im Film ihres Lebens eine Szene durch. Szene 159, dritte Einstellung, Take 31, Klappe, und bitte. Wedel, wedel. Ein einziges Schauspiel. Und wer beobachtet sie dabei von Anfang bis Ende? Natürlich ich. Eine ewige Analyse. Ein Drang, der nie vergeht. Notizen, Ideen, Details. Sicherstellen, nur zuzusehen. Nicht teilhaben. Sein Leben vergeuden. Ich kann mich nicht aushalten. Ein Härchen kitzelt an meinem rechten Nasenloch. Mit der Außenseite meines Zeigefingers stupse ich mir mehrmals an meine Nüster. Diese Bewegung führe ich betont ausladend aus, damit man es bloß nicht für Nasepopeln hält. *Ein einziges Schauspiel.* Lea unterstreicht zahlreiche Worte und Sätze mit kurzen Berührungen meines Knies oder einer liebevollen Umkapselung meiner Hand mit ihrer. Mir gelingt gerade noch, es nicht als persönliche Beleidigung aufzufassen. Ich höre eine Stimme »Die Dessertkarte?« fragen. Dann höre ich mich: »Bitte«, »danke.« So einfach ist das.

Die Welt existiert nur, weil ich sie wahrnehme. Wäre ich nicht da, gäbe es sie nicht.

Bleich und um Haltung bemüht sehe ich Lea an. Vielleicht bemühe ich mich etwas zu sehr. Ich seufze, lockere meinen Nacken. Die Stühle hier sind bequem. Ein Typ rechts von mir, schnabelartiger Kopf, in ein Gespräch vertieft, sein Lächeln scheint *nicht* aufgesetzt. Lea sieht plötzlich anders aus. Merkwürdig. Ihre blauen Ohrringe sind weg. Da. Sie liegen auf dem Tisch. Neben ihrem halb vollen Glas. Halb leer. Ich werde nicht fragen.

Ein Gedanke, den ich schon länger in Umlauf habe. In mir. Wir lernen, was Blau ist. Und was Rot ist. Aber ist mein Blau vielleicht Leas Rot? Und mein Gelb ist eigentlich ihr Grün? Und nur die Begriffszuordnung ist identisch, nicht aber der Inhalt, der tatsächliche Farbton? Eine These. Bestimmt längst von anderen formuliert? Ich habe sie eben erst für mich entdeckt. Nur eine weitere Nahbetrachtung. Das führt wozu? Das große Ganze aus den Augen zu verlieren. Lea fragt mich was. Ich schüttle den Kopf, obwohl ich es weiß. Schaue eine Lampe an, die sich in Leas Glas spiegelt. Gerade so hörbar, sagt jemand: »Was sie nicht sagen.« Ein Kellner fragt irgendwo im Raum: »Zweimal? Sehr gerne.« *In mir*: Eine Zwei. Eine 2 sieht einem Z ähnlich, eine 3 ist ein umgedrehtes E, eine 1 könnte ein I sein, 0 gleich O, klar, und nach diesem System versuche ich die Zahlen in Buchstaben zu übersetzen. 0, 1, 2, 3 = O, I, Z, E. Ich könnte eine neue Sprache erfinden. Esperanto Version 2. Ist noch nicht spruchreif. Im Entwicklungsstadium. Ich werde sterben. Ich vereinbare erneut einvernehmliches Stillschweigen mit mir. Diskretion. Wo waren wir? Eine Zwei. ›Go to number two‹ bedeutet im Englischen ›Zum Kacken gehen‹. Elegant gelöst. Eine Zwei. Die zweite binomische Formel lautet, vergiss es. Sterben. So oder so. Ich kneife mich in den Nasenrücken. Die Kürbiskernpuhlerin hustet sich in die Hand. Mit der angehusteten Hand puhlt sie weiter an der dunklen Semmel. Jemand schnipst mit dem Finger nach der Bedienung.

Ich wette mit mir selbst um eine ziemlich hohe Summe, welches Thema Lea gleich anschneiden wird. Ich gewinne.

Wie vom Blitz getroffen zucke ich zusammen und erstarre

augenblicklich, als ich einige Meter hinter Lea ein Pärchen das Lokal verlassen sehe. Er hat seinen Arm um sie gelegt. Die beiden wirken fortgeschritten vertraut. Ich kann es zuerst nicht glauben, versuche mir kurz einzureden – schockiert –, dass das nicht sein kann. Aber es ist Bettina. Umarmt von einem etwas übergewichtigen, großen, braunhaarigen Typen, schätzungsweise Ende dreißig, in einem grünen Bill-Cosby-Pullover unter seinem Sakko. Ich fasse es nicht. Ich habe sie noch nie *zufällig* irgendwo getroffen. Und jetzt gleich so was. Intuitiv ducke ich mich, was Blödsinn ist, ich ziehe meinen Kopf leicht ein, damit sie mich nicht bemerken, was auch Blödsinn ist, aber sie bemerken mich nicht. Nach einer Schrecksekunde (eher fünf) sehe ich Lea an und tue, als wäre ich vertieft in das, was sie sagt, obwohl Bettina und diese Pissfresse schon an der Tür sind und das Restaurant verlassen. Fieberhaft überlege ich, ob mich die beiden vielleicht vorhin erspäht haben, wo sie wohl gesessen haben mögen und warum ich sie nicht schon früher wahrgenommen habe. So groß ist das Restaurant auch wieder nicht. Währenddessen antworte ich Lea geistesabwesend auf sonst was. »Kann durchaus sein, mmh.« Ich bin entrüstet, dass Bettina – meine Bettina! – mit diesem Schleimscheißer hierherkommt, wo wir doch früher ziemlich oft zusammen hier zum Essen waren, und verharre in der wenig differenzierten Betrachtungsweise, dass heute aber auch wirklich alles zusammenkommt. Ich kann nicht anders und verfluche mich dafür, dass ich empört bin. Hauptsächlich über Bettina. Was fällt ihr ein. Skandal.

Dass ich auch nicht unbedingt allein hier bin, gilt natürlich nicht. Das ist etwas ganz anderes! Soviel steht schon mal fest.

Ich stottere ein »Klar, wenn du glaubst, dass das das Richtige ist« Richtung Lea, besondere Betonung auf »das Richtige«, und bete, dass meine Züge meine Angestrengtheit nicht verraten, ehe ich bemerke, dass ich all die Stimmen im Raum nicht mehr voneinander unterscheiden kann, einschließlich Leas. Und dann sehe ich tief in mir, dass sich mein Bild von Bettina mit einem Mal schlagartig ändert und sich ihre Wertigkeit in meinem Ansehen erhöht, empfinde das selbst als ziemlich billig von mir, zu offensichtlich billig, sogar für mich, muss kurz an Blutkrebs denken – bekomme eine Ahnung von Freiheit – und habe heute zum wiederholten Mal das intensive Gefühl, dass mir gerade alles entgleitet.

Lea erzählt das sinnloseste Zeug, das ich je gehört habe. Aus meinem kurzzeitig wiedergefundenen Automatenlächeln wird rasch ein sorgenvoller Ausdruck. Und als ich sie, im Zuge eines schweren Ausatmers, total apathisch frage: »Was ... wovon ... was ... was redest du da?«, und sie mich verständnislos lieb anlächelt, schüttele ich den Kopf, was sie auch nicht weiter zu erniedrigen scheint. Was mir endgültig bestätigt, dass ich mit ihr machen kann, was ich will. Und dann wird mir klar, dass ich das auch machen werde.

Eine Minute später bestelle ich für sie noch einen Wein, rot ... und dann noch einen – was? ... sei's drum, dann noch einen Whiskey Cola und dann die Rechnung.

Tatsächlich hält Lea einen sicheren Platz in den Top 3 der attraktivsten Frauen, mit denen ich jemals geschlafen habe. Gerade eben zum elften Mal. Insgesamt. Laut Liste.

Draußen zieht ein Sturm auf. Wir sind bei ihr. Sie liegt neben mir und blickt entspannt in die Luft, während sie mir von ihrem gestrigen Traum erzählt. Ich liege seitlich, mit meinem Arm auf dem Kopfkissen abgestützt, und sehe sie an. Mustere sie von oben bis unten. Überhaupt habe ich gerade das Gefühl, als wären meine Sinne besonders geschärft.

Lea ist die einzige Frau, die aus dem Einerlei der bislang konsumierten Annoncieusen heraussticht. Unsere zehnte Verabredung. Das ist viel. Im Durchschnitt beende ich das Elend spätestens nach dem vierten Date bzw. nach dem dritten Fick. Je nachdem.

Sie fühlt sich gut. Irgendwie geborgen, wenn sie so wie jetzt neben Peter liegt. Seit sie ihn kennt, hat sie das Gefühl, sie könnte endlich wieder jemandem richtig vertrauen. Er ist aufmerksam, galant, hört ihr zu. Vom ersten Augenblick an – und Lea ist überzeugt, der erste Eindruck ist das Einzige, was zählt – fühlte sie sich entspannt in seiner Gegenwart. Das muss der Grund dafür sein, dass sie ihm schon so früh so viel von sich erzählte. Dinge aus ihrem Leben, die ihr wirklich wichtig sind. Die sie nicht jedem und vor allem nicht so früh offenbart. So manches, das sie nicht mal ihren engsten Freundinnen anvertraut hatte. Und wenn sie sich fragt, warum das so ist, kommt sie zu dem Ergebnis, dass man bei ihm keine Schutzwand aufzubauen braucht.

Lea rückt ihr Kissen zurecht, das sie doppelt umgeschlagen hat. Ihren Arm angewinkelt hinter ihren Kopf gelegt.

Sie erzählte ihm von ihrem Vater, der die Familie wie ein Despot tyrannisierte. Sie erzählte von ihren Selbstvorwürfen, weil sie sich verantwortlich für ihre kranke Mutter und drei Brüder fühlte und nicht verhindern konnte, dass die Familie nach dem Tod der Mutter letztlich auseinanderbrach. Er hörte aufmerksam zu, als sie erzählte, wie ihr jüngster Bruder schließlich psychisch an ihrem Vater zerbrach. Den Geschichten über Psychopharmaka und die Alkoholsucht ihres anderen Bruders. Er war nicht schockiert von einigen Geschichten über ihre früheren Beziehungen zu Männern, die alle irgendwie tragisch endeten. Männer, die sie vernachlässigten, ihr nie die Liebe gaben, die sie für sie empfand. Sie war erleichtert. Es fühlte sich richtig an, sich ihm zu öffnen.

Und ihren Wunsch nach echter Liebe schien noch nie jemand so gut verstanden zu haben wie er.

Lea zündet sich noch eine Zigarette an.

Auch wenn Peter wenig über sich erzählt, kann sie sich ein paar Dinge über ihn schon zusammenreimen. Er macht sich immer über sich selbst lustig, redet sich schlecht, wenn sie ihn nach seiner Arbeit fragt. Das fand sie erst etwas befremdlich, aber jetzt findet sie es amüsant, wenn er mit kurzen, trockenen Kommentaren antwortet und dann wieder sie erzählen lässt. Vielleicht ist er einfach bescheiden, überlegt sie.

Wenn er sie so wie gerade eben ansieht, weiß sie, er versteht sie und akzeptiert sie, wie sie ist.

Er wusste sogar schon beim zweiten Date ihre Handynummer auswendig, konnte sich an die Namen ihrer drei Brüder erinnern. Und an die ihrer Kollegen und Freundinnen, von denen sie erzählt hatte.

Sie dreht die Lautstärke ihrer Lieblings-CD etwas runter. Macht das Fenster auf. Der hereinströmende Wind tut gut. Sie entschuldigt sich und verlässt das Zimmer. Geht ins Bad. Öffnet den verspiegelten Schrank über dem Waschbecken. Nimmt eine kleine Dose heraus, lässt zwei kleine weiße Tabletten in ihre Handfläche und dann in ihren Mund gleiten, beugt sich unter den aufgedrehten Wasserhahn und schluckt sie mit zurückgeworfenem Kopf schnell runter. Dann stellt sie die Dose wieder in den Schrank, sieht in den Spiegel, richtet ihre Haare, saugt die Wangen nach innen, greift noch mal in ihre Haare, geht zurück ins Schlafzimmer und legt sich zu Peter aufs Bett. Sie ist in anschmiegsamer Stimmung, legt ihren Arm um seinen Hals und tätschelt abwechselnd seinen Nacken und seine Schulter.

Sie kann erkennen, wie er wirklich ist.

Es gefiel ihr, als er mal kurz über seine Jugend geredet hat. Es war ganz anders als bei ihr. So viel schöner, unbeschwerter. Er erzählte von seiner Kindheit, beschrieb sie als nicht zu übertreffen. Dass er sich immer sehr von seinen Eltern geliebt und ernst genommen gefühlt hat. Und wie er das sagte, fand sie richtig schön.

Angesichts der dicken Wolken, die am schwarzen Nachthimmel hängen, macht sich Lea im Kopf eine Notiz, die Polster der Gartenstühle reinzuholen, wenn Peter gegangen ist. Sie findet es schade, dass er nie über Nacht bleibt. Und auch eigenartig.

Ein angenehmer Schleier senkt sich über Lea. In stärker werdenden Schüben. Es löst etwas in ihr aus. Sie begreift etwas. Sie atmet aus, stößt Rauch durch ihre Lippen in die Luft und wedelt dabei halbherzig den Dunst beiseite und sie denkt daran, was sie gestern geträumt hat, und es ist Freitag und es ist spät nachts.

Ich frage mich, ob es Zeit für mich ist, zu gehen. Und dann, wo ich jetzt lieber wäre. Und dann, obwohl ich keine Antwort darauf gefunden habe: warum.

Meine Augen streichen weiter über Leas Körper. Im Hintergrund läuft leise irgendeine seelenlose Chill-out-CD. Ich muss mich konzentrieren, nicht hinzuhören, die Stücke nicht zu analysieren. Keine Musik ist mir immer lieber.

Mein Blick verweilt für einen Moment auf ihrer hübschen, geschwungenen Nase, was sie zu spüren scheint und unvermittelt schmunzelt, ohne mich anzusehen. Lea ist wahnsinnig nett und intellektuell äußerst überschaubar.

Unabhängig von ihrem nahezu galaktischen Attraktivitätsgrad geile ich mich aber hauptsächlich an ihrer geistigen Schlichtheit und meiner Überlegenheit auf. Und ehrlich gesagt ist das das Einzige, das mich noch ausreichend erregen kann, um dranzubleiben. Auch wenn sie es nicht zu bemerken scheint, muss ich mich in unseren Gesprächen ständig selbst maßregeln, nicht herablassend und besserwisserisch zu klingen.

Wenn ich Lea etwas frage, braucht sie ewig lange, um zu antworten. Während dieser Stille versetze ich mich in sie hinein. Sehe in ihren Kopf. Und sehe das anheimelnde Motiv ›nuklearer Winter‹.

Manchmal frage ich dann (mit höflichem Blick): »Bin ich jetzt dran oder du? Sagst du noch was?« Sie lächelt dann. Verlegen oder sinnlich, kann ich nicht sagen.

Ihre Augen wirken immer etwas traurig und sind, wohl deshalb, sehr sexy. Ich wundere mich jedes Mal aufs Neue, weshalb sie eine Anzeige aufgegeben hat – und diese Frage stelle ich mir wahrlich nicht bei jeder. Schön und blöd. Schön blöd. Ein absoluter Traum.

In meiner Datei steht unter Lea nur ihr Alter (32), ihre Aktennummer (36) und ihre Adressdaten und ein paar Namen von Verwandten und Freundinnen. Interessen, Hobbys, sonstiges: nicht vorhanden. Was machen Menschen wie Lea abends allein zu Hause? Fernsehen? Lea geht gern aus. Tanzen. Das war's. Nachtleben als Hobby.

Mir ist schon klar, warum alle Frauen unbedingt einen Partner, Kinder, Gott und Mode brauchen. Die haben sonst nichts. Denen ist langweilig und sie wissen nicht, was sie sonst mit sich anfangen sollen.

Oh Grundgütiger, jetzt zündet sie sich auch noch eine an. Mit einem Feuerzeug, das kaum funktioniert. Und macht einen tiefen Zug. Sie raucht auf eine Weise, wie Kettenraucher es tun. Mit Bewegungsabläufen, die die Zigarette als festes Körperteil integriert haben. Eigentlich bewegt sie sich dabei, als würde sie die Sucht schon selbst nerven. Mich nervt sie auf *jeden Fall.* Frauen, die rauchen, sehen dabei alle aus wie Hafennutten!

Ich mache mir gedanklich eine Notiz, zu Hause nachzusehen, was noch mal der Unterschied zwischen ironisch und zynisch war.

Als ich ihren Körper weiter nach etwas absuche, das sie zusammenfassen oder erklären könnte, denke ich mir, dass sie ein sehr unglückliches Mädchen ist, und rekapituliere den ganzen Psychokram, den sie mir so unerwartet früh schon bei unserem zweiten Date offenbart hatte. Das von ihrem Vater, dem sie und ihre Geschwister nie genügen konnten. Den Männern, denen sie mehr Liebe entgegenbrachte als umgekehrt (wobei ich mich dabei gegen den Gedanken wehrte, dass sie dann ja genau die Richtige für mich wäre – erfolglos) und die sie nur ausgenutzt hatten. Die selbst eingeritzten Muster auf ihrem Unterarm. Die Phobie ihres klapsmühlenerprobten Bruders, der sich vor der

Schwerkraft fürchtet (›Barophobie‹, ich verschluckte mich beinah vor Lachen, als sie das erzählte), ihrem so aufrichtigen Wunsch nach echter Liebe, was sie unablässig betonte, und ihre darauf folgende Befürchtung, mich mit diesen intimen Geständnissen womöglich befremdet zu haben. (Jetzt geht sie ins Bad. Ich starre ihrem Wahnsinnsarsch hinterher.) Und wie sie mir schließlich erleichtert glaubte, als ich ihr versicherte, dass ihre Geheimnisse bei mir gut aufgehoben seien. Was auch absolut stimmt. Weil sie mir scheißegal sind. Und den Umstand, dass sie noch am selben Abend mit mir ins Bett stieg und abging wie eine Wahnsinnige. Was mich hoch erfreute, aber gleichzeitig so im Widerspruch zu dem stand, was sie mir erzählt hatte, dass es mich irritierte. Und an ihrem Verstand zweifeln ließ.

Sie kommt aus dem Bad zurück. Legt sich wieder neben mich. Streichelt meinen Nacken, das bringt bei mir gar nichts, dreht ihren Kopf in meine Richtung. Lea ist groß, schlank und blond. Da ich das selbst bin, stehe ich darauf eigentlich nicht, weil ich nicht unbedingt mein optisches Ebenbild suche. (Wobei diese Feststellung meist theoretisch bleibt und ich mich vielmehr wundere, weshalb ich mir eine solche Einschränkung überhaupt auferlege.)

Ich fühle, wie ich schön langsam für die nächste Runde bereit wäre.

Wir sind mittendrin, als ich nach zehn Minuten an meinem Fuß etwas Feuchtwarmes spüre. Ich fühle genauer hin und orte, dass es sich um meinen linken großen Zeh handelt.

Ganz langsam, während ich Leas Zunge mit meiner umkreise, gleitet mein Blick zu meinem Fuß. Ich kann nicht glauben, was ich sehe, und richte mich unversehens auf, wodurch Lea mit leichter Drehung nach rechts in die Kissen fällt. Ihr jüngerer Bruder Markus (nicht der mit der Schwerkraftphobie) kniet am Fußende des Bettes und saugt an meinem großen Zeh wie an einem Schnuller. Er schaut mich währenddessen mit schuldbewussten und zugleich unverhohlen lustvollen Augen von unten herauf an. Er denkt gar nicht daran aufzuhören. Das Ganze sieht so lächerlich aus, wie ich nackt, mit abnehmender Halblatte, fassungslos erst in seine Richtung und dann zu Lea schaue und dann wieder runter zu Markus. Er hört nicht auf. Mein Zeh ist schon ganz warm und wird von seiner Zunge durchmassiert, an dem er wie ein Baby nuckelt. Nach einigen Sekunden sammle ich mich und versuche souverän zu lachen, aber mir gelingt nur ein kurzer Huster. Das Gefühl, ihn damit zu sehr zu verstören, rührt von seiner grotesken Ernsthaftigkeit her und erstickt erst mal jede mir denkbare Reaktion. Wer weiß, auf welche Ideen er erst noch kommt, wenn er sich gekränkt fühlt. Wir verharren alle drei in unserer jeweiligen Position. Entsetzen, aber keine Verwunderung spricht aus Leas Blick. Sie sieht nur zu. Todernst. Warum schreit sie ihren Bruder nicht an, dass er sich verziehen soll? Ich drehe meinen Kopf von ihr zu ihm und zurück. Ich habe keine Ahnung, was ich tun soll, und schwelge in der vagen Hoffnung, dass sich gleich alles von selbst auflöst.

Jetzt nimmt er auch noch seine Hand und streichelt meinen Fuß zusätzlich ganz zärtlich, kitzelt dabei meine Sohle, wodurch ich mein Bein reflexartig nach oben zurückziehe und ihm beinahe den Kiefer einschlage. Unbeabsichtigt. Der Zeh rutscht aus seinem Mund, wobei seine Lippen ein schmatzendes Geräusch produzieren und zwei Speichelfäden kurz eine Art Hängebrücke bilden. Ich kann meinen Tritt gerade noch genügend bremsen, sodass Markus nicht zu heftig nach hinten geschleudert wird. Er taumelt drei, vier Schritte rückwärts, mit angewinkelten Beinen. Wie ein Kosakentänzer in umgekehrter Richtung. Wie auf einer VHS-Videokassette, die man im Play-Modus langsam zurückspult. Seine Arme rudern durch die Luft, versuchen Gleichgewicht herzustellen. Unbestimmbar starrt er dabei vor sich hin, ehe er sich kurz vor der Wand abrollt. Dort bleibt er wortlos sitzen. Halb in Hocke.

Irgendwas *muss* ich von mir geben – die Stille ist unhaltbar –, und pruste mit kippender Stimme los: »Hey Markus, was war das denn? Hah-haha. Was sollte das denn?«

(Ich ärgere mich über meinen ungewollten Versuch, einen humorvollen Ton anzuschlagen. Es hat so was Defensives.) Nichts. Breites Schweigen. Jeder bleibt für einen weiteren lähmenden Augenblick seinen eigenen Gedanken überlassen. Was in mir schließlich den Eindruck weckt, mich in einem kommunikationsfreien Raum zu befinden. Sie sehen mich stumm an. Lea, jetzt mit blanker Bestürzung, und Markus, leer wie eine Kuh auf der Weide. Er sitzt in der Ecke, bekleidet lediglich mit einer dunkelblauen Unterhose, auf der an mittiger Stelle ein Tigerkopf prangt. Er hat sich noch nicht ganz gefangen.

Ich deute mit dem Kopf auf meinen Zeh: »Komm, war das ein Scherz, oder was? Was sollte das denn?«, bitte ich erneut – etwas schroffer – um eine Erklärung. Großartige Frage. Ich war schon mal souveräner. Und warum halte ich nicht einfach meine Klappe?

Markus springt auf und läuft beleidigt aus dem Zimmer, ziemlich hysterisch, tuckig, tä tä tä. Wird ja immer besser. Er ist ca. eins fünfundneunzig, Mitte zwanzig und hat einen Sportlerkörper mit zahlreichen Tribaltatoos an Oberarm und Rücken und einen Bürstenschnitt. Rein körperlich ein Vollmacho. Ich kenne ihn nur vom kurzen Grüßen, die paar Mal, die ich hier war, und hatte bis jetzt keine Meinung zu ihm. Bis jetzt. Ich hatte geglaubt, wir seien allein im Haus.

Lea sagt immer noch nichts. Sie erwidert nervös meinen Blick. Draußen nehme ich vorbeifahrende Autos und unten in der Küche geschäftiges Trampeln und Geschirrgeklapper wahr. Jetzt höre ich Schritte näher kommen, die Treppe hinauf, dann wird eine Nebentür zu Leas Schlafzimmer laut zugeschlagen. Dann erneut: Ruhe, bis diese kurz darauf von lautem Wimmern durchbrochen wird. Schluchzen, wie von einem kleinen Mädchen. Mit tiefer Männerstimme. Lea springt auf und verlässt den

Raum, flüstert heiser »es tut mir leid, es tut mir leid«, geht ins Nebenzimmer und ist erst mal weg. Ich bleibe noch kurz liegen und kann gerade noch verhindern, mit mir selbst zu reden. (Ich glaube, ich hätte wieder ein kurzes Interview gegeben. »Ja, wissen Sie …« usw.) Ich ziehe meine Unterhose an und setze mich auf den Cordsessel neben der Tür, während ich meine am Boden liegenden Socken zusammenklaube. Ich betrachte meinen noch feuchten großen Zeh. Ein erneuter Lacher durchfährt mich (diesmal keine Verlegenheit), wenn ich daran denke, dass ich Markus unabsichtlich beinahe die Zähne ausgeschlagen hätte.

Wäre das ein Haftpflichtschaden?

Lea kommt zurück, als ich schon fertig angezogen vor dem Fenster stehe, meine Hände in der Jeans vergraben, und rausschaue. Ich sehe direkt auf den Rathausplatz des kleinen Dorfes, auf dem eine Menge los ist. Tiefergelegte VWs, Fords und Opels, breitergedopte, solariumgebräunte Gelfrisuren mit Bierflaschen. Hochgepitchte Stimmen aufgedrehter, von Piercings perforierter Landuschis dringen von dem gut beleuchteten Brunnenrondell zu uns herauf. Es müsste jeden Moment anfangen, heftig zu regnen.

Ich drehe mich zu Lea, die jetzt ein viel zu großes, hellblaues Herrenhemd trägt, als sie besorgt sagt: »Ach, du bist schon angezogen? Magst du nicht noch bleiben?«

»Äh, ich dachte, du würdest wollen, dass ich gehe«, würge ich wenig glaubhaft heraus. (Eigentlich wollte ich sagen: ›Bin schon weg.‹)

Sie schaut mich nur hilflos an und sagt wieder nichts. Das ist mir eindeutig zu viel. Dann lehnt sie sich an mich, atmet seufzerähnlich aus und fühlt sich mir unmissverständlich sehr nah. Was mir extrem unangenehm ist.

Und ohne es näher begründen zu können, vermittelt mir ihr Verhalten, dass sie gerade in mir denjenigen sucht, der sie aus ihren familiären Verstrickungen und dem, was da noch an

Beängstigendem unter der Oberfläche brodelt, rausholt. Ich ziehe vor, diesen Eindruck zu ignorieren.

Vielleicht würde ich ja noch gern bleiben, wenn ich etwas Mitfühlendes an mir hätte. Oder auch nur das geringste Interesse an den Gefühlen anderer.

Mir ist heute aber nicht danach, mit liebgewonnenen Gewohnheiten zu brechen.

Ich lege pflichtgemäß meinen Arm um sie, holzig. Wir sitzen da und ich überlege nur noch, wie ich hier wegkomme. Ich habe andere Probleme. Aus purer Höflichkeit warte ich etwas ab.

Ein Kuss zum Abschied. Wenn die Körper und die Lust schon abgekühlt sind, fällt er jedes Mal schwer. Aber ich will nicht taktlos sein. Ein »Tschüss« mit überbetontem ›ü‹ und abschliessendem Zischlaut nah an Dritte-Zähne-Phonetik, tiefer Blick mit lächelnden Lippen und seitlich geneigter Kopfhaltung, dann doch zügiges Umdrehen, Abgang, Vorhang. In sich zusammensacken. Zündung. Und nach einer Weile verpufft mein Interesse an Lea, welcher Art es auch gewesen sein mochte, so zügig, als hätte es nie bestanden.

Es ist schwül-heiß im Auto, aber mir ist kalt. Ich bin zu dünn. Schalte die Sitzheizung ein. Eine Sitzheizung im Wagen ist wichtiger als eine Stereoanlage.

Und nichts kleidet einen nun mal besser als Schlankheit.

Dicke Regentropfen prasseln auf die Windschutzscheibe. Mein Scheibenwischer hinterlässt bei jeder Bewegung zwei breite Schlieren, von denen eine exakt auf Augenhöhe mein Sichtfeld einschränkt.

Pro Regenfall sterben Milliarden Insekten. Caruso ist hier in Sicherheit. Aber er ist so still heute. Habe noch nichts von ihm gehört. Gestern flog er einen Ganzton tiefer als sonst. Also in Es-Dur. Für mich ein Zeichen der Entkräftung. Er hat sowieso schon lang durchgehalten. Wie lang kann eine Fliege ohne Nahrung auskommen?

Ich hab heute noch gar kein Handyfoto von mir gemacht.

Eine Songidee, die mir vor wenigen Tagen durch den Kopf ging, fällt mir wieder ein. Klingt gut, klingt vertraut, bestimmt nicht von mir. Ungewolltes Plagiat? Aufnahmegerät vergessen. Ich möchte jetzt nicht anhalten, um es zu notieren. Es rollt gerade so schön. Also rufe ich bei mir zu Hause an und singe es auf den Anrufbeantworter.

Ach ja, im Anschluss spreche ich noch drauf:

Nur auf dem Weg bin ich ich selbst. Zwischen dem Ort, den ich verlasse, und dem Ort, den ich ansteuere. Dazwischen. Nur dazwischen. Denn ich freue mich wegzukommen. Und ich fürchte mich anzukommen.

Mir wird schaudern, wenn ich den AB zu Hause gleich abhören werde. Ich finde, ich habe eine schreckliche Sprechstimme.

(Nicht vergessen: Gleich wenn ich heimkomme, großen Zeh waschen.)

8 Samstag

Samstag, Tag 1 danach:

Noch nie habe ich fester geschlafen. Noch nie auf so echte Weise tief wie heute Nacht. Es ist, als würde sich eine Last von mir lösen. Ansatzweise vergleichbar mit dem Gefühl, das ich habe, wenn ich gezwungen bin, ein paar Tage wegen einer Erkältung auszuruhen. Ich weiß, ich kann mir guten Gewissens erlauben, *nichts* zu machen. Außer rumhängen und abwarten. Und gesetzt den Fall, ich *bin* schwer krank, wird sich eine Leichtigkeit einstellen, die alles endgültig von mir abfallen lassen wird. Und dafür, dass auch in schwachen Momenten kein Quäntchen Echtheit aufkommt, wird der Schauspieler in mir sorgen, der bislang noch alles in eine Inszenierung umgewandelt hat.

Heute brauche ich nicht lange, um mich im Spiegel schönzuschauen, da mich ein neues, unbekanntes Element mit mir versöhnlich stimmt. Einige Male verändere ich den Neigungswinkel meiner Kopfhaltung, mit der ich in den Spiegel blicke, um den optimalsten Winkel zu ermitteln. »Dafür, dass der Tod durch meine Blutbahnen rast, sehe ich gar nicht so schlecht aus«, gebe ich mir noch mit auf den Weg, als ich mir die Hände abtrockne und das weiße Handtuch von Strellson, das ich noch nie gesehen habe, sorgfältig aufhänge.

Gleichmütig nehme ich den Tic, den ich gerade entwickle, wahr. Ich zucke mit dem rechten Augenlid. Um das wegzubekommen, muss ich mich ein paar Stunden immer wieder darauf konzentrieren, es zu unterlassen. Das ist anstrengend. Das Zucken sieht behindert aus. Ich zucke bestimmt alle zehn Sekunden.

Während ich noch etwas verwirrt durch die Wohnung

tappe, träge wie ein Klumpen Blei, und sich mir die ernüchternde Vorstellung aufnötigt, dass dies vielleicht die spannendste Phase meines Lebens wird, knurre ich dem klingelnden Telefon ein »Halt dein Maul« entgegen. Dann halte ich kurz inne, weil ich verwundert bin, dass meine Stimme so tief klingt.

Um zu lüften, öffne ich ein Fenster im hinteren Teil der Wohnung und dann im vorderen und staune darüber, woher der Wind sofort weiß, dass er jetzt durchziehen kann. Kurz bevor sie zuknallt, kriege ich die Wohnzimmertür noch zu fassen und schließe sie. Nicht unbedingt leiser, als der Wind das getan hätte.

Als das Wasser auf meinen Kopf prasselt, kommt die Erinnerung an gestern Abend zurück. Bettina mit dem Typen im Restaurant. Bin immer noch etwas empört. Ich habe nicht mal ein Foto von ihr, fällt mir gerade auf. Eigentlich habe ich überhaupt keine Fotos. Fotos sind was Schreckliches. Eingefrorene Vergangenheit, die schon nicht mehr wahr ist.

Nachdem ich geduscht habe, keuche ich ausdruckslos ein »Was ist jetzt?« in den Spiegel, fahre mit den Händen an den Rändern des Waschbeckens entlang und sage wider besseren Wissens »Nichts ist.« Dann trockne ich mich hastig ab.

Mein Handy hängt noch ungefähr zwölf Minuten am Akku. So lange fühle ich mich wie ein Gefangener.

Das ganze Leben, es steht still
Wenn das Handy am Akku hängt
Denn man kann nicht gehn wohin man will
Auch wenn es einen noch so drängt

Wie bescheuert muss man sein, wenn sich einem ein solcher Idiotenkreuzreim aufdrängt?

Aber sie muss raus. Jede auch noch so geistesgestörte Idee *muss raus*.

Dann sage ich zu mir, mit verstellter Stimme: »Des passiert nur jemandem, der ganz viel genial sein tut.« Ich stocke, weiß nicht weiter und flüstere leise hinterher: »Dreh jetzt nicht durch.«

Solange der Ladevorgang eben noch dauert, bearbeite ich die E-Mail einer Bittstellersängerin, die mir ein Demo von sich geschickt hat. Originellerweise »I Believe I Can Fly«. In Originaltonart. Von R.-I'll-Piss-In-Your-Face-Kelly. Wohlgemerkt, sie ist eine Frau.

Sie schreibt etwas von wegen »Musik ist mein Leben«, »singe schon seit frühester Kindheit«, »Leidenschaft«, »Kirchen- und Schulchor« und »Ich möchte mit meinem Gesang Menschen glücklich machen«. Sicheres Zeichen für *absolut talentfrei*. Würde sie schreiben, dass sie eine profilneurotische, rampenlichtgeile, karrieresüchtige Schlampe ist, würde sie zumindest beweisen, die wahre Triebfeder ihres Strebens erkannt zu haben. Wenn sie schon keinen Ton trifft.

Der erste Satz meiner Antwort-E-Mail lautet: »Besten Dank für die Zusendung Deines Demos, welches ich mir soeben mit großem Interesse angehört habe.«

Der letzte Satz meiner Antwort-E-Mail lautet: »Lass es sein.«

»Vollkommen richtig, vollkommen richtig«, pflichte ich meinem Nachbarn, keine fünf Minuten später, kopfnickend bei.

›Nicht mal auf dem Weg von der Wohnung bis zur Tiefgarage bleibe ich verschont! Sogar im Lift bin ich diesem Sprühstuhl an Weisheiten ausgeliefert! Du alter sentimentaler Trottel‹, schreie ich gedanklich und würge ihn dabei, bis Blut aus seinem Mund tropft.

Ich schaue: Dritter Stock.

Er doziert weiter: »Wir konnten vergangenes Jahr ein Zuwachsplus von über 13 Prozent verzeichnen. Wissen Sie, da ist man als Unternehmer schon ein bisschen stolz. Njajah-h, das ist schon, äh, das ist schon ... schön. So ein Erfolg!«

Erfolg, Erfolg! Ich denke mir, wer glaubt erfolgreich zu sein, sucht sich lediglich die falschen Vergleichspersonen. Aber das denke ich nur. Ich gebe mir nicht die Blöße. Es kommt noch besser.

Ich schaue: Zweiter Stock.

»Aber zugleich, und ich sage Ihnen, das ist das A und O ... zugleich lehrt einen das auch Demut. Aufrichtige Demut. Verstehen Sie!«, quakt er vollmundig. Die Schuppen auf seinem Maßanzug gehen in die Hunderte.

»Vollkommen richtig. Ja«, sage ich schleppend. Ein Versuch, dieser gewichtigen Aussage aufrichtigen Respekt angedeihen zu lassen.

›Und wenn du nicht gleich dein Maul hältst, stoße ich dir einen Besenstil in deinen Arsch, bis er dir zum ...‹

»... Mund herauskommt.« Oh, ungewollte Überschneidung. Ich erschrecke. Kucke, als ob nichts wäre.

»Wie bitte?«, fragt Herr Obermaier, mindestens sechzig, überrascht.

»Ääh nichts, Herr Ob...«, fasele ich und werde sogleich wieder unterbrochen, von unbändigem Mitteilungsdrang.

Ich schaue: Erster Stock.

»Allein dieses Jahr haben wir, jetzt passen Sie auf, 680.000 Euro gespendet. An, ich glaube, lassen Sie mich überlegen, an insgesamt, äh, ja, an *fünf* wohltätige Einrichtungen. 680.000! Nein, nein, ich halte es für eine absolute Pflicht für uns Besserverdiener, auch mal an die, ... äh, Minderbe-, äh,« er wollte Minderbemittelten sagen, »an die zu denken, denen es weniger gut geht als uns! Nicht wahr!«

Während er das alles ätzend selbstherrlich absondert – die humanistischen Pfeiler ›Steuerabschreibung‹ und ›Imagepflege‹ bleiben unerwähnt –, halte ich ihm zugute, dass er, wie ich, ein vorbildlicher Nachbar ist: Keine Freunde, kein Lärm, keine Partys. Wäre das nicht der Fall, würde ich mich vielleicht einfach umdrehen und er könnte mit meinem Hinterkopf weiterreden.

Ich schaue: Erdgeschoss.

Wie ein Narr fragt er mich, und zelebriert dabei einen jovialen Gesichtsausdruck: »Und Sie? Spenden Sie denn auch? Ab und zu? Und bedenken auch mal die, die vom Schicksal weniger begünstigt sind als wir?« Er wartet auf meine Antwort.

Gerade kommen wir im untersten Stockwerk an.

Ich schaue: Minus eins.

Dann antworte ich, zügig, mit gleichgültigem Unterton: »Ach wissen Sie, ich handle da nach meinem eigenen Credo: Es ist, wie es ist. Es gibt keine übergeordnete Richtlinie. Alles Zufall. Ob du in Zürich oder in Tansania geboren wirst. Villenviertel oder Sozialbausiedlung. Glück oder Pech.«

Ich schaue: Die Aufzugtür geht auf ...

»Spenden bedeutet, zu glauben, etwas zurechtrücken zu müssen. Das halte ich für anmaßend. Spenden bedeutet, an ein Ideal zu glauben. Und ich glaube nicht ans Glauben.«

... und fast wieder zu.

Ich halte mein Bein in die Lichtschranke, damit das nicht passiert.

Mache einen auf harmlos, sage:

»Wir sehen uns ja spätestens im Oktober zur Wohnungseigentümerversammlung. Sie kommen auch, oder?«

Er reagiert nicht. Der wird mir hier doch nicht kollabieren?

»Na dann. Alles Gute, bis zum nächsten Mal. Tschüss!«

Du Quatschkopf.

Ich schaue:

Er steht baff da, ich verlasse den Aufzug und höre ihn noch heiser »Ja, tschüss« hauchen, bevor der Aufzug erneut zugeht. Und als ich die Tür zur Tiefgarage öffne, höre ich, wie der Lift wieder aufgeht und auch er aussteigt.

Ich schaue, dass ich Land gewinne.

Tastensperre entriegeln. Auf dem Weg zum Wagen. SMS checken. Lea schreibt. Entschuldigt sich für den gestrigen Abend. Ich denke an meinen großen Zeh. Ihre SMS ist orthographisch unterirdisch. Abkürzungen und ein Satzbau, der einen Sonderschulabschluss auf zweitem Bildungsweg vermuten lässt.

Egal. Alles. Sie. Ihr Bruder. Die Lutschattacke. Gestern. Alles.

Sie schreibt irgendwas von »wiedergutmachen«. Kapier ich nicht. Sie will was kochen. Bloß nicht. Gemeinsames Essen, bei ihr, extra für mich, mit Liebe zubereitet. Verursacht bei mir Beklemmungsgefühle. Fühle mich dann nur schäbig, dass man die ganze Mühe auf sich nimmt. Für mich. Und ich weiß sie definitiv nicht zu schätzen.

Ich gehe lieber auswärts essen und behalte die Kontrolle, indem ich immer zahle. Auch wenn ich mit Männern esse. Nicht zuletzt, weil ich dadurch mein Gewissen beruhige, dass mein Gegenüber sich bestimmt mit mir langweilt. Das ist mein logischer Umkehrschluss, da ich *mich* grundsätzlich mit jedem Menschen langweile. Was *ich* mir hingegen *nicht* vergüten lasse. Ich bin großzügig.

Ich beantworte Leas SMS nicht, fahre langsam los. Dabei zappe ich aufmerksam die Kanäle des Autoradios durch. Auf der Suche nach einem Song, der mich berührt, der meinem Leben für dreieinhalb Minuten den Anschein von Sinn verleiht. Ich schalte zwischen allen Sendern hin und her, vor und zurück. Kann Musik nicht einfach nebenbei hören. Sie ist nie nur Berieselung oder Geräuschtapete im Hintergrund. Ich suche immer *den* Titel. Und es muss immer etwas Aktuelles, etwas Neues sein, da ich Lieder, die mir gefallen, förmlich aussauge. Wie ein Vampir. Soundvampirismus. Ich höre sie so oft, bis ich nichts mehr dabei empfinde. Und dann: Weg damit. Und weiter geht's auf der Suche nach neuem Material, mit dem ich das Gleiche machen kann.

Ich finde nichts. Es läuft nur Müll.

Ich gebe zu, dass mir mein Spendenkommentar gegenüber Herrn Obermaier, eben im Aufzug, durch den Kopf geht.

Als hätte ich gerade keine anderen Sorgen.

Aber ich bereue, gesagt zu haben, was ich gesagt habe. Was ist bloß in mich gefahren? Eine der wichtigsten Regeln lautet doch, meine Meinung gegenüber der ausnahmslos gesinnungskonformen, Political-Correctness-verseuchten Sippe da draußen schön für mich zu behalten. Denn ich will keine Nachteile riskieren. Das will ich wirklich nicht.

Ich drücke weiter auf den Sendertasten herum. Setze den Blinker und fädele mich in den Verkehr ein.

Vor einer Kreissparkassenfiliale halte ich an, um Geld abzuheben. Ich knacke mit den Knöcheln meiner linken Hand, indem ich sie gegen meine Wange drücke. Ein Schwenk von Südost nach Nordost. Neben dem Eingang erspähe ich einen dicken Penner mit kariertem Hemd (Neil Young?), der das Obdachlosenmagazin BISS in der Hand hält.

Da ich gerade zufällig zwei Euro passend in der Hosentasche habe, gehe ich schnurstracks auf den verwitterten Stinker zu und sage ziemlich freundlich: »Hallo, bitte ein Exemplar.«

Der Typ zuckt zusammen, als hätte er sich die Hand verbrannt, sieht mich völlig entgeistert an und ich bemerke, dass dies sein einziges Exemplar ist, er es lediglich liest und kein Verkäufer ist.

Ich sehe ihn entschuldigend schelmisch an, verziehe meinen Mund wie ein mieser Clown auf einem miesen Kindergeburtstag und gebe ihm zu verstehen: ›Oh sorry! Verwechslung!‹ Und dann sage ich »Oh! Verzeihung!« und gehe ganz schnell weiter, während er nur den Kopf schüttelt, den ein dichter, glitschiger, grau-schwarzer Haarschopf ziert.

Wie als Zusammenfassung einer jahrelangen, unbewussten Studie frage ich mich, ob ich je einen glatzköpfigen Bettler gesehen habe. Ich stelle fest, dass nein. Shampoo in Kombination mit Wasser scheint der Gesundheit von Haarfollikeln nicht unbedingt zuträglich zu sein.

Es ist ungefähr Viertel vor drei. Oder ein kleines bisschen später. Zehn vor drei. Ja genau. Ich weiß nicht, wie ich die letzten Stunden verbracht habe. Und das ist nicht mal gelogen.

Jetzt befinde ich mich in einer Subway-Filiale. Quer geklebtes, rotes »Neueröffnung«-Schild seit bestimmt zwei Jahren auf der Scheibe. Draußen diesig, drinnen stickig. In dem Moment, in dem ich mich setze, wischt eine Bedienung mit einem versifften feuchten blauen Lappen, der seit garantiert 50 vorangegangenen Wischvorgängen nicht in Laugenwasser ausgespült wurde, über den hohen Tisch, der entlang der Fensterfront verläuft. Ich betrachte das als schlecht kaschierten, persönlichen Affront. Die Platte ist jetzt nass und sicher *noch* keimbehafteter als vorher. Sie sagt, etwas außer Atem, »So-oo, jetzt, gell?«. Ich ringe mir ein Lächeln ab, alle meine Zähne sichtbar.

Was ist der Unterschied zwischen Viren, Bakterien, Bazillen und Keimen? Recherche fällig. Ist notiert.

Bei der Bestellung gerade eben habe ich zu dem Jungen an der Theke, der da auch nie mehr wegkommen wird, gesagt, er soll mir ein Sandwich zusammenstellen. Mir doch egal, welches Brot, welcher Schinken, mein Gott. Ja, Senf, okay, ja, Käse, den da, mmh, tu drauf. Ich sagte nach der dritten Frage: »Entscheide du.« Verwirrung. Überforderung. Hat Führungsqualitäten, der Mann. Wunderbar-danke-ja-Gurke-Salat-okay-gut-Toma…-Für-hier-Danke-Was-macht's-Stimmt-so-Erschieß-dich.

Musik rieselt im Hintergrund. Ein Die-Ärzte-Song wird zu einem 50-Cent-Song.

Ich lote gerade den neuen Panoramablick in meinem Kopf aus. Er ist zwar auf den Abgrund gerichtet, aber nichts versperrt die Sicht.

Als Lea anruft, bin ich einigermaßen sortiert. Ich überlege gerade, warum Friseure montags geschlossen und Banken ausgerechnet donnerstags länger geöffnet haben. Ziemlich fiebrig lege ich mein Sandwich beiseite, wische mir ganz schnell die Hand an einer Serviette ab und schaffe es, nach dem ersten Klingeln abzunehmen. Während meinem echt bescheuert klingenden »Hallo?« und Leas schüchtern intoniertem »Hi« (›Hai-ieh‹) beobachte ich zwei Lesben, die sich überinteressiert die Gratis-Postkarten mit lustigen Sprüchen an dem dunkelgrünen Wandregal ansehen und quengelig kommentieren. Über eine Karte gebeugt, auf der »Lebe jetzt!« steht, sehen sie sich richtig tiefgründig an und nicken mit zusammengepressten Lippen. Es ist ihr Ernst. Sie stecken sich an die zehn Stück in ihre orangenen Plastik-Lesben-Rucksäcke. Ich frage mich, was sie damit wohl machen werden. Auswendig lernen? Ihre Lesbenwohnung tapezieren? Eine der beiden trägt ihre kurzen, schwarzen, gegelten Lesbenhaare streng gescheitelt und hat in ihrem Lesbenleben sicherlich noch nie gelacht. Wohl weil sich das für jemanden, der auf männliche coole Bitchlesbe macht, nicht ziemt. (Begreift sich eine Lesbe als Glückspilz, wenn sie Geheimratsecken und Bartwuchs entwickelt?) Dann überlege ich mir, dass sie von der Postkarte womöglich so bewegt waren, weil sie versehentlich ›Lesbe jetzt!‹ gelesen haben.

Wann wird mir endlich jemand begreiflich machen, warum Frauen, die auf Frauen stehen, so tun, als wären sie Männer. Dann können sie ja gleich auf Männer zurückgreifen. Und warum Männer, die auf Männer stehen, sich weibisch verhalten. Schlüssiger wäre es doch, dann auf ausgesprochen männlich zu machen. Nicht, dass mir das was ausmachen würde, keine große Sache, weiter so. Es ist nur irgendwie so ... unlogisch.

Ich höre etwas. Sprechen. Sie hat längst angefangen zu reden, als mir auffällt, dass ich ja Lea dran habe und das Telefon wie festgeklebt am Ohr halte. Hätte ich fast vergessen.

»Macht doch nichts«, sage ich besänftigend und betrachte die feinen Schlieren auf dem Fenster. Ich kann die Bahnen des Gummiwischers nachvollziehen. Meine Augen schalten von nah auf fern. Draußen rauscht vierspurig der Verkehr.

Lea fährt fort: »Nein wirklich, es tut mir so leid, was da gestern passiert ist, das ...«, ich muss diesen mit jedem Satz zunehmend melodramatischer werdenden Akt unterbrechen.

»Nein, Lea«, sage ich, jetzt unterbricht sie mich, setzt an, dann fahre ich wieder dazwischen, »nein, wirklich nicht, bitte. Bitte!« Ich klinge übergnädig, was ich nicht leiden kann. Gleichzeitig ein

Versuch, grob zu sein. Jetzt werd nicht hysterisch, Lea, sage ich nicht.

Der Typ, der mir das Sandwich gemacht hat, geht vor dem Fenster vorbei, nach Hause. Schichtwechsel. 15 Uhr. (Lea macht blabla.) Ich sehe ihm nach und überlege, ob er jetzt wohl Playstation spielen geht, bis die Sehnenscheiden glühen. Sein T-Shirt fragt mich: *Denkst du ich habe keine Augen hinten?* Ich reagiere darauf mit kurzem Sich-ertappt-Fühlen.

Was für geschmacklose Turnschuhe. Als er seinen Kopf kurz dreht, sehe ich in sein Gesicht. Und ich erkenne etwas völlig Unbegreifliches in seinem Blick. Was ist das? Was? Er wirkt so – ich stocke, greife das Handy nach, bevor es mir runterfällt und starre ihn an –, er wirkt so ... *zufrieden*! Er sieht so eins mit sich aus. Als wäre für ihn alles okay. Wie gibt's das denn? Alles ›okay‹? Mir fährt durch den Kopf, dass dieser jämmerliche, klägliche, würmerfressende Schnarchsack wahrscheinlich nicht das dauernde Gefühl hat, irgendetwas Unbekanntem nachhetzen zu müssen. Sich nicht ständig fühlt, als wäre er auf der Jagd und auf der Flucht gleichzeitig! Dass er sich nicht ununterbrochen die ewig gleichen Fragen stellt, auf die es sowieso keine Antworten gibt. Dass er wahrscheinlich *glücklich* ist. Fuck! Ich sehe ihm nach, bis er um die Ecke gebogen ist.

»Hast du meine SMS erhalten?«, Lea wieder.

»Ja, hab ich. Bitte, du musst ehrlich nichts für mich kochen. Das ist sehr nett, aber das muss wirklich nicht sein.« Mir ist unwohl, weil ich weiß, ich werde das noch fünfmal sagen müssen. Ich kratze mich am Arm.

»Aber ich würde es so gerne machen. Wirklich.« Sie steigert sich rein.

»Nein, bitte ...«, noch eine abgenötigte Beteuerung mehr und ich lege auf. Nein, hör jetzt auf damit, das ist ja nicht auszuhalten. Ich komme mir vor, als spräche ich mit Untertiteln.

Ein überreizt wirkender Bodybuilder mit sich abzeichnendem Doppelkinn stellt sich neben mich und hält ständig seine Sprite-Flasche hoch, um nachzusehen, ob noch was drin ist. Sie ist fast voll.

Und Lea sagt noch mal was von »wiedergutmachen« und eigentlich kann ich mich jetzt nur noch ganz vage daran erinnern, was überhaupt. Ich muss dauernd an den Sandwichbeleger denken und daran, dass er der Gewinner ist, wenn er jetzt mit der U-Bahn zu seiner potthässlichen Freundin fährt, die er liebt, wenn er jetzt in seine versiffte 30-qm-Bude kommt, die ihn nicht stört, und Spaß hat, mit was auch immer er da tut. (Der Gewinner! Und ums Gewinnen geht's doch schließlich. Oder?)

Ich bemerke, dass ich mir seine Welt schon bildlich ausmale, alles vor mir sehe.

»Nein, bitte, wirklich, Lea, kein Problem!«, antworte ich, flüstere ich vielmehr. Leiernd. Immer so zwischenrein. Mein Ohr glüht schon, ich stelle mir die Rotschattierung vor, die es gerade annimmt.

Lea sagt andauernd »schön« als Füllsel.

Dann sage ich längere Zeit nichts, was sie schon sehr bald erkennen lässt, dass mir ihr Gerede echt zum Hals raushängt, und auf ihre Frage »Wollen wir uns heute treffen?« weiß ich mir nicht zu helfen. Bin erschöpft. Also sage ich mir: Warum nicht. Lasse es aber noch nicht raus, da ich es mir selbst noch nicht eingestehe. Bin noch nicht reif dafür.

»Ich weiß nicht.«

»Oh«, sagt sie, echt enttäuscht.

Ach was soll's, denke ich mir. Noch mal. Selbst überrascht.

»Okay. Wo? Wann?« Ich.

»Okay?« Sie.

»Ja. Bei dem Waldstück, wo wir schon mal waren?« Wovon rede ich denn?

»Ja, schön«, sie sagt schon wieder ›schön‹. »Genau. Da war's schön. Wie wär's um halb sechs? Früher schaff ich's leider nicht.

Halb sechs?«, fragt sie hochmotiviert.

»Gut, alles klar. Bis dann.« Schneller kann ich nicht auflegen. ›Alles klar. Bis dann.‹? Was rede ich denn da?

Die nächsten zwei Minuten bin ich klinisch tot, obwohl ich blinzelnd ewig an einem Bissen kaue.

Kurz darauf. Ich bin schon durch die Tür. Mache kehrt. Frage das Mädchen mit den müden Augen hinter der Theke, wie der Typ heißt, den sie gerade abgelöst hat. Sie überlegt, fragt: »Wer?«

Ich glaube, sie tut nur so, als hätte sie nicht verstanden, wen ich meine.

»Na der Junge, der gerade vor dir hier, also, Schicht hatte. Der gerade rausging. Weißt du, wie er heißt?«

Sie überlegt wieder, tumb, sagt dann: »Tom. Wieso?«

»Danke«, zischle ich, so zwischen den Zähnen durch, nachdenklich. Dann verlasse ich den Laden zum zweiten Mal und frage mich, warum ich das gerade eben gemacht habe. Ich bleibe stehen, wische mir mit meinem Handrücken über den Mund und murmele langsam »Tom«. Und plötzlich wünsche ich mir auf solch intensive Weise, an diesem Leukämiedreck zu verrecken, dass ich zu schwitzen beginne. Was mir eine ausreichende Antwort auf meine Frage zu sein scheint.

Ich glaube mir selbst nicht, dass ich hier bin. Die Zeit bis Lea überbrücke ich (und niemand wird jemals davon erfahren) auf der Feuerwache 7. Als ich vor zehn Minuten die Subway-Klitsche verließ, sah ich das große Plakat auf dem Betongebäude gegenüber, »Tag der offenen Tür, Samstag, 4. August«. Also heute. Und da ich gerade alles, nur nicht heim will, stehe ich hier und staune. Wir schlendern gerade durch die große Garage und begutachten den Fuhrpark. Lauter Väter mit ihren Söhnen, gelangweilte Mütter und ich. Ich befinde mich vor der Kühlerhaube des Wagens mit der höchsten ausfahrbaren Leiter.

Wir lassen uns von freundlichen Feuerwehrleuten Ausrüstung und Einsatzbereiche und so erklären. Etwas für echte Männer.

Motoren, Uniformen, Benzingeruch. Harrharr. Und die Jungens (groß wie klein) sind begeistert und stellen Fragen, auf die ich nie kommen würde. Aber das kenn ich schon: Autos, Fußball, Heimwerkerläden, Wir-Gefühl, Männerschweiß, Bier, Stammtisch, Action-Movies, Explosionen, Drachenfliegen, Gibmir-fünf, ferngesteuerte Flugzeuge, Verfolgungsjagden, Technik, ah toll – mir herrlich egal. Ich verstehe es vor allem nicht. Nicht ums Verrecken. Ein Vater (zu kräftige Oberschenkel, lichte Stellen im Haar) fragt den Dienststellenleiter: »Wie viel Hubraum hat denn der?«, und zeigt dabei auf einen der großen Gerätewagen. Ich sehe ihn an und bin aufrichtig angewidert. Habe keinen Schimmer, wie jemanden so was interessieren kann. Ich glaube, ich bin eine heterosexuelle Schwuchtel.

Wir bewundern die Stangen, an denen sich die Feuerwehrleute bei einem Einsatz in die Garagen runterlassen. Ich bewundere eigentlich die anderen, die mit mir hier sind. Ihre Passgenauigkeit. Ihre Fähigkeit, nicht von der Norm abzuweichen. Ich gehöre nicht dazu. Und ich habe auch nicht vor, es jemals zu tun.

»Sieh mal, Tobias. Da! Wenn der Tatütata-Alarm kommt, sausen die fleißigen Feuerwehrleute dadran herunter. Och sieh mal, da, das ist eine Gasmaske.« Ich werde Zeuge, wie gestelzt, künstlich, liebevoll, herrlich vertraut hier Vater zu Sohn spricht.

Junge Väter verändern sich mit Erscheinungsdatum ihres Nachwuchses aufs Wundersamste. Sie werden noch wichtiger als eh schon und reden immer zwei Tacken zu laut, wenn sie mit ihren Kindern spielen, um der Umwelt Hingabe und Stolz zu demonstrieren. Ihren Schritt ins konservative Familienleben gleichen sie durch die Wahl ultra angesagter Kleidung samt hochwertiger Accessoires aus. Rumtollende Väter mit Ray Bans im Haar, 2.000-Euro-Handy in der Hand, Baggy Pants und FlipFlops.

Zum Reinschlagen. Sätze wie: »Von Kindern kann man so viel lernen.«

Ruhig bleiben.

Ein leger uniformierter Mann signalisiert uns mit der Hand, ihm zu folgen. Ich bleibe einen Moment stehen und werfe einen Blick über die Schulter, um mich zu vergewissern, dass auch die hinter mir mittrampeln. Sozial verträgliches Verhalten. Und wie ein Nachtrag zu meinen vorigen Gedanken fällt mir auf einmal 08/15 ein. Ich addiere das grundlos zu 23. Dann noch hoch zwei. Ist gleich 529. Ganz schön viel. Die Redewendung Null-acht-fünfzehn hat, glaube ich, was mit dem Maschinengewehr MG 08/15 zu tun. Und dem routinegemäßen Umgang damit. Hab ich mal gelesen.

Die anwesenden Mütter sehen durch die Bank kacke aus. Gerechte Strafe, denke ich mir. Natürlich weiß ich nicht wofür und breche diesen Gedankengang missmutig ab. Oberbranddirektor Dosner weist uns jetzt in die faszinierenden Geheimnisse der Telefonzentrale ein. Wir tippeln hinterher. Herr Dosner. Er arbeitet schon über 15 Jahre bei der Berufsfeuerwehr, sieht aber aus wie ein Boss-Model. Wenn er älter wird und sich einen Schnauzbart stehen lässt, kann er in Richtung Marlboro-Mann sein Image den Jahren würdevoll anpassen. Sehr edle Optik, unsere Männer bei der Branddirektion. Da fühlt man sich gleich sicherer, auch wenn das nicht logisch ist.

Ist das ein Bild von Stalin, da an der Wand? Ich gehe näher ran. Von hier sieht er aus wie … der Sänger der Killers? Nein. Steht nichts dran. Ein Schwarz-Weiß-Foto, das jene Mode zeigt, die in den Weltkriegsjahren alle getragen haben. Wahrscheinlich ist der Abgebildete eine Legende der Feuerwehrszene. ›Er löschte 32 Brände in einer Nacht. Einhändig.‹ Könnte ich mir vorstellen.

Auf einem Tisch stehen zig Fanta-Flaschen vorbereitet und wir werden aufgefordert, uns doch einfach zu bedienen, wenn wir eine wollen. Ich bin der Einzige, der danke sagt. Alle greifen zu. Ich auch, obwohl ich keine Lust auf die süße Pantsche habe. Jetzt stehen wir da, jeder mit einer Flasche, nuckeln ab und an und es sieht aus wie auf einer Cocktailparty für Obdachlose. Ohne den geringsten Anflug von Durst nehme ich einen großen Schluck, als ich meine Augen zufällig genau in dem Moment auf einen übermütig rumtollenden Neunjährigen gerichtet habe, der gerade ins Schlittern kommt und volle Pulle gegen einen Betonpfeiler in der Mitte des Raumes knallt. Die Säule ist so hart und der Kleine so weich, dass es fast kein Aufprallgeräusch gibt, nur ein leises ... Plopp. Er strauchelt kurz benommen und kippt wie ein nasser Sack zu Boden. Was für ein Anblick! Ich platze lachend heraus, besprühe fast meinen Vordermann mit Fanta und halte mir rasch die freie Hand vor den Mund, muss schlucken, verschlucke mich dabei, huste und fange an zu würgen, um mein Lachen zu unterdrücken. Ich sehe kurzzeitig nichts mehr, weil sich meine Augen mit Wasser füllen. Ziemlich lange ringe ich vergebens nach Luft. Der Vater des Kleinen läuft zu seinem grobmotorischen Sohn, beugt sich fürsorglich über ihn und schaut mich hasserfüllt an, nachdem er feststellt, dass sein Nachwuchs wahrscheinlich überleben wird. Eine geschlossene Welle der Empörung spült über mich hinweg, als alle verständnislos auf mich starren. Ich weiß, dass ich mich wie ein Idiot benehme. Hilft auch nichts. Ich kann nicht mal so tun, als fände ich es nicht zum Schreien. Der Kleine steht auf und torkelt noch etwas. Als er seltsam verspätet zu weinen beginnt und dabei aussieht wie ein Vogelbaby, das nach Futter schreit, zerreißt es mich förmlich.

Von Kindern kann man so viel lernen.

Dass ich gerade beinahe erstickt wäre, weil mich der kleine Bastard auf so niederträchtige Weise zum Lachen gebracht hat, hat wohl niemand bemerkt, was? Ein außerordentlicher Mangel an Einfühlungsvermögen dieser Herrschaften mir gegenüber. So einseitig.

Mit Liebe und Begeisterung für das Thema Feuer und alles, was dazugehört, führt uns Herr Dosner weiter durch die Räumlichkeiten. Ich – mittendrin, wie ein Leuchtturm unter den jungen Kleinfamilien, mit festgezurrtem Lächeln auf den Lippen, nur halb zuhörend und erkennbar schwächlich. Ich muss eine Frage stellen. Ich muss einfach. Es ist alles so grotesk *echt* hier. Ich hebe meine Hand und werfe süßlich ein: »Entschuldigung, darf ich fragen, zu wie vielen Fehlalarmeinsätzen Sie pro Monat durchschnittlich ausrücken müssen?«

Stolz schwingt in meiner Stimme. Ich schaue in die Runde und erwarte anerkennende Blicke. Das war doch eine gute Frage. Bin ich jetzt rehabilitiert? Nein, kaum. Die Antwort interessiert mich nicht. Ich gehe aufs Klo, während Herr Dosner ansetzt, und verschwinde daraufhin direkt über die Treppe.

Wer weiß, vielleicht werde ich heute Abend kurz Gesprächsthema am Esstisch einer der anwesenden Familien sein. In einem kleinen Eckreihenhäuschen. »Papa, wer war eigentlich der komische Mann heute bei der Feuerwehr?«

»Ja, das weiß ich auch nicht, Mäxchen. Vielleicht ist der Mann einfach nur sehr, sehr einsam.« Und flüsternd zu seiner Frau gebeugt: »Und womöglich nicht ganz sauber!« Mutter kichert verstohlen. Allerdings nicht nur über den Scherz ihres Mannes, sondern auch aus Vorfreude auf den heutigen Abend. Es ist schließlich Samstag. Da wird sie von Papa wieder richtig verwöhnt, sobald die Kinder im Bett sind.

Ich verlasse die Feuerwache und sehe auf die kleine Grünfläche vor der Einfahrt. Mir fällt auf, wie ganz leicht herbstlich das einfallende Licht schon wirkt. Das Zucken meines rechten Auges nervt mich. Gar nicht so leicht, sich dessen zu entledigen. Doch ich gebe mir auch nicht viel Mühe. Jetzt steigt mein Fieber wieder und es wäre klüger, heimzufahren und mich ins Bett zu legen. So fühle ich mich zumindest an. Schlimmer als gestern. Schlimmer denn je zuvor. Aber ich merke auch, wie ich zunehmend überdrehe.

Während ich zu meiner Verabredung mit Lea fahre, wird mir

klar, dass ich nicht allzu lange durch den Wald laufen kann. Sonst merkt sie, dass ich krank bin. Und das muss nicht sein.

Caruso ist im Fliegenhimmel. Als ich eben einstieg, sah ich ihn regungslos auf der Fußmatte des Beifahrersitzes liegen. In stiller Andacht nahm ich ein Tempo-Taschentuch, stupste ihn an, nichts, und zerdrückte ihn darin. Taschentuchsarg. Er hätte es sicher so gewollt. Das erwartete Knackgeräusch blieb leider aus. Das kriegt man wahrscheinlich eher bei Bienen. Die haben einen härteren Panzer. Aber nicht mal das Geräusch einer zerplatzenden vollgefressenen Zecke kann so belohnend sein wie das Gefühl, wenn man die Noppen einer durchsichtigen Luftpolsterverpackungsfolie knackt.

Auf den Straßen ist kaum Verkehr. Mein innerer Navi sagt, ich werde um 17 Uhr 27 am Ziel ankommen. Ich vertraue ihm.

»Also, was ist jetzt?«, nuschele ich zu mir selbst und sehe dabei in den Rückspiegel. Und es ist, als würde mein Blick direkt an mir vorbeifliegen.

17 Uhr 27. Ich warte im Auto. Ich schreibe auf: *Die Sonne sieht aus wie eine Orange.* Hab ich sie noch alle? Ich streiche durch, was das Zeug hält, und schaue pikiert. Das Papier beult sich aus, weil ich so heftig durchgestrichen habe. Es ist ein einziger dicker schwarzer Balken. Völlig ratlos überlege ich krampfhaft und klappe den Notizblock zu, während ich in die Sonne starre. (Angst, oder?) Der weiße, rostige Ford Escort von Lea biegt auf den Waldparkplatz ein und bleibt mir gegenüber stehen, während Staub vom Schotter aufwirbelt. Wie kann man nur so ein Auto fahren? Wie kann man nur so Auto fahren?

Sie ist mit Einparken derart beschäftigt, dass sie erst nach dem Abstellen des Motors um sich sieht und meines unter den vielleicht zehn parkenden Autos wahrnimmt.

(Was mache ich mir denn vor? *Vielleicht* zehn parkende Autos? Es sind *exakt* zehn! Ich habe dreimal durchgezählt.) Sie winkt, während sie aussteigt.

Ich lächle töricht, nickend, ohne der Versuchung nachzugeben, es nicht zu tun.

Ich bereue, nicht heimgefahren zu sein. Eine schlechte Entscheidung. Was vorauszusehen war. Meine Restkräfte schwinden. Ich steige auch aus. Mein Gurt wickelt sich nicht vollends auf, weil ich mit meinem Ärmel hängen bleibe. Ich weiß, dass das ein Indiz für meine Verfassung ist, greife zerstreut nach und ziehe ihn nochmals raus, um ihn ordentlich einrollen zu lassen.

Lea kommt auf mich zu und umarmt mich intensiver als erwartet. Sie wirkt gewohnt sexy in ihrer engen Jeans und einer hellblauen Trainingsjacke. Wir setzen uns in Bewegung Richtung Wald, der so aussieht, wie ein Wald aussieht.

Lea schaut mich immer wieder lächelnd an. Ein in Partnerlook gekleidetes Pärchen kommt uns auf dem eng zulaufenden Weg entgegen. Er Vollbartträger, klar. Bestimmt Wohnmobilhalter, FKK-Fan, Pfeifenraucher, Schäferhundbesitzer, »Wetten, dass ...!«-Seher.

So schlecht es mir auch gerade geht, ich möchte die beiden an ihren Nordic-Walking-Stöcken kreuzigen.

Ich schaffe es nicht, genügend Interesse aufzubringen, um nachzufragen, als Lea mir etwas von einer neuen Location, die immer mal wieder auf und dann wieder zu macht, erzählt, in die wir mal gehen sollten. Wir laufen dahin, meine Fassade bröckelt. Um mich abzulenken, zähle ich mit: »Nicht wirklich«, »Man weiß es nicht«, »Weiß man's?« und »Sei mir bitte nicht böse, aber ...«, noch ein paar Insoferns und Ganz spontans nachgeschoben. Sie haut eins nach dem anderen raus.

Was immer sie mir gerade auch erzählt, irgendwas kommt mir verändert vor. Das muss daran liegen, *wie* sie es mir erzählt. Es klingt so – sie klingt so, als wären wir *zusammen*. Während mir die Feststellung in die Knochen fährt, dass wir für sie wohl gerade eine weitere Sprosse der Beziehungsleiter erreicht haben, denke ich mir, beinahe amüsiert, aber Scheiße noch mal, so ist es: Ich könnte mich doch niemals ernsthaft einer Frau wirklich nah fühlen, der ich bereits mehrmals ins Gesicht gespritzt habe und die sich nicht sicher ist, ob Hemingway ein Maler oder ein Erfinder ist. Was glaubt die denn?

Ich zupfe an meinem Hosenbein. Da durchfährt es mich zum ersten Mal. Ich glühe und im Abstand von vielleicht zwanzig Sekunden überkommt mich nun stoßweise eine Übelkeit bisher unbekannter Größenordnung. Die Krankheit ist im Begriff, vollends auszubrechen. Ich nehme kein Wort mehr von Lea wahr, sondern versuche mich unter Kontrolle zu bekommen. Wenn ich jetzt umdrehe und denselben Weg zurück gehe, benötige ich ungefähr eine Viertelstunde bis zum Auto. Ich darf mich auf keinen Fall vor Lea übergeben, so egal bin ich mir noch nicht.

»Lea, ich habe vorhin was Falsches gegessen. Mir ist ein wenig übel. Würde es dir was ausmachen, wenn wir umdrehen?«, sage ich brüchig, mit vornehmer Entschlossenheit. Der Klang meiner Stimme lässt mich annehmen, dass meine Gesichtsfarbe mit meiner Aussage korrespondiert.

»Na klar. Was hast du denn Falsches gegessen?«, fragt sie.

Ich halte meinen Kopf gesenkt und schlucke, mache einen Fingerzeig und wir wenden und ich erhöhe das Schritttempo. Ja, was hab ich denn Falsches gegessen, überlege ich und denke nur langsam.

»Ich weiß auch nicht. Ich hatte beim Frühstück was mit Lachs. Der hat schon so angeschlagen gerochen. Ich glaube, das könnte es gewesen sein«, erwidere ich, gepresst. Ich mache eine Geste mit den Händen, erwarte, dass diese es erklärt.

Lea nickt und ihre Anteilnahme ist echt. Ich beginne schwer auszuatmen, um die konvulsiv auftretenden Würgreizattacken zu unterdrücken.

»Lea, ich lauf vor zum Auto und mache mich aus dem Staub. Das ist mir sehr peinlich, bitte entschuldige. Ich melde mich«, keuche ich kurzatmig und lasse sie einfach stehen.

Lea schaut verdutzt, aber ich habe die letzten drei Minuten nur damit verbracht zu überlegen, ob ich einen solchen Abgang bringen kann. Ich kann. Ich muss. Das Laufen tut kurzzeitig gut und verdrängt die Übelkeit, aber nur bis ich am Wagen zum Stehen komme. Jetzt ist es schlimmer als zuvor.

Ich starte und fahre los. Schnell aus ihrer Sichtweite fliehen. Im Wageninneren piepst der Signalton unaufhörlich, da ich mich nicht angeschnallt habe. Wie eine schrille Ermahnung. Wie ein böses Omen.

Schon wenige Hundert Meter weiter, nach zwei Linkskurven, auf einem kurzen Stück Landstraße, das parallel zur Autobahn auf eineinhalb Kilometern in die Stadt führt, fahre ich rechts ran, es geht nicht mehr anders, keine Chance, noch weiter zu fahren, sonst passiert's im Auto. Ich parke unordentlich auf dem schmalen Seitenstreifen und renne wie wild auf einen einsamen Busch zu, der rechts auf einer riesigen Wiese steht. Er ist ungefähr noch zehn Meter entfernt. Ich schaffe es nicht mehr, kann es nicht mehr zurückhalten, falle auf halbem Weg auf die Knie, der Reiz ist so heftig, dass ich Würgegeräusche ausstoße, die für mich völlig neu sind. Ich kotze mitten auf der Wiese ins Gras. Wie ein brüllender Löwe. Durch meinen Kopf geht nur, dass Lea ebenfalls diese Strecke nehmen muss, wenn sie nach Hause fährt. Sie müsste gleich hier vorbeikommen. Wenn sie mich mitten auf der Wiese auf allen Vieren sieht, wie auf dem Präsentierteller, wird sie einen Schock bekommen. Oder einen Lachkrampf.

Und daran habe ich keinerlei Zweifel. Denn wie ich so ungewollt theatralisch über den Rasen krieche, mich durch den Dreck über den Boden schleife, führe ich mich auf wie auf einem Tanzwettbewerb für Menschen mit – Barophobie.

Ich muss mich hinter den Busch retten. Mich verstecken. Und sogar dann wird sie mein auffallend geparktes Auto sehen, da sie ihm ausweichen muss. Ich kann nicht aufhören zu brechen. Ungeahnte Mengen schwallen aus meinem Hals. So was hatte ich noch nie. Und dann diese Geräusche, als wären sie nicht von mir. Ich schwitze aus allen Poren und mir ist schwindelig. Wie ein angeschossenes Tier krieche ich Richtung Busch. Noch drei Meter. Mir ist sogar der Schmutz auf meinen Klamotten egal. Aus meinem Augenwinkel sehe ich Leas Ford in die Landstraße einbiegen. In fünf Sekunden sieht sie mich. Ich bin geliefert, ein weiterer peinlicher Albtraum, der mich die kommenden Jahre im Schlaf verfolgen wird. In vier Sekunden. Ich möchte glauben, dass mir nichts peinlich ist. Und das glaube ich auch tatsächlich, wenn auch immer nur für ganz kurze Momente. In drei Sekunden. Ich entleere meinen Magen erneut, hektoliterweise (wie viel da drin ist!), immer noch auf allen Vieren. Noch zwei. Meine Nackenmuskulatur zieht sich verkrampft zusammen, als sich der nächste Schwall ankündigt. Ich schaff's nicht weiter. Ich glaube, mein tägliches Handyfoto entfällt heute. Der Escort fährt vorbei, ist jetzt auf meiner Höhe, in meinem Rücken, acht Meter entfernt, wird hörbar langsamer. Sie hat mich also entdeckt. Aus ihrer Perspektive schaut sie auf meinen vor Kotzen zitternden, gebückten Arsch. Das muss aussehen. Scheiße. Und noch einmal. Fahr weiter. Fahr weiter, verdammt. Bitthäh! Jetzt beschleunigt der Wagen wieder. Sie *fährt* weiter, ist gnädig genug, nicht anzuhalten. Danke, danke, tausend Dank. Wenn sie ihr Beifahrerfenster runtergekurbelt hat, bekam sie mit meinem kreischenden Gewürge auch noch eine Soundkulisse der Extraklasse geboten. Ich bin zu beschäftigt, um verzweifelt zu sein, gleichzeitig aber peinlich berührt genug, um mich auf der Stelle eingraben zu wollen. Das hinterlässt einen bleibenden Eindruck bei Lea, so viel ist sicher. Ein Bild für die Ewigkeit. Ein würgiger Abschluss.

9 Telenovela

Sonntag, Tag 2 danach:

Wie die Ruhe nach dem Sturm. Ich bleibe noch kurz liegen. Ich habe siebzehn Stunden ununterbrochenen Schlaf hinter mir. Nicht mal kurz für kleine Leukämisten musste ich. Jedweder Flüssigkeit hatte ich mich ja auch gestern oral entledigt. Ich bin sofort ins Bett gefallen und war weg. In fötaler Position. Eng zusammengerollt.

Es ist jetzt kurz nach zwölf Uhr mittags. Sonntag.

Sonntag ist wie Totentag. Alles steht still. Ein Brückentag des Lebens, der zweiundfünfzigmal im Jahr rumgebracht werden will. Ich lege gedanklich einen Countdown bis zur Verkündung des Testergebnisses morgen früh an.

Ich habe das Gefühl, mir krabbelt was auf der Hand. Sehe hin. Sensorische Falschmeldung. Oder ist es eine synaptische Falschmeldung? Ooh, das nervt. Muss ich nachschlagen. Auf jeden Fall ist es eine Falschmeldung.

Ich schaue aus dem Fenster und erwische einen Augenblick, in dem die Straßen wie die einer Geisterstadt wirken. Leer, bis auf einige parkende Autos. Keine Menschenseele. Kein Lebenszeichen.

Ohne noch mal zu überlegen, ob ich soll oder nicht soll, greife ich zum Telefon und wähle entschlossen die Nummer, die ich schon gestern Vormittag eingetippt habe. Dabei sitze ich in Unterhose, barfuß da.

»Schuller«, meldet sich eine seltsam verklebte Stimme. Gefolgt von einem Räuspern, dann kommt noch mal der Name. Nur unwesentlich klarer, aber jetzt wie eine Frage klingend.

»Schuller?«

»Hallo Rudi, hier ist Peter Weidner. Erinnerst du dich noch an mich?«, frage ich und ziehe einen Vorhang vor und zurück.

Kurze Pause.

»Ja, Peter, ja klar. Servus, wie geht's dir denn? Mensch ...«, sagt er gutmütig.

Ich hatte ganz vergessen, wie sehr Rudi bayerlt.

Ein Drop-out unterdrückt kurz alle aus dem Hörer kommenden Geräusche. Rudi hat gerade noch irgendwas gesagt. Hab nichts verstanden. Irgendwas mit »Jahre«. Ich antworte, auf Verdacht: »Ja, ungefähr zehn Jahre ist das her. Nicht ganz.« Im Hintergrund am anderen Ende höre ich irgendwas von Poison oder Mötley Crüe oder Warrant oder Cinderella oder Winger oder was ähnlich Vorgestrigem. Nach heutigem Wissen Bands, die eigentlich schon out waren, als sie in waren.

»Du Rudi, äh, kannst du gerade sprechen?«, frage ich.

(Natürlich achte ich darauf, nicht einleitend ›störe ich gerade‹ oder ›ist es gerade schlecht?‹ zu fragen, sondern so zu formulieren, dass der Angerufene aller Wahrscheinlichkeit nach mit ›ja‹ antworten kann. Lektion 1 in suggestiver Gesprächsführung.)

»Ja, freilich, was gibt's?«

Ich entschließe mich, noch etwas Konversation zu treiben, unterdrücke das sich anbahnende Gefühl schleichenden Unbehagens.

»Und? Gibt's deine Taxiflotte noch? Wie viele Wägen hast du denn noch am Laufen?«, ›du alter Ganove‹. Ich sage Ersteres und denke Letzteres.

»Du, ich hab jetzt wieder drei Wagen. Seit ich, seit ich wieder raus bin, äh, neu angefangen hab, lass ich's einfach ruhiger angehen, verstehst schon.« Er druckst unschlüssig rum. Klingt so, als sei er sich nicht sicher, ob ich weiß, dass er in der Zwischenzeit drei Jahre wegen Drogenhandels im Knast war. »Aber wieso? Sag? Hast du Lust, wieder für mich zu fahren?«, fragt er erheitert und nimmt einen Schluck. Da es bereits nach zwölf ist, nehme ich an, ein Bierchen.

Ich lache meine Antwort einleitend an, und sage »Nein, nein, das würde ich nicht mehr überleben, glaube ich. Drei

Nächte am Wochenende und die ganzen Arschlöcher als Gäste, die dich nur abkanzeln. Oh, ich hab neulich wieder daran gedacht. Ich weiß gar nicht, wie ich das damals ausgehalten habe. Ne! Aber es ist wohl was anderes, wenn man weiß, man macht das als Student nur nebenbei und nicht hauptberu... ähem ...flich ...« Ich unterbreche mich, als mir auffällt, dass diese Feststellung hochmütig rüberkommt. Wonach mir gar nicht ist. Hastig versuche ich, ihm den Ball wieder zuzuspielen, und frage irritiert: »Und du? Fährst du ab und zu noch selber?« Dabei seufze ich lautlos, ungeduldig auf eine schnelle Antwort hoffend.

»Schon schon, ...« usw. Während er ausgiebig Auskunft gibt, öffne ich eine Schreibtischschublade, mache sie wieder zu, mache eine weitere auf und zu, gähne und bin damit fertig, als er zum Ende kommt und ich den Beinabschluss meiner Unterhose am rechten Oberschenkel zurechtziehe. Ich schalte mich wieder ein, reiße mich zusammen und sage endlich: »Du Rudi, weshalb ich anrufe ... ähm, ich hätte ein Anliegen, das ich nicht am Telefon besprechen möchte. Hättest du mal Zeit, dich mit mir zu treffen?« Ich fühle leichte Panik.

»Ja klar. Wann denn?«

»Es wäre relativ dringend«, sage ich, irgendwie bettelnd, irgendwie drängend, irgendwie scheinheilig und drehe mich im Sessel dabei einmal um meine eigene Achse.

»Was?«, fragt er zurück.

Ich zögere, unsicher, ob es zu aufdringlich wirkt: »Sobald als möglich«, winde ich mich, sicherheitshalber betont monoton.

»Ah so, ja freilich, heute Abend?«, sagt Rudi, fast freudig.

Na also, geht doch. Und schon überlege ich, wie ich den Rest des Tages gestalten möchte. Dann sage ich, etwas zu laut: »Heute Abend? Ja das wäre cool. Wohnst du noch in der Radolfzeller?«

Ich spare ich mir das ›Straße‹ bei ›Radolfzeller Straße‹ natürlich, da das unter Taxifahrern amateurhaft klingt.

»Ja, tu ich. Um elf?«, fragt er.

Und ich frage mich, ob er wohl gerade ein schwebendes Verfahren anhängig hat, was für mein Anliegen von Nachteil wäre. Dabei schüttle ich kauend die Schultern. Mein Mund ist leer. Ich zerbreche mir nicht den Kopf darüber, warum ich das tue.

»Gut, um elf. Ich bin da. Danke dir, bis dann«, sage ich ungewollt nüchtern.

»Jo, Servus Peter«, sagt Rudi Schuller lässig und dreht die Musik wieder lauter, noch bevor er auflegt.

Ich erhebe mich, um das Fenster erneut mit meiner Anwesenheit zu beglücken. In mir ruft es ›Hunger! Hab Hunger‹. Nun, dazu zwei Dinge: Man ist nie reich genug – und man ist nie schlank genug.

Also Fresse halten und durch.

Ich sehe wieder raus. Jetzt ist etwas mehr los.

Zwei gut gekleidete Männer, beide noch keine 30, die sich aufgedreht über irgendwas kaputtlachen. Ich beneide sie. Nicht ein bisschen. Was gibt es langweiligeres als glückliche Menschen?

Wie in einer Schwulendisco. Brutal laut tönt »I Don't Feel Like Dancing« der Scissor Sisters aus dem Zimmer. Ich wundere mich, dass das in einem Krankenhaus erlaubt ist. Als ich vorsichtig die Tür einen winzigen Spalt öffne und mit eingezogenem Kopf die Lage sondiere, sehe ich Dirk aufrecht im Bett sitzen und eine andere Schwuchtel, mit einer Beck's-Dose in der Hand, die Hüften schwingend um ihn herum tänzeln.

Kurz überlege ich, ob es vielleicht doch keine so gute Idee ist, Dirk zu besuchen. Gelangweilt von so viel Homoklischee, will ich die Tür gerade wieder unbemerkt schließen, als mir von hinten ein großer Typ auf die Schulter tippt, »'tschuldigung« sagt und einfach reingeht. Zu spät, um kehrtzumachen, stehe ich verloren im Türrahmen. Alle drei starren mich erstaunt an und ich schaue drein, wie beim Ladendiebstahl ertappt.

Ich rufe mit angehobener Stimme »Hi Dirk« und

mache auf erfrischend. Der Bierdosenhalter wendet sich zu dem Ghettoblaster in der Ecke und dreht die Musik leiser.

»Hi«, ruft Dirk trotzdem so laut wie ich eben, während ich die Tür hinter mir zuziehe. Er hebt zur Begrüßung einen Arm und scheint bester Laune zu sein (und meinen Namen nicht gleich parat zu haben).

»Darf ich vorstellen, das ist Kai«, sagt er und zeigt auf den schlanken Bubi mit brauner Stachelfrisur, Netzhemd und Schweinchengesicht. Der zwinkert mir bestätigend zu.

»Kai, das ist Peter«, werde ich von Dirk vorgestellt. (Wen zuerst vorstellen? Neuankömmling oder bereits Anwesenden? Knigge! Wieder nicht dabei.) Ich warte einen Moment, ob er jetzt noch hinzufügt ›Bettinas Ex-Freund‹ oder ›ein Bekannter von Bettina‹ und dabei verschwörerisch blinzelt. Aber er verzichtet dankenswerterweise. Ich lächle Kai kopfnickend an. Weil ich zu sehr damit beschäftigt bin, ihn zu begutachten, nehme ich seinen Namen nicht wahr.

»Darf ich euch überhaupt stören, ich erscheine hier ganz unangemeldet ... ich dachte, vielleicht ... Aber wenn du Besuch hast, komm ich besser morgen wieder«, sage ich ziemlich wischiwaschi und es klingt wie eine Bitte, gehen zu dürfen.

»Nein, überhaupt nicht. Du kommst genau richtig. Wir machen's uns gerade ein bisschen gemütlich«, strahlt Dirk von seinem Bett aus und schaut durch den Raum, wie um auf das Meer an Blumensträußen hinzuweisen. Wahrscheinlich Aufmerksamkeiten seiner zahllosen Liebhaber. Der Greis in dem zweiten Bett, den ich jetzt erst bemerke, schläft mit offenem Mund und ohne Zähne. Ich schätze ihn auf 120, er könnte aber auch erst 90 sein. Ist das hier die Sterbestation?

Die Deckenbeleuchtung ist eingeschaltet und ergänzt das Tageslicht, was der Stimmung etwas Unfertiges verleiht.

Nun nehme ich auch wieder den Kerl wahr, der an mir vorbei zur Tür reinkam. Er sitzt mittlerweile auf einem Stuhl in einer Ecke und wird von einem riesigen Bukett halb verdeckt.

Ich beuge mich vor, um ihn ganz zu sehen. Er unterbricht Dirks »Ah, und das ist ...«, als er aufsteht und sich mir selbst vorstellt.

»Hallo, ich bin Dieter, Dirks Bruder«, sagt er, als würde er etwas Nichtausgesprochenes bestätigen.

Dieter, Dirks Bruder. Ich überlege, was für Eltern ihren Kindern Vornamen geben, die mit dem gleichen Buchstaben beginnen. Sind sicher Menschen, deren Klingelschilder selbst getöpfert sind, mit der drögen Inschrift: »Hier wohnt Familie Müde. Der Matze, der Martin, der Michael, der Markus, die Muschi und Papa Miroslav und Mamma Mammi. Tritt ein, bring Glück herein. Und bring uns ein ›M‹ mit.«

»Hallo Dieter, freut mich«, gebe ich zu Protokoll und beschließe, erst mal stehen zu bleiben.

So viele Menschen, so viel Gerede. Ich bereue die Entscheidung, die Zeit bis zu meiner Verabredung mit Rudi hier zu überbrücken. Totale Schnapsidee. Aber was Besseres fiel mir nicht ein. Kai, die tanzende Tunte, nimmt einen Schluck aus ihrer Dose, stößt sofort darauf leise und lange auf und zischelt dabei, wie ein kaputtes Ventil. Er steht etwas unschlüssig da und blickt ständig nervös von einem zum anderen.

Im Raum schwebt die fühlbare Lästigkeit eines Krankenbesuchs in Union mit der unterdrückten Arroganz der Gesünderen.

Dirk sieht überhaupt nicht gelblich aus. Ich hatte erwartet, dass man mit einem Leberproblem grundsätzlich wie ein Postkasten verfärbt ist. Aber nichts, Hautfarbe ganz normal. Eine Infusionsnadel steckt in seiner linken Hand.

Unter anderem weil ich keine Idee habe, was ich sagen soll, schwenkt mein Blick zurück zu Dieter, der mir gegenüber steht und wirklich riesig ist und seinem Bruder überhaupt nicht ähnlich sieht. Er trägt eine dunkelgrüne Cordhose, hat braune Haare, ist leicht übergewichtig und ... in dem Moment, in dem ich zu Dieters Totaldurchleuchtung ansetze, geht die Tür auf und ich beginne innerlich laut zu kreischen – ich fasse es nicht, wie viel Pech kann man haben – Bettina kommt rein. Ich bin entsetzt! Das darf nicht wahr sein! Ein Tag hat 24 Stunden und wir müssen ausgerechnet um 18 Uhr 31 von allen möglichen Minuten des Tages hier aufeinander treffen …

… und jetzt erkenn ich IHN: Moppel-Dieter ist der Mann, den ich mit Bettina vorgestern Arm in Arm das Restaurant verlassen sah. Ich kann es nicht glauben. Ein unerträgliches Klischee. Der Bruder des Erkrankten, in Sorge vereint mit dessen bester Freundin. Ich höre die Geigen. ZDF, Primetime, Titel: »Und plötzlich war es Liebe«. Von Rosamunde Pilcher vielleicht. Ich sehe die irische Küste, englische Landlordnamen, livrierte Bedienstete, dunkle Backsteinhäuser und knisterndes Kaminfeuer. Ich werde mich einfach auflösen. Ich muss mich nur fest genug darauf konzentrieren. Nein, klappt nicht.

»Hallo Bettina«, sage ich und mache auf überhaupt nicht erschrocken.

Bettina sieht mich überrascht an, fasst sich schnell und lächelt. Sie hält eine Vase zwischen ihren Händen.

»Hi.« Zart und distanziert zugleich. Na prima. Was *hab* ich mir bloß dabei gedacht, hier aufzukreuzen? Langsam verliere ich offenbar die Kontrolle.

»Du siehst nicht gut aus«, sagt sie. Was? Wie?

»Oh, danke«, antworte ich bedröppelt, mit einem kläglichen Rest Ironie.

Ansatzweises Lächeln der Umstehenden. Gespannte Sensationsgeilheit bei Dirk und seinem Lover, und Dieters totale Verunsicherung. Ich überlege, was er jetzt wohl denkt? Möchte er mich umbringen?

Er nickt Bettina kurz zu, was verrät, dass sie sich vor meinem Kommen schon begrüßt haben. Oder zusammen hergefahren sind, was weiß ich. Mist, jetzt habe ich verpasst, wie sie auf sein Nicken reagiert hat.

»Wann kommst du denn wieder raus, Dirk?«, möchte ich wissen (eigentlich nicht, mir doch egal) und widme mich damit wieder der Hauptperson. Sonst wird das hier noch Telenovela-mäßig. Er schaut mit zweifelnder Grimasse aufs Fußende seines Bettes. Sein Blick verharrt dort, als er antwortet, sichtlich bemüht das Resignative aus seiner Stimme zu filtern: »Also ehrlich gesagt glaub ich nicht so schnell. Eher nich' so bald. Ich muss jetzt eine Therapie durchziehen und das dauert. Aber ich werde wahrscheinlich verlegt. Nach, äh, weiß nicht genau, irgendwo aufs Land. Namen vergessen.« Klingt ehrlich gesagt ziemlich nach Friedhof, denke ich mir und sehe dabei unwillkürlich wieder den Greis im Bett daneben an, der gerade schwer stöhnt. Sonst beachtet ihn niemand. Dieter setzt sich wieder auf seinen Platz hinter den Blumen.

»Aha. Und wie sieht dein Tagesablauf hier so aus?«, frage ich Dirk, um Gesprächsfluss bemüht. Belangloser krieg ich's nicht hin. Ich weiß jetzt, da ich ihn sehe und reden höre, dass er's nicht mehr lange macht.

Ich ja vielleicht auch nicht. Doppelbeerdigung? Und der Gedanke macht mir nicht das Mindeste aus, scheint mir total unbedeutend zu sein. Auch die ganze Krankenhausatmosphäre setzt mir nicht zu. Ich bin nämlich ausschließlich damit beschäftigt abzuchecken, ob Bettina noch was für mich empfindet. Sonst interessiert mich hier nichts. Immer wieder schaue ich zu ihr, wenn ich glaube, dass sie es nicht mitkriegt. Und meine eigene Selbstherrlichkeit kotzt mich dabei unendlich an.

Langsam entspinnt sich ein relativ rundes Gespräch aller Beteiligten und ich erfahre neben belanglosem Mist noch mehr belanglosen Mist, nämlich, dass Dirks und Dieters Eltern jetzt in der Stadt sind und sie sich alle wieder prima verstehen (obwohl sie Dirk als Teenager aus ihrem Haus jagten, nachdem er sich ihnen als Homo geoutet hatte), dass Bettina die Wohnung erst mal ganz für sich allein hat und dass Dieter ja vielleicht bald hierher zieht, aus beruflichen Gründen, was für ein Zufall, und er ist Informatiker (klar, mehrfarbiger Strickpulli) und Dirk fragt: »Hab ich dir noch nie von meinem Bruder erzählt«, »nein hast du nicht«, »schönes Wetter heute« und »Kai geht mal eben noch Bier holen, will noch jemand eins«, »ja«, »nein« und so fort. Als Kai zurückkommt und neben einem Sixpack noch ein paar Schokoriegel dabei hat und verteilt, sagt Dirk, während er sich ein Bounty aufreißt: »Wisst ihr, ich frage mich schon manchmal, warum ausgerechnet mir so was passieren muss. Warum ausgerechnet ich!« Seine Stimme zittert, er klopft mit der Hand aufs Bett, ohne aufzusehen.

»Warum ich?«, flüstert er noch mal, ziemlich sinnloserweise. Wie ein Bauchredner. Dieser unerwartete Stimmungsumschwung lässt mich etwas verwirrt einen Schritt zurücktreten. Ich verkneife mir gerade noch, mit den Augen zu rollen.

Alle sehen erst mal betroffen zu Boden, ich sehe ihnen dabei zu und stammle leise, wie zu mir selbst: »Komisch. Ich wundere mich immer, wenn ich von Katastrophen oder Krankheiten höre, warum eigentlich nicht mal ich betroffen bin. Niemals würde ich mich in der Sicherheit wiegen, mir könnte nichts Schlimmes zustoßen. So viel Glück kann man ja gar nicht haben. Reine Wahrscheinlichkeitsrechnung.«

Als würde die Erde untergehen, dreht sich Bettina ruckartig zu mir und mahnt mich mit einem ausgesprochen missbilligenden Kräuseln ihrer Augenbrauen, sofort meinen Mund zu halten. Und ihr heftiger Blick ist mir so vertraut, dass er uns kurzzeitig fast verbindet. Ich schaue ›Was denn?‹-mäßig zurück und sie sieht kopfschüttelnd weg, als wäre bei mir schon alles zu spät.

Ich wette, Dirk hat sich noch nie »Warum ich?« gefragt, wenn es in Zusammenhang mit dem verfickten Glück, das er bislang gehabt hat, stand. Dem verfickten Glück, unter all den gut sechseinhalb Milliarden Idioten auf diesem Planeten ausgerechnet in das sozial, wirtschaftlich, politisch und klimatisch betrachtet größte vorstellbare Paradies, in der absolut besten Zeitphase überhaupt, geboren worden zu sein. Nicht vom Vater missbraucht, nicht in irgendeinen lächerlichen Fronteinsatz abgesandt worden zu sein oder von Geburt an mit drei Ohren, einer Niere und sieben Fingern ausgestattet durchs Leben zu torkeln. Mein Gott, dieser verblödete Hinterlader. Jetzt krepiert er eben. Er ist nicht der Erste und der Tod macht alles gleich. Ob Du mit acht oder 80 stirbst, spielt keine Rolle. ›Er war doch noch so jung!‹ Blödsinn! Das interessiert in hundert Jahren keinen mehr. Am wenigsten den Toten selbst. Bettina holt tief Atem und wirkt immer noch entrüstet. Ich entscheide, nachdenklich zu tun, während ich nach nichts Bestimmtem in meinen Hosentaschen taste.

Es dämmert mir jetzt, dass ich inzwischen zu den elementarsten Stufen einer Konversation nicht mehr in der Lage bin, da mir alles schon so ausgelutscht erscheint. Ich kann Äußerungen nicht mehr mit der passgenauen Antwortschablone begegnen, ohne dass ich mir wie eine Witzfigur vorkomme. Kann sie nicht mal mehr unkommentiert lassen. Ich muss jede Gefühlsregung sofort boykottieren, mit einem Gegengewicht versehen. Jegliche Ernsthaftigkeit erscheint mir nur noch lächerlich und oberflächlich.

Vielleicht kann ich meine Entlarvung hinauszögern, wenn ich mich verbarrikadiere. Ich werde darüber nachdenken.

Während Kai mit seiner abartig weibischen Art den Billigtröster gibt, Dirks Schulter tätschelt und sagt: »Hey, so darfst du das nicht sehen«, sieht Dieter aus, als würde ihm gleich übel. Er spielt mit seiner Armbanduhr, fummelt daran rum, ohne hinzusehen. Bettina steht da, als wüsste sie nicht, wie sie sich ihm gegenüber verhalten soll, oder mir gegenüber. Ich frage mich, ob sie sich wohl auf seinen Schoß setzen würde, wenn ich nicht hier wäre. Und dann wird mir mit einem Mal völlig klar, dass sie mich *nicht* mehr liebt. Was mich fast beruhigt.

Ich möchte unbedingt gehen, muss dazu aber einen etwas fröhlicheren Moment abwarten. Der alte Greis stöhnt was. Ich glaube, »Mutti«. Wieder beachtet ihn keiner. Dirk blickt immer noch drein, als stünde der Sensenmann vor der Tür. Kai nimmt einen Schluck und reibt vorsichtig an seinem Auge. Ich drohe jeden Augenblick in völlige Teilnahmslosigkeit zu verfallen, denke mir, ich bin am liebsten allein – und – schade, dass ich mir keine Witze merken kann. Ich seufze unhörbar, als Dirk, in schleppendem Tonfall, eine weitere weinerliche Frage an das Schicksal (›Frage an das Schicksal‹. Songtitel? Notieren? Nein, bin ich bescheuert?) stellt. Er lehnt sich bedeutungsschwanger zurück, lässt die Arme hängen und flüstert: »Was wohl nach dem Tod auf einen wartet?« Dann seufzt er tief. Oh nee-eeh, bitte! Ist das sein Ernst? Ich verziehe minimal meinen Mund. Bettina schaut mich vorsorglich schon mal bitterböse an und ich stelle Dirks Verstand ernsthaft infrage.

Dieter winselt verständnisvoll etwas von einer anderen Dimension. Oh Mann, und von so einem lässt sich Bettina jetzt ficken.

Kai zuckt besoffen mit den Achseln. Er sagt, er weiß nur, dass er nichts weiß. Ich denke mir, dass das nur Idioten sagen, die mit diesem agnostischen Unsinn legitimieren, sogar den letzten Gedankenschiss durchzudeklinieren.

Und Bettina sagt nichts. Und das finde ich irgendwie gut.

Es entsteht eine Stille, vertieft durch die leise, wie weit entfernt klingende Musik aus dem Ghettoblaster, vom Sims neben Dirks Bett. Niemand sagt ein Wort.

Bettina spürt die gedrückte Stimmmung, den verzweifelten Wunsch aller Anwesenden, der Situation das Gewicht zu nehmen. Bis auf einen.

Sie räuspert sich, bereitet sich vor, irgendwas zu sagen. Bemüht, einen besänftigenden Tonfall zu treffen. Sagt dann aber doch nichts.

Um für sich einen Moment des Druckausgleichs zu schaffen, blickt sie stattdessen zu dem alten Mann in dem anderen Bett, neben der Schrankwand. Er ist 80 oder vielleicht knapp drüber.

Ein Turm aus vier, fünf ineinandergesteckten Styroporbechern steht auf seinem Nachttisch. Dann sieht sie kurz zum Fenster und es kommt ihr so vor, als müsste sie dazu ihren Kopf nur unmerklich drehen.

Der hellblaue Himmel ist mit zerfaserten Wolken übersät.

Schicksal, Leben nach dem Tod – sie weiß, wie sehr Peter die Sentimentalisierung dieser Themen anwidert. Wie er jeden für einen schwächlichen Idioten hält, der dazu einen nicht mit dem seinen konformen Standpunkt einnimmt.

Sie ist nicht sauer darüber, was er eben gesagt hat oder wie er die anderen vor den Kopf gestoßen hat.

Sie kennt seine unkonventionellen Meinungen nur zu gut. Mit einigen mag er sogar recht haben. Aber sie würde niemals jemanden damit konfrontieren, wenn die Gefahr bestünde, diese Person dadurch zu verletzen.

Sie ist nur verwundert, dass er so ungewöhnlich rüde war. Erstaunt über sein passiv-aggressives Verhalten. Wo er doch sonst nach außen immer so viel Wert auf diese – wie sie mal meinte – fast britische Höflichkeit legt. Auch wenn es danach wie Gift aus ihm herausschießt und er über die Menschen mit der gleichen Wertschätzung redet, als habe er soeben mit dem größten Abschaum der Welt zu tun gehabt.

Der Grund für seine zuvorkommende Art war nie, sich lieb Kind zu machen, sondern sich die Leute vom Leib zu halten. Das hatte sie bald herausgefunden.

Wahrscheinlich spürt gerade nur sie die falsche, überdrehte Beiläufigkeit seiner Bemerkungen, die durch einen dünnen Draht nervöser Energie miteinander verbunden sind.

Dieser Trotz, der in ihnen mitschwingt, erinnert sie an die Verachtung, mit der er immer von allem redete, was ihm etwas bedeutet hat.

Ungewollt schaut sie ihn bei diesen Gedanken kurz an. Er nickt unmerklich. Wenn sie in diesem Augenblick geblinzelt hätte, wäre ihr sein angedeutetes Lächeln entgangen.

Eine Sekunde lang stellt sie sich vor, dass sie bis vor Kurzem noch mit ihm zusammen war. »Zusammen« in Anführungszeichen.

Dann stellt sie es sich noch eine Sekunde vor. Noch eine.

Sie hat lange mit sich gekämpft, sich bemüht, die Beziehung aufrechtzuhalten. »Beziehung« in Anführungszeichen. Das war das Problem. Die ewigen Anführungszeichen.

Sie war mit ihm zusammen, aber er nicht mit ihr. Und irgendwie doch. Sie hat ihr Bestes gegeben.

Es war die alte Leier. Der Irrglaube, man könne einen Menschen ändern. Oder der Mensch würde sich von allein ändern. Die Sorte von Irrglauben, von dem man von vornherein weiß, dass er falsch ist, von dem man aber nicht so einfach ablassen kann.

Seine Arbeitswut, sein Desinteresse an allem anderen, seine Selbstzweifel, seine fast pedantische Genauigkeit.

Sie hat investiert. Geduld, Verständnis, Einfühlungsvermögen.

Vergebens.

Es war eben doch keine Angst vor Bindung oder Feigheit (wie sie es zu lang zu seinen Gunsten ausgelegt hat), als er ihr immer wieder klarmachte, dass er nicht nur keine Beziehung mit *ihr*, sondern dass er mit überhaupt *niemandem* eine Beziehung eingehen wolle.

Eine beklagenswerte Fehleinschätzung ihrerseits. Es war die reine Wahrheit. Inzwischen weiß sie das.

Es kommt noch schlimmer, weil seine Unfähigkeit, sie zu lieben, dazu führte, dass sie ihn noch mehr liebte. Sie nicht zu lieben, war für eine gewisse Zeit zweifellos das Verführerischste, was er tun konnte.

Dabei gab er ihr – bewusst oder unbewusst – das Gefühl (wohl eher bewusst), als ginge die Initiative allein von ihr aus und als wäre er derjenige, der endlich genug Vertrauen aufgebaut hätte, um sie auf Armeslänge und unter Vorbehalt doch an sich ranzulassen. Ein Kampf auf verlorenem Posten.

Ehrlich, eine sich irgendwie armselig anfühlende Selbsterkenntnis.

Kurz blendet eine dünne Wolke die Sonne aus und es wird etwas dunkler im Raum. Besser dran ohne ihn. Denkt sie sich.

(Da ist sie sich fast sicher.)

Wohl weil sie dazu über die Schulter schauen müsste, sieht sie nicht zu Dieter, den sie (da ist sie sich fast sicher) aufrichtig liebt. Sehr gern hat. Gern hat. Schätzt. Ja, es ist gut so, wie es ist.

Sie malt sich aus, was Herr Weidner dazu wohl sagen würde: Die Abwertung vergangener Beziehungen ist zur Aufwertung der romantischen Gegenwart unerlässlich. Mag sein.

Jemand schnalzt mit der Zunge, es klingt unnatürlich laut.

Nicht mehr lang und sie hat die Ära Peter Weidner emotional gänzlich für sich abgeschlossen.

Im Nachhinein betrachtet, war seine Verweigerung und seine schwer fassbare Andersartigkeit sicherlich ein nicht unwesentlicher Bestandteil der Anziehung, die er auf sie ausgeübt hatte. Seit dem Tag, als sie ihn in dem Café in der Innenstadt kennengelernt hatte.

Anfangs wusste sie des Öfteren im ersten Moment nicht, ob sie beeindruckt oder angewidert sein soll, angesichts dessen, was er zu manchem Thema verlautbaren ließ.

Tatsache ist: Es klang zunächst grausam, als er, ungefähr einen Monat nachdem sie sich kennengelernt hatten, Bettinas Hassverhältnis zu ihrer Mutter, von der sie ihm erzählt hatte, kommentierte. Er hatte es Hassverhältniss genannt. Vielleicht ist das so auch richtig formuliert.

Ihre Mutter! Eine leichtlebige, flatterhafte Nymphomanin, die so ziemlich jeden Mann anflirtete und vor niemandem haltmachte. Nicht mal vor Bettinas damaligem Freund. Ihr Leben lang hatte sie Streitigkeiten und Konflikte mit ihr. Die ganze Geschichte ist ziemlich kompliziert. Aber an diesem Abend war das Maß voll. Noch in derselben Nacht zog Bettina zu Hause aus und brach jeden Kontakt ab. Bis heute.

Peter meinte, ihre Mutter hätte ihr in gewisser Weise einen Gefallen getan. Er meinte, dass sie ihrer Mutter dankbar sein könnte für die Bereitstellung dieser ganzen Reihe an Jugendtraumata. Er meinte wörtlich, dass Menschen von Bettinas »hohem Maß an körperlicher Attraktivität gewöhnlich zu glatten, leeren, persönlichkeitsdefizitären, substanzlosen Beautys verkommen, die in In-Discos rumhängen und Schauspielunterricht nehmen, falls ihnen nicht die Gnade einer seelischen Schramme zuteil wird. Ohne psychischen Knacks keine Tiefe und Reflexionsfähigkeit. Eine biografische Leiche im Keller ist langfristig Gold wert.«

So hat er das gesagt. Lächelnd.

Und Bettina wusste zunächst nicht, wie reagieren.

Was war das? Damals. Ein Kompliment?

Bettina sieht gedankenverloren ins Leere. Schwer zu sagen, wie lange die Stille hier im Krankenzimmer schon anhält. Dirk fährt mit zwei Fingern über die Kanüle an seiner Hand. Unwillkürlich muss sie sich über ihre eigene Handoberfläche reiben.

Alle schweigen. Peter auch.

Ich zähle mit. Seit sieben Sekunden Schweigen. Bettina sagt noch immer nichts. Und ich sage auch nichts. Und das erleichtert sie wahrscheinlich.

Die Anzahl der zu einem Turm ineinandergesteckten Styroporbecher auf dem Tisch des schlafenden Greises beträgt exakt sechs.

Dirks ›Tiefsinnigkeit light‹-Anfall wirkt noch nach. Dieses Leben-nach-dem-Tod-Gebrabbel. Der Kulminationspunkt des Irrationalen.

Dirk fährt mit zwei Fingern vorsichtig über die Kanüle an seiner Hand.

Dann zischt er (Shit, es geht weiter), dass es das Paradies vielleicht gar nicht gibt, und *Gott* womöglich auch nicht.

Nein, und Mickey Mouse und den Osterhasen auch nicht, du Blödmann.

Gott. Das Kürzel für die Furcht vor der Vergänglichkeit. Und ich verachte Dirk plötzlich dafür, dass er ein so weinerlicher, anmaßender Pisser ist, zu glauben, er hätte noch irgendetwas nach dem Tod zu erwarten. Oder vom Leben.

Und Dieter und ich setzen zeitgleich an, etwas zu sagen. Ich breche sofort ab. Dieter auch. Ich sage: »Ach nichts.«

Dieter sagt: »Nein, nein.« War wohl genauso unwichtig wie meins. Dann sage ich trotzdem: »Ich weiß gar nicht, warum alle so erpicht darauf sind, dass da noch was kommt, nach dem Tod.« Ich versuche so verbissen, locker zu klingen, dass ich mich lächerlich mache. (Bin ich schon gewöhnt, ist schnell verarbeitet.)

Und meinen All-Time-Klassiker, dass es doch 14 Milliarden Jahre auch ohne Menschheit und einen selbst ganz gut lief, spare ich mir, klinke mich aus und versuche an etwas anderes zu denken. (Das Ende dieser lachhaft sentimentalen Diskussion.)

Dieter und Kai schauen mich mit aufgerissenen Augen an, Dirk sieht Bettina an und ich sehe Dirk an. Mehr Konfusion als von mir beabsichtigt. Und während ich gerade dabei bin, meine siebenschwänzige Peitsche auszupacken, um mir damit auf den Rücken zu schlagen und mich zu geißeln und zu bestrafen, werde ich plötzlich von der düsteren Frage gepackt, ob ich schon so verdreht bin, dass ich die Welt komplett konträr wahrnehme? Wie der unwissentliche Geisterfahrer, der im Radio gewarnt wird, es käme ihm auf der Autobahn ein Geisterfahrer entgegen, und der daraufhin sagt: »Einer? Hunderte!«

Doch das wird schnell relativiert, als Dirk sich aufrichtet, ganz offensichtlich gerade aufs Neue einen spontanen Stimmungsumschwung erfährt (der mich beinah überfordert), zu Kai sagt, »Komm, dreh die Musik auf, jetzt machen wir Party hier!« und in sein Bounty beißt.

Ich jubiliere innerlich (hä? Leben, Tod, Party?), verabschiede mich äußerlich (»Tschüss zusammen« – ich hoffe, wir sehen uns nie mehr. Wenn's nach mir geht!) und verlasse das Zimmer Nr. 132 um 19 Uhr 02. Allerdings nicht ohne vorher noch einen Blick auf den alten Mann zu werfen, der jetzt reglos auf der Seite liegt und ausgesprochen unlebendig aussieht. Ich glaube, der Sound ist nicht so sein Ding.

Bereits fünf Schritte von der Tür entfernt, höre ich, dass sie leise geöffnet wird, und drehe mich um. Bettina kommt schnellen Schrittes auf mich zu und sagt auf halbem Weg, mit Krankenhausflurflüsterstimme: »Dass du vorbei kommst, um Dirk zu besuchen, hätte ich nicht gedacht.«

»Mmh, ich auch nicht. Wie geht's dir?«, frage ich und denke mir, sie sieht gut aus.

»Okay. Du siehst übrigens wirklich schlecht aus«, sagt sie und zeigt mit ihren Augen auf meine Augen.

»Ja, nochmals danke. Die Gene! Dieter ist sehr nett, Gratulation.«

Sie schaut erstaunt und darüber bin ich wiederum erstaunt, bis mir einfällt, dass sie ja nicht wissen kann, dass ich sie zusammen mit ihm gesehen habe.

Und dann folgt ...

Rhabarber.

Und dafür, dass wir uns nichts zu sagen haben, reden wir ganz schön lang.

(Durch die Tür dröhnt Erasures »Oh l'Amour«, danach »Someday«. Muss eine Greatest-Hits-CD sein. Klingt, als wäre in Dirks Zimmer Studio-54-Stimmung-kurz-vor-Mitternacht.)

Wir bieten uns eine seltsam befremdliche Fortsetzung des vorangegangenen Gesprächs mit den anderen. Und Bettina sondiert, was ich denke, und ich bin mir nicht sicher, was sie denkt. Mein Ego nimmt mal wieder überhand, als ich mir vorstelle, dass Dieter niemals annährend so intensive Gefühle von Bettina erwarten kann wie die, die sie für mich entwickelt hatte, da sechs Jahre unerfüllten Ausharrens der Beweis für eine Hingabe sind, der ihre jetzigen Gefühle für ihn niemals nachkommen können.

Mir ist, als forderte ich von dieser Vorstellung Genugtuung. Wofür, von wem – völlig sinnlos. Dann geht mir auf, dass ich womöglich falsch liege, ganz falsch. Dafür bedauere ich mich kurz. Bettina verfolgt meine Blicke. Versucht durch zweimaliges grundloses Lachen meine Abwesenheit abzufedern. Zusammenhanglos erinnere ich mich, dass wir uns in besonders intimen Momenten oft gesiezt haben und das irgendwie lustig fanden. Dass es für mich aber eigentlich nur ein Ventil war, weil ich sonst erstickt wäre. »Someday« wird zu »Always«. Geiler Song. Nach ein paar Minuten Gerede lüge ich schlecht und unpassend: »Du, ich muss heim, noch was erledigen«, dann räuspere ich mich.

Mir hätte wirklich etwas Besseres einfallen sollen. Mein Ärger darüber hilft nichts mehr. Ah, jetzt läuft Mika, »Grace Kelly«. Ausnahmslos kernzielgruppengerechtes Repertoire. Dann wird mein Ärger zu Bedauern und trotzdem wirkt mein »also dann ... bis bald!« verletzend. Und Bettina sagt: »Ja, bis bald.« Und das war's.

Die Treppe ins Erdgeschoss der Klinik nehme ich schwungvoll. Ich renne, wie um einen Ausgleich zu dem Gespräch zu schaffen. Schon bald komme ich außer Puste und drossele mein Tempo, während ich die Lobby durchschreite. Ich erleide einen Schweißausbruch, Zittern, Herzrasen. Mir geht die Luft aus. Das Übliche. Man gewöhnt sich an alles.

Ich werfe einen prüfenden Blick auf meine linke Ferse, ob meine Jeans nicht versehentlich in den Schuh gerutscht ist. Zwischen Socken und Schaftkante. Das sieht unmöglich aus. Aber, alles gut. Sie hängt drüber. Dann selbe Prozedur mit dem rechten Fuß. Auch okay.

Ich wähle die rechte der drei Glastüren am Ausgang, weil durch die anderen beiden je ein Pärchen steuert. Ich möchte mich fürs Aufhalten der Tür nicht bedanken. Und ich möchte meinen Zorn nicht mühsam zügeln müssen, wenn sie sie mir nicht aufhalten. Also steuere ich auf den nicht benutzten Türflügel zu und drücke ihn mit meiner rechten Fußspitze auf.

Geistesabwesend ziehe ich den Strafzettel für Falschparken unter dem Scheibenwischer heraus. Ein schadenfrohes Lachen auf den Lippen eines Passanten, der mich dabei beobachtet und mein Gesicht nach einer verärgerten Reaktion absucht. Ein aussichtsloses Unterfangen.

Ich beginne leise die aktuelle Single von Maroon 5 zu pfeifen, die mir nicht mehr aus dem Kopf gehen will. Mein Pfeifen gibt preis, wie unaufgeräumt ich bin. Ich wähle die Variante, bei der man die Luft einsaugt. Das ist eleganter und die Lautstärke lässt sich feiner regulieren. Ich pfeife leise. Dann öffne ich die Autotür, wische mit der Hand schnell über die Schultern (auf Verdacht etwaige Fussel, Haare, Schuppen beseitigen), steige ein und suche die Maroon-5-CD, damit ich den Song nicht mehr pfeifen muss. Ausfüllen des dem Strafzettel beigefügten Überweisungsformulars gleich im Wagen. Ich trage meine Bankverbindung ein, streiche den per Computer bereits vermerkten Betrag von 15 Euro durch, schreibe 50,-- in das Betragskästchen und vermerke in der leeren zweiten Zeile unter ›Verwendungszweck‹: »STIMMT SO, DANKE.« Dann reiße ich den Zettel aus der Perforation und nehme mir vor: Heute noch einwerfen, wenn ich an der Bank vorbeikomme. (Weg damit, keine noch ausstehenden Erledigungen im Hinterkopf behalten müssen.) Dann gleich noch Kontoauszüge holen. Nix Online-Banking. Keine persönlichen Daten ins Netz geben. Niemals.

Zündung. Abfahrt.

Mir kommen innerhalb von einer Minute drei Minis entgegen, deren Fahrerinnen sich optisch zum Verwechseln ähneln. Dunkle Sonnenbrille, die das halbe Gesicht bedeckt, derselbe Blondton, derselbe Bräunungsgrad der Haut und etwas Angesäuertes im Blick.

Während ich mich an einer Kreuzung zum Linksabbiegen einordne, passiert es mir wieder mal. Erstaunt sehe ich mich links und rechts um, betrachte die Gebäude und Straßenzüge und es kommt mir plötzlich vor, als würde ich die Umgebung wie ein Tourist wahrnehmen, als wäre es nicht meine Stadt. Als wäre mir alles fremd und meine Beobachtungsplattform eine andere als sonst. Ich nenne es Touri-Perspektive.

Das passiert nur selten, hält nur wenige Sekunden an. Und in dem Moment, in dem ich mir dessen vollends bewusst werde, falle ich schon wieder in den alten Blickwinkel. Und werde wieder zum Einheimischen.

Die Tage werden bereits kürzer. An einem bewölkten Tag wie heute (dem dritten in Folge) spürt man das noch deutlicher.

Nach fünf Kilometern auf der A96 kommt mir in den Sinn, dass ich morgen das Ergebnis der Bluttestauswertung vorgesetzt bekomme und dies womöglich meine letzte Fahrt ist, in der noch halbwegs alles beim Alten ist. Dabei wird sich erst mal an meinem Zustand nichts ändern, außer der Gewissheit darüber, was wirklich los ist. Vorerst.

Ich fahre wie immer links.

Es beginnt zu regnen und mein Scheibenwischer produziert heute lediglich einen langgezogenen Streifen pro Wischbewegung, statt wie sonst zwei. Mein Auto heilt sich anscheinend von selbst.

Die Gischt eines vorausfahrenden Autos sprenkelt auf meine Scheibe. Ich werte es als persönliche Beleidigung.

Diese Strecke langweilt mich und ich werde bei nächster Gelegenheit wenden und die Autobahn wechseln. Es läuft Green Days »American Idiot«. In einigen Songs höre ich ab und an Handyklingeln (immer ein anderes), wenn sich Frequenzen entsprechend bündeln. Jedes Mal zucke ich dabei zusammen und will rangehen, obwohl ich weiß, dass es eine akustische Täuschung ist und kein weiteres Telefon im Auto liegt, außer meinem.

Und dann klingelt mein Telefon tatsächlich und ich glaube zunächst wieder an eine Täuschung. Nummer unterdrückt, ›Unbekannter Teilnehmer‹ leuchtet auf. Ich seufze, bevor ich abhebe, und benutze die letzten Züge meines Ausatmers als Luftstütze für mein »Hallo?« (Ich sage nie meinen Namen, der Anrufer hat sich zuerst zu identifizieren.) Sieh an, »Hallo, ich bin's« ist dran. Ja, woher soll ich denn wissen, wer Ichbins ist. Wer bist Du denn? »Oh, hi«, sage ich hoch erfreut. Habe nicht den Hauch einer Ahnung. Ich sitze auf meinem Spickzettel, der in meiner hinteren Hosentasche steckt. Linke Arschbacke. Aber ich kombiniere schnell: temperamentvoll überspitztes Organ + individueller Doofheitsfaktor = Astrid. Die Dame, auf der ich vorvorgestern zusammengebrochen bin und die mir die »Küsschen«-Nachricht am Morgen hinterlassen hat.

Als ich fühle, dass so schnell kein Ende dieses Gesprächs in Sicht ist, gebe ich mir die Anweisung, den nächsten Parkplatz anzufahren, um nicht Kilometer abzureißen, die ich nicht richtig auskosten kann, solange ich ihr zuhören muss. Es hört schon wieder auf zu regnen. Es nieselt nur noch etwas. Laut Hinweisschild noch ein Kilometer bis zum nächsten Parkplatz. Astrid macht Pläne für die nahe Zukunft. Fragt: »Und wie wäre es, wenn wir uns am Dienstagabend den Film gemeinsam auf DVD ansehen?« Völlig ausgeschlossen. Ich sage: »Klar, unbedingt.«

Jetzt bemerke ich den links neben mir fahrenden grauen BMW 5er. Der Beifahrer gibt mir ein Zeichen und hält eine Kelle hoch. Der Wagen biegt auf meine Spur und ich folge ihm auf den sowieso von mir anvisierten, menschenleeren Parkplatz. Hoffentlich sind das auch echte Polizisten und nicht irgendwelche Perverse mit einer Kelle, die mich schänden wollen. Womöglich sogar mit der Kelle.

»Astrid, ich muss Schluss machen. Polizei. Handy am Steuer. Ich ruf zurück«, sage ich, ja, erleichtert. (Den Spruch muss ich mir merken.)

Mit vergnüglicher Abneigung beobachte ich, wie die beiden grünen Kreaturen auf meinen Wagen zugehen. Ich bin ernsthaft überrascht, dass ich nicht schon viel früher erwischt wurde.

Ich stimme mich auf untertäniges Arschkriechen ein. Lässig in mein Fahrerfenster gelehnt (ich weiche angewidert zurück), klärt mich der Stämmigere von beiden mit höhnischer Superfreundlichkeit auf: »Mein Kollege und ich haben Sie beobachtet, wie Sie am Steuer telefoniert haben.« Dabei kratzt er seinen bräunlichen Zehntagebart. Knistern.

Hoffentlich rieseln keine Hautschuppen auf meine Fensterleiste. Ich traue mich nicht, hinzusehen. Muss ich zu Hause mit einem feuchten Lappen wieder sauber wischen. Palmolive-Lauge. »Da haben Sie Pech gehabt, mh!«, sagt er, grinst. Ich bemühe mich jetzt, überrascht zu wirken, ein bisschen Bestürzung aus mir herauszukitzeln.

Während der andere Polizist im Hintergrund bleibt und sich ständig nervös umsieht, als lauerten Heckenschützen im Gebüsch, sagt mein kleiner Straßencop-Butterkeks: »Sie wissen, dass das verboten i...?«

Mit sanfter Entrüstung unterbreche ich ihn und erkläre: »Ähem, nein, ich habe nicht telefoniert, ich habe etwas auf mein Diktafon aufgesungen.« Herzzerreißendes Winseln in meinen Augen.

»Aufgesungen?«, entgegnet der Beamte mit hochgezogener Augenbraue.

»Ja.«

»Wieso denn das?«, fragt er hämisch.

Ich schlucke, überwinde mich. Nehme meinen ganzen Mut zusammen.

»Ich ... ich bin ... ich mache ... ich bin ... Komponist.« Argh.

Noch in dem Moment, in dem ich das sage, bereue ich alles – vorausgreifend. Zu spät. Jetzt *muss* ich mich erklären. Griff zur Mittelkonsole. Ich nehme das Diktafon, spule ein klein wenig zurück und spiele für vier Sekunden eine aufgesungene Idee vom Vortag an. Dann summe ich die eben gehörten zwei Takte, wie zum Beweis, kurz selbst live nach. Die Beamten sind ratlos.

»Das haben Sie gerade im Auto erfunden?«, fragt der eine.

›Erfunden?‹ Erfunden! Zusammengeschustert! Vielleicht

geklaut, keine Ahnung, ihr Banausen.

»Ja, ist ein neues Lied.« ›Lied‹ würde ich sonst nie sagen. Ich bin gerade jemand anderes.

»Aha, und das machen Sie so im Auto?«, fragt der bärtige Bulle. (*Der bärtige Bulle.* Aufschreiben.)

»Genau, nur dafür fahr ich sogar extra durch die Gegend«, sage ich, jetzt ernsthaft selbstmordgefährdet.

»Also, Sie sind, ehm, Komponist?«, fragt er.

Oh, wie ich das Wort hasse. Die Palette der Reaktionen darauf reicht von befremdet bis herablassend. Leute beginnen sich zu überlegen, ob man davon wohl leben kann. Es kommt einem Eindringen in meine Intimsphäre näher, als würde ich ihnen meine Schwanzlänge verraten. Aber es gibt noch etwas Schlimmeres. Und ich ahne, es wird gleich eintreten.

Es folgt ein ungemütliches Schweigen. Langsam kommt der Fettsack an meinem Fenster wieder aus seiner Starre und sagt: »Aha! Soso! Das ist ja interessant. Wissen Sie, ich habe zu Hause ja auch ein Keyboard stehen. Ich habe früher viel in Bands gespielt. Ja, was haben wir nicht alles gespielt ... Ah ja, Musik. Das ist was Schönes! Da haben Sie sozusagen ihr Hobby zum Beruf gemacht, was? Ich spiele ja auch.«

Ja, das sagtest Du schon. Was, bitte, heißt »auch«? Hobby zum Beruf gemacht? Was für ein verficktes Hobby?

Ich hätte es wissen müssen. Hätte sagen sollen: »Ja, ich habe am Steuer telefoniert. Ich bin schuldig. Was bin ich schuldig. Darf ich bar zahlen?« Ich hätte (hätte hätte) ... Musik öffnet in vielen Menschen gruselige Türen. Er sagt: »Jetzt passen Sie auf. Was genau machen Sie denn für Musik?«

»Ähm ...«, ich werde unterbrochen. Bin sogar dankbar dafür. Hier geht gerade etwas ganz Großes vor sich. Er fährt fort: »Meine Tochter! Meine Tochter, die Maike, die singt, sie ist, jetzt passen Sie auf, sie ist erst elf. Die singt – ungelogen – wie Christina Aguilera«, er bebt. Er stiert mich an. Er ist kein Polizist mehr – er ist jetzt Manager eines angehenden Weltstars.

»Okay, erst elf, interessant«, nicke ich. Klar, singt wie Christina Aguilera. Sagt auch Tante Herta, oder? Und Cousine Edelgard kriegt immer ganz feuchte Augen und Arschbacken, wenn deine pickelige Zahnspangentochter Maike trällert. Und vielleicht hast du ja auch noch einen Sohn, der vorzüglich Flöte spielt. Oder? Scheiße. Ich bin geliefert.

Er quietscht: »Was genau machen Sie denn nun? Hm. Ich schreibe ja auch selbst Lieder. So Rock. So rockig«, und setzt erklärend hinzu: »Deep Purple, AC/DC. Da steh ich ja drauf. Ehrlicher, erdiger Rock.« Es ist mir vollkommen unverständlich, wieso alle immer nur Lieblingskünstler und Lieblingssongs aus ihrer Jugend angeben. Senioren, die auf ihren sonntäglichen Tanzteeveranstaltungen immer und immer wieder »Caprifischer« hören möchten. 70er-Jahrgänge, die einfach nicht über Depeche Mode oder Duran Duran hinwegkommen.

Jeder glaubt, sein Pubertätshöhepunkt sei auch der rechtmäßige weltkulturelle Höhepunkt gewesen. Jede Generation glaubt das.

Was wollte der Polizist gleich noch mal wissen?

»Na ja«, stammele ich halbherzig. Augenblicklich – Depression. Dann nuschele ich widerwillig ein paar Namen von Künstlern, von denen ich nicht glaube, dass er sie kennen könnte. Zu aktuell. Ich würge innerlich. »Haben Sie vielleicht ein Kärtchen oder so was, dass ich Ihnen meine Tochter mal vorstelle?«, nudelt er jetzt untertänig und irgendwie schleimscheißerig.

Schick sie mir doch verschnürt in einem Paket, am besten in vier verschiedenen.

»Ich habe leider keine Karte, leider ... Hier, ich schreibe Ihnen meine E-Mail-Adresse auf.« Bemüht reiße ich eine Seite aus meinem Notizbuch und notiere. Ich vertausche zwei Buchstaben. Muss ja nicht sein, dass wir Bekannte werden.»Ach, schau an. Ein Linkshänder!«, sagt er amüsiert zu mir.Was? Bist Du jetzt völlig, ach was, ich schmunzle und wackle mit dem Kopf, als wäre ich eine Kuriosität. Ein Belanglosquatscher wie er fragt seine Bekannten bestimmt auch immer, ob sie beim Friseur waren, wenn sie beim Friseur waren. Oder Menschen mit Akzent, woher sie stammen.»Dann schicke ich ihnen was von meiner Tochter. Der Maike. Ist wirklich interessant, dass ich Sie jetzt da, so, an, ähm, wir uns getroffen haben«, sagt er.Ich schaue ihn an und sage: »Okay, gut.« Hoffentlich geht mein Dauerlächeln wieder weg, wenn das hier vorbei ist. Und meine Duckhaltung auch.

Die beiden sehen mich immer noch erstaunt an. Ich fühle mich erniedrigt. Mir ist bewusst, dass ich bedauerlicherweise selbst schuld bin, was mich plötzlich enorm gereizt macht.

»Dann wollen wir von einer Anzeige mal absehen und glauben Ihnen, dass Sie nicht telefoniert haben«, sagt der Große. Der Kleine nickt dabei unablässig, als wären es seine eigenen Worte, die der Große nur nachspricht.

»Also dann, gute Fahrt«, beide. Haut schon ab. Dankbares Gesicht meinerseits. Einen Knicks unterlasse ich vorsichtshalber, sonst holen sie noch die Kelle raus. Sie fahren davon. Dick und Doof. Ich sehe ihnen nach. Presse meine Lippen zusammen. Bringe es für einen ziemlich langen Moment nicht fertig, meine selbst gewählte Trägheit zu überwinden. Es ist mittlerweile dunkel. Der Mond ist schon sichtbar, sein Licht dringt aber noch nicht weit. Ich hätte einfach bezahlen sollen. Und nicht mit ihnen rumreden.

23 Uhr 4. 1987er-Barock. Schwarze Ikea-Schrankwand, ein Teppich, der sich langsam auflöst, und rauchgeschwängerte Luft. Rudis Bude weckt Erinnerungen an längst vergessen gehoffte Zeiten. Fehlt nur noch ein Poster von Alice Cooper. Eine Clawfinger-CD läuft im Hintergrund. Die hat er schon damals ständig gehört. Schon wieder nur Vergangenheit.

Er sitzt auf dem schwarzen Ecksofa und stiert an mir vorbei auf die Tür. Aber ich möchte jetzt nicht aufstehen und mich an die Tür stellen. Irgendwas hat er intus und seine Selbstgedrehte ist zu dick für eine reine Nikotinzigarette. Im Stakkato erfahre ich von seiner

Scheidung, dem geteilten Sorgerecht für den Achtjährigen, das er nur bedingt wahrnimmt, da er so viel arbeiten muss, der harten Zeit im Gefängnis, unzuverlässigen Angestellten und alles ist gerade nicht so auf der Spur ..., von seiner Ex, die aber finanziell Gott sei Dank nicht rumzickt, und ich musterte dabei seine Jacketkronen (gut gemacht, sicher Porzellan), die ich noch nicht kenne.

Während er weiter redet, erinnere ich mich an die Episode, in der er zugedröhnt neben mir auf dem Beifahrersitz saß, als ich ihm das Taxi nach meiner Nachtschicht übergab, er die Wipptaste des Fensteröffners nicht richtig traf, zu mir sah und etwas erzählte, sich dann wieder zum Fenster drehte, nicht bemerkte, dass es sich in der Zwischenzeit nicht geöffnet hatte, mit voller Kraft einen dicken Batzen ausspuckte, der an der Innenscheibe hängen blieb und langsam daran runterkroch, er auch das nicht bemerkte, sich wieder mir zuwandte und weiterredete und mich wenig später verwundert fragte, wer an die Innenseite des Fensters gerotzt habe.

Er beißt in die zweite Hälfte seiner Pizza und wirft sie achtlos zurück in den am Boden liegenden Karton. Ein gelber Käsefaden reißt erst auf den letzten Zentimetern zwischen seinem Mund und dem Aufschlag. Er saugt ihn lautstark, wie eine Nudel ein. Dann erzählt er mir mit ernstem Gesicht und vollem Mund einen Witz, den ich nicht kapiere.

Aus reiner Verlegenheit, um einen Anstandslacher zu umgehen, stelle ich ihm eine Frage zu seinem Kind. Ist immer gut. (Wie war das noch mal, Junge oder Mädchen?) Dann noch eine Anschlussfrage (Kind und Ex). Stelle fest, es macht ihm Freude, ein wenig ausgefragt zu werden.

Rudis gelbblonde Mähne ist immer noch riesig und auftoupiert und er greift sich ständig hinein, vielleicht um die fettigen Pizzafinger abzuwischen. Wenn ich nicht wüsste, dass er inzwischen 44 ist, würde ich sagen, er ist alterslos.

»Und was hast du die ganze Zeit über so getrieben?«, fragt er mich.

Ich schaue meine Hände an. Mir ist unwohl, Rudi zu fertig und mein Anliegen zu heikel. Ich reiße eine lieblose Kurzversion meiner Biografie runter, dass es knapp an einer Unverschämtheit vorbeischrammt. Acht Jahre in zwei Sätzen. Nur gut, dass Rudi keinerlei Interesse an chronologischen Feinheiten zeigt. Als er mir ein Bier anbietet – nicht dass ich eins wollte, aber er tut dies reichlich spät –, nehme ich an und trinke keinen Schluck. Wir reden noch etwas. Ich zupfe mit meinem Daumennagel am Flaschenetikett. Mir ist danach, endlich zum Punkt zu kommen. Noch ein paar Minuten verstreichen. So, genug geplaudert.

»Rudi, kennst du noch den Harald? Den Nachnamen weiß ich nicht mehr. Der, der im Rose Club gearbeitet hat? Hast du mit dem noch Kontakt?« Ich sehe nervös zu ihm hinüber. Würde er meinen Blick erwidern, würde ich beherrschter dreinschauen.

Er sondert einen Rülpser ab, der sich wie ein Schluckauf ankündigt und wie ein Regenwalddonnern endet.

»Der Harry, ja klar, den seh ich fast jede Woche.« Rudi schluckt.

»Ah gut. Was macht er denn jetzt?«, frage ich.

»Na ja, der ist schon noch im Rose, und macht halt noch so andere Geschäfte.«

Die Tür öffnet sich unvermittelt und eine junge Frau, zwanzig, zweiundzwanzig, kommt herein. Bleibt stehen. Rudi hebt den Kopf. Ich schaue sie von oben bis unten an. Ihr Gesicht ist so nichtssagend, so alltäglich, dass ich es in dem Moment vergesse, in dem ich wegsehe.

»Du, Rudi?«, maunzt sie, hat ein Schafslächeln aufgesetzt.

»Geht jetzt nicht, hau ab«, gibt Rudi lauthals den Charmeur. Muss die große Liebe sein. Sie wendet verdattert den Blick zu mir. Ich schaue, als hätte ich nichts bemerkt. Lächle. Dann zieht sie ihren Kopf zurück und schließt einfach die Tür.

Ich überlege kurz, wie ich weiter vorgehen soll, und zweifle jetzt irgendwie, dass Rudi der richtige Ansprechpartner für mich ist.

»Pass auf Rudi, ich brauche eine Pistole. Eine ganz normale Pistole. Könntest du mir die über Harry besorgen? Damals hast du gesagt, der Harry treibt alles auf, und als ich ihn mal gefahren habe, hat er mir Sachen erzählt, die ich gar nicht glauben konnte. Aber du hast gesagt, dass das alles stimmt. Meinst du, du könntest mir da helfen?« Ich klinge heiser und alles in allem erbärmlich.

»Wofür brauchst du denn eine Pistole?« Rudi wirkt verwirrt, aber keinen Deut aufgeweckter. Sein Erstaunen hat etwas Verkatertes.

Ich nicke nur als Antwort, leite ein Schweigen ein und formuliere auf diese Art die Frage neu. Ich sehe ihn von der Seite an. Er schaut immer noch an die Tür, ist jetzt aber in aufrechter Sitzposition. Ich weiß, dass er meine Gesten wahrnimmt.

»Ja, das kann ich schon machen. Ist halt alles eine Frage vom Preis«, sagt er endlich.

›Des Preises‹, stolpere ich mit Blick fürs Wesentliche über seine Genitiv-Vergewaltigung. Ich versuche sein Verhalten zu interpretieren. Es gelingt mir nicht. Ich bin schlecht darin, festzustellen, ob jemand zugedröhnt ist. Aber es steht manchen Leuten. Unbestritten. Ihm nicht. Wenn.

»Klar. Ich brauch irgendwas PPK-mäßiges. Keinen Handtäschchenrevolver. Was schätzt du kostet so was?«, brabble ich auf ihn ein.

»Schwer zu sagen, vielleicht drei Tauis. Und ich hätte halt auch noch gern was dran verdient«, sagt er und bohrt dabei seinen rechten Fuß in den hellgrau/dunkelgrau gemusterten Teppich, der noch nie in Mode war.

»Also 5.000?«, frage ich.

»Ja, so was. Wahrscheinlich.« Während er das sagt, zündet er sich noch eine an. Er bläst den Rauch mit ausladendem Armschwenken in die Höhe.

»Gut, frag Harry, lass mich die genauen Konditionen wissen und dann geht das von mir aus klar«, sage ich und stehe auf. Ich muss meinen Tonfall ein bisschen anziehen, sonst versinken wir hier noch im Meer der Langsamkeit.

»Ja, kann ich schon machen«, er nickt, immer noch etwas unschlüssig.

Und ich: »Okay. Sind wir im Geschäft?« Ich setze mich wieder hin. Komisch. Er hält mir seine Hand hin. Muss das sein? Eine Mischung aus Pfadfinderverschwörung und Yo-Man-Harlem-Bronx-Bruderschaft. Ich beuge mich vor und schlage ein. Rudi sieht eigenartig gekünstelt drein. Ob ich ihm glauben kann, dass er sich sofort morgen um die Sache kümmern wird, weiß ich nicht. Ich bin nicht sicher, ob er sich morgen überhaupt noch an unser Gespräch erinnert.

Ich drücke ihm 3.000 Euro in die Hand. Anzahlung. (2.000 in bar hab ich eben noch aus einem Automaten geholt, mindestens 1.000 hab ich sowieso immer einstecken.) Ich kündige an, mich morgen Abend telefonisch bei ihm zu melden, um eine kurze Zwischeninfo zu erhalten (eigentlich, um ihn zu erinnern). Wir gehen langsam in den Flur. Keine Spur von dem Mädchen. Ich werde von Rudi noch zehn Minuten festgehalten, indem er mir obskure Strategien unterbreitet, mit denen er aus seinem Tief kommen möchte. Dadurch wirkt mein Hauptanliegen plötzlich nur noch wie eine zusätzliche Gefälligkeit von ihm. Er entblödet sich nicht, mich nach meinem Interesse in eine Investition für seine geplante Mietwagenflotte zu fragen (»Ein garantierter Bringer! Wirst sehen!«). Ich winde mich raus, vertröste ihn auf unser baldiges Übergabetreffen. Um mich noch mehr zu überzeugen, erzählt er von einem Kunden, der ein hohes Tier bei einer Werbeagentur ist und einen Businessplan erstellen könnte. Jetzt muss er nur noch das Geld zusammenkriegen.

Der Irrglaube an *Connections*.

Der Irrglaube, *Jemanden-zu-kennen* bedeute schon etwas.

»Tja, die Ideen sind nie das Problem«, sage ich und drehe mich zur Wohnungstür hin. Er nickt, resigniert auf eine geübte

Art. Ich sage: »Also du kümmerst dich um die ... *Sache*?« Ich ertappe mich, wie sich mir ›Erzähl aber niemandem davon‹ oder ›Das bleibt aber unter uns, oder?‹ zu sagen aufdrängt. Nie würde ich es über meine Lippen lassen. Wer nicht von selbst schweigt, wird dadurch nicht abgehalten. Trotzdem kostet es mich ein relativ hohes Maß an Selbstdisziplin. Manche Situationen nötigen einem gewisse Aufforderungen förmlich ab. Wobei die Vorhersehbarkeit der Antwort noch übler ist.

Wir stehen immer noch im Gang, neben der Garderobe. Übereinandergehängte Jacken. Keine Kleiderbügel. Zwei Mäntel sehen aus wie verkrüppelte Körper.

Die Tusse huscht von einem Zimmer in ein anderes. Nur ein großes Handtuch um den Körper geschlungen. Ein halb gefülltes Glas in der Hand. Jetzt seh ich, erstaunt, sie ist locker über dreißig. Habe mich vorhin ganz schön verschätzt. Eigenartig. Muss am Licht liegen. Rudi dreht sich zu spät nach ihr um.

»Dank dir«, sage ich einfach und öffne die Tür.

Eigentlich sieht er gar nicht so kaputt aus, wie er gerade wirkt, denke ich mir. Ist vielleicht nur die Uhrzeit.

Als ich ihm noch mal zuwinke, während ich im Treppenhaus verschwinde, fühle ich mein Vertrauen in ihn bestätigt. Nur eine Ahnung. Kann es nicht erklären. Er steht in seiner Wohnungstür, sieht mir nach, entfernt mit spitzen Fingern einen Fussel aus seinem Mund.

Ich begegne niemandem auf dem Gang, als ich nach unten gehe. An die Wand im ersten Stock hat jemand mit schwarzem Edding und in krakeliger Schrift *»Der Erfinder der Waldorfschule heißt Waldorf und seine Frau hat die Esoterik erfunden«* geschrieben. Im Vorbeilaufen sage ich, zu niemand Bestimmtem: »Gar nicht so übel«. Keine Seele weit und breit.

Und dann geht mir auf, dass ich nicht den leisesten Schimmer habe, was ich da gerade bei Rudi gemacht habe. Aber falsch fühlt es sich nicht an. Im schlimmsten Fall ist meine Anzahlung weg. Zwei Wochen, hat er gemeint, würde er brauchen. Und als er das sagte, hatte ich den Eindruck, es wäre nicht das erste Mal, dass er eine Waffe besorgt.

Bevor ich die Haustür aufziehe, betrachte ich meine Spiegelung im Glas. Sehe mich an, als erwarte ich eine ernsthafte Stellungnahme zu meiner Aktion. Ignoriere meinen Gesichtsausdruck, zwinkere mir zu, in unbegründetem Vertrauen darauf, dass mich niemand beobachtet. Forme meine Finger zu einer Pistole (ziele auf mich, drücke nicht ab), dann zu einem Stinkefinger und trete in die schwül-warme Nachtluft.

Mich überkommt der unbedingte Drang, mir meine Hände zu waschen. Rudi zweimal die Hand gegeben, Türklinken, unumgänglicherweise ebenfalls mindestens zwei berührt. Spüre bodenlose Verzweiflung, dass ich auch heute mein Training auslassen musste. Schon drei Einheiten versäumt. Dauernd kreist mein schlechtes Gewissen – mal mehr, mal weniger intensiv – über mir. Betaste meinen Bauch und meine Brust und bilde mir ein, ein weicher Schwamm zu sein. Obwohl das theoretisch unwahrscheinlich ist. Hoffe, dass Melanie heute moderiert und nicht wieder eine der billigen Schnallen mit misslungenen Silikonlippen (permanente Schnute), wie gestern. Oder war's vorgestern? Vermerke, dass ich morgen Zitronen kaufen muss. Baue beinah einen Auffahrunfall. Finde, dass die Linie zwischen ›volle Katastrophe‹ und ›gar nichts passiert‹ sehr schmal ist. Sehr weise. Spreche die Titelzeilenidee »Accidents Can Happen« auf Band. Finde sie gleich darauf scheiße. Stelle fest, dass ich das Überweisungsformular des Strafzettels noch nicht eingeworfen habe. Dass jeder Tag wie der Tag davor wirkt. Dass das auch an mir liegen könnte. Auch nur so ein augenblicklicher Gedanke, der schnell verschwindet. Lasse den Tag Revue passieren. 1, 2, 3, fertig. Halte und werfe, während der Motor läuft und die Warnblinkanlage blinkt, die blöde Überweisung ein. Nachtbriefkasten. Schmeiße die Biografie von David Geffen in den Abfalleimer neben dem Drucker, während die Kontoauszüge ausgedruckt werden. Habe sie beendet, als ich vor Rudis Wohnung wartete. Nichts aufheben. Fahre weiter. Wundere mich, dass in meinem Kopf keinerlei Stille herrschen darf. Nie. Auch heute ist das nicht anders. Denke, weil dem so ist, dass ich doch ruhig noch eine Melodie schreiben könnte. Die momentane Stimmung ausnutzen. Immerhin noch vier Minuten bis daheim. Mach ich aber nicht. Finde, dass ich mir langsam wie meine eigene Karikatur vorkomme. Setze den Blinker rechts. Und biege links ab. Schwachsinn. Mir wird schlecht, aber nicht so schlimm wie gestern. Nur ein Anflug. Geht schon wieder. Kriege plötzlich Hunger. Mordshunger. Denke auf einmal, dass ich schon lange niemanden mehr ein Autofenster habe runterkurbeln sehen, weil mittlerweile alle elektrische Fensterheber haben, ich aber immer noch weiß, wie behindert der Bewegungsablauf aussah. Ungelenk und hektisch. Überlege mir – trotz selbstverständlicher Feuerbestattung, bitte keine symbolische Asche in eine lächerliche Urne füllen –, einen Grabsteinspruch für mich und bin mit »Wurde auch Zeit« nicht unzufrieden. Dann ist auch wieder gut. Glaube, dass es nicht schade um mich wäre. Morgen, Ergebnis. Ob ich dann Painkiller bekomme und trotzdem weiter arbeiten kann? Ob ich es schaffe, mir nichts anmerken zu lassen? Wenigstens noch die paar Monate bis zum Abgang. Haltung bewahren. Auf Langzeitschäden der Medikamente müsste ich dann wirklich nicht achten. Begreife mit aller Deutlichkeit, dass jede Station meines Lebens wie ein Durchgangslager war. Und ist und immer sein wird. Sehe davon ab, mir das zu notieren. Und die Gedanken davor. Danke es mir, indem ich das Radio lauter drehe. Und führe dasselbe Gespräch mit mir, das ich immer führe, wenn ich genug von mir selbst habe. Aber ich kann mich kaum hören. Die Musik ist ziemlich oberkante.

10 Menschenallergie

Am nächsten Morgen. Genauer gesagt, Montag, zwei nach sieben. Ich sitze am Schreibtisch. Die Auswertung der Blutproben müsste jetzt vorliegen. Bin doch etwas nervös. Vorsichtig ausgedrückt. Habe die Nummer der Praxis schon auf Wahlwiederholung eingetippt. Ich benutze auf meinem Festnetzanschluss mittlerweile keinen schnurlosen Apparat mehr, weil meine Ohren an der Muschel noch heißer werden als beim Handy. Seit Kurzem besitze ich wieder eins der guten alten Schweineringelschwänzchentelefone.

Bin viel zu früh aufgewacht. Wie immer ohne Erinnerung an meine Träume.

Seit geschlagenen zweieinhalb Stunden sitze ich vor dem Frühstücksfernsehen. Hatte schon ganz vergessen, wie deprimierend das ist.

Ein Thema heißt »Diäten, wie macht man es richtig?« Ein Ernährungscoach erklärt drei fetten Trullas, was sie falsch machen. Alle drei: dicke Ärsche, Riesenbäuche, aber keine Titten. Fett *und* noch dazu *ohne* Titten ist ganz schlimm. Mir wird kurzzeitig unwohl.

Die gewaltigen Arme vor der Brust verschränkt, schauen sie vollkommen fassungslos und nicken mit ihren Köpfen, als der Trainer ihnen Tipps gibt. Zusammengefasst: Weniger fressen, mehr bewegen. Wer hätte das gedacht.

Ich kann an ihrer übertriebenen Einsicht ausmachen, dass sie sich niemals daran halten werden. So viel Selbstbeherrschung haben sie nicht. Sie glauben, dem Coach einen höchstpersönlichen Gefallen zu tun, wenn sie beteuern, sich künftig nicht gleich jeden Schokoriegel intravenös einzuverleiben. Getreu dem Motto: »Das hat mir mein Arzt verboten. Wenn ich das mache, schimpft er mit mir.« Ich bin nicht sicher, ob diese Waschlappen tatsächlich glauben, ihrem Arzt läge etwas an der Einhaltung seiner Empfehlungen.

Ein dreitägiger Lehrgang bei diesem schlauen Fitnessguru kostet fünfzehnhundert Mäuse. Inklusive Ernährungstabellen und individuellem Trainingsprogramm. Mit rückgratlosen Affen macht man die meiste Kohle. Diäten, Teleshopping, Astroshows, Wahrsagerhotlines, Rhetorikkurse, Motivationsseminare.

Mein Zahnfleisch zwischen dem dritten und vierten Backenzahn von hinten, rechts oben, tut weh. Ich habe mit der Zahnseide gestern Abend zu stark rumgepult.

Nach einer Werbeunterbrechung, die nicht so kurz wie angekündigt war, sagt eines der Schwabbelmonster mit ihrem Fischmaul, irgendwo zwischen ihren dicken Backen: »Früher war ich ein Strich in der Landschaft.«

Ich muss lachen. Aber sicher. Früher. Jede Übergewichtige sagt das. Jetzt kommt bestimmt, ja, und dann kamen die Kinder! Sie redet weiter: »Aber dann kamen meine Kinder. Und nach dem zweiten ...«

Wer sagt's denn. Klar, nach dem zweiten Kind, wahrscheinlich vom zweiten Freund, mit 15 bekommen. Gezeugt in irgendeinem Hagebuttenstrauch hinter der Großraumdisco. Und weil du geglaubt hast, fünfzehn ist genau das richtige Alter, um zum zweiten Mal Mutter zu werden, hast du auch das nicht abtreiben lassen. Ein Kind der Liebe. Sie quatscht weiter: »... bekam ich die Pfunde einfach nicht mehr runter.« Jetzt wird ihr Name eingeblendet. Sindy Koschinski, Bottrop, 19, Hausfrau. Die volle Packung. Sindy aus Bottrop, mit ›S‹ geschrieben, Hausfrau. Wow, die gibt's wirklich. Sindy, Jacqueline, Jennifer, Yvonne, Chantal, Jessica, Denise. Als ob sie sicherstellen wollten, schon namentlich identifiziert zu werden. Als Kreaturen, wie aus einer Real-Life-Doku. Kreaturen, von denen ich lange glaubte, sie seien kuriose Freaks. Randerscheinungen. Sachlage ist: Sie sind *die Regel. Alles andere* die Ausnahme!

Kurz zucke ich mit dem linken Auge. Als Bewältigungsstrategie. Aus Angewohnheit.

Was will ich überhaupt?

Sindy und Mike und Konsorten erfüllen doch ihre Funktion ganz hervorragend. Sie kaufen den ganzen Scheiß, den man ihnen vorsetzt. Und das gereicht *mir* zum Vorteil.

Was will ich überhaupt? Ich nehme einen Schluck Wasser. Bin überraschend gespannt, wie's weitergeht. Bestaune Sindys Ghettofreund, der jetzt neben ihr sitzt, mit DJ-Ötzi-Mütze, diesem umgedrehten Eierbecher auf dem Kopf, und in die Augenbrauen einrasierte Streifen. Mike. Man möchte sagen, den kenne ich doch.

Ich – schreibe – auf.

Das Innere manifestiert sich über das Äußere.

Mike sagt währenddessen, er wird »Schatzi dabei ünterstützen«. Mit Doppel-Ü. Das wird auch nötig sein. Sindy motiviert sich künstlich selbst. Ballt ihre glitschigen Finger zu einer glitschigen Faust, malmt mit dem Kiefer, sagt: »Aber jetzt! Jetzt *muss* was passieren. Herr Doktor, wie kann ich die 70 Kilo abnehmen?«

Nein, mein kleiner überdimensionaler Wonneproppen. Mein guckipucki Käsesahnetörtchen, mein schnutziwutzi Nougaträllchen. Nein! Die Frage muss lauten, wie zur Hölle konntest du 70 verdammte Kilo überhaupt zunehmen? Ich strecke mich. Moderator und Ernährungscoach geben ihr Bestes. Wir drei wissen, es ist aussichtslos.

Da die Gedanken frei sind, macht es plötzlich klick. Ein Zusammenhang: Dicke Konditoreiverkäuferinnen schneiden einem immer kleinere Stücke vom gewünschten Kuchen ab als schlanke Verkäuferinnen. Stimmt's? Stimmt.

Und noch ein Zusammenhang: In südlichen Urlaubsländern füttern nur dünne Touristen die herumstreunenden Tiere. Korpulente Menschen tun so was nicht. Die sind zu sehr mit ihrer eigenen Gier beschäftigt.

Noch neun Minuten bis zum Anruf, subtrahiere ich aus der Zeitangabe des Telefons.

Sindy und Mike verabschieden sich.

Den anschließenden Beitrag über die verschiedenen Schritte bei der Herstellung von Stecknadeln verschlinge ich regelrecht.

Dann geht's weiter mit einem Bericht über kleine Männer, deren Partnerinnen größer sind als sie. Mit dem Mund voller Zahnpflegekaugummis überlege ich mir, ich könnte nie was mit einer Frau anfangen, die größer ist als ich. Ich glaub, ich hab noch nie eine getroffen. Wenn, dann ist sie wohl durch mein Wahrnehmungsraster gefallen. Genau wie Frauen mit Bart. Und Frauen auf Hollandfahrrädern.

Der Kaugummiklumpen in meinem Mund setzt sich aus sechs Streifen zusammen.

Der Zwerg im Studio, der von seinen Erfahrungen erzählt, ist auf jeden Fall guter Dinge. Laut Erfahrungsbericht hatte er immer größere Freundinnen und denen hat es nie was ausgemacht, dass er kleiner war. Und weil es auch ihm überhaupt nichts ausmacht, ein Gnom zu sein, kommt er in die Sendung und redet darüber.

Und dann kommt noch ein Bericht über ein wichtiges Fußballspiel von gestern. Ich schalte sofort um. Anderen beim Sportmachen zusehen. Eine weitere Sinnlosigkeit, mit der man gut Geld machen kann.

Auf MTV läuft Dido. Die Musik von Dido ist genauso schlaff wie die Körper der drei dicken Wale von vorhin.

Meine exakt nach Atomuhr gestellte Zeitanzeige sagt Punkt sieben Uhr 30.

Ich drücke auf die Taste mit dem Doppelpfeil, die Nummer rattert über die Freisprechanlage vor sich hin, ich spucke den Kaugummi in einen kleinen Notizzettel und knülle ihn einhändig zusammen und mit dem ersten Tuten hebe ich den Hörer ab. Aus unerfindlichen Gründen werde ich aus der Leitung geworfen.

Was ich für nichts weniger als eine persönliche Beleidigung betrachte. Ich probiere es noch einmal. Nach zweimaligem Klingeln hebt eine junge Stimme ab. Sie klingt, als hätte sie einen prominenten Unterkiefer und eine dicke Brille. Red, red, red. Mein Name ist, komm, verbinde mich mal, möchte Ergebnis wissen, wiederhole meinen Namen. Dann fragt sie: »Können Sie in zwanzig Minuten noch mal anrufen? Der Herr Doktor ist noch nicht da.« Sag's doch gleich.

Ich mache mir nicht die Mühe, mich bei ihr zu bedanken. Ich nicke und lege auf.

Ich starre auf meine aktuelle »To do«-Liste auf dem Schreibtisch.

Das Leben ist eine Erledigungsliste, die immer länger wird, auch wenn man sie permanent von oben abarbeitet.

Die zwanzig Minuten verbringe ich damit, mir vorzustellen, was ich mache, wenn ich gleich mitgeteilt bekomme, Krebs zu haben. Wovon ich ausgehe.

Wie geht Verzweiflung? Sie kommt nicht von allein. Secondhand. Blick ins Regal: *Was man zu fühlen hat – bei Trauer, Verzweiflung, Freude, Hass, Angst, Liebe! Greifen Sie zu.*

Alles schon vorgekaut.

Ich schaue ein wenig im Raum rum. Im Licht des frühen Augustmorgens sieht das Zimmer wie professionell ausgeleuchtet aus. Mein Blick ist träge. Wenn ich den Kopf drehe, benötigen meine Augen einen Moment, um ihm zu folgen.

Ich glaube, ich werde einen herausragenden Sterbenden abgeben. Ich bin mir ziemlich sicher, dass ich mit allem fertig werden kann. Ich übe einen Gesichtsausdruck, den ich gleich anzuwenden gedenke: Eine-wirklich-schlimme-Nachricht-verdauen. Noch zehn Minuten. Geht auch vorbei.

Ich hänge seit einer Minute in einer Warteschleife ohne Musik oder sonstigem Signal. Ich weiß nicht, ob ich gerade on hold bin oder ob ich wieder aus der Leitung geworfen wurde und den Orbit dranhabe. Wen hat man eigentlich dran, wenn man nichts mehr hört? Einen Maschinenraum bei der Telekom? In einem dunklen Keller? Ich bleibe mal am Apparat und schalte auf Lautsprecher.

Eine weitere halbe Minute vergeht, dann ein Knacksen.

»Herr Weidner?«, höre ich mich plötzlich angesprochen. Ich reiße den Hörer von der Gabel und er fällt mir dabei auf den Schreibtisch. Ich greife mehrmals ungeschickt nach, was nicht nötig ist, da die Fallhöhe vielleicht fünf Zentimeter beträgt und das Ding schon längst auf die Platte geknallt ist. Für nur fünf Zentimeter Fallhöhe ganz schön laut. Wie ein Gestörter fuchtele ich beim Aufheben rum, verheddere mich im rumtänzelnden Ringelschwänzchenkabel, verkneife mir ein Fluchen, presse den Hörer ans Ohr und sage, etwas atemlos: »Ja, Guten Tag Herr Doktor Hostner!«, und fahre mir mit der Hand durchs Haar.

»Ja, Guten Tag!«, sagt er und klingt, als müsste er überall gleichzeitig sein. An irgendjemanden erinnert mich seine Stimme. Irgendeinen Prominenten.

»So, die Ergebnisse sind jetzt da.« Er klingt zum Verwechseln ähnlich. Ich weiß nur nicht, wem.

»Weidner, Weidner, Weidner, jaaaah, Peter, mmh, da haben wir's ...«, sagt er suchend und findend. Ich höre, wie er den Auswertungsbogen mit meinen Blutwerten überfliegt. Das Rascheln verrät, dass er jetzt die zweite Seite durchsieht. Und jetzt klingt es, als blättere er ein halbes Buch durch. Wohl, um mir einen Begriff von dem Umfang der Auswertung zu geben. Wahrscheinlich wendet er den alten Trick an und raschelt nur etwas mit der Tageszeitung, während er zum Fenster raus sieht.

Komm, bringen wir die Sache hinter uns: »Ja, genau ...«, sage ich leicht verspätet und verhaspele mich fast bei den Worten.

»Hmm ... ahm, also ihr Differentialblutbild zeigt eine erhöhte Zahl an B-Lymphozyten an. Ausgelöst durch das Epstein-Barr-Virus. Und, ja, ich sehe da auch ihre erhöhten Leberwerte.

Ääh, Sie kennen das vielleicht unter dem Namen Pfeiffersches Drüsenfieber.«

»Pfeiffersches Drüsenfieber?«, frage ich verwirrt und ungläubig. Es klingt beinah angeekelt vor Überraschung. Ist das die Schreckensbotschaft?

»Pfeiffersches Drüsenfieber?«, frage ich also gleich noch mal. Noch etwas fassungsloser. Ich habe auch beim ersten Mal schon richtig verstanden, aber unwillkürlich schüttele ich seine Aussage als völlig unmöglich mit dem Kopf ab.

Dr. Hostner schweigt, bevor er antwortet. Als hörte er Enttäuschung aus der Frage raus.

»Ja, aber das ist nicht so schlimm, das ist in drei Monaten wieder vorbei. So lang müssen Sie sich halt ein bisschen schonen ...«

Ich unterbreche ihn. Jetzt will ich's aber genau wissen, Drüsenfieber, das ist ja lächerlich: »Und mit Leukämie? Ist da nichts?« Mein Satzbau lässt schon wieder zu wünschen übrig. Immer mit Medizinern, kann das sein?

»Nein, überhaupt nicht. Der Kollege Wagenhorst hatte das ja hier in den Unterlagen notiert, aber das ist, also das ist hiermit ausgeschlossen.«

Bis jetzt befinde ich mich immer noch in vorgebeugter Sitzposition. In vorausgreifender Bestürzung. Aber mit dieser Aussage lehne ich mich schlagartig zurück und sacke in meinem Stuhl zusammen.

»Gut«, antworte ich betäubt. Ich bin noch mal davongekommen? »Sonst, also bis auf das, ist auch alles okay?«

»Ja. Für Sie vielleicht noch interessant zu wissen, äh, das Virus wird durch Schleimhautkontakt, Nase, Mund etc., übertragen und da haben Sie es sich womöglich auch geholt«, sagt er zusammenfassend. Ja, weiß ich.

Das war's. All der Wahnsinn wegen nichts. Dr. Hostner fügt noch an, obwohl ich kaum mehr zuhören kann und auflegen möchte: »Man muss aber sagen, dass Ihre Leber und Milz wirklich maximal stark angeschwollen sind. Das ist nicht untypisch für die Mononukleose, aber bei ihnen eben besonders ausgeprägt. Das müsste sich in den nächsten Wochen wieder legen. Jetzt schonen Sie sich halt ein bisschen und dann machen wir in zwei Monaten noch einen Test und dann dürfte das Thema erledigt sein. Kommen Sie dann einfach noch mal vorbei.«

Ich bin so ermattet, dass ich kaum atmen kann. Bin ich jetzt enttäuscht? Mit in den Nacken geworfenem Kopf und halb geschlossenen Augen atme ich tief ein und aus, als hätte ich einen Tausendmeterlauf hinter mir.

Es müsste eigentlich eine Erlösung sein. Nach einer Entwarnung. Aber es wirkt nicht kostbar.

»Gut, das mach ich, ich komm dann noch mal vorbei. Ich danke Ihnen. Auf Wiederhörn.« Meine Stimme klingt wieder gefasst.

Ich stütze mich auf dem Schreibtisch auf. Verharre wie eine Steinfigur für mindestens fünf Minuten in derselben Position.

Dann lege ich meine Hand ruhig in den Schoß. Und hänge noch mal fünf Minuten dran und verbleibe in dieser Haltung.

Langsam fange ich wieder an, mich zu bewegen, und denke mir, dass ich mich unverändert fühle. Ich habe mich nicht verändert.

Ein paar Minuten später gehe ich gemütlich zum Klo, knie mich sorgfältig davor und schon schießt mir Erbrochenes mit einem krampfigen Geräusch aus dem Mund (und gleich auch noch aus der Nase) und klatscht derart heftig gegen die Schüssel, dass mir der gallige Schleim gemischt mit Wasser zurück ans Kinn spritzt und langsam runterrinnt. Schnell bin ich leergewürgt, drücke die Spülung, werde davon nass gespritzt, weil ich zu blöd bin, meinen Kopf zu heben, während das Wasser durchrauscht, kotze gleich noch ein bisschen gelbe Gallensuppe, die ich sogleich ebenfalls wegspülen möchte, aber das Wasser hat noch nicht genügend Druck.

Wie machen Bulimiker das? Sich jeden Tag erbrechen, mehrmals. Ich bin nach dem einen Mal schon ziemlich erledigt.

Ich spucke abschließend noch mal ins Klo, während ich mich erhebe. Dann wasche ich mir Gesicht und Hände und sehe mich mit spöttisch gespitztem Mund an. Ich lerne auch überhaupt nichts dazu.

Dann hat die Spülung wieder genug Druck und ich betätige sie halbherzig.

Ich gebe den Begriff »Pfeiffersches Drüsenfieber« bei Google ein. Die Symptome sind mit denen von Blutkrebs größtenteils deckungsgleich.

Gleichzeitig überlege ich mir, welche der Frauen der letzten Monate mir dieses Virus wohl eingebrockt hat. Und dann, ob ich meinerseits jemanden angesteckt habe? Aber das ist unwahrscheinlich. Hier steht, die meisten Menschen durchlaufen diese Krankheit unbemerkt schon in ihren Teenagerjahren und sind dann immun. Na, dann bin ich künftig ja auch immun. Mehr als 95 Prozent aller Erwachsenen haben sich bis zu ihrem 30. Lebensjahr damit infiziert? Was? Was ist das denn für eine Info? Ob die Welt weiß, dass fast jeder schon mal daran erkrankt ist? Das ist merkwürdig.

Ich flüstere apathisch »Hhh ... ich bin intakt!« und nichts erscheint mir wertloser.

Eine Lappalie.

In meiner Persönlichkeitsstruktur ist wenig Platz für Sentiment.

Genau das meine ich. Eine Existenz mit beschränktem Aktionsradius.

Ich stürze den Rest der zweiten Wasserflasche hinunter.

Okay. Ende.

Ich packe Wäsche und Kleidung für drei Wochen in meine große Tasche, Pass, Kreditkarte und verlasse die Wohnung. Der Aufzug bleibt nach zwei Stockwerken stehen. Jemand steigt ein. Ich grüße zurück, obwohl ich ihn nicht kenne. Er drückt die

Erdgeschosstaste mehrmals hintereinander. Dann bleibt er drauf, ungefähr fünf Sekunden. Ich weiß nicht, was das soll. Zwischen erstem Stock und Erdgeschoss ertönt das gewohnte scheuernde Geräusch. Als wir den Lift verlassen, verabschiedet er sich. Das lasse ich bleiben. Wenn ein Aufeinandertreffen aus »Hallo«, dann Schweigen und dann »Tschüss« besteht, ist das ein bisschen dämlich, oder? »Hallo« genügt.

Keine zehn Sekunden stehe ich vor dem Haus, als sich ein Taxi nähert. Von Südwest. Ich winke ihm zu. Es bleibt stehen. Ich erkenne, das Fahrzeug ist unter aller Sau, ungepflegt, und der Fahrer sieht plapperhaft aus. Egal.

»Guten Tag, zum Flughafen bitte«, sage ich und werfe meine Tasche auf die Rückbank und steige ebenfalls hinten ein. Hinter dem Beifahrersitz.

»Ist recht«, sagt der Fahrer, Ende fünfzig, und verschluckt sich an nichts Ersichtlichem (eigener Spucke?). Was mich sehr freut. Das Husten stößt mich aber ziemlich ab. Ich überlege, ob ich ihn nicht bitten soll, mich zum nächsten Taxistand zu fahren, um dort vor seinen Augen in den Wagen eines seiner Kollegen umzusteigen.

Er trägt diese unsägliche dunkelbraune Lederjacke, die ihn in die Fraktion älterer Herren einreiht, die glauben, in ihrem Outfit ziemlich rebellisch rüberzukommen. Grauschöpfe, für die Peter Maffay einem echten Kerl extrem nahe kommt und denen die Frage »Stones oder Beatles?« immer noch nicht zum Hals raus hängt.

Er sieht mich durch den Rückspiegel immer wieder an. Er sucht einen Gesprächseinstieg. Und findet einen, den ich für ziemlich lahm halte, indem er fragt: »Und wo fliegen Sie hin?«

»Keine Ahnung, ich sehe, welcher Flug als Nächstes geht, und den nehm ich«, sage ich, während ich prüfend in die Innentasche meiner Jacke greife und Portemonnaie und Pass erfolgreich ertaste. Und übrigens, das geht dich gar nichts an.

»Das ist ungewöhnlich«, entgegnet der Taxifahrer erstaunt.

Schnauze. »Ja, mal sehen, wohin es mich führt.« Ich hoffe, er fragt jetzt nicht nach irgendwelchen Gründen. Ich entscheide mich, ziemlich desinteressiert, zum Gegenangriff und widme mich dabei meinem Handy: »Und, wie laufen die Geschäfte?«

»Ooch, immer schlechter, immer schlechter. Immer schlechter«, winselt er übertrieben.

Also das ist ja jetzt eine völlige Überraschung. Lasst Euch doch mal was Neues einfallen.

Es folgt ein längeres Schweigen, für das ich irgendwie dankbar bin. Aber das auf mich genauso abgedroschen wirkt. Das Schweigen lebt. Ich sehe mir den schwarzen Lederbezug der Rückbank an und überlege, wie viele Keime darin nisten. Dann frage ich mich, ob die Klinke an der Innentür jemals seit Kauf des Wagens gereinigt wurde.

Jäh werde ich aus meinen nicht allzu konkreten Gedanken gerissen, als der Wagenlenker fragt: »Und, schon im Urlaub gewesen, dieses Jahr?« Er schaut mich dabei erwartungsvoll an.

»Nein!«, sage ich mit der Wortbetonung einer Verabschiedung und wende mich der Aussicht aus dem Fenster zu.

Dann fühle ich mich genötigt fortzufahren: »Und Sie?«

Nichts auf der Welt würde ich lieber wissen wollen als das.

Die Frage nach Urlaub. Als ob Urlaub irgendeine Allgemeingültigkeit hätte. Eine Erfindung, von der jeder glaubt, es wäre ein naturgegebener Termin im Jahr.

Es klingt schon fast schuldbewusst, wenn man sagt, man ist heuer noch nicht in Urlaub gefahren. So als müsse gleich noch eine Rechtfertigung nachgeschoben werden.

Die Gesprächsthemen ›Urlaub‹ und ›Silvesterplanung‹ nehmen sich in dieser Hinsicht nicht viel.

Die Lederjacke antwortet: »Ich und Urlaub? Neee, ich hab's hier ja so schön. Ich muss nicht wegfahren. Neee, neeee, ich mach Urlaub auf Balkonien, hehehehehe«, gackert er euphorisch, begeistert von der eigenen Schlagfertigkeit, die er schon Hunderten

Fahrgästen serviert hat. Die Intelligenz einer Steckrübe. Ich tue, als würde ich schmunzeln.

»Every Breath You Take« dudelt leise, mit dem Motorengeräusch etwa auf gleichem Pegel, vor sich hin. Nicht selten denke ich mir bei Liedgutklassikern wie diesen, die längst in das kollektive Bewusstsein eines ganzen Kulturkreises eingegangen sind, wie unmöglich es ist, mir vorzustellen, dass es eine Zeit davor gab. Eine Zeit, in der diese Melodie noch nicht existierte. »We Will Rock You« gab es mal nicht? »Mull Of Kintyre« gab es mal *noch* nicht? »Strangers In The Night« nicht vorhanden? Eine Welt ohne »Stayin' Alive«? Wie war denn das wohl? Ich blicke unbestimmt vor mich hin, als hätte ich dadurch mehr Kraft, zu einem Ergebnis zu kommen. Mir fehlt die Fähigkeit, das zu begreifen. Ein Rumms, wir sind gerade über ein Schlagloch gefahren. Eine Seltenheit. Daraufhin starre ich auf das sich bei bestimmten Bewegungen andeutende Fettpäckchen unter der ansonsten klaren Kinnlinie des Chauffeurs. Dieses kleine Polster ist wohlgemerkt kein Doppelkinn. Es markiert den längst eingesetzten Verfall. Das Nachgeben gegenüber der Gravitation der ewig weiterlaufenden Gegenwart. Den selbstständigen Countdown. Alles läuft immer auf den Faktor Zeit hinaus.

»In 'ner Viertelstunde sind wir da«, wird mir von vorne als Zwischenmeldung zugeworfen.

Falsch, du Hirni. In 17 Minuten und 44 Sekunden sind wir da. Ich behalte das für mich und werde zum Ja-Sager. Lächle, ohne dabei die Augen zusammenzukneifen.

Ein kurzer durchsichtiger Plastikhalm liegt auf der Fußmatte des Sitzes neben mir.

Ich sehe die überall im Wagen angebrachten »Nichtraucher«-Aufkleber. Und frage: »Stört es Sie, wenn ich rauche?« Er sagt, eigentlich sei das in diesem Wagen nicht erlaubt, aber er mache bei mir eine Ausnahme. Geht schon klar. Er sagt: »Machen sie ruhig«, woraufhin ich vehement ablehne, großzügig »muß auch mal ohne gehen« und so einen Blödsinn sage. Das findet er sehr nett von mir. Ich auch.

Er fängt erneut frohen Mutes von etwas zu reden an, obwohl ich ihn nicht um Informationen gebeten habe. Charakteristischer Mundgeruch breitet sich aus. Bis zu mir nach hinten. Der, den man ganz oft wahrnimmt. Unabhängig von Geschlecht oder Alter. Der, der auch nichts mit mangelnder Mundhygiene oder Magenausdünstung zu tun hat. Schon lange denke ich darüber nach, woran mich dieser üble Maulgestank erinnert.

Mein selektives Zuhören gibt Entwarnung. Die Stichworte »Warschauer Pakt«, gefolgt von »es war nicht alles schlecht« bestätigen: Kein eigener Beitrag notwendig. Je universeller die Themen, die jemand anspricht (Weltfrieden, US-Außenpolitik, ›damals‹), desto dümmer ist er. Er benutzt für eine selbstgeschätzte Statistik die Prozentangabe 99,9. Ich bin ganz Ohr, als er sagt:

»Ich sage Ihnen, 99,9 Prozent der Bürger sieht das so«, brabbel brabbel.

Ich lache leichtfertig. Es klingt allerdings etwas Flehendes mit. Wo kann ich den Typen abstellen? Glücklicherweise vergeblich warte ich dann noch auf irgendeinen Satz mit der anderen Prozentzahl für geistig Schwerbehinderte. Sowas wie »Immer 110 Prozent geben«. Betonung auf *zehn*! Kommt nicht. Danke.

Dann rufe ich meinen Zahnarzt an, um den Termin übermorgen abzusagen. Meinen Jahrescheck mache ich immer nur im Sommer, weil dann kaum jemand erkältet ist und die Ansteckungsgefahr durch das Instrumentarium wie auch durch den Arzt selbst verringert ist.

Erst als ich die ersten Worte zu der Dame, die abnimmt, sage, hört der Fahrer auf zu reden. Zuckt entschuldigend zusammen und blickt mich schuldbewusst durch den Spiegel an. Er konnte ja nicht wissen ... Ich lächle ihn gnädig an, während ich telefoniere. Mache einen vergebenden Augenaufschlag.

Erledigt. Sonst keine Termine, die ich canceln müsste. Schön, wenn ... Ah, Mist. Massage am Donnerstag. Auch diese Nummer weiß ich auswendig. Meinen optionierten Produktionstag im Studio nächste Woche verschiebe ich per E-Mail. Habe schon wieder elf neue Songs geschrieben, seit dem letzten Mal. Fünf davon sind mittelmäßig genug, einen Abnehmer zu finden.

Als ob er spüren würde, dass ich fertig bin mit Telefonieren und kein weiterer Anruf folgen wird, fängt er sofort wieder zu sprechen an.

Und während ich an Astrid eine SMS tippe, um unseren tollen DVD-Abend morgen abzusagen, denke ich mir, ach was, heute lass ich die Sau raus und mach auch gleich noch Schluss mit Lea. Lea ruft endlos oft an. Wie geht es mir? Wollen wir mal wieder? Ich hab dich lieb! Eigentlich verhält sie sich ja genau so, wie ich es mag. *Mich* bedingungslos mögen. Leider mag ich sie nicht.

Aber bevor ich Lea abschieße, mach ich – Bombenstimmung hier im Taxi – zur Feier des Tages *noch* ein *weiteres* Fass auf.

Während wir auf die Autobahn biegen, sage ich also, höflich: »Hören Sie, ich lege zwanzig Euro drauf, wenn Sie nicht mehr mit mir reden und kein Radio laufen lassen. Und keinen Sprechfunk. Einfach Stille. Okay?« Gekaufte Ruhe.

Ich lächle, als wäre er der Heiland. Und ich auch.

Er nickt. Sieht mich mit schockierten Augen durch den Rückspiegel an. Beleidigt. Vorwurfsvoll. Als wäre er der letzte Abschaum für mich. Ich hatte mehr Aggression erwartet. Aber das hier ist ja auch ein Japaner (Mazda?) und kein Mercedes. Außerdem hat er keinen Schnauzer.

Und während ich mein Lächeln widerlich arrogant in sich zusammenfallen lasse (Show für mich selbst, wie eine Übung), merke ich, dass er tatsächlich der letzte Abschaum für mich ist. Ich glaube, mein Demutsmodulator funktioniert nicht mehr. Und jetzt, wo ich darüber nachdenke, mein Anstandsregulativ ist ebenfalls definitiv hinüber. Jeder wird behandelt, wie er es verdient. Aber ich zahle dafür. Kaufe mich frei. Wie ich für alles bezahle, was ich möchte.

Während nun endlich angenehme Ruhe im Wagen herrscht, wäge ich den Text für die SMS an Lea ab.

Variante 1:

»Hallo Lea, habe lange drüber nachgedacht, glaube aber, dass wir zu verschieden sind und ich das nicht auf die Reihe kriege. Sorry.«

Variante 2:

»Es ist zu offensichtlich, dass uns nichts verbindet, du hohle Nuss. Über meine Entscheidung, den Kontakt zu dir mit sofortiger Wirkung abzubrechen, musste ich folglich keine Sekunde nachdenken.

Ich empfehle dir dringend, keine weitere Zeit mit mir zu verschwenden, ich würde dich nur sexuell benutzen. Vielleicht mehrmals. Mit freundlichen Grüßen usw.«

Trostloserweise entscheide ich mich für erstere Variante und schicke sie ab.

Bislang habe ich die Beziehungen immer im direkten Gespräch am Telefon beendet. Aus Vorsicht. Wenn ich meine Gründe nicht ausgiebig und schlüssig erläutere, halte ich vereinzelte Vergeltungsschläge nämlich für nicht ausgeschlossen.

Aber jetzt, hey, ist es auch schon egal. Ich verlasse ja das Land.

Lea hatte mir bei unserem ersten Date mit vollem Ernst erzählt, sie würde gerne bei einer Gerichts-TV-Show mitspielen. Meinen Stoßlacher wusste sie glücklicherweise nicht zu deuten, da sie sich offensichtlich beim besten Willen nicht vorstellen konnte, was man daran lustig finden könne.

Und ihre E-Mails enthielten diese unsäglichen Strichpunkt-Bindestrich-Klammer-zu-Zuzwinker-Smileys.

;-)

Sowie »lol« und »ggg« en masse. Was sagt mir das?

Meine Annoncenversuchsreihe ist mit ihr wohl zu einem Abschluss gekommen.

Wir sind gleich da. Es ist halb elf. Wetter: ein Traum in hellblau. Eine Maschine von Air Canada fliegt geschätzte 500 Meter über unseren Köpfen Richtung Landebahn. Wir sind jetzt auf dem Autobahnzubringer. Noch zwei Minuten 18. Ich sehe den Fahrer an.

Fast beschleicht mich das Gefühl, als erfasse uns beide ein Gefühl von verordneter Harmonie. Das bilde ich mir zwar nur ein, aber es hat etwas Erhabenes. Zwei Menschen auf engstem Raum. Er kann mich nicht leiden und ich – ich kann mich auch nicht leiden. Aber alle anderen kann ich noch viel weniger leiden. Also, was soll's.

Ganze zwanzig Sekunden nach Absenden der SMS klingelt mein Telefon. Es ist Lea. Sie ist außer sich.

»Sag mal, was soll das denn?«, schreit sie mich an. Entrüstet.

»Glaubst du, du kannst mich so einfach mit 'ner SMS abspeisen, oder was?«

Ja. Sie scheint offenbar nicht zu bemerken, mit dieser Reaktion die Richtigkeit meiner Entscheidung zu unterstreichen.

»Lea, wir haben uns neun-, ähm, zehnmal ...« (Hu, eigentlich ganz schön oft.)

»... elfmal«, geifert sie dazwischen. Bin erstaunt. Führt sie auch Liste?

»... äh, ja, elfmal getroffen, ich weiß jetzt nicht, was das hier soll«, bleibe ich ruhig und wieder treffe ich den Blick des Taxlers im Rückspiegel, der verhalten mit dem Kopf schüttelt.

»Du weißt nicht, was das hier soll? Sag mal, spinnst du ...« Sie steigert sich rein.

Darauf ich, in der Absicht, es nicht zu kompliziert zu machen: »Könntest du gleich sagen, ob jemand der Richtige ist, und muss das dann zwingend verbindlich sein? So ist es halt bei mir nicht.«

Softiespruch. Ich beobachte die Terminals 1 und 2, an denen wir gerade vorbeifahren. Bemerke mein Augenzucken und merke vor allem, wie ich mich schon daran gewöhnt habe.

»Zentralbereich, bitte«, flüstere ich, zum Fahrer vorgebeugt und die Muschel zuhaltend.

»Ich glaub, du spinnst, das hab ...«, sagt Lea.

Ich fahre dazwischen, was ich eigentlich für nicht ratsam halte. Normalerweise würde ich mir alles anhören und das Ganze so lange durchkauen, bis sie sich beruhigt hat. Sonst droht tagelanges Nerven. Aber ich bin nicht allein und wir sind jetzt da, im Zentralbereich des Franz-Josef-Strauß-Airports (was für ein Name).

»Bettina, ich bedauere wirklich ...«

»Wer ist denn Bettina?«, fragt, ach ja, *Lea*. Oh Mist.

»Ääh, Lea, äh, entschuldige ... ich bedauere wirklich, dass du wegen mir so aufgeregt bist, aber ich leg jetzt auf«, sage ich schließlich. Extra cool. Je echauffierter dein Gegenüber, desto lässiger du selbst.

Und weg ist sie. Ich hab sie weggedrückt. Eine weitere gute Tat am heutigen Tag. Ich räuspere mich.

78,10 steht auf dem Taxameter.

Einen Hunderter in Richtung des Chauffeurs halten, er nimmt ihn patzig, keine Quittung verlangen (meine Steuerberaterin machte mich sowieso schon auf die Unglaubwürdigkeit der absurden Anzahl an Bewirtungsspesenrechnungen aufmerksam), kein weiteres Wort. Tasche greifen, Tür auf, raus, Tür zu.

Verschmitztes Lächeln auf dem Weg in die Schalterhalle, als ich daran denke, dass mir als Erstes die verblüffende Ähnlichkeit von Leas Achselfalte mit einer Vagina aufgefallen war, als sie sich vor mir auszog. So wie man seinen Blick von etwas Kuriosem nicht mehr abwenden kann, wie zum Beispiel von einem Kieselstein, der aussieht wie die Heilige Jungfrau Maria – passender Vergleich –, wanderten meine Augen unablässig, wie ferngesteuert, an diese eine Stelle. Dass mir sonst nichts weiter zu ihr einfällt, gibt mir mittlerweile nicht mehr zu denken. Jeder hat seine Qualitäten.

Rosafarbene Tageszeitungen, in den Händen von Herren aus fernen Ländern. Die fallen mir als Erstes auf, als ich die Eingangshalle des Flughafens, Zentralbereich, betrete.

Ich schaue hoch zur Anzeigentafel der Abflüge. Ein Update rattert durch. Alle Buchstaben verschwimmen schnell, um sich sofort wieder neu zu ordnen.

Kopenhagen, Mallorca, Saarbrücken, Departure zeitgleich, in drei Minuten. Etwas zu knapp. Ich rutsche einige Zeilen nach unten. Mallorca, Lyon, Ancara, noch mal Mallorca, in einer halben Stunde, Düsseldorf, Bukarest, New York, Hamburg, Istanbul. Stop, Moment. New York, das nehm ich. Noch vierzig Minuten bis zum Abflug. Ich erkundige mich, ob noch ein Platz buchbar ist. Gehe dazu zum Lufthansa-Schalter. Werde von einem schwulen Deckhengst empfangen, zu einem anderen Schalter geschickt, werde dort von einem schwulen Fohlen empfangen. Ich frage, ob es sich um einen Direktflug handelt, was mir sehr wichtig, aber eine blöde Frage ist. Ja, und *ein* Platz in der ersten Klasse sei noch frei. Der Arschficker tut, als wäre er für mich erleichtert und wischt sich pantomimisch den Schweiß von seiner Stirn. Ich halte pseudobegeistert inne. Möchte schon durch die Nase sagen: »Toll, toll, toll. Meine Gänsehaut hat Gänsehaut. Schau mal!« Dann den Arm hinhalten, zum Zeigen, und zum Abschluss die Teekanne machen. Bin kindisch. Wahrscheinlich sind noch zehn Plätze frei. Das darf er aber nicht sagen. Direktbuchung ist unsagbar teuer. Auch weil es ein Einfachticket ist. Rückflugtermin lasse ich mir offen. Gebe meine Kreditkarte nicht raus, zahle bar.

Er flötet: »Hui, ganz schön teuer, gell? Wenn Sie im Voraus gebucht hätten, wär's viel preiswerter.« Ach was.

»Oh ja«, sage ich und bestätige seinen außerordentlich scharfsinnigen Beitrag. Ich reihe diese Mitteilung in mein Archiv nützlichen Wissens ein. Dort steht es im Regal mit unbedingt erforderlichen Kenntnissen wie ›Eine Ladung Sperma hat 5 Kalorien‹, ›Eier explodieren in der Mikrowelle‹, ›Gorillas können nicht schwimmen‹, ›Napoleon litt an Hämorrhoiden‹, ›Und hatte nur einen Hoden‹ und ›Lea ist doof‹.

Als ich ihm die Scheine reiche, 1.776,-- Euro (gibt's ja nicht, hab's passend und das Portemonnaie ist wieder schön leicht), geht mir durch den Kopf, dass ich für diese Summe schon eine halbe Pistole auf dem Schwarzmarkt bekomme.

Während er alles eintippt, um meinen Coupon auszudrucken, werfe ich einen prüfenden Blick auf meine linke Ferse, ob meine Jeans nicht versehentlich in den Schuh gerutscht ist. Zwischen Socken und Schaftkante. Das sieht unmöglich aus. Aber, alles gut. Sie hängt drüber. Dann selbe Prozedur mit dem rechten Fuß. Da muss ich nacharbeiten. Ich zupfe an der Hose, zweimal, bis alles okay ist.

Der warme Bodenpersonalbruder reicht mir Ticket und noch was Rechteckiges in Papierform und sagt: »So, alles klar, Herr Weidner, Sie können gleich zu Gate 41 gehen. Vorne links durch und dann geradeaus. Guten Flu-hug!«

»Da-han-kä!« Du Tu-hu-ck-äääh!!!

Kahlgeschorener, sportlicher Regenjackenträger, ca. 45, Sitzreihe mir gegenüber, im Wartebereich Gate 41C. Beobachtet mich. Beobachten ist eigentlich mein Job. Er mustert mich weiter unverhohlen. Starrt mich ununterbrochen an. Ich fühle mich herausgefordert, fixiere ihn ebenfalls. Er macht immer noch keine Anstalten wegzusehen. Ich lächle kaum wahrnehmbar. Süffisant, überlegen, aber nur angedeutet.

Kurz wird unser Blickkontakt unterbrochen. Von einem zwischen uns vorbeigehenden Gothic-Teeny-Girl, an deren marionettenhaftem Gang ich erkenne, für welche Zonen ihres Körpers sie sich schämt. Nebenher ihr kleiner Bruder, der seine Hände als Fernrohre verwendet.

Dann haben unsere Augenpaare sich wieder.

Tusch! Hello again. Schlage unvermittelt zu. Keine Gnade. Bestrafung. Gähne lang und ausladend, mit weit offenem Mund, sodass es mir die Augen zusammendrückt. Ohne Hand vor dem Mund. Natürlich. Starre ihn dabei durchgehend an. Entsetzt und seine Niederlage ahnend – so viel nehme ich durch meine verengten Sehschlitze noch war – kann er nur noch wegsehen. Aber es ist zu spät. Er schafft es nicht mehr rechtzeitig. Ich habe ihn schon erwischt. Kalt. Er weiß, er hat verloren. Habe ihn angesteckt und er kann sein Antwortgähnen nicht mehr unterdrücken. So sehr er es auch probiert. Nichts auf der Welt kann die nahende Katastrophe mehr abwenden. Er versucht, es mit geschlossenem Mund auszutragen, um nicht erkennen zu lassen, dass er verloren hat. Seine zusammengepressten Kiefer verrichten ihr Werk jedoch für mich gut erkennbar. Es zerreißt ihn förmlich. Ich wende mich zufrieden ab. Nicht mit mir.

Auch wenn mir der Gähnreflex fehlt, auslösen kann ich ihn. Und als ich darüber nachdenke, ob das wohl zu den spannenderen Erlebnissen meines Lebens gehört, muss ich selbst noch mal gähnen. Diesmal mit geschlossenem Mund. Ist nicht so heftig.

Die Fingerabdrücke auf der Scheibe der Kuchenvitrine sehe ich bis hierher. Ich liege mehr in meinem Stuhl, als dass ich sitze. Hier in 41C ist es eisig. Der Mann, der mithilfe eines Schamhaarvollbarts zu verhindern sucht, so rüberzukommen, wie er wirklich ist, nämlich ein weibischer, stupsnasiger Schlaffkopf, zeigt der Verkäuferin hinter der Snackbar jedes Produkt, das er erwerben möchte, indem er mit seinem Mittelfinger voll auf die Glasfront patscht. Und hinterlässt bis jetzt fünf Fettabdrücke. Ich nenne ihn Hobo. Er trägt einen dunklen, langen Mantel und einen eigenartigen, runden Hut. Ich komme nicht umhin mich zu fragen, was der Unterschied zwischen Mormonen, Amish und Mennoniten ist. Hab ich doch mal,

gewusst,
also,
vielmehr,
hab ich mal gelesen.

Eine Lautsprecherdurchsage begleitet Hobos Aktion. »Mister Rob Finkenstein, Mister Rob Finkenstein, please proceed to gate eleven. Mr. Finkenstein, please proceed to gate eleven.«

Ich überlege mir, mit halb geöffneten Augen, wer diese Idioten nur immer sind, die ausgerufen werden müssen.

Ein steter kalter Luftzug, mal stärker, mal schwächer. Mir zieht's vor allem auf die Beine. Aus gegebenem Anlass vergegenwärtige ich mir, wie wir in dieser vollklimatisierten Halle zum siebten oder achten Mal dieselbe Luft einatmen.

Ach schau mal! Die Aufgeregtheit, mit der Hobo seine Sachen zusammenpackt und Richtung Zentralbereich eilt, lässt mich schlussfolgern, dass er der ausgerufene Rob Finkenstein sein muss. Gibt's ja nicht. Hab ich's mir doch gedacht.

Himmel, hier zieht's!

Ich sehe ihm und seinem wehenden Mantel hinterher. Rob F.

Wie viele anonyme Menschen trifft man im Leben, die man nie wiedersieht? Im Vorübergehen? Auf Nimmerwiedersehen? Wie viele?

Mr. Finkenstein humpelt leicht. Ist auch nicht mehr fabrikneu. Er verschwindet in der Tiefe des Gangs. Good-bye.

Und als ich mich abwende, verstehe ich mich nicht, aber ich finde, meine Reiseplanung ist – eine gute Entscheidung.

Endlich geht das Boarding los. Selbe Prozedur wie immer. Alle sofort auf den Beinen, geil darauf, in der Schlange zu stehen, das Übliche.

Und während ich mir die Leutchen so ansehe, ist es beinahe so, als würde ich meine eigene Welt gedanklich kurz überfliegen. Dabei streife ich mein Drüsenfieber, keine Leukämie, und habe es eigentlich schon komplett verdaut. Merke, dass ich nicht mal gegenüber Wagenhorst, für diesen Leukämieschwachsinn, zu Hassgefühlen in der Lage bin. Ideen, wie ich ihm die drei Tage der Ungewissheit vergelte (Jugo-Söldner, Skalpell diagonal, Kreuzschlitzschraubenzieher vertikal, beide Knie brechen), verwerfe ich schnell wieder. War doch eigentlich ganz lustig. (Eine bewegungslose, lange Pause, denke nach.) Gleich darauf werde ich vom Einatmen des Geruchs einer vorbeigehenden Gewitterziege fast ohnmächtig (Chanel hoch fünf), nach Erholung davon taste ich meinen Bauch und Oberschenkel ab und nehme mir vor, gegen die Müdigkeit anzutrainieren, sobald ich in NYC (Enn Wai Ssie) bin. Mein Vater geht an mir vorbei. Ich sehe ihm nach. Die Ähnlichkeit ist verblüffend. Dadurch ausgelöst muss ich daran denken, wie es im Aufenthaltsraum des Krankenhauses aussah, in dem er lag. Am Tag vor und am Tag nach seinem Tod war ich im Studio. Ich glaube auch an dem Tag selbst. Vormittags. Um 15 Uhr 10 starb er. Ich stand daneben. Ich habe nicht geweint.

Tränen und Trauer sind pure Egozentrik.

Keiner in meinem Umfeld hat etwas von seinem Tod mitbekommen. Verspürte kein Bedürfnis, mich jemandem mitzuteilen (verspüre ich nie), und wollte ihre Arbeitskraft nicht durch ihre Pflichtanteilnahme schmälern. Hauptsächlich aber wollte ich vermeiden, dass mir jemand sein Beileid ausspricht. Sich dafür bedanken zu müssen, ist überflüssig und peinlich. Ich würde sicher nicht diesen idiotischen Blick heucheln – die Mischung aus Trauer und Dankbarkeit, beides blitzschnell abgerufen. Egal, ob dir gerade danach ist oder nicht. ›Ja, danke.‹ Nein, danke.

Es ist wirklich eisig hier. 41C leert sich. Ich stehe auf, beende meine Exkursion, stelle mich in die Reihe, die nur noch aus vier Personen besteht, zücke meine Bordkarte und es ist fast, als wären all meine Gedanken von einer Frage ausgelöst worden, an die ich mich nicht mehr erinnern kann.

Als die Lufthansamaschine keine zwanzig Minuten später Richtung JFK-Airport abhebt, höre ich mit halbem Ohr einer lahmen Unterhaltung zu. Neben mir sitzt eine ebenso reiche wie schlichte Frau, alter Geldadel, die ihrem Mann, der eine Wagner-Frisur trägt und gerne wie ein Künstler rüberkommen würde (lange, graue Augenbrauen, die gestylt wirken. Gewirbelt, gezwirbelt, seitlich abstehend, Mephisto), ständig Sätze mit Worten wie »Jetzt mal Tacheles«, »Ich gebe zu, mea culpa« und »Dann sage ich ihr Respekt, wirklich! Chapeau!«, »Da bin ich voll d'accord!« oder »À la bonheur« um die Ohren haut. Sie trägt Matrosenkleider.

Bei Erlöschen der Anschnallzeichen stehen acht Frauen und drei Männer auf, um sofort pinkeln zu gehen. Das ist Rekord. Sie stehen im Gang wie Häftlinge und lächeln einander verlegen an, wenn sich ihre Blicke treffen. Woher sollten sie auch wissen, dass man austritt, bevor man in den Flieger steigt! Hat ihnen ja schließlich keiner ausdrücklich gesagt.

Ich sehe mich im Flugzeug um. Alles hustet und prustet streng bronchial. Ein einziges Nasehochziehen, Niesen und feucht Schneuzen. Eine fliegende Krankenstation. Abstoßend. Nichts Neues an der Front. Die Geräuschkulisse allein – nicht unähnlich der, die in der Oper entsteht, nachdem das Orchester einen Satz beendet – wirkt schon viral ansteckend. Ein Versehrtenlager in 10.500 Metern Höhe. Ich wünschte, ich hätte eine dieser weißen Mund-Nasen-Schutzmasken, die Japaner in der U-Bahn tragen. Und noch eine Augenbinde und einen schallschutzdämmenden Kopfhörer. Und ein Ganzkörperkondom. Und eine Kalaschnikow.

Ich rechne. Reiseflughöhe. 10.500 Meter sind 34.448,4 Fuß
Reisedistanz München – New York 6.485 Kilometer
Rückflug zehn Minuten kürzer als Hinflug
Der Wind der Wind das himmlische Kind
Richtung Westen: Zeit zurückstellen, nach Osten: Zeit vorstellen
Sommerzeit: Uhren vorstellen, Winterzeit: Uhren zurückstellen
Die Marathondistanz beträgt 42,195 Kilometer
Eine Meile entspricht 1,609 Kilometern

Aber ein Kilometer beträgt nur 0,62 Meilen
Etwas läuft schief
Meine Telefonnummer ergibt zusammenaddiert 51
Aus dieser Zahl lässt sie sich aber nicht rückleiten
Habe doch auch mal gewusst, wieso es *Auf die zwölf* heißt
12 ist ein Dutzend
12 Apostel aber 7 Zwerge
1 Dutzend Apostel aber 7 Geißlein
Ich halte den Atem an
Sekundärer Krankheitsgewinn
Dahin
12 mal 4,25 ergibt 51, was wieder die Summe meiner Nummer wäre
Aber nicht die Nummer selbst ist
Wiederhole
34.448,4 Fuß sind 10,5 Kilometer
Marathon Meile Telefonnummer
51
Aus den Schuttresten eines abgerissenen Gebäudes lässt sich nicht dessen Architektur rekonstruieren
Ein Dutzend, 7 Geißlein plus 7 Zwerge ergibt aber 14
Ich atme wieder ein
Wiederhole
Etwas läuft schief
In mir ist nur Platz für mich

Meine Sitznachbarin lacht, als ich ebenso wie sie eine Cola Light bei der Stewardess bestelle. So ein Zufall. Sensation.

Diese Stumpfheit erinnert mich an die Trullas in der Grundschule, die bei Nennung von Schnapszahlen im Matheunterricht immer laut kicherten. 44: Haha, wie lustig. 333: Puh, Wahnsinn. Brüller. 5555: Ultimativer Wegschmeißer. Schenkelklopfer. Gibt's doch nicht, wie witzig. Lauter Fünfen. Vier am Stück.

Meine Menschenallergie wird schlimmer. Außerdem, die Dame neben mir strotzt vor Energie. Beim nervösen Übersprungsgähnen bewegt sie ihre vorgehaltene Hand wie ein Indianer beim Kriegsgeheul. Dabei wackeln die vier Hautstreifen an ihrem Putenhals.

Ihr Gesicht, braungebrannt, vielmehr ledergelb, ein Gewirr aus Rissen.

Sie faselt irgendwas von einem Flüssiggetränk (was – ist – das?) und spreizt den Ringfinger beim Ansetzen des Plastikglases ab, was ich für eine Kunst halte und was mir einigen Respekt abnötigt. Ich scheitere beim anschließenden Selbstversuch kläglich.

Alle, die hier sitzen, haben einen Grund zu leben. Das ist faszinierend. Jeder ist ein ›Ich‹. Wenn ich nur darüber nachgrüble, warum ich *ich* bin und der neben mir auch ein ›Ich‹ ist, werde ich fast wahnsinnig.

Dabei wird mir klar, wie relativ unlogisch eine Aussage wie z. B. ›vor 70.000 Menschen auftreten‹ ist. Oder eine Sendung, die eine Einschaltquote von 20 Millionen Zuschauern hat. 20 Millionen Zuschauer. Man wird immer nur von *einem* Individuum wahrgenommen. Egal wie viele daneben noch teilhaben. Das Kollektiv gibt es nicht.

Der Charmeur links ist sich nicht zu blöd, seiner Sitznachbarin den überstrapazierten ›Im Flugzeug immer Tomatensaft bestellen‹-Witz zu kredenzen. Ich erwarte jetzt noch ein paar ›Frauen und Handtaschen‹- oder wahlweise ›Frauen und der Schuhtick‹-Sprüche. Abgeschaut von Muttern, zu deren professionellem Repertoire Aussagen gehören wie ›fällt größer aus‹, ›Muss ich mal im Lager nachschauen‹ und ›Das hab ich selbst auch zu Haus‹.

Ich sehe ihn noch mal an.

... aber wenn es das Kollektiv doch gibt, gehört er dazu ...

Er trägt Nappalederhose und Zopf. Keine seltene Kombination. Und ich tendiere nun eher zu anderen Kernsätzen im Berufsleben seiner Mutter. So was im Stil von ›Aua, nicht so grob‹, ›Küssen is' nicht‹ und ›Von hinten ohne Gummi kostet extra‹.

Ich schließe meine Augen und führe meine Hände an die Schläfen. Eine Form der Ablenkung.

Dann forme ich mit den Lippen stumm die Worte:

Ich komme mir selbst bedrohlich näher.

Fünf Stunden 9 Minuten sind vergangen. Halbzeit. Die Stewardess (diesmal eine Frau!) hat ein Cellulitegesicht. Anhand ihrer Gesichtshautstruktur schließe ich auf ihre Oberschenkelhaut. Das ist möglich. Das ist nicht appetitlich.

Ich notiere in mein Büchlein einen möglichen Songtitel: »(She's Got) That Certain Nothing.« Hatte schon mal bessere Ideen. Klingt nicht gerade kommerziell.

Mir hängt die Haut meines Gaumens in Fetzen runter, da ich mir an meinem Cappuccino gerade den Mund verbrannt habe. Drei Mal. Immer wieder streiche ich mit meiner Zunge darüber, um das Schlachtfeld zu betasten.

Exakt siebeneinhalb Stunden sind vergangen. Rechts unten ist angeblich gerade Grönland. Wir sind mitten im Hauptgang der zweiten Hauptmahlzeit.

Fisch plus Spätzle. Ich spucke einen Teil des letzten Bissens aus, um zwei Gräten zu entsorgen. Dabei halte ich meine Gabel halbherzig vor den Mund. So wie man seine zweite Hand vor den Mund hält, wenn man mit dem Zahnstocher zwischen den Zähnen rumpult. Platsch. Die vierte Ladung Zanderreste landet neben dem Filet, von dem ich es gerade abgeschnitten habe. Am Tellerrand entsteht ein Haufen, aus dem zahlreiche Gräten ragen und ihn aussehen lassen wie einen weißen Seeigel mit Haarausfall. Inmitten einer Pfütze aus Spucke.

In diesem verdammten Flieger ist es so kalt, dass sich die Luft weiß anfühlt. Vielleicht fängt es gleich noch an zu schneien.

Steht heute auf meiner Stirn »Sprich mich an«?

Dafür, dass die Olle neben mir so überdreht ist, hat sie mich lange in Frieden gelassen.

»Haha, haha, ha«, lacht sie, als sie sich von ihrem Mann ab- und mir zudreht. »Schmeckt Ihre Soße auch so ... komisch?«

Ich möchte mich schlafend stellen, lange stattdessen zu gezwungen nach meiner Cola. Meiner vierten.

»Die Soße? Nein. Ja. Nein. Nein.« Ich nicke wie ein Baby. Artigkeit als Abstandshalter.

Sie sagt Soße mit weichem, stimmlosem zweiten ›s‹. Als würde man es Soose schreiben.

»Oh. Dann haben sie Glück!« Sie lacht schallend. Völlig unpassend. Ich lache auch, äffe sie aber eigentlich nach. Ziemlich mühelos.

»Mein Mann sagt auch, die Soße« (Soo*s*e) »schmeckt irgendwie schal.« Sie macht einen unterstreichenden Gesichtsausdruck, von dem ich hoffte, sie würde ihn unterlassen.

»Hm«, nicke ich beifällig. »Sie haben schon recht, so ganz koscher ist meine auch nicht, jetzt wo sie's sagen«, räume ich ein. Nicke zustimmend. Klar, ich lüge.

Bleib mir fern.

Nach fünf Minuten Schweigen, oder vielleicht auch nur fünf Sekunden, sagt sie zu mir: »Mein Mann macht mir gerade Angst!«

Ich erkenne, sie glaubt, ich hätte ihr Gespräch verfolgt und wüsste, was sie meint. Ich bitte sie, es zu wiederholen.

»So? Wegen was denn?«, frage ich und sehe sie an.

»Das macht er immer im Flugzeug. Er erzählt mir Geschichten von Abstürzen und Flugzeugkatastrophen.« Sie sagt das in einem Ton, als wären wir vertraut.

»Er ist wirklich u-unn-möglich«, sie dehnt das Wort u-unn-ausstehlich. Ihr Mann sieht mich jetzt auch an. Lacht kokett schuldbewusst. Und so schelmisch, dass sich mir der Magen hebt.

Ich nicke anerkennend mit dem Kopf. Lächle amüsiert.

Aber dann ist mir ohne genauen Anhaltspunkt so, als ob mich beide plötzlich seltsam angaffen. Was ich mir nicht erklären kann.

Es entsteht eine kurze Pause, in der wir uns wie in Zeitlupe ansehen. Wie scheußlich. Liegt das an mir?

Dann fragt Tante Hektisch etwas konfus: »Was machen Sie in New York?«

»Ich habe Darmkrebs im Endstadium. Und ich möchte einmal im Leben New York gesehen haben.«

Ich schaue sie nicht an. Ich schaffe ein erstaunlich beiläufiges Kopfschütteln, mache dabei meine Lippen dünn. Dann sage ich: »Stört es Sie, wenn ich rauche?«

11 Sunshine

Du bist zum fünften Mal in New York. Du checkst im Four Seasons ein. 57 East, Ecke 57ste. Das Foyer ist und bleibt einfach zu dunkel. Das Dekor zu altbacken. Aber – die Gewohnheit.

Hauptsaison. Froh, überhaupt ein Zimmer zu bekommen. Keine Ahnung, warum du glaubst, dass die hübsche Frau (trotz Mondgesicht) an der Rezeption, mit Hippieflair, zu Hause eine Flasche hat, in der sie Cent-Stücke sammelt. Genauso ätzend wie Lavalampen und über Stehlampen drapierte Seidentücher. Du nimmst deinen Chipkartenschlüssel. Sie wünscht dir einen angenehmen Aufenthalt. Auf Deutsch. Du HAST ABER DIE GANZE ZEIT ENGLISCH GESPROCHEN.

Ach, noch was. Du hast zwei Sonderwünsche: Kein Page, der dich zum Zimmer begleitet. Und Zimmerservice nur jeden dritten Tag. Dazwischen kein Zutritt für niemanden. Luna-Face vermerkt es.

45 Quadratmeter Suite. Was genau ist eigentlich Art déco? Klimatisierte Luft. Etwas parfümiert. Dicker Teppich, hochflorig. Riesiger Flatscreen. Du stellst die Tasche neben der Badezimmertür ab, ziehst den Bettbezug runter und die Matratze erzählt dir eine Geschichte aus Blut, Sperma, Urin, Schweiß, Eiter, Scheiße, Scheidenflüssigkeit, Speichel und vielleicht auch verschütteten Getränken.

Hast vergessen nach dem Adapter für den Rasierapparat zu fragen. Nein, nicht vergessen. Dafür ist morgen noch Zeit.

Du wohnst im neunten Stock und weißt, du wirst so oft wie möglich die Treppe nehmen, um deine Kondition nicht zu verlieren. Egal wie lange der Aufstieg wegen deiner Krankheit auch dauern mag.

Du gehst ins Bad. Pisst im Stehen, was Du daheim nie machen würdest. Duschst. Verlässt das Hotel. Draußen ist schon Nacht. Käsekuchen mit Erdbeersoße am Times Square für 7 Dollar 50. Zur Begrüßung. Ritual. Hmm, gut. Und süß. So muss das sein. Menschen, die süß ›nicht so mögen‹ und »Bin kein Süßer« sagen, sind genauso suspekt wie Menschen, die lieber Hunde als Katzen mögen.

Radio City Music Hall. Sit-ups. Dir geht's besser. Niemand weiß, wo du bist. MoMA. Drei neue Songs. Rockefeller Center. Erstes leichtes Jogging. Augenzucken unverändert. Empire State Building, hat 64 Aufzüge. Liegestützen, Stretching. Redest kein Wort. Tagelang. Stimme heiser, wenn du einen Sprechtest machst. (»Hallo, hallo. Test, Test. Ach, leck mich.«) Immer wieder fasziniert, wie schnell das geht. Stimmbandmuskelrückbildung!

Arktische Kälte im Fernsehstudio bei der Aufzeichnung der David Letterman Show, für die du auf dem Broadway eine Freikarte bekommen hast. Angesprochen per Zufall von einem Pummel mit Klemmbrett, das auf seinen dünnen blonden Haaren rumkaute und dir Fragen zur Show stellte, die du seltsamerweise ausnahmslos beantworten konntest. Die kriegen wohl die Show sonst nicht mit Publikum voll. Du läufst und läufst. New York, Walking City. Nur zu Fuß. Nach einigen Tagen blendest du alles aus. Das Getöse, Verkehr, Krach, eine Kakofonie aus Baulärm und Gerede, Hektik und Dichte, Teer, Staub, das Durcheinander, die Aasgeier von Pennern, die überall herumlungern, die Aufdringlichkeit der Abgase, Essensgerüche der Würstchen-, Pizza- und Hot-Dog-Stände, Parfüm, Schweiß, Mensch, brodelnder Tumult. Du passt dich der Umgebung an, indem du dich abschirmst. Hast das erholsame Gefühl, niemanden um dich zu haben. Du bist ein Stadtmensch. Nur in einer Großstadt kann sich der Geist entwickeln, sich vollsaugen. Auf dem Land verkümmert das Denken. Menschen, die aufs

Land ziehen, haben aufgehört sich zu fordern. Faseln von Idyll, Unverfälschtheit und frischer Luft (und nebeln mit ihren gemütlichen Kachelöfen ganze Ortschaften ein). Sie schließen ab, stagnieren, verkümmern geistig. Vermeidung von Anregung, Erfahrungen, Eindrücken. Glückseligkeit im Stumpfsinn der Ruhe und der Bequemlichkeit. Reihenhaus, Einzelhaus, Doppelgarage, Nachbarschaftskleinkrieg, am-Dienstag-den-gelben-Sack-raushängen, Blumenbeete, Wertstoffhof, Scheißdreck. Sich der Bedrohlichkeit des Geistesvermögens entziehen. Die Geschwindigkeit drosseln. Sein erbarmungswürdiges Dasein nur noch *fristen*. Alles andere: eine perverse Lüge.

Und nun, im Hotelzimmer, erinnerst du dich daran, wie sehr du die Natur hasst. Weil sie dir unheimlich ist. Weil du sie nicht fassen kannst, fühlst, ihrem Ausmaß nicht Herr werden zu können. Meidest sie. Sie erschöpft dich durch ihre unerträgliche Größenordnung. Sie ist nicht *gezähmt*. Unbeherrschbar und nicht *begreifbar*. Nicht *greifbar*.

Und im Hintergrund läuft eine dir zigfach bekannte Folge von »King of Queens«. Die Originalstimmen klingen gewöhnlich, im Vergleich zu den ausgesucht charakteristischen deutschen Synchronstimmen. Synchronisation ist eine große Kunstform.

Kleinigkeit essen oder duschen? Neuen Song schreiben oder 500 Sit-ups? Lesen oder um den Block laufen? Beweg dich. Arschloch. Beweg dich.

Vielleicht wirst du verrückt. Wirst langsam wahnsinnig und schaust dir selbst dabei zu. Gefangen im eigenen Hirn.

Eine Woche lang geht die Sonne immer wieder auf und unter.

Du isst zweimal in Folge im Restaurant des Hotels zu Abend. Hast das nachhaltige Gefühl, bei vollkommenem Bewusstsein tot zu sein, was nicht stimmen dürfte. Sitzt heute vom Eingang aus gesehen am achten Tisch von rechts. Du bist allein. Das ist das Wichtigste. Du teilst nichts. Mit Niemandem. Trost.

Also was ist jetzt Art déco? Verdammt noch mal.

Mit der dir eigenen Beobachtungsgabe, deiner Existenzquelle, betrachtest du eine Frau, die dich mit der ihr eigenen Beobachtungsgabe immer wieder ansieht. Sie sitzt neben ihrem Partner, der aussieht wie ein scheiß Yuppieanwalt. Zurückgekämmtes, feuchtes Haar, Einstecktuch, hellblaues Hemd mit weißem Kragen. Sie hat dieses typische Amerikanische-Frauen-Kinn: Sheryl-Crow-meets-Michael-Schumacher-plus-Monica-Lewinsky-add-a-little-bit-of-Ben-Affleck-Style. Beide halten Händchen, wie Klammeraffen. Mehr ein Statement als eine Annehmlichkeit.

Immer wenn sie über etwas lacht, das er sagt, rümpft sie dabei die Nase. Wie um ihrem Lachen Nachdrücklichkeit zu verleihen. Jedes Mal. Lachen – simultan Nasekräuseln. So was hat man sich schnell angewöhnt.

Du trägst ein schwarzes Hemd und ein schwarzes Jackett. Und zufällig ist der Einband des Buchs, das neben dem Teller deiner Hauptspeise liegt, ebenfalls schwarz. Dein ausgeschaltetes Handy beschwert die linke Hälfte, sodass die Seite sich nicht von selbst umblättert. Obwohl du rumgeknickt und geknetet hast, was das Zeug hält – bevor man die Mitte erreicht hat, bleibt ein Buch nicht von selbst aufgeschlagen. Und wenn doch, taugt es meistens nichts. Komisch.

Das Essen auf deinem Porzellanuntersatz: Rind-Gemüse-Reis-Trüffel, auf der Speisenkarte jedoch mit einem pompösen französischen Namen versehen, als wäre es eine Neuerfindung. Wenn du aufsiehst, bemerkst du, wie dich die Anwaltsbraut irgendwie mitleidig anstarrt. Weil du allein hier bist. Sie trinkt irgendein Getränk, dessen bläuliche Farbe du widerlich findest. Und du denkst dir, was für ein Spaß es ist, sich vorzustellen, wie ihr beiden gerade ausseht. Sie bemitleidet dich, weil du mit niemandem hier bist, mit dem du später das Lokal verlassen und den Abend verbringen wirst. Und du bemitleidest sie, weil sie mit jemandem hier ist, mit dem sie später das Lokal verlassen und den Abend verbringen wird.

Du blätterst auf Seite 52 und winkst einem Kellner: noch etwas Brot.

Wetter in Manhattan, wechselhaft. Kaufst warme Jacke, hast keine dabei.

Du bist auch nur ein Mensch, also, nach weiteren neun Tagen steckst du ihm einen Fuffi zu und bestellst über den Portier (aus Sicherheitsgründen – wer weiß, was hier so rumfleucht) eine Escortschlampe. Teilst ihm deine Anforderungsliste mit – Haarfarbe, Körpergröße usw. und wichtig: volles Programm kompatibel. Was heißt ›Fresse halten‹ auf American English? A-shut-up-bitch, please?

Sie ist feucht wie ein Kiesellaster. Die USA sind das Dienstleistungsmekka. Brav. Du wischst dir deine Hand unauffällig an ihrem Oberschenkel ab, indem du tust, als würdest du sie streicheln. Der Rest trocknet so schnell, wie Muschisaft eben trocknet. Nichts trocknet schneller. Außer Wasser auf Regenschirmstoff.

Sie fragt: »Do you want them hard or soft?«

Du hast keine Vorstellung, was sie meinen könnte. Du fragst nach. Sie sagt es dir. Dann sagst du: »Ah, soft.«

Sie geht ins Bad und föhnt sich ihre Silikontitten.

»Insgesamt dreieinhalb Wochen war ich in New York«, erzähle ich meiner Mutter am Telefon, als ich schon wieder drei Tage zu Hause bin. »Schön war's«, füge ich hinzu. Ich sitze in meinem Café zum Frühstück, der Jetlag ist erträglich. Obwohl die Zeitumstellung bei der Rückkehr schwerer zu verkraften ist als beim Hinflug. Es ist schon September. Ein bisschen trüb. Ich beobachte die weibliche Version von Gandhi am Nebentisch, so eine sehnige Veganerin, die ebenfalls telefoniert. Unseren vergangenen, abwechselnden Gesprächseinstiegen nach sieht es so aus, als würden wir miteinander telefonieren. Bewahre. Sie verwendet zum dritten Mal das Wort ›Massenkarambolage‹. Flechtet es gekonnt ein. Sinnbildlich, nehme ich an. Massenkarambolage, da muss man erst mal drauf kommen.

Scherenschleifer, Haubentaucher, Lagerkoller ...

»Nein, klar, dann lass uns nächste Woche essen gehen«, sage ich zu meiner Mutter, die ich zur Strafe dafür, dass sie mich ab und zu *Peterli* nennt, eiskalt und ausnahmslos nicht Mutter, sondern immer *Mutti* nenne.

(Habe ich mich meinem Namen angeglichen oder hat er sich mich ausgesucht?)

»Ach, sonst gab's nichts Besonderes. Ich kann dir ja dann, wenn wir uns sehen, erzählen, wie's in New York war.«

Der Irrglaube an einen Ortswechsel als die Lösung aller Probleme.

Reisen dient lediglich der Produktion von Erinnerungen, die später je nach Bedarf positiv oder negativ verstärkt abrufbar sind.

Das tatsächliche Ausführen einer Reise ist viel profaner, als die Rückschau glauben macht. Man erinnert sich an den monumentalen Eindruck eines ach so beeindruckenden klassizistischen Gebäudes und vergisst dabei, dass es scheißkalt war, der Bus Verspätung und man selbst heftigen Durchfall hatte.

Meine Verdauung in New York war ausgezeichnet.

»Ja, tschüss Mutti.«

Die Führung des Cafés muss gewechselt haben. Anderes Sortiment an Speisen, qualitativ schlechter. Ich lege meine angebissene Semmel (zwei sich hälftig überschneidende Frontgebissabdrücke in Buttermantsche) auf den Teller und trage ihn zusammen mit der halb leeren Espressotasse an die Theke. Den Lippenstiftrest auf der gegenüberliegenden Tassenrandseite nehme ich glücklicherweise erst jetzt wahr.

Ich muss blinzeln. Ein verglastes Bürogebäude reflektiert die gleißende Sonne. Ich bin auf dem Heimweg und hoffe, Viktor wiederzutreffen. Wir haben uns eine Ewigkeit nicht mehr gesehen.

Da ist er. Er sieht mich, ich Idiot winke. Er läuft auf mich zu. Jetzt erkenne ich, dass etwas nicht stimmt. Was ist das? Ich sehe, es ist etwas mit seinem Auge. Sein linkes Auge ... gibt es nicht mehr. Mein Gott! Er kneift es zusammen. Nur ein Schlitz, hinter dem rotes Fleisch zu sehen ist. Was ist denn los? Was ist denn passiert? Sonst läuft er ganz unverändert. Ich bekomme verschissene feuchte Augen. Sein Auge ist weg. Er ist links blind! Was ist denn bloß passiert? Genau das frage ich ihn. Ich muss dauernd schlucken. Er umkreist meine Beine. Als wäre nichts passiert. Er ist wie immer. Hat was von einem Seeräuber, der seine Augenklappe vergessen hat. Ich gehe in die Hocke. Rede mit ihm, wie mit einem Kater, der sein Auge verloren hat. Streichle ihn ganz vorsichtig. Ich bin völlig fertig. Ich bewundere ihn. Es scheint schon wieder einigermaßen verheilt zu sein. Das muss somit kurz nach unserem letzten Treffen passiert sein. Ich kann nicht aufhören, in diesem weinerlichen Tonfall mit ihm zu reden. Und ich kann nicht aufhören, davon auszugehen, dass ein Mensch das zu verantworten hat. Ich meide beim Streicheln die Gegend um die Stelle. Wunde ist es ja keine mehr. Er wird zu einem kleinen Krüppel – und der Jammerlappen hier bin ich. Wir ziehen unser Programm durch. Unsere einstudierte Choreografie. Er auf dem Rücken. Rattern wie verrückt. Das ist schon fast kein Schnurren mehr. Brusti kraulen. Wangen massieren. Ihm sagen, wie schön, lieb, gefährlich, schön, lieb, gefährlich, schön, lieb, gefährlich er ist. Ich glaube, das hört er am liebsten. Ich sage ihm, wie leid mir das tut. Dann flüstere ich »Ui, bittu weich, was benutzt du denn für ein Shampoo?« mit Ja-wo-isser-denn-Stimme. Ich sage auch immer dasselbe. Ich denke mir, dass er vielleicht versteht, was ich für einen Müll rede.

Irgendsoein unzurechnungsfähiger Spasti geht vorbei, macht »miez-miez-miez« und ahmt auch noch ›Miau‹-Geräusche nach. Heilige Scheiße, so was kotzt Katzen richtig an.

Was erwartet diese ahnungslose Tröte denn? Dass Viktor aufspringt und Männchen macht? Wir kümmern uns nicht um diesen peinlichen Wicht.

Heute lassen wir uns richtig Zeit. Für unsere Verhältnisse sind zehn Minuten ganz schön lang. Und dann ist gut. Von ihm aus abrupt vorbei. Er hat Termine. Steht auf, was mich ebenfalls aufstehen lässt. Zum Abschluss schaut er mich noch mal an und kommt mit dem zusammengekniffenen Auge wie einer der Marx-Brothers rüber.

Ich sage zu Viktor, bevor ich endgültig gehe: »Und pass auf dich auf!« Dann atme ich tief ein.

Air Studios, London, 6. September. Ich drücke auf den Talkback-Knopf auf dem Mischpult: »Super, Tyna«, du klingst absolut beschissen, »toller Take, lass uns gleich noch einen machen«, bisher haben wir nämlich noch keinen einzigen verdammten brauchbaren winzigen Satz, den wir am Computer Silbe für Silbe zusammenschustern könnten, damit sie am Ende glauben wird, gerade eben *echt geil* gesungen zu haben.

»Okay, Vers 1, die ersten vier Zeilen. Und denk dran, ›choice‹ etwas kürzer und in Satz zwei bist du immer timingmäßig etwas zu weit vorn. Okay? ... Okay, kommt.«

Ich klinge entspannt. Ich bin es nicht.

Tyna singt, rotzt, hupps, trifft einen Ton, wer hätte das gedacht, und – in null Komma nichts – haben wir nach nur eineinhalb Stunden bereits einen halben Satz, den wir verwenden können. Ich notier mir diesen Zufallstreffer gleich mal im Textblatt, das auf meiner Seite des Mischpults liegt. Noch völlig ohne meine handschriftlichen Notizen zu den bisherigen Takes, die wir verwenden *könnten*, wenn wir es uns antun wollten, die Fähigkeiten eines modernen Computers bis an dessen Belastungsgrenze auszureizen und zu editieren, schneiden, stimmen, schieben, anzugleichen usw. Meine Güte, was würden wir bloß ohne dieses Wunderding tun? Wie haben die das früher gemacht?

Tyna, eine Sängerin portugiesischer Abstammung, aus irgendeinem trostlosen Seuchenkessel aus dem Ruhrpott, kam vor fünf Jahren zu uns ins Studio. Die Freundin eines A&Rs (Lebensgefährtinnen von A&Rs! Wichtige und einflussreiche Spezies), hat sie auf dem Klo irgendeiner Disse kennengelernt, fand ihre Stimme »hinreißend« und schwupps, stand Tyna bei uns im Aufnahmeraum und wir nahmen einen Titel auf, den ich die Woche davor für einen Dance-Act geschrieben hatte ... und das Teil wurde doch tatsächlich ein europaweiter Hit. Was sich für Tynas weiteren Lebensverlauf nicht unbedingt als vorteilhaft herausstellen sollte.

Ihre Stimme war in der Tat sensationell. Damals. Damals, vor fünf Jahren. Aber das ist ewig her. Seitdem haben literweise konsumiertes Sperma, Alkohol sowie kiloweise Kokain und Nikotin ihre Stimme in ein dunkles, verlebtes, ratterndes, raspelndes Mutantenorgan verwandelt. Mittlerweile klingt sie nur noch wie ein zerstörtes, verzerrtes Echo ihres jüngeren Goldkehlchens.

Das ist das Kreuz außergewöhnlicher Sänger. Die Extrovertiertheit und Offenheit ihrer Wesenszüge lässt sie so lebendig, bewegend, mitreißend, interessant und sexy klingen. Und genau diese Wesenszüge sind es, die sie – in den meisten Fällen – schlussendlich zerstören.

Nachdem ich mich versichert habe, dass das Talkback aus ist, murmele ich zu Jost, ohne eine Miene zu verziehen: »Bah, ist die schlecht. Und wie billig sie aussieht ... Täusch ich mich, oder wird das jedes Mal extremer?«

Dann feuere ich noch ein Witzchen ab, das mir auf der Zunge liegt, mit der Pointe »in beide Öffnungen gleichzeitig«. Und schaue dabei immer wieder, mich rückversichernd, auf das Kontrolllämpchen. Der Albtraum wäre, das Talkback *offen* zu haben und dabei ganz *offen* mit dem Ingenieur zu reden, sodass es Wer-auch-immer-gerade-singt im Aufnahmeraum mitbekommt. Das ultimative Katastrophenszenario. Der größte anzunehmende Studiounfall.

Jost und ich sehen ihr durch die Trennscheibe zu und können uns das Lachen kaum noch verkneifen. Sie singt, aufgekratzt wie ein Zirkusbär auf Amphetaminen. Hüpft durchgeknallt vor dem Mikro herum, was in so absurdem Gegensatz zu dem steht, was aus ihrem Mund rauskommt, dass ich mir fast in die Hosen mache. Vor Wut!

Sie verschwendet meine Zeit. Jetzt fängt sie auch noch an, auf die – Himmel – Eins und Drei mit den Fingern zu schnippen. Auf die *Eins* und die *Drei*! Während sie singt! Wenn du sogar zu beschränkt bist zu kapieren, dass wir dieses verdammte Fingerschnippen über das Gesangsmikro auch auf der Spur haben, die wir gerade aufnehmen ...

Sie ist jetzt Mitte zwanzig und sieht aus wie eine abgehalfterte, früh gealterte, syphilitische Cracknutte, die komplett den Verstand verloren hat. Wobei man der Fairness halber sagen muss, dass es da nicht viel zu verlieren gab.

Natürlich glaubte sie seinerzeit, als der Song zum Hit avancierte, endlich das große Los gezogen zu haben, dachte, es würde von nun an ewig so weitergehen. Limousinenservice, teure Hotels, Spesenbudget, Vorschüsse, Videodrehs, Aufmerksamkeit, Arschkriecher und Speichellecker, Das-war-erst-der-Anfang, Jetzt-geht's-erst-richtig-los und so ein Unfug.

Ausgelöst durch ein kleines Dreieinhalb-Minuten-Liedchen, das sie in nicht mal einer Stunde eingesungen hatte. Jeder Sänger, dem das Schicksal kurzzeitig in Form einer einstelligen Chartposition zulächelt, ausnahmslos *jeder*, glaubt, den Durchbruch *wirklich* verdient zu haben. ›War ja nur eine Frage der Zeit.‹ Denn jeder Künstler ist überzeugt, er sei etwas Besonderes und der Erfolg allein auf die Großartigkeit seines Beitrags zurückzuführen. Keiner kommt auch nur im Entferntesten auf den Gedanken, dass es Tausender Zufälle und ineinander wirkender

Fügungen bedurfte, damit die korrupten und gleichzeitig willkürlichen Mechanismen des verfilzten Musikbusiness ihn jetzt im Scheinwerferlicht seiner 15 Minuten Ruhm erstrahlen lassen.

Niemand denkt sich: »Wow! Wow, was für abartiges G-L-Ü-C-K!«

Aber die Regel ist nun mal, es dauert nicht lange und alles ist wieder beim Alten. Wenn nicht noch schlimmer.

Tyna schaffte es nicht nur, das viele Geld, das sie mit »Lights go down« verdient hatte, zu verpulvern. Nein. Sie brachte es doch tatsächlich irgendwie fertig, trotz des massiven Geldzuflusses am Ende finanziell schlechter dazustehen als zuvor. Nämlich total verschuldet.

Sie verpulverte ihre Kohle für den üblichen Bullshit. Monatelang durchgebuchte First-Class-Hotels, in denen sie nicht eine Nacht verbrachte, Drogen-Suff-Klamotten-eh-klar, irgendwelchen missratenen Freunden Geld ›leihen‹, Freunden, die so sind wie sie, Abschaum (meine Ansicht: geliehenen Geldes ist nur der würdig, der einen niemals darum bitten würde), Urlaubsreisen im großen Stil, Dauerpartys und so weiter. Wäre sie nur ein kleines bisschen weniger verblödet, könnte sie heute in Ruhe mit einem gesunden finanziellen Polster weiter an ihrer Karriere arbeiten und entspannt in die Zukunft blicken. Stattdessen bläst sie jetzt die Schwänze verschiedener Idioten, um im Gegenzug durchs Leben finanziert zu werden. Sie ist am Ende.

Ich höre wieder zu, was sie gerade in die Membran des Brauner spuckt:

»... and so wie maid whatt wie häd oll ...«

Oh Gott, ist das furchtbar. Sie spricht das eine Wort schon wieder falsch aus, betont eine Zeile komplett daneben, hat die Melodie von Satz vier nicht kapiert, intoniert wie eine Taubstumme und hat sich einen feuchten Kehricht auf diese Session vorbereitet.

Aber noch viel einschneidender: Ihre Stimme hat keine Höhen mehr. Unwiderruflich weg. Dahin. Nicht mal Lucky Strike würde sie mehr für das Einsingen eines Werbespots buchen. Und sie klingt ständig heiser. Sie hat ihr einziges Instrument ruiniert. Den Rettungsanker, der sie aus ihrer ranzigen Existenz hätte erlösen können.

Sie hat sich selbst vernichtet. Dennoch wird sie den kümmerlichen Rest ihres Lebens jammern und wehklagen, wie schlecht die Plattenfirma sie behandelt, sich beschweren, wieso sie alle fallen lassen, sich ereifern, warum niemand mehr mit ihr arbeiten möchte ... und wo verdammt noch mal der nächste Hit bleibt!

Der devote Studioassistent (Breitmaulfroschmundpartie) kommt rein und fragt, ob wir etwas brauchen. Seine Untertänigkeit und sein Nord-Londoner Kanalrattenakzent gehen mir so auf den Nerv, dass ich ihm ... ach was, »No, thanks!« Gerade, dass er sich nicht rückwärts laufend entfernt. Seine Augen sind von roten Äderchen durchzogen, Discountturnschuhe und Schlabber-T-Shirt – natürlich schwarz.

Der Room 1 des Air Studios kostet lächerliche 1.600 Euro am Tag. Barocke Innenarchitektur trifft auf exquisiteste Technik. Studios dieser Größenordnung dürften in ein paar Jahren vom Erdboden verschwunden sein. Sich hier einzumieten ist technisch gesehen inzwischen wirklich nicht mehr notwendig. Diesen Preis rechtfertigt neben dem Neve-Mischpult eigentlich nur der Legendenstatus. Tynas Gesang hätten wir ebensogut in München aufnehmen können. Wohl weil Madame La Tyna neuerdings in London wohnt, bei wem genau, ist nicht bekannt, wechselt täglich, stimmte die Plattenfirma dem Unternehmen »auf ausdrücklichen Wunsch der Künstlerin« erstaunlicherweise zu. Die haben sie nicht mehr alle. Josts und meine Flüge und Übernachtungskosten mit eingerechnet, muss der resultierende Song mindestens drei Millionen Mal illegal downgeloadet werden, um diesen Unsinn wieder einzuspielen. Haha.

Ich drücke auf den Knopf und sage: »Gut. Sehr geil. Dann lass uns gleich mal zu Vers zwei gehen. Ab ›how could‹ und so weiter, alles klar?«

Sie starrt, ich glaube, mich an. Sekunden verstreichen. Das Schweigen im Walde. Sie hat das Begriffsvermögen eines schwerbehinderten Kleinkindes. Ich möchte eigentlich in meine geballte Faust beißen. Ich beuge meinen Kopf nach vorne, runzle fragend die Stirn, ob sie verstanden hat, was ich meine, und wiederhole noch mal: »Wir gehen zu Vers zwei. Den zweiten Vers ... nach dem ersten Refrain. Vers 2. ... Also bei ›how could‹, ab, äh, ›how could‹. Also zweiter Vers.« Jesus Christus. »Ja? ... Okay?«

Sie setzt den Gesichtsausdruck auf, von dem sie vermutet, dass ihn Menschen benutzen, wenn sie mitdenken. Ich lese in ihrem verzweifelten Blick, wie sehr sie versucht, meine Worte, die in ihre Ohren gleiten, aber nicht in ihrem Hirn ankommen, zu verstehen. Sie fährt mit dem Zeigefinger suchend über das Textblatt, das vor ihr in den Notenständer eingespannt hängt.

Jost scrollt an die entsprechende Stelle, mit zwei Takten Vorlauf, die Musik startet, und in dem Moment, in dem die erste Bassdrum ertönt, drückt er auf die Stoptaste und bricht ab. Den Mengen an Schleim nach, die Tyna abhustet, während sie uns entschuldigend mit einem schwächlichen Nicken und Winken ›geht gleich wieder‹ zu verstehen gibt, war sie gestern wieder sternhagelvoll.

Ich brauch eine Pause. Sonst köpfe ich sie. Das hier ist nichts als eine einzige persönliche Beleidigung.

»Lass uns ’ne kurze Pause machen, in Ordnung? Kommst du mal rüber?«, sage ich zu ihr. Sie nimmt ihren Kopfhörer ab, legt ihn auf den Notenständer, er fällt runter, sie ignoriert das und tritt zu uns in den Kontrollraum.

Sie flegelt sich auf die große Ledercouch in der Nordost-Ecke der Regie. Ich sage nettes Zeug zu ihr. Mein obligatorisches Wie-super-das-wird-Gerede.

›Es bleibt nicht aus‹, denke ich mir, als sie darüber zu berichten beginnt, jetzt auch selbst Songs zu schreiben. Das ist komischerweise bei fast allen Sängern so. Sobald sie einen Hit hatten, glauben sie automatisch, das auch zu können. Irgendein unerklärliches Ehrgefühl scheint sie zu erfüllen, wenn sie ihre eigenen Lieder singen – auch wenn die noch so scheiße sind. Darum geht's nicht. Und deshalb ist das meist der Anfang vom Ende. Die paar Takte, die Tyna da gerade auf dem Sofa ansingt, um Jost und mir einen Eindruck zu vermitteln, klingen verboten belanglos. Deshalb sage ich, als sie mich, um meine Meinung fragend, ansieht: »Klingt sehr, sehr gut!«

Lächelnd lässt sie das Kompliment gelten.

Wo in drei Teufels Namen ist das Problem? Presley, Sinatra, Houston, alles ›nur‹ Interpreten. Und keiner käme auf die Idee, ihnen vorzuwerfen, sie wären keine großen Künstler.

Könnten wir jetzt bitte weitermachen? Mit *meinem* Song?

Ich stehe auf. Glaube, dass es der Anstand bereits zulässt. Eine Aufforderung, es mir gleich zu tun. Sie verändert nur leicht ihre Sitzposition und erzählt uns eine haarsträubend langweilige Story von irgendeiner VIP-Party vergangenes Wochenende. Ihre eigentliche Mitteilung: Ich *war* auf dieser VIP-Party.

Mit dem mir eigenen Mangel an Aufrichtigkeit lache ich an den richtigen Stellen, bin erstaunt an den richtigen Stellen und grinse feist an den richtigen Stellen, die Dinge werden unscharf (ich presse meinen Schließmuskel zusammen und entspanne ihn, presse, entspanne, minutenlang, bis ich ermüde bzw. mein Schließmuskel – diese Übung soll gut sein für die Prostata, habe ich mal gehört, vergessen wo), dann schaue ich Tyna wieder etwas genauer an, mir fällt auf, dass ich schon seit einigen Minuten an derselben Stelle stehe, und es dämmert mir, einfach so, weniger eine Eingebung als eine Einsicht, dass so etwas wie diese alberne kleine Scheißparty – sie redet wirklich von nichts anderem – für sie vielleicht nach wie vor etwas Besonderes ist. Ist doch klar, wenn du aus einer Welt kommst, in der essen gehen heißt, seine Bestellung aus dem Fahrerfenster in eine kleine Box zu sprechen, um dann zu hören: »Macht 9 Euro 80. Fahrt vor zum nächsten Fenster.« Und wenn man bedenkt, dass »Lights go down« der einsame Höhepunkt ihres armseligen Lebens bleiben wird ...

Ich werde ganz weich in mir drin. Also sage ich:

»Dann lass uns mal weitermachen.« Heb deinen Arsch wieder rüber in die Gesangskabine, du Straßenköter. (Die Sprache, die dir vertraut ist, oder etwa nicht?)

Geschlagene vierzig Minuten später, sie lässt jetzt kräftemäßig hörbar nach. Mist, ich brauch noch einige Sätze, da hab ich noch keine verwendbaren Aufnahmen. Also werfe ich ihr ein Leckerli hin, damit sich ihre Millisekundenaufmerksamkeitsspanne wieder regeneriert.

»Su-uu-per. Das war absolut der Wahnsinn. Sooo geil. ... Geil! Das haben wir erst mal. Gehen wir gleich zum nächsten Refrain und den Ad Libs?«

Sehr viel später – draußen ist es bereits dunkel – habe ich den neuen Titel im Kasten und schmeiß sie raus.

Das? Wird kein Hit.

Zwei ereignislose Wochen später. Vielleicht auch zweieinhalb.

Was ist das in Litern Evian? Was ist das in Trainingseinheiten? Was ist das in neu geschriebenen Songs? Was ist das in Anzahl vollzogenen Geschlechtsverkehrs? Was ist das in Quadratmetern geputzter Wohnfläche? Was ist das in Litern Super Bleifrei? Was ist das in Euro verfressenen Essens? WAS IST DAS IN SEKUNDEN?

Es ist der 23. September. Draußen fühlt sich's herbstlich an. Tamara und ich sitzen im Tantris. Hier drinnen sieht das Licht irgendwie unwirklich aus.

Ein neuer Koch hat kürzlich die Leitung der Küche übernommen. So ein Sternekasper, den ich noch nicht kenne. Sonst hat sich nichts verändert, seit ich vor zwei Monaten das letzte Mal hier war. Mit wem, habe ich vergessen.

Das reinste Vergnügen, die runtergehungerten, aufgetakelten, hibbeligen Bonzenschlampen mit Botoxgesichtern zu inspizieren, die hier verkehren. (Eigentlich zum Kotzen.) Alle haben herrische Stimmen und miese Stimmung. Muss an ihrer Nutzlosigkeit liegen. Yogastunden, Maniküre, Ayurveda – brutaler Druck eben. Oberstes Gebot bei diesem unnützen Pack: absolut schlecht gelaunt wirken.

Ebenso interessant (eigentlich zum Kotzen), die dazugehörigen Gatten: Bentley geleast, Haus überschuldet, Hypothek frisst auf, Geliebte stellt unrealistische Forderungen (schwanger!), Firma so gut wie pleite, in spätestens zwei Jahren fliegt alles auf, dann Scheidung, Ruin, Blamage.

Ich fühle mich hier genauso fremd wie gegenüber dem Anoraktrāger-Spezitrinker-Pizza-Salami-Fußvolk, also dem Unterschichtenabschaum bei irgendeinem Billigitaliener.

Aber ich sitze dennoch lieber hier als dort. Die Yuppies wissen wenigstens, wie kaputt sie sind.

Am marodesten ist die Substanz dort, wo die Oberfläche am hellsten funkelt.

Ich schaue zu der Frau, die mir gegenüber sitzt. Ihr Mund bewegt sich. Ich höre sie nicht, sondern starre sie an, um mich zu vergewissern, dass ich dieses und jenes versäume. Und verwundert denke ich mir: »Wie gibt's das? Mir sitzt eine Frau gegenüber – und ich halte sie schon mal grundsätzlich für den Feind!«

Sie entschuldigt sich. Steht auf. Ich schenke ihr einen Augenblick der Aufmerksamkeit, ein verständnisvolles Lächeln. Überlege kurz, ob ich einfach abhauen soll. Kann ich nicht bringen. Aber das wäre doch mal was. Im Weggehen zieht sie ihren Pulli über dem Hintern zurecht, weil sie zu Recht davon ausgeht, dass ich genau an die Stelle schaue. Ich warte. Meine Überlebenstaktik. Fühle mich, als wäre ihre Abwesenheit ein Geschenk. Taschencheck, bamm-Handy, bamm-Geldbeutel, bamm-Autoschlüssel – gut. Kurz denke ich, ich höre Stimmen. Spiele ich mir einen blöden Streich? Ich bin gereizt. Sehe wieder umher. Sie kommt zurück, der Blick, den man sich zuwirft, während man selbst sitzt und die Person auf einen zuschreitet, ist gar nicht so leicht zu bewerkstelligen. Lächeln ist nie falsch. Ich zwinge mich wieder in eine andere Erscheinung.

»Hast du diese Woche Lotto gespielt? Also ich hab! 14 Millionen im Jackpot. Das wäre schon was. Ich wüsste genau, was ich mit so viel Geld machen würde«, sagt sie mit dringlichen Gesten, während sie sich wieder setzt. Als hätte sie sich dieses Thema auf dem Klo vorbereitet.

Ein kurzes Sausen in meinen Ohren blendet sich wieder aus, verschwindet dahin, wo es herkam. Ein Kurzzeittinitus?

Sie zählt mir mit einer derart vorgeordneten Genauigkeit auf, was sie mit so viel Geld alles anstellen würde, dass mir klar wird, wie sehr ihr das wahrscheinlich schon ein Leben lang durch den Kopf geht. Ein Lottogewinn. ›Viel Geld!‹ *Viel Geld.*

›Viel‹ ist relativ. ›Genug‹ wäre möglicherweise treffender.

Das ist doch eigentlich das, worum's geht. Mir zumindest.

Genug Geld gemacht zu haben, um seine Ruhe vor all den abgetakelten Arschlöchern auf diesem verseuchten Planeten zu haben und sich ihrem Sturzbach reinster Scheiße entziehen zu können. Doch erschreckenderweise führt das nur zu *einem einzigen* Privileg: dem verinnerlichten Wissen darum, dass die ganze Kohle dich und dein Verhältnis zu dir selbst nicht ändert. Was extrem ernüchternd ist und was ich sehr bedauere.

Geld verändert nicht deinen Charakter. Es verdeutlicht ihn lediglich.

Ein Zitat. Ein großartiges.

Unpraktischerweise kann man dieses verinnerlichte Wissen nur fühlen, *nachdem* man die Kohle eingefahren hat. Es lediglich theoretisch zu begreifen, bringt leider gar nichts. Aber was soll ich ihr das erzählen? Ihr, deren E-Mail-Adresse die Zahl ihres Geburtsjahres beinhaltet, tamara_79@irgendwas.de. Warum nicht gleich noch die Schuhgröße, Gewicht und Körpergröße mit reinpacken? Die zu SMS-Verschicken »simsen« sagt. Und die gerade irgendjemanden kommentiert, indem sie kopfschüttelnd »tzz-tzz-tzz« macht.

Soll ich ihr vielleicht sagen, es bringt gar nichts, deine Lebenszeit mit der irrationalen Hoffnung auf einen finanziellen Segen zu verschwenden, also verschone mich mit diesem Lottoblödsinn?

Obwohl! Ich könnte ihr sagen: »Du wärst auch mit zehn Mios auf der hohen Kante noch ein billiges Bückstück ohne Lebensinhalt!« Ich könnte ihr schonend beibringen: »Auch wenn du versuchen würdest, es mit eigener Leistung zu etwas zu bringen, stellte sich immer noch ein Problem. Du besitzt keinerlei besondere Fähigkeiten.«

Ich greife nach meinem Glas und führe es an den Mund, ohne zu trinken. Ich denke, alles einfach hinnehmen.

Leute wie Tamara, die (1.) glauben, Stress im Job zu haben, wenn sie mal erst um sieben von der Arbeit heimkommen, ach Gottchen, die (2.) sagen, ihr Tag müsste eigentlich »32 Stunden haben« (wie süß! Zum Shoppen, oder was?), die (3.) auf »Hallo« mit »Na?« antworten, die (4.) Nachrichten auf der Mailbox hinterlassen, die ewig lang sind, weil ihnen ein ›Ruf doch bitte mal zurück‹ zu popelig ist (ich höre sowieso immer nur zwei Sätze ab und lösche dann gleich), also eben die ganzen normalen üblichen Verdächtigen, die mit angezogener Handbremse leben, es aber nicht wissen, fühlen sich allein durch die Tatsache, dass sie keine Milliardäre-von-Geburt-an sind ungerecht behandelt. Bloß von wem? Das Leben schuldet dir gar nichts. Und ihr am allerwenigsten.

Aber eins darf man natürlich nicht vergessen: Der Vorteil von Neid besteht darin, sich mit der Illusion besänftigen zu können, *mit* Geld wäre alles besser. Was auch etwas Gutes hat. Man kann dann noch an etwas glauben.

(Schreib auf:)

Sag vor Menschen niemals die Wahrheit. Es ist, als würdest du dich vor ihnen mit Benzin übergießen und selbst anzünden.

Die letzten Worte, zu dem Jackpotthema. Endlich. Sie labert etwas, das mir eine Reaktion abverlangt. Ich arrangiere mein Gesicht für einen weiteren beipflichtenden Kommentar: »Ja! Aber wirklich!« Und nicke.

Gleich anschließend schüttle auch ich den Kopf, als haute es mich völlig um. Ich spiegle ihre Bewegungen. Damit liegt man immer richtig und sorgt für eine entspannte Grundstimmung. Für sein Gegenüber.

Sie schließt einen Satz gerade mit einem Zwinker-Zwinker ab. Ich gebe mir die Anweisung: Vorsicht, das bitte nicht spiegeln!

Diese Unterhaltung ist definitiv zugelassen für alle Überfünfjährigen.

Apropos! Tamara Fendt: 28 Jahre, Nr. 37, nach Lea ist sie mit sieben Dates die Nummer zwei in meiner Liste. Die Proportion Brüste-zu-Hintern ist stimmig, und wie sie die Sektflöte hält, belegt, dass sie weiß, wie man einen Schwanz richtig anfasst. Denn wie auch zwischen der Handhabung von Essbesteck und dem IQ, besteht da ein Zusammenhang. In ihren dunkelgrünen Augen erkennt man das Funkeln überbordender Energie. Die Energie des blanken Schwachsinns. Sie arbeitet bei einer Filmfirma, mag Black Eyed Peas (immerhin), Shrek 1&2 (immerhin revidiert) und lebt gern auf dem Land, da man sich dort auf der Straße »noch grüßt«. (Also wenn man kein Schwarzer, Schwuler oder Atheist ist.)

Bislang war ich nur einmal bei ihr. Da draußen in der Pampa. Ist was für ehemalige Vogue-Leserinnen, die jetzt die Ruhe für sich entdecken. Das Echte, Erdige, Unverfälschte, blablabla. Gar nicht soo weit außerhalb, vielleicht 20 Minuten mit dem Auto, aber schon eine andere Welt. Da, wo Gleichaltrige mit einem wie

Eltern sprechen, weil sie 30 Jahre hinterher sind. Tamaras kuscheliges, edel renoviertes Bauernhäuschen liegt sogar noch einen halben Kilometer abseits des kleinen 800-Seelen-Kaffs, direkt an einem Waldstück. Total abgeschieden. Das wäre mir fast zu unheimlich.

Tamara hat heute eine neue Frisur. Die, die Heidi Klum vor vier Tagen bei Beckmann getragen hat.

»Alles zu Ihrer Zufriedenheit?«, fragt der Ober komplett *over the top*. Er steht da.

Komm, geh 'n Baby tätowieren. Ich melde mich schon, wenn ich was brauche. »Danke, alles bestens.« Sage ich ernst und mit gesenkter Stimme.

Was für ein Hanswurst. Ich zweifle an der geistigen Gesundheit der überdrehten Kellner in Sternerestaurants.

An Tamaras Tonfall kann ich erkennen, dass eine aktive Beteiligung meinerseits an diesem Gespräch erst mal nicht erforderlich ist. Die nächsten dreißig Minuten auch kein einziges mal sein wird. (»Uh, ich habe eine kleine Mücke auf der Hand.« Dann wischt sie sie angeekelt weg.) Ich begleite ihre Ausführungen, als läge mir was daran. Hin und wieder intensiviere ich meinen Blick, ohne mein Gesicht zu verziehen, um Aufmerksamkeit vorzutäuschen. An der gegenüberliegenden Wand sind neun Kleiderhaken montiert. Ich werde sie gleich noch mal von der anderen Richtung durchzählen. Dann starre ich auf das Toupet eines Gastes und hoffe, er bemerkt es und wird unsicher. Ein Toupet erkenne ich auf hundert Meter Entfernung. Nimmt ein Haarteilträger das Ding zu Hause ab, wenn er mit seiner Frau allein ist? Jacke auf den Bügel, Schuhe auf die Matte, Toupet auf den Styroporkopf? Und was hält seine holde Gattin überhaupt davon? Hat sie ihn schon so kennengelernt? Mit oder ohne. Wann offenbarte er sich ihr? »Du, Pupsimäuschen, ich muss dir was sagen, ich habe eine ... Glatze. Schlimm? Bussi?« Ich sehe seine für ihn viel zu junge Begleitung an. Sie trägt eine ziemlich neu wirkende Frisur. Die, die Heidi Klum vor vier Tagen bei Beckmann getragen hat. Mir wird allerlei.

Aus irgendeinem Grund blendet sich um mich herum alles aus, ohne Vorwarnung, und ich kann ganz plötzlich nur noch im Futur denken. So ungefähr wie:

Irgendwann fliegt alles auf.

Ach was. Tamara wird auch heute Nacht glauben, sie würde dir etwas bedeuten, weil Menschen sich selbst immer für wertvoll und würdig halten. Sie sind von sich eingenommen.

Nicht mal wenn du sie anschließend entsorgst, wird sie kapieren, dass es dir egal war, mit wem du geschlafen hast. Sie ist simpel. Sie ist der verdammte Durchschnitt.

Irgendwann fliegt alles auf.

Dreieinhalb-Minuten-Songs schreiben! Ich habe eigentlich keine Ahnung, was ich da tue.

Ach was. Denk einfach daran: Wir sind alle Schauspieler, die ihre Rolle durchziehen. Talent zu haben heißt, keine Wahl zu haben? Etwas Pragmatismus bitte.

Es geht nicht um Talent – es geht um Ambition!

Es geht nicht um Genie – es geht um Penetranz!

Den unbedingten Willen, etwas zu schaffen!

Also beruhig dich.

Irgendwann fliegt alles auf.

Nichts da. Fickt euch.

Irgendwann fliegt alles auf.

Nichts da. Fickt euch.

Dass ich ein Hochstapler bin.

Meine Gedanken kehren zu dem Gespräch zurück. Ich bekomme von Tamara etwas unsagbar Bedeutsames über die Krustentiere auf den Tellern mitgeteilt, die ein Kellner gerade vorbeiträgt. Ich sage gar nichts. Aber mit geübtem Lächeln.

Sollte es passieren, dass gleich eine Gesprächspause eintritt, die sich anschickt peinlich zu werden (was ich bezweifle), habe ich eine Liste an Fragen und Themen, die ich sofort abfeuern kann und werde.

Je nach vorangegangenem Gesprächsstoff kann ich Bezug nehmen auf (1.) Tagesgeschehen, (2.) aktuelles Kulturelles – Musik, Kino, Bücher, Celebrityklatsch, (3.) individuell auf sie Zugeschnittenes – das aber in Wahrheit auf jede Frau passt, (4.) Direktbezug auf die Umgebung – Outfit der Fotze am Nebentisch, innenarchitektonische Besonderheiten des Lokals, (5.) philosophisch Angehauchtes, für die Stunden ab 22 Uhr 30. Etwa: Voltaire ›Greatest Hits‹, Oscar Wilde ›Best of Aphorismen‹ oder mein Archiv abstruser Informationen (»Wusstest du, dass nur weibliche Moskitos stechen?«).

Und meine Spezialanalyse habe ich auch noch in petto. Die habe ich laut meiner Notizen bei ihr noch gar nicht losgelassen.

Bei temperamentvollem Kanonenfutter wie ihr bringe ich die ›Ich glaube, du hast es ganz schön in dir. Du kannst bestimmt richtig aufbrausen, wenn man dich ärgert‹-Nummer, wenn es um den Ausdruck in ihren Augen geht. (Stimmt inhaltlich auch. Ich würde es für mich jedoch anders formulieren. Nämlich, dass sie eine hysterische, cholerische, jähzornige, schusselige Furie ist.) Tamara wird diese Analyse glücklich machen. Und wenn sie glücklich ist, bin ich es auch ...

An unserem Tisch läuft eine Frau mit wahnsinnig kurzen Beinen vorbei. Beine sind mir egal. Ich schaue sie kurz verwundert an. Sie trägt die ziemlich frisch gemacht wirkende Frisur, die Heidi Klum vor vier Tagen bei Beckmann getragen hat.

Gestern hatte ich Geburtstag. Daran, Tamara gegenüber mein Geburtsdatum jemals erwähnt zu haben, kann ich mich nicht erinnern. Aber auf ihre Frage, was ich mir wünsche, bat ich sie inständig, mir kein Geschenk zu kaufen. Mich freuen Geschenke nicht. Ich habe alles, was ich brauche, und symbolische Gaben interessieren mich nicht. Auf Geschenke erfreut reagieren zu müssen, empfinde ich als unnötige Anstrengung. ›Oh schön, vielen Dank, ich werde es in den Keller zu dem anderen unnützen Kram stellen. Nein warte, ich schmeiß es gleich hier weg, siehst du? Plumps. Du bist so lieb. Nochmals danke.‹

Etwas zu schenken ist genauso bescheuert, wie nach dem Niesen ›Gesundheit‹ zu sagen und den Niesenden damit gleich mal unter Druck zu setzen, sich sofort dafür bedanken zu müssen.

Oder zum Geburtstag zu gratulieren. Wofür das denn? Geboren worden zu sein ist ja noch weniger eine Leistung, als von selbst alt zu werden.

Ich habe mir gerade nachgeschenkt, als ich Tamara etwas brabbeln *sehe*, von dem ich hoffe, dass es eine witzige Antwort auf etwas ist, das ich mich nicht habe fragen hören.

Ein eingeschobenes, wohl an ihren Chef gerichtetes »Geht's noch?«. ›Geht's noch‹ geht gar nicht. Und ›geht gar nicht‹ geht erst recht nicht.

Tamara greift mit ihrer Gabel auf meinen Teller, spießt ein Stück meines Essens auf und schiebt es sich in den Mund. Ich sehe nicht genau hin, tue ganz natürlich, als freute ich mich darüber. Ich weiß, es ist ein Test, ob es mir was ausmacht. (Wir haben beide das gleiche Gericht auf dem Teller!)

Ich weiß auch, sie ist Doppeltunkerin. Beißt sie von zum Beispiel einer Frühlingsrolle ab, tunkt sie die angebissene Hälfte noch mal in das Soßenschälchen. Pfui Teufel. Ich beruhige mich, indem ich daran denke, dass ich ja gleich auch nicht so zimperlich bin, wenn ich ihr meine Zunge in den Hals und anderswohin stecken werde. Aber beim Essen ist das eben doch was anderes.

Noch ekliger sind Mütter, die den Schnuller ihres Kindes ablutschen, bevor sie ihn in den Mund des Kindes stecken. Ganz abgesehen von der übertragbaren Karies der Mutter muss das doch wirklich nicht sein.

Mir fällt fast das Messer aus der Hand, als Tamara (richtig, ›Tamara‹. Ich war schon wieder bei ›Astrid‹) mich mitten beim Dessert mit einer Frage aus meinen Gedanken reißt: »Stellst du mich denn mal deiner Mutter vor?«

Ich, laut: »Was?« Stille.

Ich starre sie an. Mein ›was‹ klang zu entsetzt. Zu verblüfft. Aber was gibt's dazu sonst noch zu sagen?

»Wann stellst du mich denn mal deiner Mutter vor?«, fragt sie erneut, zuckersüß lächelnd.

Ist das ein weiterer Test oder was? Das hatte ich ja noch nie.

Ich bin doch keiner der Jungs, der seiner Mama was von seinem Liebesleben berichtet. Das wäre ja furchtbar. Ich will auch nichts von ihrem wissen.

Meine Güte, was sage ich jetzt?

»Wie kommst du denn darauf? Ich mein, ich will ja deine Eltern auch nicht kennenlernen.«

Oh, verdammt. Das war der falsche Spruch. Oh, verdammt.

Ich bin so blöd. Ich bin so blöd. Wie konnte ich nur so was rauslassen? Ich krümme mich innerlich, während ich, einen Tobsuchtsanfall erwartend, angstvoll dreinschaue.

(Meine Tarnung, meine Tarnung, ich verliere langsam meine Tarnung!)

Aber: Nichts.

Einfach nichts. Tamara isst wortlos lächelnd weiter ihre Nachspeise. Schaut mich an, kneift ein paarmal die Augen zusammen, was irgendwie kurzsichtig wirkt, sieht herum. Mich wieder an. Und wieder umher. Nichts.

Das ist besonders perfide.

Lediglich die vornehme Umgebung des Restaurants ließ sie eine Schimpftirade unterdrücken. Zunächst zumindest.

Der vorhergeahnte Gefühlstornado bricht über mich herein, während wir vor dem Lokal stehen. Ich wünschte, sie wäre nur erbost. Aber sie ist *außer sich*!

Bedauerlicherweise kann mich keine Frau provozieren, mit ihr zu streiten, da ich immer daran denken muss, dass wir alle bald sterben werden und mich das aktuelle Thema überhaupt nicht juckt.

Das heizt sie noch mehr an. Kleiner Ausschnitt, mittendrin: »Du bist so was von das Letzte.« Absetzen. Schnauben. »Was fällt dir eigentlich ein?« (Das Essen war super, ich fühle mich richtig gut.) »Du brauchst gar nicht so zu lächeln.« (Als wären wir verheiratet.)

Sie tobt aber auch so unkreativ. Ein bemitleidenswert mickriges Repertoire an Kraftausdrücken, mit zahlreichen Wiederholungen. Ich verlagere mein Gewicht von einem Bein auf das andere. Kamel und Dromedar. Der Unterschied? Wer hat einen, wer hat zwei Höcker? Bin nicht sicher. Nicht mal das. Du liebe Zeit.

»Ich fasse es nicht. Ich fasse es einfach nicht!«, faucht sie erregt. Tamara und ihr nettes, kleines Einmannstück. Völlig unabhängig von ihr und ihrem Gesülze bin ich geladen. Sie spielt gerade die Verletzte, gleich kommt wieder die empört Beleidigte. Mit den Händen demonstriert sie die Formen meiner Unverschämtheit. Das gibt den Ausschlag.

Es ist eine generöse, weltmännische Geste, wie ich vor ihren Augen langsam meinen Geldbeutel aus der Manteltasche ziehe, einen Fünfziger rausnehme, ihr diesen in ihre linke Jackentasche stecke und mich mit den Worten »Nimm dir bitte ein Taxi« verabschiede, umdrehe und gehe.

Meine Welt zieht sich zu. Ich kann es spüren. Alles scheint noch kleiner und noch enger als noch vor wenigen Wochen.

Was für eine dunkle Nacht. Ich gehe zu meinem Wagen. Fühle mich missverstanden. Nicht von Ta... Tamara. Genau, Tamara. Nein, ich kann nicht mal mehr meine Wohnung verlassen, ohne mich sofort über den ersten Menschen, der mir entgegenkommt, im Selbstgespräch auszukotzen.

Er stört mich. Er missfällt mir mit seiner bloßen Existenz.

Zwischen dem Wirrwarr von Gefühlen flüstere ich in Richtung Boden, halb zu mir selbst: »Wenn ich es schaffe, mich dranzuhängen, dann soll es so sein.«

Ich beschleunige mein Schritttempo, werfe einen prüfenden Blick auf meine linke Ferse, ob meine Jeans nicht versehentlich in den Schuh gerutscht ist. Zwischen Socken und Schaftkante. Das sieht unmöglich aus. Aber, alles gut. Sie hängt drüber. Dann selbe Prozedur mit dem rechten Fuß. Auch okay.

Zügiges Öffnen der Wagentür. In meinem Kopf, in hysterisch schneller Abfolge: 32-16-8 war die Telefonnummer in »Skandal im Sperrbezirk«, Spider Murphy Gang. 555-23-68 ist die Telefonnummer der Ghostbusters (Idiotenfilm). Die Vorwahl 555 wiederum wird in allen amerikanischen Filmen vor die eigentliche Telefonnummer gestellt, weil unter dieser Zahlenkombination USA-weit kein Anschluss besteht. Das Album von Yes mit »Owner Of A Lonely Heart« hieß 90125, nach der Bestellnummer. Die Fernsehserie hieß Beverly Hills 90210, nach der Postleitzahl. 4711 war die Hausnummer des Gebäudes, in dem das Kölnisch Wasser hergestellt wurde. Alle Uhren in »Pulp Fiction« stehen auf 4 Uhr 20. Meine Handy-PIN-Nummer lautet 9659, was ich beim Eintippen immer laut mitspreche, um keinen rein manuellen Automatismus zu entwickeln und somit die Nummer zu vergessen. Eine Pizza bei Pizza Hut ist weltweit immer 7 Minuten bei 236 Grad Celsius im Ofen. Und weltweit gibt es andauernd 3000 Gewitter. Mein EC-Card-Code lautet 0105. Kein bestimmter Grund – ich muss lachen. Der Urknall fand vor 13,7 Milliarden Jahren statt. Die Erde gibt es seit 4,6 Milliarden Jahren. Den modernen Menschen seit 160.000 Jahren. Mich seit 34 Jahren und einem Tag.

Ich starte den Motor. Wende. Gebe Gas.

Es geht nicht mehr. Ich halte es eben einfach nicht mehr aus.

Ich mache das Radio an, »I Want To Break Free« läuft auf einem Privatsender. Sofort fesselt es mich. Ich erinnere mich.

Dieser Song hat mich musikalisch entjungfert. April 1984. Ich stand auf der Hüpfburg eines Volksfests. Meine Playmobilstadt stand noch komplett aufgebaut auf dem Speicher. Ich musste sofort runter von der Hüpfburg. Zuhören. Ich konnte es nicht fassen. Noch nie hatte ich so tief empfunden. Auraler Orgasmus. Die Schönheit des Songs. Die Wucht des Sounds. Ich konnte es nicht fassen. War so ergriffen wie noch nie zuvor. Und nie wieder danach. Es gibt kein zweites erstes Mal. »I Want To Break Free« – was für ein Monument. Von diesem Tag an gab es nichts anders mehr für mich als Queen. Freddie ist ein Genie. Er ist die Liebe meines Lebens.

Dort ist das Taxi, in das Tamara eingestiegen ist. Ich hole auf.

Ich glaube, die Menschen wissen gar nicht, wie großartig er ist. War. Oberflächlich wie sie sind. Sie sehen nur den Bühnenperformer mit Oberlippenbart und Muscle-Shirt und einer Stimme wie ein Orchester. Die meisten wissen gar nicht, dass Freddie auch der Komponist und Texter der ganzen Queen-Klassiker ist. »Killer Queen«, »Bohemian Rhapsody«, »Somebody To Love«, »We Are The Champions«, »Bicycle Race«, »Don't Stop Me Now«, »Play The Game«, »Crazy Little Thing Called Love«. Alle von ihm geschrieben. Vollkommen unterschiedlich. Ebenso komplex wie eingängig. Und das sind nur seine 70er-Jahre-Hits. Und was für ein außergewöhnlicher Pianist er war. Er spielte vollkommen anders. Vollkommen eigen. Man müsste Kirchen für ihn bauen. Ich wollte mit zwölf sogar vorstehende Schneidezähne haben.

Zwischen dem Taxi und mir ist ein silberner Peugeot. Perfekt. Abstandhalter und Sichtschutz. Ich bleibe dran.

Ich denke jeden Tag an ihn. An sein Genie. Wenn es solche Genies auf Erden gab, kann man sich eigentlich gleich erschießen. Was soll man dann noch hier?

Gut, dass er tot ist. Wer braucht einen dicken, kahlen, altmodischen Freddie. Er hat alles richtig gemacht. Sogar sein Tod war gut getimt.

Schön, wenn deine Zeit zeitgleich mit deinem Tod abläuft. Schlimm, wenn du dein Verfallsdatum überlebst.

Her mit dem Notizbuch. Muss ich notieren. Schnell, sonst vergess ich's. Ich mache das Leselicht an, blättere, suche eine noch weiße Seite. Es gibt aber nur noch vereinzelte freie Stellen. Muss bald ein neues Heft kaufen. Ich schreibe auf, während ich das Heft gegen das Lenkrad presse und gleichzeitig auf die Straße zu schauen versuche.

Eine flüchtige Vorahnung dessen, was auf mich zukommt, ringt mir einen Seufzer ab.

Ich drehe das Radio lauter. »I Want To Break Free« ist von John Deacon, dem Queen-Bassisten, geschrieben. Der mit »You're My Best Friend«, »Spread Your Wings« und »Another One Bites The Dust« ebenfalls noch weitere Klassiker zum Queen-Katalog beigesteuert hat. Wie jedes der vier Bandmitglieder. Was für eine Kombination.

Der Song geht zu Ende. Ich sage mir noch schnell die Geburtsdaten von Freddie, Brian, Roger und John auf, weiß sie immer noch, in mein Hirn eingebrannt. Lege den Notizblock beiseite und schalte das Innenlicht wieder aus.

Ich folge dem Taxi, der Peugeot ist mittlerweile abgebogen. Ich halte Abstand, starre auf den elfenbeinfarbenen Wagen vor mir. Und komme dabei plötzlich dem ›An-nichts-Denken‹ erstaunlich nah.

Was mich fast ein bisschen nachdenklich macht.

Nach nicht ganz einer halben Stunde biegt das Taxi in den Waldweg, der zu Tamaras Haus führt.

Ich halte Abstand. Keine Gefahr, den Wagen aus den Augen zu verlieren. Hier, in dieser Ödnis ist nichts los und die Straßen sehr dunkel. Ich kann die Rücklichter gut erkennen. Trotz geschätzten zweihundert Metern Abstand. Ich parke in einer Waldschneise, schalte das Abblendlicht aus und warte. Öffne das Fenster einen Spalt. Es riecht nach frisch gemähtem Gras. Diesen

Frühling hatte ich gar keinen Heuschnupfen. Die beiden Jahre zuvor schon. Das variiert. Nach drei Minuten fährt das Taxi an mir vorbei. Wieder zurück in die Stadt. Bemerkt mich nicht. Sein Reklameschild auf dem Dach leuchtet. Es ist wieder frei.

Ich fahre los. Langsam und leise. Verdunkelt. Der Mond scheint gerade hell genug, um die Umrisse der schmalen Straße erkennen zu lassen. Und unfallfrei zu Tamaras Haus zu gelangen. Sie befindet sich schon im ersten Stock. Neon-Atmosphäre dringt aus dem Milchglasfenster – also wohl das Bad. Ich parke mit der Beifahrerseite genau vor ihrer Haustür. Öffne mit der entsprechenden Taste den Kofferraum. Steige aus. Finsternis. Das Licht aus dem Kofferraum leuchtet umso heller. Ich greife nach dem hellbraunen Lederetui, in der Vertiefung, rechts hinter dem Radkasten. Öffne mit dem Daumen den Verschluss, ziehe das Messer heraus. Dieses Zweiter-Weltkriegs-Armee-Ding von einem meiner Großväter. Drücke behutsam den Kofferraumdeckel zu.

Er schließt leise von selbst. Klick.

Klingle. Höre sie die Treppe runterlaufen. Höre ihre Stimme hinter der Tür.

»Hallo?«

»Ich bin's.« Ich klinge versöhnlich. Füge gleich hinzu: »Peter.« Ehrlichkeit kann ein Fluch sein.

Ich klinge entschuldigend.

»…«, es tut mir leid, hauche ich nicht. Aber es wirkt so. Sogar wenn ich nichts sage, vermittle ich gute Absichten. Es wird ein Leichtes sein. Die Schwingungen stimmen. Ich halte das Messer wie einen Blumenstrauß in meiner rechten Hand. Achtzehn Zentimeter geriffelte Stahlklinge. Überraschung! Sie hat keinen Türspion.

Das Schönste an einem Streit ist der Versöhnungssex.

Hab ich mal gelesen. Oder so ähnlich.

Der Schlüssel wird zweimal umgedreht. Der Schlüsselbund raschelt. Ich erkenne an diesem Geräusch, wie sie sich schweigend wundert. ›Was soll das denn jetzt!‹, so in etwa. Schätze ich. Spüre ich.

Ich halte das Messer jetzt hinter meinen Rücken.

Das hier darf man nicht missverstehen. Das hier ist stellvertretend.

Die schwere Holztür geht auf. Ich lese gerade noch die in Kreide auf den oberen Rand geschriebene Märchenscheiße. Balthasar – Melchior – Kaspar – 2006. Schon etwas verwischt. Ist ja auch beinahe ein Dreivierteljahr alt. Hey, Melchior ist falsch geschrieben. Nein, doch nicht. Aber die Reihenfolge ...

»Was machst du denn hier?«

Ich flüstere: »Hi!« Sehe mich kurz um. Mache einen schnellen Schritt nach vorne. Packe ihren Hinterkopf, fühle Haare und Schädelknochen und ramme das Messer zwischen ihren Hals und ihr Kinn.

Der Bruchteil einer Sekunde. Über den Kehlkopf. Da rein, wo's weich ist. Mit Schmackes. Butterweich. Kurzes Stöhnen. Ich.

Sie hingegen bleibt still. Ein ersticktes Echt-ziemlich-blöd-aus-der-Wäsche-Gucken. Gemischt mit sympathischem Entsetzen. Sonst kein Laut. Entspricht wohl der menschlichen Natur. Ja, es menschelt.

Ich ziehe das Messer wieder raus. Mein Blick sagt ›Da schaust du, was?‹ Aber auch ›Bitte nicht persönlich nehmen‹. Sie steht noch, greift mit beiden Händen an ihren Hals. Das dürfte nichts mehr nützen. Ich packe sie unter den Schultern und drücke sie in den Flur. Dabei reiße ich ihr mit der Klinge die linke Achselhöhle auf. Ein Versehen. Entschuldigung. Natürlicher Bewegungsablauf.

Sie knickt in den Knien ein. Schockiert. Und natürlich – typisch Frau – schwingt auch etwas Vorwurfsvolles mit. »Nein, da hilft jetzt auch kein Anwalt.« Ich lasse sie auf den Boden fallen, ihr Kopf knallt voll gegen den natursteingefliesten Dielenboden. Was soll ich sie auch aufrecht stützen. Bringt doch nichts. Ihre

Frisur hat jetzt nicht mehr viel von Heidi Klum. Neulich bei Beckmann.

Ich stoße die Tür von innen mit dem Fuß zu. Muss dazu eines ihrer Beine aus dem Weg schieben. Ich beuge mich über sie. Sie fängt lautlos an zu ... irgendwas. Weinen? Ich verspreche ihr, mich aufs Wesentliche zu beschränken.

Als ich ihr mit dem Messer mitten ins Gesicht stoße (zwischen die Augen), fällt mir auf, dass ich mit rechts arbeite. Lustig. Ich dringe nicht zu tief ein. Geht auch gar nicht so leicht. Ungünstige Stelle. *Ich bin wahnsinnig.* Konsequent. Man kann ALLES so oder so sehen.

Vielleicht hat in dem Artikel auch gestanden:

Als problemfokussierte Bewältigung eines Konflikts eignet sich Sex zur Wiedergutmachung am besten.

Die Nasenwurzel klafft auf und ein Teil ihres linken Auges ist angeritzt. Weil ich mit der Messerspitze etwas abgerutscht bin. Mein Einstichwinkel ist nicht optimal – ich war nicht beherzt genug. You live, you learn.

Ihre Stirn hat jetzt ein Loch. Aber sie hält beide Augen immer noch offen, immer noch, und sieht mich nur entgeistert an. Wie man einen Leierkastenspieler ansieht, dessen Leierkasten eiert. Muss ich mir notieren.

Zumindest guckt sie gar nicht so, wie man es vermuten möchte, wenn man nur noch drei Atemzüge vom Nirvana entfernt ist. Ich halte Nirvana und vor allem Kurt Cobain für total überschätzt.

Endlich schließt sie ihr angeritztes Auge. (Ich muss kurz an Viktor denken.) Es blutet stark.

Ich glaube, es läuft aus. Vermischt sich farblich, eidotterhaft. Ihr Körper zuckt. Sie trägt eine Art Negligé in Lavendel. Steht ihr gut. Die Welt wird sie nicht vermissen. Ist die Bedeutungslosigkeit jedes Einzelnen nicht furchtbar?

Jetzt erst wird *ihr* Stöhnen hörbar. Ich summe eine Vaudeville-ähnliche Melodie. Eine eigene. *»Sunshine in the morning and sunshine in the night.«*

Nur noch um zu erfahren, wie das so ist, stoße ich in ihren linken Brustkorb. Diesmal beherzt. Aller guten Dinge sind drei. Und jetzt ist auch schon egal. Mit aller Kraft. Etwas bricht, etwas flutscht. Das dürfte das Herz sein. Ihr linker Arm zuckt spastisch. Völlig unkontrolliert. So muss sich ein Huhn bewegen, das panisch umherläuft, nachdem man ihm den Kopf abgeschlagen hat. Ich schaue mir diesen Tanz etwas an. Die Klinge gleitet durch den Körper. Wie ein übermütiges Kind im Sandkasten rühre ich noch etwas in ihr herum. Wie gesagt: stellvertretend.

Sie zieht ihren Kopf ein. Jetzt streckt sie sich. Ein monströser Schwall dunklen Bluts sprudelt plötzlich aus ihrem offenen Hals. Und versiegt wieder.

Ich muss morgen Chen Seber von der EMI wegen des Verlagssplits zurückrufen. Diesen Drecks-Sub-Publishing-Deal können die sich sonstwohin schmieren. Den Verlagsanteil vergeb ich selber. Tamara hustet – hüstelt vielmehr. Versucht sich, ja, ansatzweise, aufzubäumen. Obwohl sie nicht mehr bei Bewusstsein ist. Obwohl sie schon tot ist, genial. Post-Mortem-Phänomen. Sie oder vielmehr ihr zuckelnder Körper scheitert kläglich. An mir. Dem Maß aller Dinge.

Die ganzen achtzehn Zentimeter der Klinge weiden gerade ihre Pumpe aus und zermörsern Teile ihres Rückgrats. Ist nicht schwer. Wie lang so ein Wesen durchhält. Bis alles Leben entweicht. Leben.

Alle wollen leben. Keiner weiß warum.

Hals, Hirn, Herz. Triple H. Saubere Arbeit.

Wir fassen also zusammen:

Versöhnungssex als Spannungsreduktion und gegenseitige Verständnisfindung – unschlagbar.

So. Genug. Ich stehe auf und sehe an mir runter. Prüfe, ob meine Kleidung beschmutzt wurde.

Wundervoll, nicht ein Fleck. Das Messer ist dafür umso – also das geht gar nicht. Vorsicht, wir wissen doch, ›das geht gar nicht‹ sagen geht gar nicht.

Ich schüttle das Messer aus wie einen Regenschirm, wie einen halb zusammengefalteten Knirps, damit es auf dem Weg zum Wagen nicht tropft. Drücke dabei meine Beine in gestelztem Winkel weg. Um auf den letzten Metern nicht noch rote Tröpfchen auf der Jeans verzeichnen zu müssen. Das wäre ärgerlich. Meine Hände sind auch versaut. Im Auto habe ich eine Packung Tempos. Und auch noch ein paar feuchte Frischetücher. (Davon klau ich immer einen ganzen Packen beim Take-Away-Chinesen um die Ecke des Studios, wenn ich mittags zweimal Menü 6 für Jost und mich hole. Mit gemischtem Salat.) Ich öffne die Haustürklinke mit dem linken Ellbogen. Schaue Tamara nicht mehr an. Schaue nichts mehr hier drinnen an. Möchte mir die Sauerei aus ästhetischen Gründen nicht reinziehen. Ich meine vor allem ihre geschmacklose Einrichtung. Wie in einem Puppenhaus. Das ist mir letztens schon negativ aufgefallen. Hat aber zu ihr gepasst. Auf der Ablage liegt die Taxiquittung neben ihrem iPod. Ich würde mir nie einen iPod kaufen und meine komplette CD-Sammlung auf mp3 konvertieren. Die Soundqualität eines mp3-Files ist deutlich schlechter – merkt das keiner?

Es stinkt. Riecht Blut? Oder sind das die Eingeweide? Der optische Eindruck wird auch ganz stark von olfaktorischen Gegebenheiten beeinflusst.

Ihre Henkersmahlzeit war vorzüglich, das weiß ich. Ich habe sie bezahlt.

Ich ziehe die Tür von außen zu, wieder mit dem Ellbogen. Und überlege, ob ich irgendwo meine Fingerabdrücke hinterlassen habe. Ja, an der Klingel. Mach ich weg. Ach, nicht nötig, ich habe sie mit dem mittleren Gelenk meines linken Zeigefingers betätigt. Gewohnheit. Mach ich trotzdem weg.

Und meine Haare und DNA-Spuren. An ihr? Bin in keiner Datei. Reifenspuren? Unwahrscheinlich. Ich summe irgendwas von Shakin' Stevens. Man stelle sich vor. Shaky. Unangenehm.

Das Unterbewusstsein. Zeugen im Tantris? Diese ichbezogenen Schluffis? »It's Raining.« Sechsachteltakt.

›Sie sind die letzte Person, mit der Fräulein Fendt lebend gesehen wurde.‹ Tiefe Wichtigmacherstimme, Kommissar Dummdideldumm, der unbewusst die aktuellen Tatortkommissare imitiert. Pah. Genau, ich war die letzte Person, mit der sie lebend gesehen wurde. Also war's der Taxler. Der hat sie als letzter gesehen, ohne Zeugen. Siehe Quittung auf Ablage. Egal jetzt. Da muss ich später drüber nachdenken.

Keine Spur von Nervosität. Ich stelle mir die Frage, wie das kommt. Aber ich vergesse zu antworten. Ich verstehe nicht, wieso sie so leise war. Vielleicht habe ich mit dem ersten Stoß einfach gut getroffen. Vielleicht habe ich ja.

Talent.

12 Hatscheck und Watscheck

Keine zwei Tage später. Nur 39 Stunden später.

Ich laufe durch die Fußgängerzone und komme an einer Menschenansammlung vorbei, die sich um einen Pantomimeclown (weißer Anzug, weiß geschminktes Gesicht, weiße Melone) gebildet hat. Rasch gehe ich vor der ersten Zuschauerreihe hindurch, um mich nicht mitten durch die Gaffer quetschen zu müssen. Der Clown erblickt mich, läuft mir parodierend hinterher und greift mich am Arm, um mich in seine Show einzubauen. Mit gequältem Lächeln und einer abwehrenden Geste mache ich klar, dass ich das nicht will und gehe unbeirrt weiter. Fluchtversuch. Ich verfalle in eine Art Stechschritt. Er packt mich erneut am Arm. Pantomimestyle. Ich schubse ihn barsch weg und höre sofort hunderte Zuschauer laut raunen. Schande, Schande über mich. Wie kann ich dem netten, armen Clown bloß so was antun. Alle hassen mich. Alle hassen mich so, wie man jemanden hasst, der auf ein Kleinkind eindrischt. Hass. Es besteht Einvernehmen in unseren gegenseitigen Gefühlen füreinander. Harmonie. Ich werfe einen kurzen Blick in die Menge und sehe wieder mal die gewohnten Fratzen (wegen derer ich es nicht mehr ertrage, öffentliche Verkehrsmittel zu benutzen). Fratzen mit aufgesetzter Entrüstung, die nicht wissen, bloß sensationsgeil zu sein. Sie haben sich nicht untereinander abgesprochen, sind nur dadurch miteinander verbunden, dass sie mich ansehen. Es ist nicht Bösartigkeit, die sie so handeln lässt. Es ist Stumpfheit. Ich laufe weiter, gebe eine jämmerliche Figur ab, grinse. Ein Reflex – Abscheu und Faszination.

Der tumbe Mob verstummt verstört und sieht wieder zu dem weiß getünchten Kleinkünstler, der steif stehen bleibt und ein weinendes Gesicht mit weit aufgerissenen Augen und runtergezogenen Mundwinkeln simuliert. Die Hände dabei vor dem Bauch gefaltet, die Schultern wie unter einer unsichtbaren Last gebeugt. Ich ziehe kurz in Betracht, eine Schlägerei mit ihm anzufangen, nur um zu sehen, wie das Volk reagiert. Sie würden mich wohl lynchen. Wo doch der Clown so süß ist.

Und ich denke daran, dass ich Pantomimen noch lächerlicher finde als Jongleure. Die ich genauso lächerlich finde wie Feuerschlucker. Die aber wiederum deutlich cooler sind als Entfesselungskünstler. Und Zauberer und Fakire.

Ich entkomme. Unnötig zu erwähnen.

Eine Sache habe ich mir für heute vorgenommen. Durch das Heißluftgebläse der Tür hindurch betrete ich ein Geschäft für Sportbekleidung, um das Einzige, was ich mir für heute vorgenommen habe, zu erledigen. Es kostet mich deutlich mehr Überwindung als erwartet. Da ich Socken und Strümpfe auf der Tafel mit der Stockwerkzuordnung nicht gleich entdecke, frage ich den aknegezeichneten Azubi am Infostand freundlich – so als würde ich ihn respektieren –, wo ich sie finde. Großer Fehler.

Er strahlt, antwortet voller Elan: »Wollen Sie Golfsocken, Tennissocken, Skisocken, Wandersocken oder Joggingsocken oder ...«

Ich bin seltsam erschüttert. Diese Auskunft erstickt auch noch den kläglichsten Rest meiner Motivation.

Als er mit der Aufzählung fertig ist, sieht er mich erwartungsvoll an. Ein Ausmaß unangebrachter Emotion. Ich presse meine Lippen zusammen und distanziere mich nickend von allem. Murmele dabei reflexhaft ein gedämpftes »Danke«. Aber ich lächle schwach. Ganz gegen meinen Willen. Und noch mal, fast geflüstert: »Danke.« Belasse es dabei und verlasse den Laden.

Ich glaube zumindest, danke gesagt zu haben. Ganz sicher bin ich mir nicht.

Ich gehe wieder an dem Pantomimen vorbei, der Menschenauflauf ist unverändert groß. Er hat jetzt ein Opfer gefunden, das sparsam dreinschaut, später aber sagen wird, es hätte voll viel Spaß gehabt, als es von dem Clown erniedrigt wurde.

Als ich mir das Treiben mit seitlich gedrehtem Kopf ansehe, tipple ich irgendwie wie eine Geisha, um den Augenblick in die Länge zu ziehen, und stolpere beinah. Uh, das wäre peinlich. Gerade noch gerettet.

Wieder auf Kurs. Handyklingeln aus naher Ferne. Wie auf's Stichwort versuche ich die gängigsten Standardruftöne zu summen. Versuche sie dem jeweiligen Hersteller zuzuordnen: Nokia, Samsung, Sony-Ericsson, Motorola. Welche Melodie gehört zu wem? Das kann doch nicht so schwer sein. Aber: nein. Keine Chance.

Da kommt der Auslöser dieses Gedankens ins Bild. Ein telefonierender Sandalenträger mit sehr schmalem Becken überholt mich eilig. Birkenstock. Weiße Socken mit einem roten L links, und einem roten R rechts. Ich frage mich, ob das Golfsocken, Tennissocken, Skisocken, Wandersocken oder Joggingsocken sind.

Als wäre dies ein ganz normaler Tag.

Routinegemäß in der Schlange an der Tengelmann-Kasse.

Routinegemäß Pflichtzitronen und Pflichtbananen und Pflichtäpfel kaufen.

Routinegemäß rempelt mir die Gans hinter mir grob in den Rücken und steigt mir schmerzhaft in die Ferse. Ich stolpere dabei einen Schritt nach vorne, um mich abzustützen, schwanke noch kurz und gewinne mein Gleichgewicht wieder.

Routinegemäß kann ich den Grund für diese Rempelei nicht ausmachen.

Routinegemäß sagt sie lakonisch »Oh« und beglotzt mich von der Seite.

Routinegemäß reagiere ich nicht. Ich sehe sie nicht an. Bleibe weiter einfach so stehen. Benehme mich, als ob mir das gerade eben gar nicht widerfuhr.

Routinegemäß glotzt sie, als wäre mein Ignorieren eindeutig schlimmer als ihre Rüpelhaftigkeit. Als degradiere es mich gerade zu einem Aussätzigen.

Routinegemäß Ablenkung, Zerstreuung, Flucht. Das Gegenteil von ›abstrakt‹? Das Antonym zu ›konkav‹? Sag schnell. Schnell.

Nix. Routinegemäß. Sag ich doch. Es gibt immer mehr, was man *nicht* weiß, als was man *weiß*.

Gleich komm ich dran.

Routinegemäß nicht ausflippen, als der Mann vor mir auf die Frage der Kassiererin, ob er »Herzen sammle«, antwortet: »Nur die von hübschen Frauen wie Ihnen.«

Gleich komm ich dran. Hätte ich mir denken können.

Routinegemäß zahlt der Flirtspezialist den Monumentalbetrag von »seschzehn Euro seschzisch« mit ec-Karte. Als er sich anschickt, seine Geheimzahl einzutippen, sehe ich zuvorkommend plakativ-diskret weg. Zur Flaschenrückgabe.

Routinegemäße Festellung: Der Herr vor der Maschine beweist, ein Brioni-Anzug wird vor einem Pfandflaschenautomaten schnell zu einem Parka.

Ich bin dran.

Routinegemäß packe ich die von der Kassiererin gescannte Ware sofort in die an meinem linken Unterarm aufgespannte Tüte.

Routinegemäß halte ich ihr sofort bei Aufrufen des Zahlbetrags einen Schein entgegen, den ich aus dem routinegemäß bereits gezückten Geldbeutel ziehe.

Routinegemäß bescheißt mich die zylinderhalsige Ente an der Kasse um 30 Cent.

Routinegemäß ist ihre Geldrückgabe dabei zu schnell, ihre Stimme zu laut und die Aushändigung des Kassenzettels zu hastig. Selbstentlarvung.

Routinegemäß moniere ich nicht.

Routinegemäß nehme ich das Wechselgeld und verschwinde. In routinegemäßer Rekordzeit.

Routinegemäß frage ich mich, warum nur ich alles bereits in der Warteschlange vorbereite. Tüte und Geld. Eine narrensichere Technik. Zackzack. Aber: Wer blöd fragt ...

Ich bin ein Klugscheißer. Das stimmt schon.

11. Oktober:

Der Summer ertönt, ich drücke die Tür auf und spurte hoch in den zweiten Stock. Rudi öffnet die Wohnungstür. Er macht einen wesentlich aufgeräumteren Eindruck als letztens und sieht aus, als hätte er ein Solarium überfallen. Lächerlich gebräunt.

Auf seine Frage, wie es mir geht, antworte ich mit »Sehr gut«, da nur »Gut« zu sagen immer verdächtig klingt.

Nach Entschuldigungen und Begründungen für die verspätete Lieferung, die ich höre, aber nicht aufnehme, sagt er, dass seine Ware von Spitzenqualität ist und somit ein Schnäppchenpreis, obwohl alles zusammen nun doch 6.000 Euro kostet statt 5.000. Sieh an. Ich zahle die noch ausstehenden 3.000 Euro kommentarlos und tue, als wäre ich beleidigt. Was ich nicht bin. Vielmehr möchte ich dadurch vermeiden, noch mal auf sein Investitionsvorhaben mit der eigenen Mietwagenflotte angesprochen zu werden. Es funktioniert. Stattdessen sagt er: »Damit kannst du jeden wegnieten.« Er ist kurz verstört, als ich sofort mit der Frage anschließe, ob ich von ihm auch noch eine zusätzliche Packung Patronen bekommen kann. Kann ich.

Er legt mir drei ziemlich schwere Schachteln, welche er im Wohnzimmerschrank aufbewahrt (sic!), auf die Tüte, in der er mir eben die Wumme überreicht hat, und sagt, dass er sie mir kostenlos als Dreingabe überlässt. Das macht mir endgültig klar, dass er mich mit dem Preis über den Tisch gezogen hat.

Ich kann es fast nicht glauben, als ich mich auf dem Treppenabsatz sagen höre: »Rudi, wir telefonieren.« Zu glatt für mich.

Er antwortet: »Ach du, noch was.«

Daraufhin bleibe ich kurz stehen, gehe aber gleich darauf weiter, ohne zu reagieren. Sein »Heeh« nehme ich nur noch peripher wahr, als ich die Haustür aufreiße, deren Innengriff klebrig ist. Mit nun ebensolchen Fingern fische ich vorsichtig nach dem Autoschlüssel in meiner rechten vorderen Hosentasche, um den Schlüssel nicht auch noch pappig zu machen, und ziehe ihn umsichtig langsam heraus, damit er mir nicht runterfällt.

Und hebe ihn fluchend vom Boden auf, drücke auf die Taste der Entriegelung und steige umständlich mit Tüte in der linken Hand ins Auto. Warum ich die Tüte wie ein Tablett und nicht wie eine Tüte halte, weiß ich nicht.

25. Oktober, 23.53 Uhr:

Es ist eisig. Für diese Jahreszeit zu kalt. Minus fünf Grad. Hab ich aber nichts dagegen. Ist mir lieber als schönes Wetter, das einen unter Druck setzt, ihm entsprechen zu müssen. Ich trage meine Winterjacke mit dem dicken Stehkragen und eine schwarze Mütze. Etwa eine Stunde dauern meine Nachtspaziergänge, die ich in letzter Zeit wieder vermehrt antrete, um von der Arbeit ein wenig runterzukommen, bevor ich ins Bett gehe. Nach langer Zeit habe ich heute Abend sehr konzentriert an einem neuen Titel geschrieben und bin erfreut ob der Aussicht, dass ich mich vielleicht doch wieder fangen kann und einfach weitermache, wo ich vor knapp einem Jahr aufgehört habe.

Habe Hunger. Ich biege nach rechts, also nach Südwesten ein und sehe zwei große Typen in dick gesteppten, dunkelblauen US-Navy-Jacken und schwarzen Stiefeln an der meinem Haus gegenüberliegenden Ecke stehen. Sie haben beide Stoppelfrisuren, Crew Cut, und sehen aus wie amerikanische Marinesoldaten, die ihre Skinheadvergangenheit noch nicht allzu lange hinter sich gelassen haben. Archaische Aura. Der eine kommt mir bekannt vor. Wahrscheinlich habe ich ihn schon hier im Viertel gesehen. Ich schlage den Mantelkragen hoch. Beide sehen mich verstohlen an, womöglich sind sie ein Pärchen und warten nur, bis ich an ihnen vorbeigegangen bin, um dann weiterzuknutschen und zu fummeln.

Fünfzig Meter später drehe ich mich um, da ich in der ruhigen Nacht ihre Schritte hören kann, die verraten, dass sie sich nun ebenfalls in Bewegung gesetzt haben. Sind vielleicht zwanzig Meter von mir entfernt. Ich biege links ab und dann gleich wieder rechts. Sie folgen mir. Jedes Mal, wenn ich mich umdrehe, sehe ich, dass mich beide fixieren. Sie wechseln kein Wort miteinander. Kommen langsam immer näher.

Kein Mensch ist heute unterwegs, mein Pfefferspray liegt glücklicherweise im Auto. Was sollte das auch nützen bei zwei Riesen mit breiten Zyklopenschultern. Aber es wird schon nichts passieren, die Gefahr bilde ich mir nur ein.

»Das ist Leas Bruder«, schießt es mir durch den Kopf. Jetzt erinnere ich mich, wer der eine war. Der Zehlutschfetischist. Scheiße. Keine Sau weit und breit, untypisch, sogar für Montagnacht.

Ich renne los. Sie auch. Ihre Stiefel machen einen solchen Lärm, dass mir, als hätte es eines weiteren Beweises bedurft, endgültig klarwird, dass ich in Schwierigkeiten bin.

Ich sprinte. Beginne schon zu schwitzen. Eher der Nerven als der physischen Anstrengung wegen. Es ist eiskalt. Nervenschweiß stinkt anders als Sportschweiß. Aber bei mir stinkt gar nichts. Mein Deo ist Top Quality. Und ich habe vorhin geduscht.

Um mich herum befinden sich Häuser mit Hunderten von Menschen und ich habe jetzt noch zehn Meter Vorsprung. Einholen ist leichter als Vorlegen.

Ich kann nicht um Hilfe schreien, das wäre peinlich. Peinlich! Ist das das richtige Wort, bevor man blutig geprügelt wird? Noch ist ja nichts passiert.

Ich bin schnell ... sie sind schneller. Ihre Schuhe sind laut, meine Stimmbänder regungslos.

Warum habe ich damals nicht geschrien, als mich der Rottweiler bedroht hat?

Warum war ich enttäuscht, als mir mitgeteilt wurde, dass ich doch nicht todkrank bin?

Warum verkaufen Nickelback Millionen von Platten?

Hä?

Jetzt wird mir richtig heiß. Ich spüre, dass uns nur noch wenige Zentimeter trennen, obwohl ich mich nicht mehr umdrehe. Einer greift mich am rechten hinteren Saum meiner Jacke. Ich verliere das Gleichgewicht und stürze in vollem Lauftempo zu Boden, versuche aufzustehen, werde aber zu Boden gedrückt. Nicht brutal, sondern mit der flachen Hand auf meinem Rücken verweilend und mich justierend, wie einen Ball zur Vorbereitung eines Elfmeterkicks. Ich weiche kniend zur Seite aus und werde von rechts unsanft in die links befindliche Tiefgarageneinfahrt gestoßen. Keine Chance, auf den Beinen zu bleiben. Wie ein eingerollter Teppich purzle ich hinunter bis vor das geschlossene Tor. Es stinkt nach Pisse. Nicht meiner. In dieser dunklen versteckten Ecke entleeren die Nachtschwärmer wahrscheinlich des Öfteren ihre Blase. Mir ist nichts passiert, ich denke daran, dass ich meine Jacke jetzt wohl in die Reinigung werde geben müssen. Ich liege da. Die beiden Hünen kommen langsam auf mich zu. Würdevoll ausharren? Ein Gentleman genießt und schweigt. Dass das mit dem Genuss gar nicht so weit her sein könnte, erschreckt mich.

Ich habe keine Ahnung warum, ich kann einfach nicht schreien.

Jeden Muskel, den zusammenzuziehen ich imstande bin, spanne ich an, als sie beginnen, mich mit ihren Füssen zu traktieren, und halte dabei meine Hände vors Gesicht. Egal was, die nehme ich da nicht mehr weg.

Die beiden treten schweigend wie wahnsinnig immer und immer wieder mit ihren bestiefelten Füßen auf mich ein. Kurze Fausthiebe werden in dieses Prügelballett liebevoll eingewoben, wobei sie sich dabei einmal fast gegenseitig treffen. Meine Jacke schützt mich etwas, aber ich spüre deutlich, wie meine linke Hand knapp hinter dem Gelenk bricht. Ein lauter Knacks, der meinen Kreislauf zusammenbrechen lässt. Mir wird kurz wahnsinnig schlecht. Meinen Kopf treffen sie nicht, aber die Hand davor. Nicht auszudenken, was dieser Tritt mit meiner Nase angestellt hätte, ohne meinen schützenden Ellbogen. Jetzt liege ich auf dem Rücken. Ein bisschen wie ein Käfer.

Die beiden Arschlöcher halten sich aber freundlicherweise an die alte Brutaloweisheit, einem wehrlosen Gegner nicht zu heftig ins Gesicht zu hauen, sodass er das Schauspiel bei vollem Bewusstsein genießen kann und ihn nicht zu früh die Gnade der Ohnmacht ereilt. Danke. Markus drückt seinen rechten Fuß gegen meinen Bauch, um zu verhindern, dass ich mich abwenden kann. Durch die Stille, durchbrochen lediglich von dumpfen Stoßgeräuschen der Tritte und pumpenden Atemzügen der Gebrüder Hitler, die in der Garageneinfahrt mit räumlichem Hall versetzt werden, hat die Situation etwas Absurdes. Noch dazu, weil ich mit meinen Händen vor dem Gesicht wie eine um ihren im Terroreinsatz gestorbenen Sohn weinende Fundamentalistin aussehe. Ohne die Krokodilstränen natürlich. Nennt man so ein Verhalten ›Fähigkeit zu Gleichmut in Extremsituationen‹? Leider gibt meine linke, gebrochene Hand nach. Sie ist so lädiert, dass mein Ellbogenknochen wie eine aufgezogene Seilbrücke unter der Haut heraus klafft. Ein weiterer Treffer wäre nicht ratsam. Diese Hand ist nicht mehr einsatzfähig und hängt jetzt schlaff an meinem Körper herab. Meine Position ermöglicht den Jungs einen letzten Hieb auf mein linkes Schlüsselbein, das mit einem Knacken ebenfalls deutlich hör- und spürbar bricht. Diesmal wird mir nicht schlecht. Der Gedanke an Knochenbruchroutine beschleicht mich. Ich wünschte, ich würde ohnmächtig. Wie die Wahnsinnigen hacken sie weiter in meinen Torso.

Mit einem finalen Schlag in die Weichteile, der nicht mehr so präzise sitzt, verabschieden sich Hatscheck und Watscheck nach gefühlten fünf Minuten und laufen wie die Irren davon. Das war's. Ich bleibe regungslos liegen. Die Pisse stinkt. Nicht meine.

Ich hebe die linke Hand, soweit ich das kann, suche eine Schonhaltung, die mich meinen restlichen Körper aufstehen und manövrieren lässt, und erhebe mich steif. Meine Beine wurden zwar ebenfalls getroffen, aber ich kann gehen.

Jetzt setzen die Schmerzen richtig ein. Mein linker Unterarm sieht aus wie aus dem Lehrbuch für unappetitliche Brüche. Ich habe kein Geld für ein Taxi dabei. Auf Nachtmärsche nehme ich mein Portemonnaie nie mit. Nach Hause brauche ich – wie lange? – mein innerer Navi funktioniert nicht, ich kriege keinen klaren Gedanken zusammen – egal wie lang, ich laufe los. Ich kann kaum laufen, wie ich jetzt feststelle, mein Schienbein pocht bei jedem Schritt, aber nicht so schmerzhaft wie mein angeknackstes Schlüsselbein. Mein Hinterkopf ist auch getroffen, wie ich nun ebenfalls bemerke. Ich hab meine Mütze nicht mehr auf, muss sie verloren haben. Bloß durchhalten. Zwei Passanten kommen mir auf halber Strecke entgegen und sehen mich erstaunt an. Einzuschätzen, wie ich gerade aussehe, ist mir unmöglich. Zusammengeknüppelt, nehme ich an. Weiter! Die beiden anzusprechen nützt mir nichts, will sie nicht belästigen, jetzt ist's eh schon egal. Ich atme die eiskalte Luft durch den Mund. Offener Mund ist bei mir optisch eher unvorteilhaft.

Haustür öffnen, Schlüssel mit einer Hand, der rechten, rausholen, reinstecken, mit Fuß aufdrücken, Aufzug, ist schon da, muss nicht warten, ›5‹ drücken, aua aua, Arm tut weh und sieht schlimm aus, nicht hinsehen, Schonhaltung weiter beibehalten, Wohnungstür aufmachen, Geldbeutel liegt auf Ablage, Wohnung wieder abschließen, Aufzug runter, ›0‹ drücken, aua aua, Arm tut weh, und nicht nur der, Haustür, kein Briefkastencheck ..., kein cruisendes Taxi? Sonst doch immer inflationär in dieser Gegend. Taxi, da, hier, hallo.

»Bitte Klinikum Großhadern.« Ist ziemlich weit draußen, im äußersten Westen, aber das beste der Stadt. Das renommierteste. Was heißt schon das beste? Die beste Pizza der Stadt, das beste Eis der Stadt, kenn ich doch.

Bloß keine Pfuschärzte. Meine Hand sieht irreparabel aus. Wer hat wohl Nachtdienst, um sie wieder einzurenken? Student?

Doktorin in Ausbildung und im Menstruationshöhepunkt? Krankenpfleger Mischa aus der Schwarzwaldklinik nach Fortbildung im Lehrhospital Taunus Mitte?

Fünfzehn Minuten Fahrtzeit. Pakistanischer Fahrer, hält die Klappe. Ich sitze hinten rechts. Ob Markus diese Aktion Lea gegenüber als Rachefeldzug in ihrem Namen verkauft? Ob sie das zusammen ausgeheckt haben? Oder ob das so ein sexuelles Ding war, zwischen ihm und mir, seine eigene Abrechnung für die Zurückweisung? Zur Notaufnahme bitte, nein, neieeen, da gleich links hinter der Schranke. Und wieder rechts. Sehr kompetent, Respekt. Ich zahle. Nach Quittung fragen wär jetzt ja noch schöner.

»Guten Abend, ich habe zwei Brüche« (und sonst noch allerlei Kleinkram), »bräuchte bitte dringend Hilfe.« Mist, Versichertenkarte vergessen. Es hätte in der Wohnung nur zehn Sekunden länger gedauert, sie zu holen. Muss ich nachreichen. (Auf den Zusatz: ›Mach hinne, verdammt!‹ wird vorsorglich verzichtet.) Oh, mein Hinterkopf blutet ... »Arzt kommt gleich? Danke!« Taschencheck. Irgendwann während dieser Nummer habe ich mein Notizbuch verloren.

Ich setze mich, orangefarbene Plastiksitzbank, wie bei Dr. Wagenhorst, reinigungsfreundlich, Adrenalin rast durch meinen Körper und ich sehe einer ältlichen Türkin beim Stricken zu. Babyhöschen oder Handschuh für Papa. (Was gibt es Schöneres als Ehepartner, die sich gegenseitig Mutti und Vati nennen.) Neonlicht. Eine Röhre flackert. Nächtliche Notaufnahmen-Wartesaal-Romantik. Erfühle: Schienbein/Handgelenk/Hinterkopf. Noch mit im Raum, jetzt in meinem Fokus: Eine Nubierin mit merkwürdig verfilzten Haaren, die ihr Kind vor sich in einem Tuch trägt. Und hin und her wiegt. Sie ist mit Holzamuletten und Ringen und Halsbändern behangen, die ich eher mit Inkas oder Azteken verbinde. Aber eigentlich habe ich davon genauso wenig Ahnung wie von Apachen oder Sioux. Sie sitzt mir schräg gegenüber, neben dem Spiegel. In dem sehe ich meine rechte Körperhälfte, nicht aber meinen Kopf. Gut so, werde meinen Kopf nicht neigen, um mir in die Augen zu sehen. Hose unterhalb des Knies zerrissen. Ich schlummere erschöpft und zugleich aufgedreht weg. Hab Kopfweh. Meine Kleidung stinkt nach Pisse. Nicht nach meiner.

Noch nicht.

13 Kapitel 1 – Reprise

Seit über einem halben Jahr läuft »Bleeding Love« von Leona Lewis auf Heavy Rotation. Über 45 Millionen Views auf YouTube. Es wird immer noch überall rauf und runter gespielt. Auf dieser Fahrt kam das Ding dreimal. Auf verschiedenen Sendern. Und einmal gleichzeitig. Auf drei Sendern.

Es ist ein Wochentag, 23 Uhr 07. Fahre in die Stadt. Bin auf halber Strecke. Ampel rot. Draußen trocken und mild, aber im Auto neben mir läuft der Scheibenwischer auf höchster Stufe. Der Fahrer sitzt verkrampft mit der Brust knapp vor dem Lenkrad und sieht durch die Frontscheibe, als müsse er dichten Nebel durchfahren.

»Wasch mich«, steht auf dem Kotflügel des verdreckten Wagens vor mir. Mit dem Finger draufgeschrieben.

In meinem neuen Notizheft sind die ersten 34 Seiten schon wieder vollgekritzelt.

Der erste Satz, Seite eins, links oben, lautet:

Ich ertrage es kaum mehr, ich selbst zu sein.

Nicht unbedingt die philosophische Weltformel!

Aber die wurde sowieso schon gefunden. Von Nike.

Aus dem Herbst wurde der Winter. Und natürlich wurde aus dem Winter Frühling. Von einem traumhaften 6. Mai zu sprechen, entspricht der Wahrheit.

Seit Januar ist mein Arbeitspensum wieder auf maximalem Anschlag.

Niemand Besonderes rief eben an. Und jetzt gerade noch jemand Nicht-Besonderes. Wenn ich abhebe und »Hallo« sage, klingt es so, als sagte ich es aufs Geratewohl. Was auch was hat.

Wir reden über einen Remix eines Remixes einer Coverversion eines Oldies, den ich so nah am Original nachkomponieren soll, dass das urheberrechtlich gerade noch in Ordnung geht. Ich bin derart bei der Sache, dass ich darüber nachdenke, was eigentlich der Unterschied zwischen Kegeln und Bowling ist. Welchen ich genauso wenig kenne wie den zwischen Billard und Snooker. Allesamt Beschäftigungen für pilzige Idioten. Aber trotzdem!

Ich knicke mein linkes Handgelenk etwas ab, drehe die Hand. Es knackst, ganz leicht. Eine Blähung unterdrücken. Ich komme gerade aus dem Training. Alles bestens. Der im Oktober gebrochene Arm, das Schlüsselbein und die angeknackste Rippe funktionieren wieder einwandfrei.

Ich denke an die Ärztin, die mir unter dem Röntgenschirm souverän die Hand wieder einrenkte und das Schienbein schiente. Typ ›Dominant-mit-Anlehnungsbedürfnis‹. Sie trug die ganze Zeit einen Handtuchturban. Als hätte sie sich gerade die Haare gewaschen. Ansonsten, ganz normal in Arztkittel und weißen Clogpantoffeln. Die Lederriemen an den Seiten etwas abgeblättert.

Aus dem Hörer: »Und die Hook im letzten Drittel des Refrains, da gefällt mir der eine Akkord eh nicht. Vielleicht fällt dir da sowieso was Besseres ein.« Ja, red du nur.

Die Wunde am Hinterkopf wurde mit sechs Stichen genäht und das Schienbein extrem streng sitzend bandagiert. Alles aus ihrer Hand, in einer knappen Stunde. Ich war beeindruckt.

Die anschließende Befragung über Unfallhergang und möglicherweise gegebene Meldepflicht aufgrund von Fremdeinwirkung (ich sah aus wie durch den Wolf gedreht und mit Dreck paniert) unterband ich durch die aus Funk und Fernsehen bekannte und beliebte Aussage, hierzu keine Angaben machen zu wollen. Keine weiteren juristischen Unannehmlichkeiten. Und meine Versichertenkarte brachte ich zur Nachuntersuchung mit.

Die Brüder Haudrauf habe ich nicht verklagt.

Während ich »Ach! Echt?« in den Hörer sage, kontrolliere ich meinen rechten Hemdsärmel, ob er korrekt aufgerollt ist, bis kurz vor dem Ellbogengelenk. Sehe wieder raus. Die Ampel wird grün.

»Klar. Du, jederzeit. Ich schau mal, was mir einfällt. Melde mich. Dann können wir das sofort umsetzen«, sage ich. Glaube mir selbst nicht. Ich kürze das ab.

»Du, dann bis bald, würd ich sagen. Ja, okay, genau, okay, ja, ha, nein, ja, okay, also dann. Okay. Genau – geenaauu. Joho, bis dann, tschüss.« Ich lege auf. Mein Handy macht ein langes Piep-Geräusch, das ich noch nie gehört habe, und geht vom Netz. Ich sehe auf das Display. Tot. Das war das letzte Gespräch. Meinen Anschluss gibt es ab sofort nicht mehr.

Die Geburtstagsfeier, zu der ich unterwegs bin, findet in einer Bar statt, die alle drei Monate ihren Namen ändert. Es geht – es ging um zehn los. Dann komm ich um Mitternacht ja gerade richtig.

Ich kenne den Typen nur flüchtig. Ein Bekannter von Tamara. Die ganze Sippe dort besteht aus ihrem Freundeskreis.

Übrigens trägt Tamara immer noch dieselbe Frisur wie Heidi Klum vor rund siebeneinhalb Monaten bei Beckmann. Rund gilt nicht. Also Tamara trägt diese Frisur seit genau 226 Tagen. Seit jener Nacht. Vorteilhaft. Nichts daran auszusetzen.

Man könnte sagen, Tamara ist meine neue Bettina.

Bettina schickte mir gestern eine Einladung zu Dirks Beerdigung. Findet kommenden Samstag statt. Die Leberzirrhose war wohl stärker als er. Obwohl ich Lust auf das anschließende Essen hätte, werde ich nicht hingehen. Kann mich nicht um alles kümmern. Am Tag sterben weltweit im Durchschnitt um die 150.000 Menschen. Einer mehr, dem ich nicht besonders nah stand.

Ich zucke mit dem Auge, als hätte ich sie nicht mehr alle. Vielleicht habe ich sie nicht mehr alle.

Ist die Annahme, wahnsinnig zu sein, der sichere Beleg dafür, es nicht zu sein?

Ich habe gerade wieder einen Hit. Midtempo-Popsong mit einem 16-jährigen Sänger aus den USA. Er dreht bereits durch. Verlangt Fünf-Sterne-Hotels und Limo-Service. Drogenkarriere vorgezeichnet. Wenigstens *eine* Karriere. Gibt es schon einen erfolgreichen Titel namens »Some Things Never Change«? Weiß nicht. Auf jeden Fall mal notieren! Zusammen mit »Same Old Situation«.

Außerdem habe ich aktuell noch eine Top 20 in Frankreich. Eine ältere Nummer. Eine Wiederveröffentlichung. So etwas passiert. Mehr Glück als Verstand. Zum Aus-dem-Fenster-Springen.

Ich parke den brandneuen Jaguar XF fünfzehn Minuten später in meiner Garage, die Bar ist zu Fuß nicht weit weg. Ein Katzensprung. Habe mein schwarzes Armani-Jackett glücklicherweise immer im Auto hängen. Hinter dem Fahrersitz. So muss ich nicht noch hoch in die Wohnung. Ich verlasse die Tiefgarage über die Einfahrtsrampe und öffne die ins Schwenktor eingelassene Tür. Seit sieben Tagen beobachte ich die Entwicklung eines Haufens Kotze, den jemand direkt vor dem Tor hinterlassen hat. Es ist faszinierend, wie schnell die Zersetzung abläuft. Die Ladung Erbrochenes verschwindet im Nichts. Von selbst. Noch zwei, drei Tage und das Ding ist komplett verschwunden. Und das auf Beton. Was bleibt, ist ein dunkler, nicht näher definierbarer Fleck. Und der wird auch nicht lange sichtbar sein.

Der Halb-Epileptiker vom Hausmeisterdienst hat schon Recht, wenn er das nicht wegräumt.

Alles erledigt sich von selbst.

Ich stehe weitere zehn Minuten später vor dem Eingang der Bar. Möchte nicht hineingehen. Ich werfe einen prüfenden Blick auf meine linke Ferse, ob meine Jeans nicht versehentlich in den Schuh gerutscht ist. Zwischen Socken und Schaftkante. Wie sieht das denn aus? Aber, alles gut. Sie hängt drüber. Dann selbe Prozedur mit dem rechten Fuß. Auch okay. Los.

Türsteher. Blödes Nicken. Erbärmliches Erleichterungsgefühl. Treppe runter. Im Korridor, unbeobachtet, schnell mit der Hand über die Schultern wischen. Auf Verdacht etwaige Fussel, Haare, Schuppen beseitigen. Ich übe in Gedanken mein Lächeln, probe die Begrüßung. Tisch erst mal nicht entdecken. Semidunkel. Rumstehen und rumschauen. Ach da. Einer am Tisch sieht einen immer als Erster und winkt dann blöde, während er den anderen Bescheid sagt. Jetzt schauen alle. Zig Augen ruhen auf mir, aber ich weiß doch, es sind immer nur zwei. Ich hebe den Arm. Gehe auf die Arschlöcher zu. Alle schon da. Gemischte Runde. Optisch und finanziell. Bin der letzte. Werde mich nicht rechtfertigen. Ich bin ein verfluchter Star. Weil ich anders bin als die.

»Hallo zusammen.« (Soll ich zuerst Tamara begrüßen und dann die anderen oder umgekehrt? Ich *besitze* nicht mal einen Knigge.) Grinsen. Aber mit Stil. Da wäre ich also. Der kurze Eindruck, ein Eindringling zu sein. Mache mir nicht die Mühe einzelner Umarmungen. Keine Küsschen. Nickende Blicke. Feindselige, abweisende, gleichgültige, offene, neugierige. Insgesamt 14 Leute. Alle hier sind Spreu. Verschwitzte Hände, seltsam weiche Hände, große, kleine, festgedrückte, lasch gereichte, sympathische, abstoßende Hände. Winken, wenn zu weit weg sitzend oder nicht in Hörweite. Setze mich. Standardprogramm. Automatismen. *Ich muss euch hassen, um mich selbst zu spüren.* Höflichkeitsfloskeln. Sondiere alle. Eine möchte ich ficken. Schöne Wangenknochen, grün-graue Augen. Genau die tut so, als ginge ich ihr auf die Nerven. Schon mal auf Verdacht.

Tamara sagt mir in mein Ohr, dass sie gerade versucht hat mich zu erreichen, sie aber keine Verbindung bekommen hat. Es hat etwas Anschuldigendes. Ich nicke und denke mir, ihre Nase und ihre Schulterlinie sind tadellos. Werde in Gespräche verwickelt. Bin überraschend gut in Form. Aktiviert. Lasse meinen üblichen

Mist los und unterhalte den linken Teil des Tisches. Mache mich über mich selbst lustig, kommt immer gut, gehe auf alle kollektiv und getrennt ein. Ich tue interessiert, wechsle Mimik häufig. Alle sind schon angeheitert. Ich sprühe kurzzeitig sogar vor Leben. Bin innerlich total zerrissen. Meine Augen können keinen Halt finden. Ich haue die Konversation nur so raus. Wobei ich dabei inhaltlich stark übertreibe. Die einzige Möglichkeit, Aufmerksamkeit zu erregen. Mitunter besteht meine Art der Übertreibung natürlich auch darin, massiv zu untertreiben.

Da ich mein Geplappere schon in- und auswendig kenne, beginne ich gleichzeitig mit der Überlegung, worin sich ein Meteorit von einem Asteroiden und worin sich ein Komet von einer Sternschnuppe unterscheidet. Tamara unterbricht mit einer Bemerkung. Ich antworte nicht sofort, sondern tue so, als müsse ich gründlich über das nachdenken, was sie gesagt hat. Dabei mache ich ein Honigkuchenpferdgesicht. Ich weiß, wie das Ganze ausgehen wird.

Ich überfliege die überraschend weitläufige Location. Kristallleuchter, Schummerlicht, DJ-Pult verplüscht. Ist es eisig kalt hier drin oder liegt das an mir?

Tamara spricht gerade mit irgendjemandem, schaut bedeutungsschwanger, als hätte sie etwas Weises von sich gegeben, zieht an ihrem Strohhalm, ein großer Schluck, und zupft etwas an ihrer Wimper zurecht. Alles gleichzeitig.

Mein Blick streift die Tusse mit den Wangenknochen, »Was machst du so, ähm beruflich?«, während ein Laser irgendeinen Schriftzug an die mir gegenüberliegende Wand projiziert. Sie tut nur so, als wäre sie attraktiv. Auch eine Kunstform. Ich starre sie ungläubig an. Ich überlege, ob ich mich nicht doch woanders hinsetzen soll.

Aber ihr ärmelloses Top steht ihr. Sie: »Mein Freund meinte neulich ...«

Alles klar. Aufbruch. Denke mir, sag's doch gleich.

Ich, ehe sie weiterreden kann: »Du, ich schau mal rüber zu Robert. Habe unserem Geburtstagskind ja noch gar nicht richtig gratuliert. Bis gleich.«

Der Laser projiziert gerade einen anderen Schriftzug an die Wand und verschwindet wieder. Irgendwo schwirrt das Wort ›Sportsfreund‹ durch den Raum. Ich finde den Absender nicht. Den Adressaten auch nicht.

Ich rutsche aus der Sitzecke, bedanke mich dreimal bei irgendjemandem fürs Rauslassen, gehe zu dem Gastgeber. Es ist, als würde dieser speicheltriefende Großkotz an diesem Tisch Hof halten. Jemand kommt mir zuvor. Ich warte geduldig in der zweiten Reihe, lausche dem obligatorischen Small Talk, *very* small Talk, bis ich dran bin. Die magere Frau vor mir hat am unteren Rücken ein gnadenlos gestriges Tattoo als Signum ewigwährender Dummheit.

Engelsflügel. Anthrazitblau.

Eine Erkenntnis. Das hier ist ein einziger Rückschlag. Oder ein Abschied. Die ganze Zeit über spanne ich meine Pomuskulatur an, um einen Ausgleich zu schaffen. Sie sagt zu Robert, »Ich glaube, dass alles aus einem bestimmten Grund passiert. Sag ich mal.« Sagt sie mal. Dann fügt sie hinzu »Und so«, und gibt damit einem zuvor schon geäußerten Gefühl noch einmal Ausdruck. Ich glaube, es stand in Zusammenhang mit der Thematik ›Was würde ich tun, wenn ich unsichtbar wäre‹. Sie geht und ich bin dran, rücke auf.

Reiche ihm nochmal die Hand (ist angebracht), und er greift mir dabei gönnerhaft mit der anderen Hand an meinen Oberarm. Eine persönliche Beleidigung. Mit dieser Dominierungsversuchsgeste ist er für mich gestorben. Wenn überhaupt, ist diese Geste mir vorbehalten. Diese anmaßende, arrogante, überhebliche schäbige Raupe.

Er bestellt eine Flasche Wein beim Kellner, der so tut, als würde ihn seine Wahl beeindrucken.

Komme mit einer neuen Runde, bestehend aus vier Personen, ins Gespräch. Langweile mich. Möchte es aber nicht zugeben. Die Musik ist zu laut. Man muss schreien.

Wunschträume und Illusionen sind ein Fehler der Evolution.

Fällt mir nur gerade so ein. Ich höre ihnen zu. Sie reden miteinander wie Fremde und sind doch eng befreundet. Vorgekautes Gedöns. Wenn ich etwas sage, merke ich, wie befremdlich ich für sie klinge. Wir sind einander verdächtig.

Ein Blondinenwitz macht die Runde, ein echt guter, und ich stelle mir vor, dass ein Dutzend Schwedinnen im Vergleich zu einem Dutzend Kubanerinnen beim ›Test-Your-Brain‹-Wettstreit dennoch sicher besser abschneiden würde.

»I'll Be Waiting« von Lenny Kravitz pustet durch die Boxen. Klingt wie ein Demo.

Wechsle ein letztes Mal meinen Platz. Sehne mich weg von hier. Trotzdem rast die Zeit. Eine weibliche Figur (Trichterbrust, kein schöner Anblick) zwei Sitze weiter bestätigt jeden Satz, den egal wer zu ihr sagt, mit einem hochgezogenen »okay«. Ihr Blick flackert. Sie trägt Lederhandschuhe. Sie schwitzt auf der Oberlippe. Nur da. Jede Minute wirkt wie nur eine Sekunde. Ich klinke mich kurz aus, indem ich wieder durch das Lokal schaue. Ein Diorama. Verschiedene Schatten, sich bewegend, sitzend, stehend. Der DJ streift seinen Kopfhörer ab und macht Verrenkungen. Ich glaube, er hat gerade *eine gute Zeit*. Ich seufze. Ich erhole mich ein wenig. Entspanne, im Rahmen des Möglichen. Mich fröstelt. Was wäre mir lieber? In Eiseskälte erfrieren oder in Bruthitze verglühen? Jemand legt mir seine Hand auf den Oberschenkel. Niemand Bestimmtes. Ich spanne den Muskel wie ferngesteuert an. Und auf die Mitteilung, die dann folgt, entspanne ich meinen Oberschenkel wieder. Hätte nicht sein müssen. Es ist Tamara.

Mojos »Lady (Hear Me Tonight)« kommt von irgendwoher. Fließt übergangslos in »Apologize«, One Republic. Auch der

128-bpm-House-Remix kann dem Song nichts anhaben.

Mir wird ein Foto gereicht. Polaroid. Sieben oder sechs oder fünf Personen sind darauf zu erkennen. Drei mit roten Punkten in den Augen. In einer Skihütte? Könnte sein, alles aus Holz, alle mit dicken, hellen, trendigen Pullovern. Halten Getränke hoch und schreien in die Kamera. Oder singen. Ich kenne niemanden davon. Bin ratlos, wie reagieren. Täusche erst mal Bewegung vor, indem ich das Bild umdrehe, als stünde auf der Rückseite eine Erklärung, was ich damit soll. Reiche es zurück. Respektvoll lächelnd, nickend. Was ist das? Gibt es einen tieferen Sinn, den ich nicht begreife? Nur nicht gequält aussehen. Lass gut sein.

Es ist so laut hier drin.

Aus dem Stand fällt mir die unsinnige Frage ein, was der Unterschied zwischen Simsalabim, Hokuspokus und Abrakadabra ist. Und löst sich in Wohlgefallen auf. Auf Nordnordwest demütigt jemand mit autoritärer Stimme die Bedienung, wegen angeblicher falscher Bestellungsaufnahme. Sie zieht davon. Ich sehe ihr nach, kann ihren Gesichtsausdruck aber unmöglich erschöpfend deuten. Höre die autoritäre Stimme »Ist doch wahr!« sagen. Er betont den Satz an der falschen Stelle.

Jemand ist nur so lange sympathisch, bis man ihn näher kennenlernt.

So unsagbar laut hier drin. Ich zucke mit dem Auge. Vermehrt jetzt auch mit Oberschenkel, Trizeps und den Mundwinkeln. Meine Tics nehmen zu. Nicht erst seit heute.

Noch jemand Neues kommt an den Tisch. Ist noch später dran als ich, denke ich mir. Schönling. Hat ein Flittchen in hautengem T-Shirt im Schlepptau. Strandgut. Ausdrucksloses Gesicht mit ganz erstaunlichem Haaransatz, wirkt stark zurückgeblieben. Aber, schöne Zähne. Makelloses Gebiss, volle Lippen. Der Typ Frau, der in Stöckelschuhen deutlich größere Schritte macht als in anderen Schuhen. Ich suche sie halbherzig nach einem Preisschild ab. Sie kaut auf etwas herum. Ihre Handtasche,

Kostenpunkt über 3.000 Euro. Nutzlose, verhätschelte Nutte. Ob sie weiß, dass sie eine Nutte ist? Ob ihr Freund weiß, dass sie eine kostspieligere Sache ist als eine echte Nutte? Was zur Hölle könnte ihre Gegenleistung sein?

Er nimmt seine Sonnenbrille ab, reißt sie sich vielmehr runter, steckt sie in sein Hemd. Begrüßt das Geburtstagskind. Lässt seine Handflächen gegen die des anderen klatschen. Er lacht laut und ermuntert alle mitzulachen. *Sieger ist, wer sich für einen Sieger hält.* Die dazugehörigen Freundinnen machen affektierte, laute Kussschmatzgeräusche beim Luft-Bussi-Bussi, ohne sich wirklich zu berühren. Hysterisches Gute-Laune-Lachen und Wimpernklimpern im Anschluss. Manolo-Blahnik-Groupies. Halten sich für Stars einer x-beliebigen US-Sitcom. Desperate Housewives meets Sex and the City.

Identifikation als Armutszeugnis.

Eine Digicam wird hochgehalten und nimmt die Gesellschaft auf. Erzwungene Heiterkeit bei denen, die sie bemerken. Fast ein bisschen panisch. Einige fühlen sich erkennbar äußerst telegen. Konzentrieren sich, entspannt zu schauspielern. Instinktives Stichwort ›ungezwungen herzlich Lachen‹. Mir fehlt jegliche Vorstellung, was für ein Ausdruck auf meinem Gesicht liegt. Die Panasonic wandert hin und her. Schwenkt vor und zurück. Bilde mir ein, sie summen zu hören. Der Versuch, *normal zu schauen.*

Tamara setzt sich nah neben mich. Der Versuch, *zu mir zu gehören.*

Ich schütze den Magen-Darm-Klassiker vor. Muss heim. »Bleib ruhig noch hier, ich *muss* nach Hause. Nein, wirklich, mir geht's nicht besonders.« Dabei lege ich eine Hand auf meinen Bauch und schaue drein, als hätte ich auf was Saures gebissen. Jede weitere Betonung wäre meiner Glaubwürdigkeit abträglich. Ich stehe auf und winke, mit einem Blick, der keinem einzelnen mehr gilt. Dabei forme meine Lippen den Satz: »Tschüss zusammen, es war ein reizender Abend.« Ich gehe.

Schnell. Weg von mir. Durch den Raum, spüre, wie meine Füße etwas aus Glas zertreten. Schaue nicht, was es ist. Streife sanft einen Kellner mit Tablett voller Knabberzeug zum Nachladen. Die Nüsschen- und Chipsschalen, in die alle mit ihren Drecksfingern reingreifen. Satzfetzen fliegen durch den Raum. Von links »Wahrscheinlich eine Mischung aus allem«. Von rechts »Weißt du schon, was du nimmst?« Von irgendwoher »Indien ist jetzt wieder voll im Kommen«. Hab ich auch gelesen. Rasch die etwas steile Treppe rauf. Möchte zu eilig weg, komme leicht aus dem Gleichgewicht. Klammere mich am stählernen Handlauf fest. Zwei entgegenkommende Gäste, die über absolut gar nichts schwatzen. Im kurzen Korridor dem Türsteher zunicken. Wieso eigentlich? Im Gehen, Taschencheck. Geldbeutel, Schlüssel, totes Handy, alles da. Sofort bei Betreten der Straße überkommt mich eine Woge der Irritation.

Vorbei an kleinen Menschentrauben vor dem Eingang, die rausgegangen sind, um eine zu rauchen. Alle stehen mit derselben Körperhaltung da. Breitbeinig, die rechte Hand mit Zigarette abgespreizt. Imitatoren ihresgleichen.

Abweichungen sind unbedingt zu vermeiden.

Ich, weiter. Durch die Straßen der Innenstadt. Ein Schritt fühlt sich so weich an, als wäre ich in einen kapitalen Haufen Scheiße getreten. Ich prüfe meinen Schuh, sehe zurück auf den Gehweg. Nichts. Ansatzweise Erleichterung, daheim keinen Kot aus dem Profil meines Schuhs kratzen zu müssen. Weiter. Sind noch viele Leute unterwegs. Komparsen! Fege dran vorbei. Senke Kopf, senke Blick. Wechsle öfter die Straßenseite, wenn mir Anhäufungen von Statisten entgegenkommen. Ich weiß nichts über sie und weiß, *das ist alles, was ich wissen muss.*

Bin unausgeglichen wie nie. Ich versuche, mich abzulenken. Mich zu zwingen, an etwas anderes zu denken. Das hatte ich doch alles schon tausendmal. Kenne meine Reaktionen längst in- und auswendig. Die Katze beißt sich mittlerweile bei mehrfachen

Umdrehungen selbst in den Schwanz. Es gibt nichts mehr mit mir selbst abzumachen. Alle Gedanken sind gedacht. Alle Gedanken sind gemacht. Nur noch unausweichliche, abgehalfterte Wiederholungen.

Wenn auch die Wiederholung einer Wiederholung schon wieder etwas anderes ist. Etwas Neues.

Der Kontext macht's.

Die einzige Definition von ›neu‹.

Fast stolpere ich beim Wechseln eines Gehsteigs. Für die nächsten zwei Schritte hinke ich, als hätte ich Schmerzen. Vorsorglich. Bis ich meine Unversehrtheit feststelle.

Um die Ecke. Eine dunkle Gasse, ganz unvermittelt wie ausgestorben. Zahlreiche Lieferantenzufahrten und Hintereingänge. Nur ein untersetzter, gedrungener Mann mit gelbem Hemd, das über seinem Bauch spannt, kommt mir entgegen. Kahl, roter Bluthochdruckkopf. Dubiose Erscheinung. Wir sind die einzigen in dieser schmalen Hochhäuserschlucht. Schwaches Licht zweier einsamer Laternen. Ich vollziehe einen weiteren Straßenseitenwechsel. Aus etwa zehn Metern Entfernung höre ich, halblaut, vermeintlich unverbindlich, mit einer Betonung irgendwo zwischen Angebot und Nachfrage: »Schön blasen!?!«

Wenige Schritte weiter bin ich wieder im Trubel. Das Leben tobt.

Ich bin alles, was ich habe.

Noch während ich es hinkritzle, finde ich es richtig geistreich. Doch es ist egal, wenn ich morgen mein Gekrakel nicht mehr entziffern kann. Weil ich morgen vielleicht anders darüber denke. Ganz bestimmt sogar. Dann fällt mir ein, dass ich das schon mal aufgeschrieben habe. Diese Idee hatte ich bereits.

Und das bringt mich ans Ende jeden Überlegens. Abwesend sehe ich hoch in den Himmel. Eine schwarze Wand. Seltsam nicht-existent. Als ich mein Notizheft gefühlvoll zuschlage, den Stift darin einhake, es im Gehen in den Mülleimer an der Infotafel einer Bushaltestelle werfe und etwas munterer werde, bin ich *endgültig* bereit.

Schließe die Wohnungstür hinter mir, schalte das Licht ein. Siehe da, das Licht geht an. Wie mindestens jeden zweiten Tag, wenn ich heimkomme, wundere ich mich, wie großartig es ist, Elektrizität nutzen zu können. Und das, wo ich keine Ahnung habe, was das ist. Ist Elektrizität eine Erfindung oder eine Entdeckung? Ich benutze einen Computer, eine Stereoanlage, ein Auto – und ich weiß nicht, wie all das funktioniert. Wäre ich der letzte Mensch auf Erden und müsste einem Außerirdischen von den Errungenschaften des Homo sapiens erzählen, ich könnte NICHTS wirklich nachdrücklich erklären, geschweige denn rekonstruieren. Ich fühle mich klein. Eine Glühbirne? Keinen Schimmer, was das ***wirklich*** ist. Wie man Glas herstellt? Wie ein Telefon funktioniert, warum ein Flugzeug fliegt? Höchstens Halbwissen, allerhöchstens.

Ich kann mir das nicht verzeihen. Meine Inkompetenz. In allem. In allem. Irgendwie.

Werfe mein Hemd in die Abfalltüte. Lege Geldbeutel und Schlüssel sorgsam auf den Wohnzimmertisch, benutze den Lippenbalsam, dann lege ich auch ihn auf den Tisch. Handy lasse ich in der Hosentasche.

Sehe beim Händewaschen jemanden im Spiegel, der meinen Namen trägt. In Bewegung kenne ich sein Gesicht nur spiegelverkehrt. Man müsste einen Spiegel erfinden, der einem das Gesicht wie ein Foto gegenüberstellt.

Meine rechte Gesichtshälfte wird schneller altern, weil ich immer auf der rechten Schulter schlafe. Die Schulter wird deshalb sicher auch früher verschleißen.

Eiskaltes Wasser fließt über meine Finger. Ich schiebe den Hebel der Mischbatterie nicht nach links, sondern stelle mir einfach vor, das Wasser würde wärmer. Und ich habe den Eindruck, es wird wärmer.

Ich drücke beim Zähneputzen so stark auf, dass die Bürste über dem Stil bricht.

Das Geschirr habe ich die vergangenen Tage peu à peu, in Zeitungspapier gewickelt, entsorgt. Ebenso die Töpfe und sonstigen Kochutensilien. Der Kühlschrank ist abgetaut, gesäubert und seine Tür ist halb geöffnet, das Licht zusammen mit der Kühlfunktion abgeschaltet.

Meine Festplatte habe ich in Wasser getaucht (in der Hoffnung, meine Dateien würden damit unwiederbringlich gelöscht) und sie in einer Tüte verpackt ebenfalls in die Mülltonne geworfen.

Alle Bücher und Kleidungsstücke: weggeschmissen, entsorgt. Meine Wohnung ist, bis auf die Möbel, welche ich alle penibelst gereinigt habe (Schubladen, Schränke, sonstige Flächen), komplett leer geräumt. Das sieht schön aus. Hat was von Neuanfang. Es sieht gar nicht *so* anders aus als davor. Fast kein Unterschied.

Es wird schon hell. Ich stehe vor der Fensterfront im Wohnzimmer und sehe raus. Über die Stadt. Am Horizont zieht ein Schwarm Vögel vorbei. Die Straßenbeleuchtung ist noch an.

Meine Konten habe ich aufgelöst, das gesamte Bargeld abgehoben und in mehreren wattierten Umschlägen (in einem der Kuverts steckt außerdem eine unterschriebene Generalvollmacht samt einer Auflistung administrativer Daten) gestern Vormittag im Haus meiner Mutter – ich wusste, sie war nicht da – in einem ihrer Kleiderschränke ganz hinten versteckt. Der Einschreibebrief, der sie morgen per Express erreicht (Sondersendung, Zustellung zwischen 12 und 14 Uhr, eine exaktere Buchung ist bei UPS nicht möglich), wird sie über diesen Aufbewahrungsort informieren.

Vom Festnetz aus (funktioniert noch) rufe ich mein Handy an: »The number you have dialed is not assigned«. Strato (Homepage schon vom Server genommen), GEZ (Scheißladen), Fitnesscenter (könnte noch bis 1. November trainieren), Versicherungen (alle noch Laufzeit bis Jahresende) sind abgemeldet.

Das Namensschild an meinem Briefkasten habe ich aus der Plastikhalterung genommen und umgedreht, die unbeschriftete weiße Seite nach vorne. Den Deckel mit einem Streifen Tesafilm zugeklebt. Somit kann keine Postzustellung mehr erfolgen und meinen Briefkasten verstopfen.

Die Böden habe ich gestern noch gewischt, mein Personalausweis und Reisepass sowie Führerschein liegen gut sichtbar zusammen mit einer notariellen Verfügung (verzitterte Unterschrift, fünfter Versuch) mitten auf dem ansonsten leer geräumten Schreibtisch.

Sämtliche Archiv-CDs mit meinen Songlayouts (Tausende) und veröffentlichten Titeln (Hunderte), die Notizen für Textideen und Titelzeilen, mein Diktafon landeten bereits mit der vergangenen Freitag geleerten Mülltonne in der Verbrennungsanlage im Heizkraftwerk Süd.

Eben habe ich ein Bad genommen und im Anschluss mit Viss und Palmolive besonders sorgfältig geputzt. Die letzten Kleidungsstücke, die ich jetzt noch habe (Unterhose, Socken, T-Shirt, alles schwarz, Jeans, dunkelblau), trage ich am Körper.

5 Uhr 58. Das Badezimmerfenster ist gekippt. Es zieht ein bisschen. Ein letzter Blick in den Spiegel. Zähne, strahlend weiß. Mein Körper. Ich bin in Topform.

Auf meinem Kopf, über die noch nassen, frisch gewaschenen Haare, trage ich eine mittelgroße Plastiktüte meines Stammbuchladens (Grundfarbe Weiß, hat was von Chefkoch) und darüber eine große von Tengelmann (Grundfarbe Rot). Letztere tief in die Stirn gezogen (hat was vom Sandmännchen, nicht nur weil ich die Trageschlaufen um meine Ohren herum befestigt habe. Jetzt bitte keine Fotos!).

Ich liege in der Badewanne (leer, kein Wasser), sage »Alles klar« und setze die Mündung in meinen Mund. Sie fühlt sich kühl an, nicht wie erwartet kalt. Nur kühl. Sorgfältig justiere ich das

Stahlrohr. Muss dazu meinen Ellbogen weit nach vorn halten, um mit dem Handgelenk den optimalen Winkel zu erreichen. Schiebe es ziemlich tief rein. Versuche, es schräg auf den Gaumen zeigen zu lassen. Achte darauf, keinen Würgreiz auszulösen. Das Metall klappert, wenn es mit den Zähnen in Berührung kommt. Schön entspannt vibriert meine Atmung. Ehe ich sie mit kaum wahrnehmbarem Druck schließe, wandern meine Augen – ohne etwas Konkretes zu verfolgen – einmal kurz von links nach rechts über die weißen Kacheln der Wand vor mir. Unerwartet zügig gingen die letzten organisatorischen Schritte vonstatten.

Und dann wird es still.

Ich verharre in Regungslosigkeit. Weder Angst noch Zweifel. Weder Bringschuld noch Entscheidungsfindung.

Eine ich weiß nicht wie lange Zeitspanne vergeht.

Erste Anzeichen pathetischer Erschöpfung. Bin ein wenig perplex.

Es zieht immer noch ein bisschen.

Robin Felder
DER
HELD
DES TAGES
CONRAD
PENG
ROMAN

Robin Felder

Verzerrte Gesichter

Taschenbuch, E-Book und Hörbuch

TRUBEL & HELLER

Printed in Poland
by Amazon Fulfillment
Poland Sp. z o.o., Wrocław

54695526R00208